KB264935

엘리노어

엘리노어

초판 1쇄 찍음 2006년 4월 10일
초판 1쇄 펴냄 2006년 4월 20일

지은이 안호문

펴낸이 김영길
펴낸곳 도서출판 선영사
주소 [121-841] 서울시 마포구 서교동 485-14 영진빌딩 1층
전화 02-338-8231~2 **팩스** 02-338-8233
전자우편 sunyoungsa@hanmail.net
출판등록 1983년 6월 29일(제02-01-51호)

ISBN 89-7558-040-7 03810
ⓒ 안호문, 2006

· 잘못된 책은 바꿔드립니다.
· 책 값은 뒷표지에 있습니다.

엘리노어

안호문 지음

"대~한민국 짜자자 작작~"

광복 60주년을 기념하여 이벤트성 행사가 열리고 있는 광장을 지나다가 운집한 군중들을 지켜보면서, "지금 저 사람들이 기념하고자 하는 것이 과연 무엇일까?" 하는 의문을 떠올린 적이 있다.

이미 한 세기도 전에 세계제패를 꿈꾸던 일본 제국주의의 희생양이 되어 조선왕조 말기에 나라를 통째로 빼앗기고 36년간을 섬나라 쪽발이들의 머슴 노릇을 하며 지내다가, 히로시마와 나카사키에 원자폭탄 두 방을 터뜨려준 미국의 힘으로 1945년 8월 마침내 해방을 맞게 되었던 이 나라의 굴곡진 현대사를 목청이 터져라 "대~한민국"을 외쳐대는 저 젊은이들은 과연 어떻게 이해하고 있는 것일까?

해방된 조국은 일본의 압제에서 벗어나긴 했으나 38선 북쪽은 소련을 등에 업은 김일성이 반쪼가리 나라의 수령이 되고, 남쪽은 유엔군이 주둔하여 군정이 시작되었다. 그리하여 1948년 이승만이 대한민국 초대 대통령이 되고, 1950년 김일성이 남조선 적화통일 야욕을 품고 6·25전쟁을 일으키기까지 우리는 약소민족으로서 미국의 영향력 아래 나라의 명운을 걸고 있었다.

이 책의 주인공 〈엘리노어〉는 이러한 시기에 어느 주한 미군에게 겁탈당한 한 처녀의 몸에서 태어난 혼혈아의 이름이다. 낳아준 엄마는 모멸감과 수치심을 못이겨 자살로 생을 마감했으나, 이 땅에 버려진 금발머리에 파란 눈의 〈엘리노어〉는 한국인도 미국인도 아닌, 국적불명의 존재로서 주위의 온갖 인간적 모욕과 멸시 속에서 성장의 고통과 대면해 나간다.

이 책 속에는 역사적 의미나 시대적 상황변화와 무관하게, 한 소녀의 짧은 생애를 통한 애절하고 진실된 사랑의 이야기가 담겨져 있다. 흔히 말하기를 운명은 스스로 개척하여 바꿀 수 있는 것이라고 하지만, 그러나 숙명으로 안게 되는 멍에는 어쩔 도리가 없는 것이다. 나의 생명을 잉태해서 세상에 태어나게 한 부모, 내가 태어난 조국 같은 것은 싫다고 바꾸거나 거부할 수 없는 숙명일 뿐이다.

유교문화의 폐쇄적 가치관, 법과 제도, 어느 것 하나 관심두지 않는 역사 속의 한 외곽지대에서, 처절한 몸부림으로 자신이 혼혈아이기 전에 한 인간이며 여자인 것을 절규했을 〈엘리노어〉의 마지막 노래가 귓전을 때린다.

사랑을 담고 있지 않은 삭막한 가슴으로, 그저 몸과 몸이 어우러져 클럽에서 광란의 밤을 지새는 요즘의 젊은 세대에게 〈엘리노어〉의 사랑은 낡은 흑백TV 화면처럼 진부하게 느껴질지도 모른다.

그럼에도 인간에 대한 가식 없는 사랑만이 우리 사회를 지탱해 줄 불변의 가치라는 확신 때문에, 황량한 현실의 풍경화 속에 우물샘을 그려 넣는 심정으로 이 책을 다시 세상에 내보낸다.

오래 전, 활자매체 시대에 출판되어 베스트셀러의 영광을 누렸던 혼혈아 〈엘리노어〉의 얘기를 다시 리메이크하여 출간하면서, 수십 년 세월의 강을 거슬러올라 아직도 〈엘리노어〉를 기억하며 묵혀진 책에 새로운 생명을 불어넣도록 용기를 준 주위의 친구, 후배들과 흔쾌히 출판을 도와주신 도서출판 선영사 사장님께 감사드린다.

2006년 3월
안 호 문

초판 서문

이 작품을 처음 쓰기 시작했을 때는 화려한 봄날이었고, 펜을 놓을 무렵에는 찌는 듯이 무더운 여름이었다. 그리고 이 작품이 동양방송의 전파를 타고 고요한 새벽을 누벼주던 두 달 동안은 쓸쓸한 가을이었다. 그리고 후기를 쓰는 지금은, 어느새 겨울이다.

돌이켜보면 거의 일년 사계절을 잠시도 나의 뇌리에서 사라지지 않고 꿈틀거렸던 일이었다. 작품은 간단히 만들어지는 게 아니라, 태어난다는 말이 뼈저린 실감으로 다가왔다. 그들은 불쌍하다, 그들은 가엾다, 태어날 때부터 불행을 예약해 둔 아이들이다 등등의 감상적인 기분만 가지고 도저히 간단히 넘길 수 없는 무서운 진실이 그들의 색다른 피부 속에, 눈물 속에 아로새겨져 있음을 나는 느꼈고, 그리고 보았다. "사람은 누구나 자기 속에 자기보다 더 큰 무엇을 지니고 있다. 즉 인간이라는 것을!" 이 말은 프랑스의 유명한 작가인 생텍쥐페리가 한 말이었다.

현실에서 소외당하고, 역사에서마저 외면당하는 인간군들이 그 인간성마저 박탈당하지 않으면 안 되었던 비극을 우리는 도처에서 보아왔다. 그리고 현실의 우리 주변에도 너무나 많은 게 사실이다. 혼혈아, 그것은 우리들 자신의 역사가 만들어 낸 피할 수 없는 숙명과도 같은 말이다. 그러나 우리들에게 그들을 비웃고 침을 뱉을 자유도, 권리도 없다는 사실을 우리는 다시 한번 인식해 두지 않으면 안 되겠다.

처음 방송국으로부터 당선통지를 받고 어슬렁거리며 방송국에 나타났더니, 예기치 못했던 조그만 소동이 일어났다. 모두 눈들이 휘둥그레지며 의아한 시선으로 나를 맞았다. 묘령의 아가씨가 수줍은 미소를 깨물며 나타날 것으로 믿어 의심치 않았던 여러분들께서는 그와 정반대의 실물이 나타난 사실에 대해 순간적이나마 실망하는 표정들이었다. 허나 어쩌랴! 그 당장에 성전환 수술을 할 수도 없었고, 그래서 그 자리는 우물쭈물 넘긴 셈이었다.

뒤에 들은 얘기지만 심사를 하신 선생님들께서도 이건 분명히 여자가 아니고는 쓸 수 없는 얘기다, 라고 결론을 내리고 있었다니, 내가 불쑥 나타났을 때의 그 실망이란 이해가 되고도 남는 일이었다. 그러나 나는 그러한 그분들의 실망을 희망으로 받아들였다. 그 희망은 내 자신의 노력에 대한 조그만 기쁨이었다.

우리들 자신의 현실을 외면하고 결코 작품은 태어나지 않는다는 평범한 진리도 내가 얻은 소득이었다. "그래 현실을 직시하자. 그래서 그 현실 속에 파묻혀 매장되어 가는 우리들 자신의 분신들을 다시 인간의 자리로 끌어올려 주자. 그래서 끝내 그들이 인간의 자리를 지킬 수 있도록 도와주자." 하고 나는 몇 번이나 되뇌어 보았다. 그리고 나는 스스로에게 다짐했다. "계속해서 써나가자, 내가 볼 수 있는 시야를 더욱 넓게 더욱 높게 더욱 깊게 파고들면서 말이야!"

오랫동안 나의 머릿 속에서만 눈물 흘리며 꿈틀거리고 있었던 한 소녀의 죽음이 이제 다시 하나의 생명을 지닌 책으로 꾸며져 나온다니, 나의 기쁨은 더할 수 없이 크다. 그 기쁨을 오래도록 붙잡아 두어야겠다.

끝으로 이 작품을 뽑아주신 심사위원 모든 선생님들과, 그리고 이 작품을 책으로까지 만들어 생명을 지속시켜 주신 방송국의 여러 선생님들 앞에 심심한 사의를 표한다.

1974년 12월

안 호 문

차 례

1. 어둠의 그늘

엘리노어의 죽음을 내가 알게 된 것은 며칠 전 어느 날 일이었다.

오래 전부터, 한가한 시간이면 자주 드나들곤 했던 〈애명 영아원〉을 그 즈음에는 무슨 일로 한 달 동안이나 들러보지 못했다가 비로소 그럴 시간이 돌아왔던 것이다.

원장인 장 여사께서 마침 출타중이었기 때문에 나는 응접실에서 무료하게 기다리기도 심심해져서, 영아실을 한 바퀴 돌며 백여 명의 귀여운 아기들과 오랜만에 인사를 나누었다.

"선생님, 애 좀 보세요!"

젊은 보모가 걸음을 멈추더니, 한 요람 속의 아기를 눈짓하였다. 내가 혀를 끌끌거리며 아기를 얼러주고 있으니까 보모는 나직한 목소리로 물어왔다.

"애 좀 이상해 보이지 않아요?"

그러면서 나를 돌아보는 그녀의 두 눈빛이 갑자기 무슨 더러운 물건이라도 피하듯 싸늘하게 변하는 것이었다. 나는 두 눈이 동그래지며 요람 속의 아기를 다시 들여다보며 되물었다.

"아니, 뭐가 이상하단 말이오?"

"머리털하고 눈을 자세히 봐요."

보모의 말에 나는 다시 그 아기를 자세히 들여다보았으나, 바로 옆자리의 아기들과 그렇게 뚜렷하게 달라 보이는 아무것도 발견할 수가 없었다. 단지 머리털이 약간 노르스름했지만, 그건 다른 아기들한테서도 흔히 찾아볼 수 있는 것이었다.

"조금도 이상해 보이지 않는데요. 왜 무슨 곡절이 있는 아이오?"

영아실을 나오면서 내가 물었다. 그러자 젊은 보모는 나도 자기처럼 그 아기를 이상하게 보아주지 않는 데 대해 약간 기분이 언짢은 듯했으나, 이내 입을 열었다.

"저애 엄마가 어저께 자살했대요."

"네? 자살요?"

나는 소스라치듯 깜짝 놀랐다. 보모가 다시 말을 이었다.

"그 일 때문에 원장님이 병원에 가셨어요."

"아니, 그럼 병원에서 자살했단 말이오?"

"아니에요. ……저애의 엄마는 튀기란 말이에요."

"네? 튀기요?"

내가 휘둥그레지며 놀라자, 보모는 나의 놀라워하는 꼴이 우습다는 듯이 이렇게 쏘아주었다.

"아니, 튀기가 뭔지도 모르세요? 혼혈아 말이에요. 머리는 금발이고,

두 눈은 파랗고."

그제야 나는 두어 번 고개를 끄덕였다. 그러자 보모는 신이 나는 듯이 설명을 늘어놓기 시작했다.

"아마, 어디 공동묘지 근처에서 자살했나 봐요. 그러니까 경찰에선 변사체라고 부검을 하겠다는 거겠죠. 원장님은 죽은 여자가 너무나 불쌍하다고, 부검을 못하게 애를 썼는데 안 되는가 봐요."

"그리고 보니 저애는 혼혈아의 딸이로군요."

"그런 셈이죠. 튀기의 또 튀기, 호호호……."

보모가 깔깔거리며 웃어대는 것이 밉살스러웠지만, 나는 꾹 참고 다시 물어보았다.

"그런데, 저애의 아버지는 모르는가요?"

"아이 선생님도, 그걸 어떻게 알겠어요? 이 남자 저 남자 닥치는 대로 거쳤을 텐데."

그 소리에 나는 갑자기 뒤통수를 무엇으로 쾅 하고 한 대 맞은 것처럼 골이 떵했다. 나는 혼자 살그머니 다시 영아실로 들어가 그 요람 속의 아기를 한참이나 들여다보고 있었다.

손가락을 쪽쪽 빨아대며 나를 보더니 생글생글 웃어대는 천진스러운 웃음 뒤에 그토록 어두운 얘기가 도사리고 있으리라고는 도저히 믿어지지 않았다. 그러고 있는데 보모로부터 원장님이 돌아오셨다는 연락을 받고, 나는 응접실로 갔다.

인사를 주고받은 다음 장 여사는 대뜸 이렇게 입을 열었다.

"안 선생! 마침 잘 왔어요. 오늘 오후에 아주 외로운 장례식이 있는데 어때요? 안 선생도 나와 함께 좀 참석해 주었으면 하는데 바쁜가요?"

"네, 참석하지요."

"고마워요. 안 선생! 사실은……."

"알고 있습니다. 방금 그 아기를 보고 오는 길입니다."

"그래요?"

"그런데 왜 자살을 했습니까?"

"아니, 안 선생!……. 그렇게 물으시면 안돼요."

장 여사는 나를 꾸짖듯 건너다보며 엄숙하게 말을 이었다.

"누구도 엘리노어의 죽음을 그렇게 따질 수는 없어요. 어쩌면 엘리노어를 그렇게 죽음으로 몰아넣은 건 우리 모두의 책임일지도 모르니까요."

나는 잠시 입을 다물고 있었다. 장 여사의 표정이 너무나 굳어져 있었기 때문이었다. 잠시 후에 나는 다시 물었다.

"엘리노어라니요? 그 여자의 이름입니까?"

"그래요."

"그럼, 그 엘리노어라는 여자가 여긴 언제 왔다 갔습니까?"

"불과 닷새 전이에요. 탐스러운 금발에 두 눈이 파란 외국 여자가……. 처음엔 외국인인 줄 알았어요……. 낳은 지 한 달쯤 돼 보이는 아기를 업고 왔더군요. 그런데 옷차림이 좀 남루해 보여서 이상하다고 생각했는데 얘기를 모두 듣고 보니까 참 가엾은 여자였어요. 얘기래야 자기는 혼혈이라는 것, 이름은 엘리노어라는 것과 그리고 자기 아이를 꼭 좀 맡아달라는 얘기뿐이었어요."

"그리곤 곧장 가버렸습니까?"

"그래서 내가 어디를 갈 거냐고 물었더니, 힘없이 웃으면서 대답을 피하더군요. 그러지 말고 그만 여기서 아기와 함께 사는 게 어떠냐고 했더니 갑자기 눈물을 쏟으며 '말씀만은 정말 고마워요' 하더니 도망치듯 뛰어나가 버렸어요. 내가 급히 뒤따라 나가보았더니 어느새 사라지고 없더군요. 얼굴도 참 아름답고 목소리도 예쁜, 어딘지 사람을 끌어당기는 그런 기품이 느껴지는 처녀였어요."

"그러니까, 아이만 남겨두고 사라졌단 말씀이죠?"

"그래요. 그런데 그 아이를 쌌던 포대기 속에서 여러 권의 노트 묶음이 발견됐어요."

"네? 노트가요? 뭘 적은 겁니까?"

나는 바싹 긴장이 되어 다그쳐 물었다.

"자기 자신의 짧은 일생을 기록한 수기에요. 참, 내 정신 좀 봐. 그걸 안 선생한테 보여드린다는 게."

그러더니 장 여사는 급히 일어나 테이블 옆의 조그만 캐비닛을 열고 그 노트 묶음을 꺼내어 내 앞으로 건네주었다.

"난 너무나 가슴이 아파서 간신히 읽었어요."

그걸 받아 들자, 나는 갑자기 전신이 떨리듯 굳어져 옴을 느꼈다.

노트의 겉장엔 달필에 가까운 펜글씨로 〈엘리노어〉라고 씌어 있을 뿐 깨끗했으나, 군데군데 손때가 조금씩 묻어 있었다.

"읽어보세요. 그걸 읽어보시면 모든 걸 다 아실 거예요."

장 여사의 말에도, 나는 한참이나 노트의 겉장을 뚫어지게 내려다보고 있었다. 나는 갑자기 무거운 침묵에 눌려 있었고, 무서운 긴장이 나의 숨통을 막아버린 것 같았다.

이윽고 장 여사의 나직한 목소리가 나를 다시 깨워주었다.

"아마, 그걸 쓸 때는 이미 죽을 준비가 돼 있었던 것 같아요."

"그런 것 같군요."

나는 간신히 대꾸하면서 노트를 넘기기 시작했다.

* * *

나의 어린 시절의 기억은 다섯 살 때로 돌아갑니다.

보통 평범한 인간이 태어나 자라나게 되면, 부모는 누구이고 태어난 곳은 어디며 생일은 언제라는 이런 상식적인 사실마저 까맣게 모른 채 나는 괴팍스러운 성격의 외할머니 손에서 자라나고 있었습니다.

엄마 아빠라는 말들을 한 번도 불러보지 않고도 용케 자라나고 있었던 나는 정말 신기한 아이라고 스스로 생각해 본 적도 있었습니다. 어쩌면 나는 하늘에서 갑자기 떨어져버린 건 아닐까 하고 고개를 갸우뚱거리며 혼자서 곰곰이 생각해 본 적도 있었지요.

조금 앞서, 나는 외할머니를 괴팍스러운 성격을 가진 할머니라고 말했습니다만, 그때는 정말 나와 무슨 관계가 있는 할머니라곤 꿈에도 상상할 수가 없었습니다.

나에게 퍼부어지던 그 저주스러운 악담이며 욕설이 얼마나 지긋지긋하고 무서웠던지 나는 밤마다 이불 속에서 어서 할머니를 데려가 달라고, 하느님에게 빌 정도였으니까요.

그러나 그 괴팍스러운 할머니가 나의 어머니를 낳아주신 진짜 외할머니임이 분명하다는 사실이 밝혀진 것은 그 후에 세월이 조금 지난 뒤였습니다.

그때, 외할머니 그리고 외할머니의 며느리인 아주머니와 그 아주머니의 아들인 세 살짜리 꼬마와 나는, 전쟁이 막 잠잠해질 무렵 부산에서 서울로 돌아왔습니다.

하루 종일 기차를 타고 달려보기는 그것이 처음이었고, 또 기차가 멈추는 마지막 역에 내리면 엄마가 나를 기다리고 있을 거라는, 내 멋대로의 즐거운 기대에 부풀어서 나는 마냥 까불거렸습니다.

그러다가 할머니에게 호되게 매를 맞기도 했지만, 기차가 달리던 동안의 그 즐거움은 오랫동안 잊을 수가 없었습니다.

엄마를 만난다는 그 희망은 순전히 내 공상이 만들어 내었던 허무맹랑한 기대였지만, 막상 기차가 서울역에 도착하고 할머니의 왈패스러운 손에 이끌려 역을 나왔을 때 나는 그만 울음보를 터뜨리고 말았습니다.

그 영문 모를 나의 갑작스러운 울음에 대한 보답은 할머니의 사나운 손자국을 나의 두 볼에다 남긴 것뿐이었습니다.

할머니가 무서워 물어볼 수도 없었던 나의 안타까움을 아주머니에게 살그머니 물어보면, 아주머니의 대답은 언제나처럼 엄마는 죽었다는 것이었습니다.

죽음이란 말의 뜻을 분명히 알 수 없었던 그 무렵의 나는 몇 번이나 다시 물어보았지만, 아주머니의 대답은 한결같았습니다.

다른 아이들의 엄마는 죽었다가 다시 살아오는데 우리 엄마는 왜 다시 살아오지 않을까? 하고 나는 철없는 공상에 빠지기가 일쑤였습니다.

할머니와 아주머니는 전쟁의 상처가 가시지 않은 폐허의 담 벽에다 천막을 치고 술장사를 시작했습니다.

나에게는 세 살짜리 꼬마를 데리고 놀아야 하는 무거운 임무가 맡겨졌습니다. 내게는 동생이 되는 용아라는 사내아이가 있어서, 이것을 힘에 겨운 줄도 모르고 업고 다니며 놀았습니다.

그 무렵부터 나는 내 자신이 다른 아이들과는 전혀 다른 이상한 아이라는 걸 비로소 알았습니다. 동네 아이들은 누구도 나하고는 놀아주지 않았고, '튀기' 라느니 '양갈보의 새끼' 라느니 하고 놀려대며 슬슬 피해 가는 것이었습니다.

어쩌다 동네 아이들과 어울려 놀고 있으면 그 아이들의 엄마가 나타나서 마치 무슨 더러운 물건이라도 바라보듯 나를 쳐다보며,

"저런 애하고 놀면 못써! 알겠니?"

하며 자기 아이들을 부리나케 데려가 버리곤 했습니다.

나는 처음엔 엄마 아빠가 없는 애라고 나하고 놀지 못하게 하는 줄 알았지만, 사실은 그것 때문이 아니라는 걸 얼마 후에 알았습니다. 내가 항상 업고 다니며 놀았던 용아가 걸음마를 하게 되자, 나는 용아의 손을 잡고 걸리며 놀았습니다.

그런데 웬 아이가 뒤에서 용아를 떠밀어 버려, 그만 엎어졌던 용아의 이마에 상처가 나고 말았습니다. 용아는 피를 흘리며 악을 쓰고 울었고, 나는 그 아이의 멱살을 잡고 그 아이는 나의 머리카락을 잡아당기며 싸움이 벌어졌습니다.

그런데 거기에 그 아이의 어머니가 나타났던 것입니다. 그 여자는 무서운 눈길로 나를 노려보더니, 나의 머리통을 툭툭 치며 이렇게 쏘아붙였습니다.

"요런 앙큼한 양갈보새끼 보겠나? 어미를 닮아서 그렇게 나쁜 짓만 하니?"

나는 잠시 멍청해 있다가, 간신히 말문을 열었습니다.

"얘가 먼저 우리 용아를 밀었어요."

"닥쳐라! 이 더러운 계집애! 튀기는 할 수 없다니까."

그러더니 내 얼굴에다 침을 탁 뱉어주며 돌아가 버렸습니다. 나는 옷자락으로 얼굴의 침을 닦아내다가 그만 참았던 울음을 터뜨리고 말았습니다.

나도 울고 용아도 울면서 천막 술집으로 돌아오자, 거기엔 또 할머니의 무서운 눈길이 나를 기다리고 있었습니다.

"우리 용아를 어쩌다 이랬느냐? 엉! 이 죽일 년아!"

할머니는 사정없이 나의 뺨이고 머리고 마구 때렸습니다.

그렇게 실컷 얻어맞고 나는 그날 밤 저녁도 굶은 채 내쫓기고 말았습니다. 너무나 많이 울었기 때문에 나는 전신에 힘이 빠졌고 걸음조차 제대로 옮길 수가 없었습니다.

점심도 변변히 먹지 못한데다가 저녁마저 굶고 보니, 나는 무엇보다 배가 고파 견딜 수가 없었습니다.

나는 담 모퉁이에 쪼그리고 앉아, 천막 안의 손님들이 어서 돌아가기만 기다렸습니다.

그러나 손님들은 좀처럼 돌아가지 않았습니다. 전쟁에 모든 것을 잃고 허탈에 빠졌던 그 무렵의 사람들은 술에서 모든 위안을 구하는 것 같았습니다. 따라서 할머니의 술장사는 날이 갈수록 번창하였습니다.

12시가 가까워서야 술이 잔뜩 취한 남자들이 노래를 부르고 큰 소리로 떠들며 돌아갔습니다. 그러나 나는 선뜻 일어나 집으로 들어갈 수가 없었습니다.

할머니의 일그러진 무서운 얼굴이 눈앞에 떠오르자, 그 순간만은 배고픔도 잊고 나는 다시 쪼그리고 앉아버렸습니다.

"이 원수 같은 년아! 코쟁이 네 애비를 찾아가든지, 어디로 나가 다시는 내 눈앞에 얼씬도 말아!"

이런 무서운 소리가 자꾸만 귀에 쟁쟁 울려와 나는 꼼짝도 못하고 담 모퉁이에 쪼그리고 앉아 있었습니다. 코쟁이라는 건 누구를 가리키는 말인지, 할머니의 악담이 무슨 뜻을 가진 말인지 몰랐습니다. 다만 무섭고 슬프고 배가 고플 뿐이었습니다.

이윽고 천막 술집에도 불이 꺼지고 모두가 잠든 것 같았습니다. 어두운 밤하늘엔 수많은 별들이 빤짝빤짝 정답게 속삭이며 나를 내려다보고 있었습니다.

"별아! 난 배가 고파 죽을 것만 같아. 우리 엄마 어디 있는지, 너희들은 모르니?"

나는 울음 섞인 목소리로 물어보았습니다. 그러나 별들은 저희들끼리만 소곤거릴 뿐 아무런 대꾸도 해주지 않았습니다.

나는 발걸음 소리를 죽이며 마치 고양이처럼 천막 속으로 기어들어 갔습니다. 너무나 배가 고파 견딜 수가 없었습니다.

한쪽으로 방이 된 곳에서 할머니와 아주머니의 잠든 숨소리가 들려왔습니다. 나는 두 손으로 간신히 더듬어 술 탁자 앞으로 다가갔습니다.

그리곤 손으로 더듬어 보니까 안주로 먹다가 남긴 두부가 조금 손에 잡혔습니다. 나는 정신없이 두부를 삼켰습니다. 그리곤 다시 더듬어 보았으나, 빈 쟁반과 술 주전자만 손에 잡힐 뿐이었습니다.

할머니와 아주머니가 깨어날까 봐 부엌 쪽으로 갈 수가 없었기 때문에 나는 술 주전자를 흔들어 보았습니다. 그랬더니 주전자에 술이 남아 있지 않겠습니까?

나는 망설일 틈도 없이 주전자 주둥아리에 입을 대고 술을 빨아먹기 시작하였습니다. 너무나 배가 고파 정신이 없었던 것입니다. 그렇게 술 주전자를 다 비우자 갑자기 배가 벌떡 일어나더니, 뒤이어 머리가 빙글빙글 돌기 시작했습니다.

나는 더럭 무서운 생각이 치밀어 천막 밖으로 나왔습니다. 다리가 비틀거려서, 나는 몇 걸음도 못 옮겨 그만 땅바닥에 쓰러지고 말았습니다.

그리곤 나는 소리를 죽이며 흐느껴 울었습니다. 눈물 속에서도 밤하늘의 별들이 뱅글뱅글 돌아가던, 그 아찔하고 무서운 기억은 오랫동안 잊을 수가 없었습니다.

그러다가 그만 잠이 들고 말았던 나는 이튿날 아침 할머니의 무서운 호통소리에 소스라쳐 깨어났습니다. 전신이 어지러워 나는 몇 걸음 옮기다가 그만 쓰러지고 말았습니다.

“어이구 이년아! 그만 뒈지기라도 하지 않고…….”

할머니는 나를 무섭게 노려보며 또 한바탕 욕설을 퍼부었습니다. 이년, 저년이 그 무렵 나의 이름이었습니다. 이름이 없었으니까요.

아주머니는 나를 부를 때, 머리가 노랗다고 “애, 노랭아!” 하고 불렀고, 할머니는 언제나 “이년아! 저년아!” 하고 불렀습니다. 그리고 동네 아이들과 어른들은 모두 튀기, 양공주라고 나를 불렀습니다.

세상에 이름이 없는 것이 어디에 있겠습니까? 돌멩이도 차돌 개돌 하고 이름이 있었고, 강아지도 복실이 바둑이 해피라고 이름이 있었지만 사람인 나는 이름이 없었습니다.

왜 나에게만 이름이 없을까? 하고 나는 오랫동안 곰곰이 생각에 잠긴 적도 여러 번이었습니다.

용아의 이마에 상처가 생긴 뒤로는 나는 완전히 버려진 아이였습니다. 용아마저 보아주지 않으니 밥도 변변히 먹을 수가 없게 되었고, 할머니의 눈치를 살펴서 나는 간신히 누룽지로 끼니를 이어갔습니다.

할머니가 나를 너무나 미워하니까, 아주머니마저 따라서 나를 보살펴주지 않았습니다. 나는 하루 종일 입 한번 열지 않고 허물어진 담 밑에 쪼그리고 앉아, 바보처럼 멍하니 하늘만 바라보는 날도 있었습니다.

그러던 어느 날이었습니다. 부서진 기왓장이며 벽돌들이 쌓여 있는 담 모퉁이를 기어올라가던 나는 밑바닥을 내려다보다가 깜짝 놀랐습니다.

부서진 기왓장 사이의 깨진 거울 속에서, 참으로 이상하게 생긴 계집애를 보았기 때문이었습니다. 금빛으로 반짝이는 머리카락이며, 파란 두 눈의, 새하얗게 야윈 계집애의 얼굴이었습니다.

나는 급히 부서진 기왓장을 들어내고 깨어진 거울을 들어내었습니다. 그리곤 다시 거울 속을 들여다보았습니다.

갑자기 거울 속의 계집애가 울기 시작했습니다. 야윈 두 뺨 위로 자꾸만 눈물이 흘러 내렸습니다. 나는 그만 거울을 바닥에다 힘껏 내동댕이치고 말았습니다.

거울 속의 계집애는 바로 나였습니다. 그것이 내가 나의 얼굴을 거울 속에서 똑똑히 보았던 처음의 일이었습니다.

다른 아이들은 모두 머리도 검고 눈도 검은데 나만 왜 이렇게 이상하게 생겼을까? 내가 나쁜 짓을 많이 했기 때문일까? 나는 여전히 울면서 중얼거렸습니다.

그러한 슬픔 속에서도 시간은 자꾸만 흘렀습니다. 여름이 가고 가을이 오자 할머니는 천막을 걷어버리고, 그 자리에 다른 집들과 나란히 집을 지어서 술장사를 계속하였습니다.

그 무렵부터 나는 술 주전자를 나르기도 하고 술잔을 씻기도 하며, 제법 내 나름의 구실을 하고 있었지만, 할머니의 이년 저년이 멈추었던 건 아니었습니다.

봄에 입었던 옷을 가을이 될 때까지 그냥 입고 있었으니, 그 초라했던 몰골은 말할 필요조차 없겠지요.

그러나 술 먹으러 오는 손님들은 나를 퍽 귀여워해 주었습니다. 어떤 손님은 내가 심부름을 해 주면 돈까지 주면서 나의 머리를 쓰다듬어 주곤 하였습니다. 그러나 손님들로부터 받았던 몇 푼의 돈도 내 손에 머물렀던 시간은 극히 짧은 시간이었습니다. 손님들이 물러가고 문을 닫기가 바쁘게 할머니는 내 손의 돈을 뺏어가 버렸으니까요.

나는 그때까지 돈이 무엇에 필요가 있는 것인지 몰랐기 때문에, 다음부터는 손님들이 돈을 주면 할머니가 뺏기 전에 미리 내주어 버렸습니다.

장사가 점점 번창했기 때문에 나는 그렇게 배고픈 일은 없었지만 술 주전자를 나른다, 심부름을 한다, 하루 종일 서 있느라고 피곤하여 죽을 것만 같았습니다. 순자라는 일하는 처녀가 있기는 있었지만, 내게 돌아오는 일은 조그만 내 힘에 벅찰 정도로 끊일 새가 없었습니다.

그러던 어느 날 우체부 아저씨가 편지 하나를 전해주고 갔습니다.

나는 혹시 엄마의 소식이나 아닌가 하고 편지를 뜯어 읽는 아주머니

곁에 바싹 다가섰습니다. 아주머니는 갑자기 두 눈에 눈물이 글썽해지며 목멘 소리로 할머니를 돌아보며 말했습니다.

"어머니! 애 아버지가 내일 돌아온대요."

그러면서 소맷자락으로 눈시울을 훔쳤습니다.

그러자 할머니는 허둥지둥 편지를 낚아채 들여다보더니, 그만 소리 내어 울음을 터뜨렸습니다. '죽은 줄만 알았더니 살아 있었구나!' 하며 기쁨과 설움에 겨워 한참이나 울었습니다.

할머니가 우는 걸 나는 그때 처음 보았습니다. 군대에 나갔던 용아의 아빠가 돌아온다는 것이었습니다. 내게는 외삼촌이 되는 분이었지만, 나는 그 때 아무것도 몰랐기 때문에 기쁜 생각보다는 오히려 무서운 생각이 앞섰습니다.

혹시 나를 내쫓아 버릴지도 모른다고, 나는 걱정이 되었습니다. 그러나 나의 그러한 생각이 얼마나 어리석었는지요.

이튿날 아침, 한쪽 다리가 댕강 달아나 버린 용아 아빠가 목발을 짚고 돌아왔습니다. 할머니와 아주머니는 또 한바탕 울음을 터뜨렸습니다. 한쪽 다리를 잃어버린 불구의 몸을 보고, 그나마 살아 돌아온 기쁨과 슬픔이 한데 엉긴 그런 울음이었습니다.

"그만들 하시오. 이렇게나마 살아 돌아온 게 다행이지."

할머니의 아들이었지만, 용아 아빠는 할머니와 딴판으로 퍽 점잖은 분이었습니다. 짙은 눈썹 아래 커다란 두 눈이 아주 부드럽고 인자스러워 보였습니다. 나는 구석의 탁자 옆에 웅크리고 앉아 겁먹은 시선으로 할머니와 용아 아빠를 살펴보고 있었습니다.

할머니와 아주머니가 울음을 그치고, 용아를 아빠 앞으로 데려가 보

이며,

"네 아빠다. 아빠 어디 갔나 물으면 저기 저기 하더니, 왜 잠자코 있니?"

할머니가 용아를 아빠 앞으로 떠밀었지만, 용아는 무서운지 그만 아주머니한테 달라붙고 말았습니다.

"자식! 군복이 무서운 모양인가?"

그러더니 용아 아빠는 갑자기 고개를 돌려, 나를 돌아보지 않겠습니까? 두 눈이 휘둥그레지며 한참이나 나를 바라보았습니다.

나는 갑자기 가슴이 철렁 내려앉는 것만 같았습니다. 이윽고 용아 아빠는 목발을 짚고 급히 내 곁으로 다가왔습니다.

나는 더럭 겁이 나서 도망이라도 치고 싶었지만 빠져나갈 틈이 없었습니다. 용아 아빠는 내 곁의 의자에 앉더니, 물기 어린 시선으로 나를 들여다보면서 떨리는 목소리로 입을 열었습니다.

"엘리노어야! 네가 이렇게 자랐구나!"

그러면서 한 손으로 나의 조그만 손을 꼭 움켜쥐고는 용아 아빠의 두 눈에서 별안간 눈물이 쏟아져 내렸습니다.

나는 깜짝 놀랐습니다. 나를 엘리노어라고 부르는 것도 놀라왔지만, 용아 아빠의 눈물이 더욱 놀라왔습니다. 그러더니 용아 아빠는 그만 나를 껴안고 흑흑 흐느껴 울었습니다.

나는 아무런 영문도 모르고 그만 따라서 훌쩍이고 말았습니다. 이윽고 용아 아빠는 울음을 그치고 화가 난 소리로 말했습니다.

"왜? 얘를 이 꼴로 만들어 놨소? 내가 그렇게 신신당부를 하고 갔는데……."

"듣기 싫다! 그년 얘기라면……."

할머니의 가시 돋친 대꾸였습니다.

"뒈지기라도 했으면 차라리 내 속이 후련하겠다."

"어머니! 그게 무슨 소리요?"

"몸서리가 난다. 그년 얘기라면……."

"그게 어디 누님의 잘못이오? 약소민족의 비극인데, 그렇다고 애를 이 불쌍한 애를 이토록 헐벗게 만들어서 속이 후련해요?"

"듣기 싫다! 원수 같은 게 남아서……."

"참 어머니도 이상하군요. 얘가 무슨 죄가 있어요? 그래서 애를 이렇게 거지꼴로 만들어 학대를 해왔군요. 누님, 생각을 좀 해봐요."

"듣기 싫다니까, 얘가 왜 야단이냐?"

"이래선 안 됩니다. 죄받아요 죄……."

할머니가 그만 일어나 밖으로 나가버렸습니다. 용아 아빠는 손수건으로 나의 두 눈을 훔쳐주더니, 다시 자기의 눈을 닦았습니다. 그리곤 아주머니를 돌아보며 입을 열었습니다.

"당신도 참, 어지간한 사람이군. 어머니가 그런다고 그래, 애를 이 꼴로 내버려두고 있었어?"

그러자 아주머니는 고개를 떨어뜨린 채 잠자코 있더니, 조그만 소리로 말했습니다.

"어머니가 야단을 하시는데, 전들 어떻게 해요?"

"망령이야, 망령!"

용아 아빠는 혀를 끌끌 찼습니다. 그러더니 나를 빤히 내려다보면서 목멘 소리로 입을 열었습니다.

"엘리노어야! 그동안 고생이 많았지? 이젠 괜찮아. 외삼촌하고 함께 살면 되는 거야. 외삼촌이 군대에 나갈 땐 엘리노어는 아직 갓난아기였으니까 나를 잘 모르겠지만 난 다 알고 있지. 이렇게 컸구나! 응 어휴!"

외삼촌은 두 손으로 나를 번쩍 들었습니다.

나는 너무나 기뻐서 그만 바보처럼 울음을 터뜨리고 말았습니다. 그러자 외삼촌은 깜짝 놀라면서 다그쳐 물었습니다.

"애야! 왜 그래? 응, 어디 아파? 어서 말해봐!"

나는 간신히 울음을 그치며 고개를 가로저었습니다.

"그럼 왜 울었어? 응?"

외삼촌이 자꾸만 다그쳐 묻기에 나는 대답하지 않을 수 없었습니다.

"기뻐서 그래요."

"뭐? 기뻐서, 기쁘다고 울었니?"

나는 고개를 끄덕였습니다.

그러자 외삼촌은 나를 와락 끌어안아 주며 목멘 소리로 중얼거렸습니다.

"불쌍한 것, 얼마나 외로웠기에……."

그러면서 다음 말을 더 잇지 못하였습니다.

나는 참아도 참아도 자꾸만 눈물이 쏟아져 나왔습니다. 그냥 눈물을 흘리면서 나는 간신히 울먹거리며 말했습니다.

"이젠 안 울게요."

"그래, 그래 이젠 다시 울지 마. 외삼촌이 있는데 울면 바보야."

외삼촌은 더욱 나를 꼭 껴안아 주었습니다.

그러는데도 나의 두 눈에선 끊임없이 눈물이 쏟아져 내렸습니다. 슬프거나 배가 고파서 흘리는 눈물이 아니었기 때문에, 나는 눈물을 흘리면서도 마음속으로 얼마나 기뻤는지 모릅니다.

튀기라느니 양갈보의 새끼라고, 온 세상의 사람들이 모두 나를 욕해주고 놀려주기 위하여 살고 있는 줄만 알았던 나에게 외삼촌의 출현은 갑자기 나에게 새로운 세상을 가져다준 것 같았습니다.

나는 마치 다시 태어난 아이처럼 생기에 넘쳤습니다.

2. 새로운 만남

외삼촌이 돌아온 다음부터, 나의 생활은 완전히 달라졌습니다.

할머니도 전처럼 그렇게 무서운 얼굴로 나를 욕하지는 않았습니다. 그리고 무엇보다도 기쁜 것은 술주전자를 나른다든지 하는, 술장사에서 생기는 어떤 일에도 외삼촌은 나를 내보내지 않았습니다.

새 옷도 사 입혔고, 아침마다 깨끗이 세수를 하고 난 뒤엔 외삼촌이 손수 나의 머리를 빗질해 주기도 하였습니다.

외삼촌의 방에는 어디에서 나타났는지 손때 묻은 커다란 책들이 잔뜩 쌓이고, 그 속에서 외삼촌은 책을 읽었습니다.

나에게도 그림책과 공책 그리고 연필도 사주었고, 아침 무렵과 저녁 무렵엔 꼭꼭 가갸거겨로부터 숫자 쓰는 법까지 가르쳐 주었습니다.

그럴 때마다 외삼촌은 이렇게 말해주었습니다.

"엘리노어도 열심히 공부해서 아주 훌륭한 사람이 되어야지……."

나는 외삼촌이 가르쳐 주는 한자 한자를 하나도 잊지 않고 아주 열심히 하였습니다. 며칠 지나지 않아, 나는 어느새 한글을 읽고 쓸 수 있게 되었습니다.

외삼촌은 나보다도 더 기뻐하면서 이렇게 나를 칭찬해 주었습니다.

"엘리노어도 엄마를 닮아서 공부를 잘하는구나."

그 소리에 나는 그만 두 눈에 눈물이 글썽해지고 말았습니다. 그러자 외삼촌은 나의 두 손을 꼭 움켜쥐며 부드럽게 나를 타일렀습니다.

"엘리노어야! 이젠 엄마 얘기를 하더라도 울면 안 돼! 엄마는 학교에 다닐 때 아주 공부를 잘 했단다. 그러니까 엘리노어도 엄마한테 지지 않도록 공부만 열심히 해야지 눈물을 흘리면 바보가 되는 거야. 이제부턴 울지 않겠지? 응? 자, 외삼촌하고 약속!"

그러면서 외삼촌은 새끼손가락을 불쑥 내밀었습니다.

나는 그만 눈물이 글썽했던 두 눈으로 웃음을 터뜨리며 외삼촌과 약속을 걸었습니다. 외삼촌은 껄껄 웃으며 나의 이마에다 입을 맞춰주었습니다.

그렇게 내가 하루 종일 외삼촌 곁에만 붙어앉아 시간을 보내곤 하는 날들이 오래 계속되자, 다시 할머니의 욕설이 일어나기 시작하였습니다. 그럴 때마다 외삼촌은 나를 감싸주느라고 할머니와 다투었습니다.

나는 어쩔 줄을 몰라 방구석에 웅크리고 앉아, 두 손으로 눈을 꼭 막고 할머니와 외삼촌의 다툼이 끝나기를 기다렸습니다.

한번은 아주머니가 전처럼 나를 "노랭아!" 하고 부르다가 외삼촌한테 혼이 난 적이 있었습니다. 외삼촌은 좀처럼 화를 잘 내지 않았지만 그때만은 어찌나 무섭게 화를 냈던지, 아주머니가 그만 울상이 되어 잘못을 빌었지만 외삼촌의 노여움은 좀처럼 풀어지지 않았습니다.

"뭣이라고? 노랭아? 어디서 그따위 말버릇을 배웠어? 한 번만 더 그 따위 말을 지껄여봐! 내 그 입을 그냥 안 둘 테니……."

"왜? 노랭이보고 노랭이라는데 뭐가 어째서 야단이냐?"

할머니가 입술을 실룩거리며 비아냥거렸습니다.

그러자 외삼촌은,

"시끄러워요!"

하며 버럭 고함을 질렀습니다.

모든 일이 나 때문이라고 생각이 들자 나는 그만 어디로 멀리 달아나고 싶었습니다.

그런 일이 있었던 날은 언제나 외삼촌은 나를 데리고 밖으로 나갔습니다. 목발을 짚고 천천히 걸으면서, 재미있는 옛날 얘기도 들려주었습니다.

그러다가 상점 앞을 지날 때는 언제나 멈춰 서며,

"엘리노어야, 뭐 먹고 싶니?"

하고, 과자를 눈짓하며 물었습니다.

외삼촌이 돌아오기 전까지, 나는 과자라곤 먹어본 일이 없었습니다. 다만 눈으로 구경만 하면서 침을 삼켰을 뿐이었지요.

내가 여전히 머뭇거리며 생글 웃기만 하고 있으면, 외삼촌은 이렇게 나를 재촉하곤 하였습니다.

"어서 먹고 싶은 것 집어! 어서!"

그제야 나는 간신히 전부터 먹고 싶었던 비스킷이며 눈깔사탕을 집어 주머니에 가득 넣었습니다.

그리곤 그걸 입 안에 넣고 단물을 빨아 먹으며 외삼촌을 따라 공원으로 가곤 하였습니다. 얼마나 달콤하고 즐거웠는지 모릅니다.

외삼촌은 언제나 나의 입을 살펴보다가 내가 입을 놀리지 않으면 이렇게 물었습니다.

"다 먹었니?"

"아녜요. 아직 남았어요."

"그건 왜 안 먹니? 어서 먹어."

그러면 나는 잠시 입을 다물고 웃기만 하다가 간신히 말했습니다.

"이건 용아 줄 거예요."

"용아 주려고?"

내가 고개를 끄덕이면 외삼촌은 빙그레 미소 띤 얼굴로 나를 돌아보며, 언제나 이렇게 혼잣말처럼 중얼거렸습니다.

"꼭 닮았어. 하는 짓이 모두……."

그리곤 먼 하늘 저쪽을 한참이나 멍하니 바라보며 무언지 깊은 생각에 잠겼다가 깨어나곤 하였습니다.

"엘리노어는 정말 착하구나. 용아 줄 건 돌아가면서 사가지고 갈 테니까 그건 어서 꺼내 먹어!"

그러나 나는 고개를 살래살래 흔들며 먹지 않았습니다. 그 무렵 네 살로 접어든 용아는 외삼촌이 시키는 대로 나를 보고 더듬거리는 소리로 누나! 누나! 하고 부르며 정답게 굴었습니다.

나는 용아가 고맙고 귀여웠기 때문에 언제나 외삼촌이 사 주는 과자를 반만 먹고 반은 남겨서 용아에게 주곤 하였습니다. 그러면 용아는 좋아라고 과자를 먹으면서 누나 누나 하고 나를 졸졸 따라다녔습니다.

나는 그러한 일이 한편으론 무척 즐거웠지만, 다른 한편으론 무서웠습니다. 할머니가 또 뭐라고 호통을 칠는지 몰랐기 때문이지요.

그러나 그 무렵부터 할머니는 자주 앓아눕곤 하였기 때문에 전처럼 그렇게 나를 욕하는 일은 없었습니다. 앓아누울 때는 언제나 밤중에 할머니가 우는 걸 나는 몇 번이나 이불 틈으로 엿보았습니다.

언젠가 그날 밤도 할머니는 앓고 있었습니다. 나는 공연히 걱정이 되어 두 눈을 말똥거리며 천장을 올려다보고 있다가 그만 잠이 들었습니다. 그런데 얼마나 잤을까? 갑자기 나는 숨이 막힐 것만 같이 답답하여 부스스 눈을 떠 보았습니다.

그랬더니 할머니가 나를 꼭 껴안고 소리를 죽이며 울고 있지 않겠습니까? 나는 깜짝 놀라 그만 다시 눈을 감고 자는 체하고 있었지만, 할머니는 오랫동안 나를 껴안고 울었습니다.

나는 영문을 알 수 없어 눈을 감고도 어리둥절해지고 말았습니다. 그렇게 무서운 얼굴로 욕지거리를 퍼부어 주던 할머니가 나를 껴안고 울어 주다니, 여섯 살짜리 나의 생각으론 도무지 알 수 없는 일이었습니다.

그런 다음 날, 다시 일어난 할머니는 여전히 쌀쌀하게 나를 대해 줄 뿐이었습니다. 나는 궁금하여 외삼촌한테 살짝 물어볼까도 생각했지만, 입을 다물고 말았습니다. 공연히 얘기를 꺼냈다가 또 엉뚱하게 할머니로부터 욕을 먹을까봐 겁이 났기 때문이었습니다.

외삼촌은 일주일에 세 번씩 학교에 가는 일이 있었습니다. 책을 조금 가지고 갈 때는 나를 데리고 가지 않았지만, 책이 조금 많을 때는 나를 데리고 갔습니다. 나는 외삼촌의 두꺼운 책을 무거운 줄도 모르고 두 손으로 부둥켜안고 즐겁게 조잘거리며 외삼촌을 따라갔습니다.

외삼촌은 양쪽에 목발을 짚고 걸어야 했기 때문에 책을 들고 갈 수가 없었지요. 외삼촌의 학교는 아주 어마어마하게 큰 학교였습니다.

나는 처음에 두 눈이 휘둥그레지고 말았습니다. 붉은 벽돌로 지은 삼층집들이 기다랗게 늘어서 있는가 하면, 여기저기 높은 건물들이 꽉 들어차 있었으니까요.

외삼촌은 붉은 벽돌집의 이층 어느 방에서 열심히 책을 읽고, 그리고 또 열심히 쓰기도 하였습니다.

그럴 땐 나는 방 안의 기다란 의자에 앉았다 누웠다 하기도 하고, 외삼촌이 주는 이상한 그림책을 아주 열심히 들여다보기도 하였습니다. 거기에도 싫증이 나면 나는 하품을 하다가 마침내 소파에 드러누워 잠이 들곤 하였습니다.

나올 때는 언제나 해질 무렵이었습니다.

"엘리노어야! 책이 무겁지?"

외삼촌은 두 손으로 책을 부둥켜안고 깡충대며 걸어가는 나에게 언제나 그렇게 물었습니다. 그러면 나는 고개를 살래살래 흔들며 외삼촌을 앞질러 저만치 뛰어가서 외삼촌을 기다리곤 하였습니다.

얼마나 즐거웠던지요. 그 무렵이 내 일생에서 가장 행복했던 시절이었습니다.

그렇게 외삼촌을 앞질러 뛰어가서 기다리느라고, 돌층계 위에 앉아 있던 어느 날이었습니다.

나는 무심코 외삼촌의 두꺼운 책을 펼쳐보다가 사진 한 장을 발견하였습니다. 나는 이상하리만큼 긴장이 되어 그 사진을 자세히 들여다 보았습니다.

검은 교복에 학생모를 쓴 남자는 분명 외삼촌이었지만, 그 옆에 나란히 책을 들고 서 있는 세라복의 여자는 처음 보는 얼굴이었습니다.

그런데도 나의 신경은 온통 그 여자에게로 곤두세워져, 뚫어질 듯 사진을 들여다보았습니다. 검은 머리에 검고 큰 두 눈과 갸름한 얼굴이 정말 아름답게 생긴 여자였습니다.

"엘리노어야, 뭘 보니?"

어느새 다가왔는지 외삼촌이 목발을 멈추며 물었습니다.

"외삼촌! 이 사람은 누구예요?"

내가 사진 속의 여자를 가리키며 물었습니다.

그러자 외삼촌은 잠시 난처한 표정이 되더니 목발을 내리고 내 옆의 층계에 걸터앉았습니다.

그리곤 낮게, 떨리는 목소리로 입을 열었습니다.

"엘리노어야!"

"네?"

"너, 나하고 약속한 것 잊지 않았겠지?"

내가 잠시 무슨 말인지 몰라 멍청해 있으니까, 외삼촌은 새끼손가락을 불쑥 내밀었습니다.

"이거 말이야."

그제야 나는 피식 웃음을 터뜨리며 고개를 끄덕였습니다. 그러자 외삼촌은 사진을 눈짓하며 나직하게 말했습니다.

"그건 네 엄마야! 외삼촌한테는 아주 좋은 누나였지."

그 소리에 나는 급히 사진을 눈앞에다 바싹 당겨보다가 그만 '엄마!' 하며 참을 수 없이 울음을 터뜨리고 말았습니다. 외삼촌과의 약속을 그만 까먹고 말았지요.

외삼촌은 어쩔 줄 몰라 나를 달래었지만, 나는 여전히 울면서 사진을 들여다보며 쫑알거렸습니다.

"엄마! 미워! 밉단 말이야! 나 혼자만 남겨두고 왜 죽었어?"

외삼촌도 두 눈에 눈물이 어리며 손수건으로 나의 얼굴을 훔쳐주었습니다.

"외삼촌, 이 사진 나 가질래요!"

나는 책 속의 사진을 빼들고 졸랐습니다.

그러자 외삼촌은 잠시 말이 없더니 고개를 가로저었습니다.

"안 돼! 그걸 보고 매일 울려고……."

"안 울어요. 정말 울지 않을 게요."

"정말이지?"

"그럼요. 다시 약속해요, 자."

이번엔 내가 먼저 새끼손가락을 불쑥 내밀었습니다. 외삼촌은 빙그레 웃으며 새끼손가락을 내밀어 나의 약속을 받아주었습니다.

이 새끼손가락의 약속을 내가 정말 끝까지 지킬 수만 있었다면 나는 얼마나 행복했을까요?

그날 밤, 이불 속에서 나는 당장 외삼촌과의 약속을 또 까먹고 말았습니다. 등을 돌리고 누웠던 할머니 몰래 나는 품속에서 사진을 꺼내 보았습니다.

정다운 미소가 어린 엄마의 아름다운 얼굴을 한참이나 넋 잃은 듯 들여다보고 있던 나는 그만 소리를 죽이고 흐느끼기 시작했습니다. 아무리 참으려고 애를 써도 소용없는 일이었습니다.

그렇게 나를 울려주기만 하는 사진이었지만, 나는 언제나 그 사진을 품속에다 소중하게 지니고 있었습니다.

엄마의 얼굴조차 모르고 지낼 때보다는 얼마나 마음이 든든하고 힘이 되었는지 모릅니다.

3. 시련은 시작되다

여덟 살이 되었을 때, 나는 초등학교에 입학하였습니다.

이 입학이야말로 나의 뼈저린 슬픔과 고통에 대한 새로운 시련의 시작이었습니다.

외삼촌의 지극한 보살핌이 잠시라도 내 곁을 떠났더라면, 나는 단 하루도 학교에 다니지 못했을 것입니다.

튀기, 양갈보 따위의 낙서가 학교 담벼락이며 화장실의 여기저기에 그려지고, 그 낙서의 소리들과 함께 짓궂은 아이들의 얼굴에 떠오르는 그 잔인스러운 미소들이 나는 몸서리가 나도록 무서웠습니다.

언제나 아침에 외삼촌의 배웅을 받으며 학교에 갈 때는 즐거운 미소가 나의 얼굴을 가득 채웠지만, 학교에서 돌아올 무렵에는 언제나 훌쩍거리고 울면서 돌아오기가 일쑤였습니다.

그렇게 울면서 돌아오는 나의 머릿속에 가득 찬 슬픔을 외삼촌은 모조리 짐작하시곤 말없이 오랫동안 나의 머리만 쓰다듬어 주었습니다.

그러한 외삼촌의 말 없는 격려와 따뜻한 채찍이 어느새 나의 몸에 배어들어, 5학년이 되고부터 나는 울면서 돌아오는 일은 없어졌습니다.

눈물을 많이 흘리면 바보가 된다고, 나의 귀에 딱지가 앉을 만큼 타일러 주신 외삼촌의 얘기가 얼마만큼의 눈물을 거두어 간 셈이었습니다. 따라서 나의 몸속 어디엔가 그러한 짓궂은 놀림에 대한 저항력이 싹튼 것도 그 무렵이었습니다.

5학년 정도의 계집애라면 흔히 정신없이 명랑하여 입에 거품이 일도록 밑도 끝도 없는 얘기를 조잘대기도 하고, 조그만 일에도 요란하게 깔깔대는 그런 상태와는 전혀 거리가 멀었던 나는 완전히 외톨이가 되어 공부에만 모든 정성을 쏟았습니다.

그러한 방법은 오랜 시간을 두고 자연스럽게 나로 하여금 벙어리의 행복을 가르쳐 주었습니다.

그리하여 나의 성적이 우리 반에서 1등이 되었을 때, 선생님은 나를 반장으로 뽑아주었습니다.

반 아이들은 모두 처음엔 눈이 휘둥그레지며 놀라더니, 이윽고 싸늘한 눈초리로 아니꼬운 듯이 나를 흘겨보기 시작했습니다. 그러나 나는 억눌러도 억눌러도 자꾸만 솟구치는 기쁨에 어쩔 줄을 몰랐습니다.

외삼촌은 마침내 그 커다란 두 눈에 눈물이 글썽해져서 나의 두 손을 꼭 움켜쥐었습니다. 그러나 그러한 나의 즐거움도 외삼촌의 기쁨도 그리 오래가진 못하였습니다.

아이들은 모두 약속이나 한 듯이 반장인 나의 말을 들은 척도 하지 않더니, 하루는 많은 학부형들이 우리 교실로 몰려왔기 때문입니다. 학부형들은 고래고래 소리를 지르며 선생님에게 덤벼들었습니다.

모두 자기 아이를 다른 반으로 옮겨야겠다고 으르렁거렸습니다.

"양색시의 아이를 반장까지 시키는 법이 어디 있어요!"

부반장인 인숙이 어머니는 앙칼지게 쏘아붙였습니다.

그러나 담임 선생님은 굳은 표정으로 조금도 흔들리지 않았습니다.

"성적이 1등인 아이를 반장으로 뽑았을 뿐입니다."

그러자 무섭게 약이 오른 인숙이 어머니는 입에 거품을 물며 양갈보의 아이를 반장까지 시켜준 건 무슨 일이냐고 다시 대들었습니다.

그러나 선생님은 굳게 입을 다물고 한참이나 침묵을 지켰습니다.

나는 처음엔 전신이 부들부들 떨리도록 무서웠지만, 양색시의 아이가 어느새 양갈보의 아이로 바뀐 살벌한 교실내의 분위기가 이제 그렇게 무섭지도 않았습니다. 그런 다음 나를 가리켜서 튀어나올 말까지도 나는 미리 알고 있었으니까요.

이윽고 선생님이 학부형들을 둘러보시며 무겁게 입을 열었습니다.

"뭐라고 하시더라도 나는 내 소신대로 하겠습니다. 지금 이 장소에서 여러분들이 꾸미고 계신 분위기가 얼마나 아이들의 교육에 지장을 초래하는지를 짐작하신다면 어서 물러가 주십시오."

그 소리에 인숙이 어머니가 냉큼 나섰습니다.

"뭣이라고요? 온 세상의 손가락질을 받는 양갈보의 아이를 반장까지 시켜놓고 그래도 소신대로 하시겠다고요?"

"그렇습니다. 혼혈아라고 해서 반장이 되지 말란 법은 없으니까요."

"좋아요. 정 그렇게 나오신다면 교장 선생님을 만나겠어요!"

"교장 선생님을 만나시든지, 대통령을 만나시든지 좋을 대로 하십시오. 어떤 일이 있더라도 나의 소신에는 변함이 없을 것입니다.”

소신대로 하겠다는 선생님의 굳은 목소리에 학부형들은 고래고래 욕설마저 퍼붓더니, 이내 우르르 교장실로 몰려갔습니다. 잠시 동안 교실은 죽은 듯이 잠잠하였습니다.

나는 멍청한 시선으로 창밖의 푸른 하늘을 바라보고 있었습니다. 조금도 슬프지 않았고, 괴롭지도 않았습니다.

나는 엉뚱하게 이런 생각을 하고 있었습니다.

‘유리창이 푸르기 때문에 하늘이 푸르게 보이는 것일까? 아니면 하늘이 푸르기 때문에 유리창이 푸르게 보이는 것일까?

자꾸만 반복하여 의문을 되새겨보다가, 마침내 나는 참을 수 없어서 울음을 터뜨리고 말았습니다.

교실에서 그렇게 큰 소리로 울어보기는 그것이 처음이었습니다. 선생님도 아이들도 모두 깜짝 놀라 내 쪽으로 시선을 돌려 왔지만, 나는 한참이나 소리내어 울었습니다.

고막을 울리는 나의 울음소리 위로 이윽고 선생님의 나직하고 굵은 목소리가 떨리듯 다가왔습니다.

“너희들은 지금 엘리노어의 울음소리를 듣고 있다. 이 울음소리에 박수를 치고 싶은 사람은 박수를 쳐도 좋아……. 하잘 것 없는 겉모양, 그 외모가 다르다고 하여 너희들은 누구 한 사람 엘리노어를 정답게 대해 주지 않았어. 정다움은커녕 언제나 돌려세워 놓고 비웃고, 놀리고, 손가락질들만 해왔다. 그러나 엘리노어는 너희들보다 몇 배나 더 훌륭한 학생이야. 조금도 남을 시기하지 않고 자기 할 일만 충실히 해나가는 착한 학생이란 말이다!”

선생님은 고함을 버럭 질렀습니다.

어느새 나의 울음은 사라져 버렸고, 나도 아이들처럼 고개를 떨어뜨린 채 선생님의 목소리에 귀를 기울였습니다.

"그렇게 남을 비웃고, 놀려주고 하면 할수록 더욱 나빠지는 건 바로 너희들 자신이다. 남의 불행을 도와주고, 남의 슬픔을 위로해 주는 그런 따뜻한 마음씨를 가진 착한 사람들이 되라고 나는 지금껏 너희들을 가르쳐 왔다. 그러나 너희들은 지금까지 나의 가르침과는 반대쪽을 향하여 뛰어가기 위해 기를 쓰고 있는 중이야. 너희들은 한마디로 바보가 되기 위해 아주 열심인 아이들이야."

마침내 아이들 가운데서 훌쩍이는 소리가 일어나기 시작하였습니다.

나는 책상 밑으로 고개를 떨어뜨린 채 훌쩍이는 아이들의 울음소리를 가만히 듣고 있었습니다.

왜 우는 것일까?

나는 마치 아이들의 울음소리가 너무나 우스울 때 그만 튀어나오는 울음소리처럼 생각되었습니다.

잠시 훌쩍이는 아이들을 말없이 둘러보시던 선생님은 다시 나직한 목소리로 입을 열었습니다.

"지난 토요일 오후에 나는 교실에 혼자 남아 울면서 청소를 하고 있던 엘리노어를 창 밖에서 지켜본 일이 있다."

그 소리에 나는 깜짝 놀랐습니다.

숙제를 해오지 않았던 아이들을 청소시키라는 선생님의 지시를 받고, 그 아이들의 이름을 적어 청소를 시키려고 하였지만 아이들은 모조리 코웃음을 치면서 도망쳐 버렸기 때문에 나는 할 수 없이 혼자서 그

많은 책상과 걸상을 옮긴 다음, 해가 질 때까지 청소를 했던 것입니다.

그러나 다음 월요일, 나는 그 사실을 입 밖에 내지도 않았는데, 어느새 선생님은 그걸 알고 계셨던 것입니다.

"해가 저물고 어두울 때까지 엘리노어는 혼자서 너희들이 앉은 이 교실을 깨끗이 쓸고 닦았어. 소리를 죽이며 우는 모습을 창 너머로 지켜보고 있던 선생님의 눈에도 어느새 눈물이 괴었지."

어느새 나는 다시 훌쩍이고 말았습니다.

마치 선생님의 얘기 속에 나오는 엘리노어가 나 아닌, 그 어떤 혼혈아의 가엾은 얘기처럼 들려왔기 때문입니다. 책상 밑으로 전해오는 아이들의 울음소리도 점점 늘어갔습니다.

그러나 선생님은 여전히 목이 쉰 듯한 나직한 목소리로 말을 이었습니다.

"그러나 월요일 아침 내가 물었을 때도 엘리노어는 그런 사실을 입밖에 내지도 않았어. 다만 숙제를 하지 않은 아이들이 모두 남아서 청소를 했다고 거짓말로 대답했지. 그러한 거짓말이 나쁘다고 선생님은 엘리노어를 꾸짖을 수는 없었어. 그러한 거짓말은 수천 개의 참말보다 더 값이 있기 때문이야."

선생님은 말을 끝낸 다음, 창 밖의 푸른 하늘을 물끄러미 바라보셨습니다.

교실은 갑자기 벌집을 쑤셔 놓은 듯 훌쩍이는 울음소리들이 한참이나 계속되었습니다. 나의 울음소리도 함께 그 속으로 빠져 들어가더니, 울고 있는 나의 마음 한쪽이 갑자기 환히 밝아오는 것 같았습니다.

그러나 다음날 인자하신 우리 선생님은 우리들과 마지막 작별 인사도 나누지 못한 채 다른 학교로 떠나고 말았습니다. 그 소식에 교실은 또 한바탕 훌쩍이는 울음소리로 덮였습니다.

이윽고 새로 오신 키가 큰 선생님이 우리 교실로 들어왔습니다. 선생님은 간단히 인사말을 끝내더니 이윽고 나의 짐작대로 반장 얘기를 꺼냈습니다.

"지금부터 반장 선거를 실시한다. 지금까진 아마 선생님이 반장을 임명하신 것 같은데, 그건 민주주의 방식에 어긋나는 것이니까 공정한 투표를 거쳐 다시 반장을 뽑도록 한다."

그러나 아이들은 누구 하나 선생님의 얘기에 달가운 반응을 보이지 않았습니다.

나는 참으로 이상한 생각이 들었습니다. 나의 생각으로는 선생님의 그러한 반장 선거 발표가 있으면 반드시 요란한 박수가 일어날 것이고, 부반장인 인숙이의 생기 넘치는 얼굴이 아이들의 표정을 살피기에 분주하리라 믿었는데, 인숙이는 여전히 풀이 죽은 모습으로 고개를 떨어뜨리고 있었습니다.

이윽고 반장 투표가 시작되었습니다.

자기가 반장으로 뽑고자 하는 사람의 이름을 종이 조각에 적어 교탁 위의 상자 속에 밀어넣었습니다.

나는 한참이나 망설이고 있다가 부반장인 인숙이의 이름을 적어 상자 속에다 밀어넣고 돌아왔습니다. 인숙이가 반장으로 뽑힐 것은 너무나도 분명한 사실이었습니다.

이윽고 개표가 시작되었습니다.

나는 깜짝 놀라고 말았습니다. 선생님이 한 장씩 이름을 부르며 집어

드는 종이 조각마다 나의 이름이었으니까요. 나는 두 눈이 휘둥그레져서 아이들을 둘러보았습니다.

그때 반 아이들의 얼굴마다 나의 놀라운 시선에 대답해 주는 듯한 부드러운 미소를 나는 지금도 잊을 수가 없습니다. 그 중에서도 언제나 적의를 품고 나를 대했던 인숙이의 얼굴에 밝게 그려지던 그 예쁜 미소는 나를 당황하게까지 만들었습니다.

내가 써넣었던 단 한 표의 이름으로 인숙이는 다시 부반장이 되었고, 나는 반 전체 아이들의 절대적인 지지를 받아 다시 반장으로 뽑혔던 것입니다.

선생님은 한참 동안이나 낭패한 표정으로 우리들을 둘러보더니 이렇게 물었습니다.

"설마 장난으로 투표한 사람은 없을 테지?"

그러자 아이들은 일제히 '없어요!' 하고 대답하였습니다.

나는 그만 책상 밑으로 고개를 떨어뜨린 채 눈을 감고 말았습니다. 가슴이 터질 듯이 두근거렸고, 갑자기 새로운 울음이 목구멍을 치밀어 오를 것 같았습니다.

이윽고 선생님은 아직 반장 선거만으론 반장이 결정된 것이 아니니까 조용히들 하라고 말하더니 밖으로 나갔습니다. 아이들은 뭐라고 저마다 선생님을 향하여 쫑알거렸습니다.

잠시 후에 선생님은 다시 교실로 들어오시더니, 나의 이름을 불렀습니다.

내가 간신히 대답하며 일어서자, 선생님은 그제야 부드러운 얼굴로 나를 바라보며 이렇게 말했습니다.

"엘리노어가 반장으로 결정되었어. 어서 앞으로 나와서 인사말을 하
도록 해!"

나는 잠시 멍청히 서 있다가 간신히 교탁 앞으로 걸어 나갔습니다.

갑자기 요란한 박수 소리가 교실을 가득 채웠습니다. 나는 그 박수
소리를 향하여 약간 허리를 굽혀 절을 하며,

"여러분! 고맙습니다."

간신히 이렇게 입을 열다가 그만 고개를 떨어뜨린 채 소리를 죽이며
울음을 터뜨리고 말았습니다.

요란한 박수 소리에 묻어오는 아이들의 그 따뜻한 마음씨에 오랫동
안 얼어붙었던 나의 전신이 갑자기 녹아내리는 것 같았습니다.

"자, 이제 그만 울고 인사말을 해야지."

선생님의 부드러운 목소리가 울음으로 가득 찬 나의 고막 속으로 스
며들어왔습니다.

나는 간신히 울음을 삼켰지만, 훌쩍거리며 턱을 흔드는 울음의 여운
때문에 무슨 말도 입에 담을 수가 없었습니다.

그러는데 부반장인 인숙이가 자리에서 벌떡 일어났습니다.

"선생님! 저희들은 엘리노어가 왜 우는지 알고 있어요. 엘리노어의
눈물만으로도 인사말은 충분해요. 지금까진 저희들이 나빴어요."

목이 멘 듯한 인숙이의 말이 끝나자, 교실은 다시 요란한 박수 소리로
덮였습니다. 선생님도 따라서 박수를 쳐주었습니다.

나는 자꾸만 흘러내리는 눈물 때문에 눈앞이 흐려, 간신히 자리로 돌
아와 앉았습니다.

그러한 나의 눈물 속에는 오래도록 다른 학교로 떠나신 그 인자하시

던 선생님의 모습이 머물러 있었습니다.

그 선생님이 나를 다시 반장으로 뽑아주셨던 것입니다.

4. 마음에 피는 노래

나를 둘러싸고 일어났던 반장 사건을 나는 처음엔 외삼촌에게 얘기하지 않았습니다. 나의 공부에만 모든 정성을 기울이고 있었던 외삼촌을 그런 일로 또 괴롭혀 드리고 싶지 않았기 때문이지요.

그러나 참으로 뜻밖에도 내가 다시 반장으로 뽑히고, 싸늘하기만 하였던 반 아이들의 따뜻한 박수 소리에 둘러싸이고 보니 나는 당장에라도 이 기쁘고 즐거운 소식을 외삼촌에게 전하지 않고는 견딜 수가 없었습니다.

그래서 나는 공부가 끝나자마자 곧장 외삼촌의 직장인 도서관으로 뛰어가려고 일어났습니다.

그런데 아이들은 선생님이 나가신 뒤에도 여전히 꼼짝도 않고 모두 자리에 앉아 있더니, 이윽고 인숙이가 교탁 앞으로 나갔습니다.

인숙이는 아이들을 둘러보며 조그만 소리로 입을 열었습니다.

"그렇게나 훌륭하신 선생님이 우리 학교를 떠나신 건 모두 우리들의 잘못이야. 이제부턴 반장인 엘리노어의 말을 전처럼 잘 듣지 않고 놀려 먹는 사람은 없겠지만, 집에 돌아가서도 어머니들에게 우리들의 잘못을 솔직히 말씀드려야 할 거야."

그러더니 인숙이는 나를 빤히 바라보며 다시 말을 이었습니다.

"아이들을 대신해서 지금까지의 모든 잘못을 사과할게! 다시는 그런 일이 없을 거야."

인숙이의 말이 끝나자, 교실은 요란한 박수 소리로 가득 찼습니다.

나는 무어라 대꾸할 말을 찾아낼 수가 없었습니다. 간신히 일어나 조 그만 소리로 고맙다고만 말했을 뿐입니다. 너무나 감격하였기 때문에 가슴이 덜덜 떨리기까지 하였습니다.

그러한 모든 얘기를 나로부터 들으신 외삼촌은 한동안 아무 말도 없 이 나의 두 손을 아프도록 꼭 움켜쥐고만 있더니 감격에 넘친 듯 입을 열었습니다.

"이제 어려운 고비는 1년밖에 남지 않았어. 중학교에만 들어가면 지 금까지 너를 슬프게만 해주던 주위 환경이 많이 달라질 거야. 더욱 용기 를 내야지."

그러나 외삼촌이 어려운 고비라고 걱정하셨던 초등학교의 마지막 1 년 동안은 얼마나 즐거웠는지 모릅니다.

5학년 때 같은 반이었던 아이들이 그대로 함께 6학년에서도 같은 반 이 되었기 때문입니다.

다른 반 아이들이나 짓궂은 남자애들이 나를 튀기라고 놀리기만 하 면 모두 우르르 몰려가서 다시는 튀기라고 놀리지 못하게 혼을 내주곤 하였습니다.

그래도 짓궂은 남자 애들은 여전히 나만 보면,

"양양 양갈보를 바라볼 때에……"

하고 노래를 부르며 놀리곤 하였습니다.

그럴 때는 인숙이가 앞장을 서고 많은 아이들이 뒤따라, 그 남자 애들의 교실을 찾아가 담임선생님에게 일러주어 혼이 번쩍 나도록 만들어 주기까지 하였습니다.

그런 다음부터는 다른 반 애들이나 남자 애들도 전처럼 그렇게 나를 놀리지 않았습니다. 선생님에게 벌을 받을까봐 겁이 났기 때문이지요.

그러나 다른 반 애들로부터 간혹 놀림을 당하는 일이 있어도, 이젠 그렇게 슬프지는 않았습니다.

우리 교실에만 들어오면 칠십여 명의, 나를 도와주려는 정다운 친구들이 있었기 때문이지요.

마치 언제나 찬 바람이 몰아치는 하늘에만 날아다니던 새가 따뜻한 둥우리가 생겨 그 속에 들어앉은 것과 같이 우리 교실은 나에게 따뜻하고 아늑한 둥우리였습니다.

6학년이 되고부터 아이들은 모두 과외 공부를 한다, 가정교사에게 배운다 하며, 공부에 열을 내기 시작했습니다.

나는 언제나 학교가 끝나면 외삼촌이 계신 대학교의 도서관으로 갔습니다. 나는 거기서 처음엔 외삼촌이 사무 보시는 옆자리에서 숙제도 하고, 예습도 하다가 모르는 건 외삼촌에게 묻곤 하였습니다.

그러나 하루 이틀이 지나는 사이에 나는 엉뚱한 호기심이 생겨났습니다. 넓은 열람실을 가득 채운 대학생들 틈에 끼여 나도 공부해 봤으면

하고 생각했던 것입니다.

그래서 하루는 대학생들의 자리를 손짓하며 외삼촌을 졸랐습니다.

"외삼촌, 나도 저기서 공부하고 싶어요."

그러자 외삼촌은 빙그레 웃으며, 고개를 끄덕였습니다.

나는 너무나 기뻐서 깡충대며 책가방을 안고 대학생들의 자리 틈 사이의 빈 자리를 차지하였습니다.

그러나 키가 작았기 때문에 나는 의자에 무릎을 꿇지 않으면 안 되었습니다. 나는 무릎이 아픈 줄도 모르고 열심히 숙제를 하였습니다.

나는 갑자기 대학생이 되어버린 듯 어깨가 으쓱해져서, 잠시 고개를 들고 주위를 둘러보기도 하였습니다.

그러면 나의 두 눈과 마주치는 대학생들은 빙그레 미소를 지으며, 나를 바라보곤 하였습니다. 누구 한 사람 나보고 튀기라느니, 양갈보의 새끼라고 놀려대는 사람은 없었습니다.

며칠이 지나지 않아 나는 도서관에서 공부하는 대학생들과 아주 친한 사이가 되었습니다.

서로 소리 내어 말은 할 수 없었지만, 빙그레 미소를 보내오면 나는 생긋 웃어주곤 하였습니다.

그렇게 즐거운 마음으로 공부를 하다가 외삼촌의 사무가 끝나면, 나는 외삼촌과 함께 집으로 돌아오곤 하였습니다. 학교에서의 생활도 전에 없이 즐거웠지만 도서관에서 공부하는 시간도 무척 즐거웠습니다.

하루는 도서관에서의 공부가 끝나자 나는 종이 조각에다 나의 이름을 쓴 다음 내 자리의 칸막이에다 붙여두었습니다.

'이 자리는 엘리노어의 자리니까 대학생들은 앉지 마세요.' 하는 뜻이 그 속에 숨어 있었지요.

그런데 다음 날 내가 와 보니 누군가 나의 이름 밑에다,

"꼬마 아가씨, 열심히 하세요."

라고 적어 놓았습니다.

나는 터져나오려는 웃음을 간신히 깨물며 주위를 둘러보았지만, 모두 고개를 숙인 채 공부에만 열심이었습니다. 누군지는 알 수 없었지만, 나는 그 대학생에게 마음속으로나마 고맙다고 인사하였습니다.

재미있는 구경거리가 되고도 남을 나의 존재가 그 대학생들의 도서관 안에서는 한 사람의 조그만 인간으로서 자신감을 지녀도 좋다고 말해 주는 것 같았습니다.

때로 내가 숙제를 하느라고 고개를 떨어뜨린 채 열심히 하고 있을 때, 옆자리의 대학생이 허물없는 말투로,

"얘 꼬마! 지우개 좀 빌려주렴."

하고 말을 건네올 때라든가, 칸막이 너머의 안경 낀 대학생이 잠시 쉬는 동안 담배 연기를 내 쪽으로 후 불어 넘기며 조그만 소리로,

"꼬마 아가씨, 뭐 모르는 것 있으면 사양 말고 물어보라구."

하며 친절을 베풀어올 때, 나는 순간순간 내 자신 속에 굳어져 있는 어떤 한 부분이 사람들과 가까운 거리에서 녹아내리는 것 같은 따뜻한 생기를 느끼곤 하였습니다.

그럴 땐 나는 연필 꽁무니를 입에 물고 고개를 갸우뚱거리다가, 이런 엉뚱한 질문을 던질 때도 있었습니다.

"담배는 뭣 때문에 피우는 거예요?"

"자유당이 미워서 피우는 거야."

불쑥 내뱉는 대학생의 대답에, 나는 공연히 한손으로 입을 막고 깔깔대다가, 이렇게 소곤대기도 하였습니다.

"자유당이 뭐예요? 사람이에요? 그러면, 막 때려주면 될 거 아녜요? 담배만 피우면 연기만 나지 무슨 소용이 있나요?"

"그럼…… 여자들이 미워서 담배 피우는 거야."

이렇게 말하면서, 대학생은 심술꾸러기 같은 표정으로 담배 연기를 불어 넘겼습니다.

나는 책받침을 부채처럼 흔들어 담배 연기를 도로 쫓아보내며 대학생을 곱게 흘겨주기도 하였습니다.

그러던 어느 날이었습니다. 갑자기 그날은 도서관이 텅 비어 있었습니다. 언제나 그때쯤이면 넓은 도서관을 꽉 메운 채, 열심히 공부하고 있었던 대학생들이 한 사람도 보이지 않았습니다.

나는 두 눈이 휘둥그레지며 외삼촌에게 물어보았습니다. 그랬더니 외삼촌은 침통한 표정으로, 학생들은 모두 데모를 하러 나갔다고 말했습니다. 나는 또 데모가 뭐냐고 캐어물었습니다.

외삼촌은 조금도 얼굴을 찌푸리지 않고, 차근차근 내가 알아듣기 쉬운 말로 설명해 주었습니다.

정부가 옳지 못한 방법으로 선거를 했기 때문에 대학생들이 마침내 분노하여 일어났다는 것이었습니다.

나는 무언지 큰 일이 벌어졌구나 하며 공연히 텅 빈 도서관을 깡충대며 뛰어다녔습니다. 그러면서 자리마다 그 자리에 앉았던 대학생들의 얼굴을 하나하나 더듬어 보기도 하였습니다.

그러나 며칠 후엔 우리 학교도 마침내 공부를 쉬게 되었습니다. 거리

는 술렁대기 시작하였고, 데모대들이 질러대는 우렁찬 함성이 우리 집
에까지 울려왔습니다. 거리의 모든 상점들은 무서워 문을 꽁꽁 닫아버
렸고, 우리 집도 술장사를 쉬었습니다.

이윽고 어디선지 요란한 총소리가 울리기 시작하더니, 학생들이 피
를 흘리며 쓰러진다고 외삼촌은 주먹을 부르르 떨며 '죽일 놈들!' 하고
그 소리만 되풀이하였습니다.

그런 다음 날, 여기저기에서 만세 소리가 울리기 시작했습니다. 나는
외삼촌이 말렸지만 떼를 써서 도서관으로 가는 외삼촌을 따라 거리로
나갔습니다.

거리는 더럽게 어지럽혀져 있었고, 그 위를 지나가는 차마다 대학생
들이 빽빽하게 올라타고 목쉰 소리로 만세를 부르기도 하고, 뒤이어 우
렁차게 노래를 불러대었습니다.

나는 공연히 뛸 듯이 기뻤습니다. 그날만은 그렇게 많은 사람들이 와
글거리는 거리가 조금도 무섭지 않았습니다.

누구 하나 나를 이상한 눈초리로 바라보는 사람도 없었습니다.

"학생들의 혁명이 성공한 거야!"
하고 떨리는 목소리로 나에게 말했던 외삼촌의 얼굴도 전에 없이 즐거
워 보였습니다.

혁명이란 처음 들어보는 말이, 나는 마치 이제 사람들이 절대 나를 튀
기라고 놀리지 않고 정답게 대해줄 것을 다짐해 주는 말처럼 생각되었
습니다.

갑자기 외삼촌과 나는 커다란 병원 앞에서 길이 막혀, 멈추어 서고 말
았습니다. 병원 앞길에 하얀 가운을 입은 예쁜 간호사들이 테이블 앞으

로 길게 줄지어 늘어선 사람들에게 차례차례로 무슨 주사를 놓아주고 있는 것 같았습니다.

나는 처음에 길게 늘어선 사람들의 행렬이 무슨 예방주사를 맞기 위하여 기다리고 있는 줄 알았습니다. 그러는데 목발에 의지한 외삼촌도 어느새 줄 선 사람들의 꼬리에 붙어 서지 않겠습니까?

나는 두 눈이 동그래지며 외삼촌에게 물었습니다.

"외삼촌도 주사 맞을 거예요?"

바보 같은 나의 소리에 옆에 서있던 사람들도 외삼촌과 함께 껄껄거리며 웃어댔습니다. 나는 그만 홍당무가 되어 외삼촌 뒤에 숨어버렸습니다.

그러자 외삼촌이 고개를 돌리며 예방주사가 아니라고 설명해 주었습니다. 부상당한 학생들이 피를 너무나 많이 흘렸기 때문에 생명이 위독하여서, 모두 피를 뽑아 그 학생들에게 넣어 줄 거라고 하였습니다.

그런 걸 무슨 예방 주사라고 생각하고 있었다니 나는 얼마나 바보였을까요? 나는 더욱 얼굴이 빨개져서 어쩔 줄을 몰랐습니다.

어느새 내 뒤에도 많은 사람들이 소매를 걷어올리며 줄을 서고 있었습니다.

"외삼촌! 내 피도 뽑을래요. 네?"

그러자 외삼촌은 단번에 '안 돼!' 하고 거절했습니다.

"싫어요, 나도 뽑을래요."

하고 나는 떼를 썼습니다.

이제 사람들은 학생들의 혁명 때문에 모두 착해져서 나를 튀기라고 놀리지도 않는 것 같았습니다. 그렇게 나를 위해서도 좋은 일을 해준 부상당한 학생들에게 나의 피도 꼭 넣어주고 싶었습니다.

그런 생각이 들자 나는 양쪽의 팔뚝을 모두 걷어올린 다음, 나의 차례를 기다렸습니다.

그러자 외삼촌이 다시 나를 돌아보며 타일렀습니다.

"엘리노어야! 넌 어려서 안 된다니까, 어서 옷소매 내리고 저기 담 밑에 가서 기다리고 있거라."

그러나 나는 여전히 버티고 서 있었습니다.

문득 나는 뒤를 돌아보다가 나보다 조금 작은 계집애 둘이 나처럼 팔뚝을 걷고 서 있는 걸 발견하였습니다.

"외삼촌! 저기 봐요. 저 애들도 차례를 기다리고 있잖아요?"

그 소리에 외삼촌은 뒤를 힐끔 돌아보더니, 빙그레 웃을 뿐 다시는 아무 말도 하지 않았습니다. 그제야 안심이 되었습니다.

이윽고 외삼촌의 차례가 되었습니다.

얼굴이 새하얀 간호사가 잠시 머뭇거리며 외삼촌을 쳐다보더니, 난처한 듯이 입을 열었습니다.

"그만두시죠. 건강한 사람들도 많은데……."

"괜찮소! 나도 건강하단 말이요."

외삼촌은 벌컥 화를 내며 큰 소리로 말했습니다.

나는 외삼촌의 목소리에 깜짝 놀라, 간호사의 얼굴을 살펴보았습니다. 그러자 간호사는 무안스러운 듯이 고개를 돌렸습니다.

어느새 외삼촌은 테이블 옆에 마련되어 있는 침대에 목발을 세워두고는 드러누웠습니다. 간호사는 마지못하여 외삼촌의 팔뚝에서도 피를 뽑았습니다.

드디어 나의 차례가 되었습니다. 나는 숨이 막힐 것만 같이 가슴이 뛰었지만, 간신히 참고 간호사 앞으로 다가섰습니다.

그러자 간호사 언니는 나를 잠시 바라보더니 정다운 미소를 보내오며 이렇게 말했습니다.

"애야! 넌 어려서 피를 뽑을 수가 없단다."

"싫어요! 난 괜찮아요. 나도 뽑아줘요."

나는 팔뚝을 들이밀며 떼를 썼습니다.

간호사는 소리를 죽이며 웃더니, 다시 입을 열었습니다.

"엄마 아빠가 아시면 혼이 날 걸."

나는 그 소리에 잠시 풀이 죽었지만, 이내 침대 곁으로 다가서며 말했습니다.

"괜찮아요. 외삼촌하고 같이 왔어요."

그러자 외삼촌이 빙그레 웃으며 다가서더니, 간호사를 돌아보며 말해 주었습니다.

"조금만 뽑아 주시오. 나를 닮아서 고집이 세니까. 혈액형은 A형이요."

그제야 간호사는 침대에 드러누운 나의 팔뚝에다 따끔하게 주사를 찔러 넣었습니다. 나는 두 눈을 꼭 감고 입술을 지그시 깨물었습니다.

팔뚝이 찌릿하게 아픈 것 같았지만, 나의 피가 얼굴도 모르는 환자들의 혈관 속을 힘차게 흐를 것을 생각하니 나는 갑자기 가슴이 뛰고 황홀하여져서, 마침내 조그만 아픔 따위는 잊어버리고 말았습니다.

그렇게 나의 피를 받은 많은 사람들이 마치 나의 가까운 친척이라도 될 것 같이 느껴졌습니다.

　그리하여 많은 사람들이 다시는 나를 이상한 시선으로 흘겨보지도 않을 것이고 나를 정답게 대해 주리라 생각하니, 나는 온몸의 피를 모조리 뽑아서 그들에게 골고루 나누어 주고 싶은 생각마저 일어났습니다.

　그러나 간호사는 내가 어리다고 조금밖엔 피를 뽑지 않고, 침대에서 나를 쫓아내었습니다. 나는 뾰로통해져서 간호사를 흘겨주다가 그만 킬킬거리며 웃음을 터뜨리고 말았습니다.

　나의 뒤에서 기다리고 있었던 조그만 계집애 둘이 그 간호사로부터 거절을 당하더니, 그만 얼굴이 빨개져서 달아나 버렸기 때문입니다.

　'바보들 같으니라고, 나처럼 떼를 쓰지 않고……'
하며, 나는 우쭐한 기분으로 외삼촌을 따라 그곳을 떠났습니다.

　나는 마치 무슨 커다란 좋은 일을 한 것만 같아 갑자기 양쪽 겨드랑이에 날개가 생겨난 것처럼, 전신이 날 듯이 가벼웠습니다.

　그러나 불과 며칠이 지나지 않아 겨드랑이 밑의 날개는 쑥 빠져 달아나 버렸고, 그토록 엄청나게 기대를 걸었던 나의 피를 받은 환자들은 여전히 병상에만 누워 있었기 때문에 사람들의 시선은 다시 전처럼 나의 얼굴 위에 따갑게 쏟아지기 시작하였습니다.

　세상은 다시 잠잠히 가라앉아 원래의 모습으로 돌아가고 있었습니다. 따라서 할머니의 술장사도 다시 계속되었고, 나는 토요일 오후라든가 일요일 외삼촌이 집에 계시지 않을 때는 할머니의 술장사를 돕지 않으면 안 되었습니다.

　술주전자를 나른다든가 그릇을 씻는 일쯤은 아무렇지도 않았지만, 술이 취한 남자들이 나를 보고 '서양아씨, 양색시' 하고 불러대는 것이 몸서리가 나도록 싫었습니다.

짓궂은 남자들은 조그만 나에게 기어이 술을 한 잔 따라 달라고, 밉살스럽게 술잔을 불쑥 내밀기도 하였습니다. 그럴 땐 나는 소스라치듯 놀라며 물러서곤 하였습니다.

그러나 외삼촌이 집에 계시기만 하면 나를 술판에 얼씬도 못하게 했기 때문에, 할머니는 약이 올랐지만 어쩔 수 없는 일이었지요.

그러다가도 외삼촌만 자리를 뜨면, 부리나케 나를 술판으로 불러내었습니다. 나는 숙제를 하고 있다든가 아무리 재미있는 책을 읽고 있다가도 그만두고 술판으로 나가지 않으면 안 되었습니다.

할머니께서는 그 무렵 거동이 자유롭지 못하여 일손이 모자라기도 하였지만, 그것보다 나를 끌어내는 이유는 이상하게도 나만 술판에 나가서 일을 거들고 있으면 자리가 미어질 정도로 많은 손님들이 몰려왔기 때문이지요.

할머니가 그런 점을 은근히 노려서 나를 불러내는 것이 슬펐고 싫었습니다. 차라리 내가 어렸을 때처럼 나에게 욕지거리를 퍼부어 주고 때려주는 것이 술판에 끌려 나가는 것보다는 좋을 것 같았습니다.

그러나 할머니의 명령을 어긴다는 것은 상상조차 할 수 없는 일이었지요.

나는 다만 외삼촌이 어서 돌아오기만 초초하게 기다리며, 외삼촌이 돌아올 때까지 나는 술 취한 남자들의 양색시 소리에 시달리곤 하였습니다.

할머니는 언제나 뿌연 우웃빛 유리창이 조금 깨어진 삼각형의 구멍으로 한눈을 들이밀고 망을 보고 있다가, 저 만치서 외삼촌이 나타나면 기겁을 하듯 나를 방으로 쫓아 보내곤 하였습니다.

그러면 나는 마치 날개를 달고 날아가듯 가벼운 마음으로 구역질나는 혼탁한 공기 속을 빠져나와 버리곤 하였습니다.

그러나 나는 그러한 얘기를 외삼촌에게 털어놓을 수는 없었습니다. 때로 외삼촌이 다그쳐 물어도 고개를 가로저으며 애써 명랑을 꾸며 보일만큼 어느새 나는 눈치만 커다랗게 자랐던 것입니다.

나를 사이에 두고 일어나는 할머니와 외삼촌의 말다툼이 나는 무엇보다 싫었습니다. 그런 가운데서도 어느새 가을은 깊어 중학교 입학시험도 불과 두어 달밖엔 남지 않았습니다.

그동안에도 몇 번이나 인숙이가 자기 집 가정교사한테 함께 배우자고 나를 졸랐지만, 나는 그때마다 부드럽게 인숙이의 말머리를 돌리게 만들곤 하였습니다. 그러면 인숙이는 자기 어머니 때문에 그러느냐고 다그쳐 물었지만, 나는 아무런 대꾸도 하지 않고 웃기만 하였습니다.

반장인 나를 너무나 친절하게 도와주었던 인숙이를 생각하면 그녀의 어떤 부탁도 거절할 수는 없었지만, 양색시의 아이를 반장까지 시키는 법이 어디 있느냐고 선생님에게 덤비던 인숙이 어머니의 무서운 얼굴이 떠올라 선뜻 인숙이의 부탁에 고개를 끄덕일 수가 없었습니다. 그럴 때마다 인숙이는 이젠 자기 어머니도 그 일을 뉘우치고 있다고 하면서 덧붙여 자기 어머니의 자랑을 늘어놓기도 하였습니다.

그러던 어느 날, 갑자기 인숙이가 결석을 하였습니다.

뒤따라 나는 인숙이 어머니가 무서운 병으로 병원에 입원했다는 얘기를 들었습니다.

다음날, 학교에 나온 인숙이는 그만 나의 두 손을 움켜쥐더니 흑흑 느껴 울었습니다. 인숙이 어머니의 병은 이미 시기를 놓쳤기 때문에 이제 죽을 날만 기다리는 수밖에 없다고 하였습니다. 인숙이네 집은 큰 회사를 가진 부잣집이긴 하였지만 돈이 아무리 많더라도 무서운 병 앞에는 꼼짝도 못하는 것 같았습니다.

그런 다음날부터 인숙이는 계속해서 학교에 나오지 않았습니다.

며칠 후에 우리 반에서는 어린이회를 열고 인숙이 어머니의 병 위문에 관하여 의논하였습니다. 학급비를 거두어 꽃과 과일을 사는 일과 학급을 대표하여 위문 갈 사람을 결정하였습니다.

그 속에는 반장인 나도 끼여 있었습니다.

그래서 나는 어린이회가 끝날 무렵에 자리에서 일어나 선생님에게 말했습니다.

"선생님! 전 위문 가는 데서 빠졌으면 해요."

그러자 선생님은 눈이 휘둥그레지며,

"뭐라고? 반장이 빠지다니 그게 무슨 소리야?"

나는 고개를 떨어뜨린 채 담시 망설이고 있었습니다.

그렇게나 양색시의 아이라고 무섭게 비난해 주던 분이 앓고 있는데, 그 앞에 나 같은 보기 싫은 몰골이 다시 나타나게 된다면 혹시나 병이 더 심해지지 않을까 하고 나는 걱정이 되었습니다.

그러한 나의 마음속을 차마 입 밖에 내어 말할 수는 없었습니다.

그래서 나는 다시 말했습니다.

"선생님! 전 아무래도 빠지는 게 앓는 분을 위해서도 좋을 것 같아요."

"쓸데없는 소린 그만둬! 반장이 무엇 하는 반장이야!"

선생님은 벌컥 화를 내며 큰 소리로 말했습니다. 나는 안타깝기만 하였습니다.

어떻게 선생님에게 다시는 생각하기조차 무서운 지난 얘기를 설명할 수가 있었을까요? 그러는데 3분단장인 미정이가 나의 마음속을 다 알고 나 있는 듯이 자리에서 벌떡 일어났습니다.

"선생님! 엘리노어가 빠지려고 하는 건 그만한 이유가 있어서 그래요. 저번 담임선생님이 계셨을 때……."

그러자 선생님은 '알고 있다!' 하시며 미정이의 말을 가로막아 버렸습니다.

"그게 무슨 상관이냐? 오히려 인숙이 어머니께서 더욱 기뻐하실 거야."

그리하여 나는 끝내 인숙이 어머니의 병 위문을 가는 학급 대표에서 빠져나올 수가 없게 되었습니다.

나는 머리가 무거웠습니다. 그러나 나는 처음부터 인숙이 어머니가 밉다거나 싫다고는 생각하지 않았습니다. 다만 인숙이 어머니와 같은 그러한 사람들이 살고 있는 세상이 무서울 뿐이었습니다.

이윽고 어린이회는 다음날 공부가 끝난 뒤에 병원으로 위문을 가기로 계획을 세운 다음 끝났습니다.

'어떻게 할까?' 하고 나는 오랫동안 망설였습니다. 병상에 누워 있는 인숙이 어머니가 나를 보고 다시 양색시의 아이라고 싸늘하게 쏘아볼 것만 같았습니다. 그렇게 되면 병은 더욱 나빠질 것이고 나는 또 무섭고 슬퍼서 울음을 터뜨릴 것 같았습니다.

그런 걱정에 몰리며 내가 교실을 나오자, 앞서 교문 밖을 나섰던 우리 반 아이들이 우르르 내 쪽으로 몰려오며 나의 이름을 불렀습니다.

나는 공연히 가슴이 철렁 내려앉는 것만 같아 우뚝 멈추어 서고 말았습니다.

"얘! 인숙이네 집에서 차가 왔어. 널 찾아온 거래."

한 아이가 말해주었습니다.

나는 두 눈이 휘둥그레지며 교문 밖으로 나갔습니다.

"얘! 인숙이 오빠가 왔어."

아이들이 교문 앞에 멈추어 있는 고급 자가용 앞에 서 있는 중학생을 가리키며 소곤거렸습니다.

그것이 내가 이 세상에서 인철이를 처음 보았던 순간이었습니다. 나는 좀 어리둥절한 기분으로 차 앞으로 다가갔습니다.

그러자 인숙이의 오빠라는 중학생이 시익 웃으며 말을 건네 왔습니다.

"엘리노어지? 인숙이한테 얘긴 많이 들었어. 그런데 우리 어머니가 널 좀 데리고 오라지 않아. 인숙이도 그러구."

나는 그 소리에 깜짝 놀랐습니다.

인숙이 어머니가 나를 부르다니? 나는 도저히 믿을 수 없다는 표정으로,

"어머니께서 병원에 계시는 줄은 알지만, 나를 왜 부르는 거지?"

"아무것도 아니야. 달리 생각할 건 없어. 가보기만 하면 돼! 어서 차에 타!"

차의 뒷문을 열고 내가 타기를 기다렸습니다.

나는 둘러서 있는 우리 반 아이들을 돌아보며 '어떻게 할까?' 망설이고 있는데 아이들은 모두 어서 타라고 재촉하였습니다.

나는 그 소리에 쫓기듯 얼떨결에 차에 오르고 말았습니다.

뒤따라 인숙이 오빠가 내 옆자리에 들어와 앉자, 젊은 기사가 나를 힐끔 돌아보더니 차가 달리기 시작했습니다.

그러자 인숙이의 오빠는 나를 돌아보며 부드럽게 웃더니,

"난 인철이야."

그 소리에 나는 그만 킥킥거리며 웃음을 터뜨렸습니다.

언젠가 인숙이가 자기 오빠 얘기를 하면서 별명이 심술꾸러기, 늦잠꾸러기, 욕심꾸러기, 장난꾸러기, 말썽꾸러기 모두 합쳐서 오꾸러기라고 깔깔대던 생각이 떠올랐기 때문입니다.

"아니? 왜 웃어? 내 이름이 우스운 거야?"

인철이는 눈을 크게 뜨고 물었습니다.

나는 그냥 고개만 살래살래 흔들어 보였습니다.

그러는데 인철이가 약간 침울해진 얼굴로 나를 빤히 들여다보더니 천천히 입을 열었습니다.

"미안해!…… 난 다 알고 있어. 우리 어머니가 전에 학교에 가서 엘리노어를 울렸던 일 말이야."

나는 그만 차창 밖으로 고개를 돌리고 말았습니다. 갑자기 가슴이 괴롭게 뛰었습니다.

그러자 인철이는 더욱 침울해진 목소리로

"그렇지만 우리 어머닌 참 좋은 사람이야. 앞으로 며칠을 더 살아 계실지 모르지만."

갑자기 인철이의 목소리가 목구멍 속으로 기어들었습니다.

"인숙이한테서 자주 네 얘기를 듣고는 늘 학교에서의 그 일 때문에

너한테 미안해 하셨어. 그러더니 요즘엔 병상에서마저 그것 때문에 괴로우신 모양이야. 그래서 이렇게 널 꼭 좀 불러오라고 하신 거야."

나는 갑자기 가슴이 뭉클해지며 눈시울이 뜨거워졌습니다. 언제나 마음속으로 무서운 인상만 지니고 있었던 인숙이 어머니에게, 마치 무슨 큰 죄라도 지은 듯 가슴이 떨려왔습니다.

인철이가 다시 나를 돌아보며 물었습니다.

"넌 아직도 우리 어머니를 미워하고 있지?"

"아니야. 미워하지 않아, 정말이야."

나는 급히 고개를 흔들며 말했습니다.

그러자 인철이는 나의 얼굴을 한참이나 들여다보고 있더니, 다짐을 받듯 다시 물었습니다.

"정말?"

나는 몇 번이나 고개를 끄덕였습니다.

"그럼, 우리 어머니를 용서해 준다는 거지?"

나는 그 소리에 두 눈이 휘둥그레지고 말았습니다.

"용서를 해주다니, 그게 무슨 소리야. 내가 뭔데 너희 어머니를 용서해 주니?"

나의 말에 인철이는

"어쨌든 고마워. 네가 우리 어머니를 미워하지 않고 있다는 건 바로 우리 어머니를 용서해 준 거나 마찬가지야."

그러나 나는 그 용서라는 말을 쉽게 받아들일 수가 없었습니다.

내가 누구를 감히 용서해 줄 수 있었을까요?

용서는커녕, 언제나 세상을 향하여 용서를 빌어야만 간신히 살아갈 수 있었던 나에게 인철이의 말은 좀처럼 믿어지지 않는 이상한 소리처럼 들렸습니다.

그러나 인철이는 끝내 억지를 부리듯 내가 자기 어머니를 용서해 준 걸로 만들었습니다. 그것이 병상에 계신 자기 어머니에게 얼마나 훌륭한 선물이 될지 모른다고 인철이는 마치 어른처럼 말했습니다.

5. 금발의 마네킹처럼

그러나 닷새 후에 인숙이의 어머니는 끝내 돌아가시고 말았습니다.

내게는 단지 한 사람의 정다운 친구의 어머니가 죽었다는 의미밖엔 없었지만, 인숙이 어머니의 죽음은 나에게 여러 가지로 커다란 그림자를 던져주었습니다.

그러나 그 그림자는 결코 어둠을 뜻하는 건 아니었고, 세상이란 뜨거운 태양 아래서 어쩔 바를 모르는 나에게 잠시 시원한 그늘을 만들어 준 것과 같았습니다.

그날 오후 내가 인철이를 따라 병실로 들어서자, 인숙이 어머니는 몰라보게 핼쑥한 얼굴로 침대에 누운 채 손짓으로 간신히 나를 가까이 다가서도록 하였습니다.

눈물이 글썽한 인숙이가 나의 손을 끌어다 자기 어머니의 손에다 놓

있습니다. 그 순간 환자의 미열이 느껴지는 손바닥이 슬며시 나의 조그만 손을 움켜쥐더니 어느새 인숙이 어머니의 새하얀 얼굴 위에 두 줄기의 눈물이 주르르 타내리기 시작하였습니다.

그러한 인숙이 어머니의 모습에서, 양색시의 아이를 반장까지 시키는 법이 어디 있느냐고 선생님에게 덤볐던 그런 무서운 얼굴은 찾아볼래야 찾아 볼수가 없었습니다.

마침내 나도 고개를 떨어뜨린 채 흐느끼고 말았습니다. 인숙이 어머니의 손바닥에서 나의 손으로 전해오는 그 따뜻한 열기 서린 체온은 모든 얘기를 대신해 주었던 것입니다.

인숙이도 나를 따라 울음을 터뜨렸고, 이윽고 인철이도 돌아서더니 소리를 죽이며 흐느꼈습니다. 그리고 잠시 후엔 나는 그때 처음 보는 뚱뚱하고 이마가 벗겨진 인숙이의 아버지가 들어오더니 갑자기 우리들의 울음 속에 굵은 눈물을 더하였습니다.

나는 그렇게 인숙이 어머니에게 손을 잡힌 채 한 시간이 넘도록 울먹이고 있었습니다.

이윽고 인숙이 어머니는 잠이 들었습니다.

우리들은 간호사의 지시대로 복도로 몰려 나왔습니다. 눈물로 얼룩진 서로의 얼굴을 물끄러미 바라보고 있다가, 나는 문득 이런 생각이 들었습니다.

마치 내 자신이 슬픈 얼굴로 울기를 잘하기 때문에 남의 슬픈 일에 불쑥 나타나 가장 슬픈 척 울어주어 슬픔에 잠긴 나머지 사람들을 위로해 주는 그런 역할을 하고 다니는 연극배우처럼 생각되었습니다.

그러나 그러한 나의 울음 가장 밑바닥에는 언제나 나의 엄마가 나를 낳았을 때 함께 낳아주었던 사라질 수 없는 슬픔의 고통이 도사리고 있었습니다. 어떠한 타인의 슬픔이라도 나는 그 슬픔만을 위하여 울어줄 수는 없었으니까요.

그러한 타인의 슬픔이 기름이 되어 마침내 나의 뼈아픈 슬픔이 나의 내부를 따갑게 불태웠을 뿐입니다.

그러한 생각 때문에 나는 인숙이와 인철이에게 조금은 미안하였지만, 그러나 그것도 인숙이 어머니의 죽음으로 간단히 끝나고 말았습니다. 인숙이는 미친 아이처럼 정신을 잃어버렸고 그러한 인숙이를 위로해 줄 사람은 이 세상에서 오로지 나뿐인 것 같았습니다.

인철이는 인철이대로의 슬픔으로 인숙이를 돌아볼 겨를이 없었고, 인숙이 아버지는 갑자기 홀아비가 되어버린 슬픔에서, 바쁜 회사일 때문에 인숙이를 돌볼 시간이 없었던 것이지요.

중학교의 입학시험을 치를 때까지 나는 잠시도 인숙이의 곁을 떠난 적이 없었습니다. 우리는 함께 울었고 함께 공부하다가 때로는 펼쳐둔 책을 온통 눈물로 축축하게 만들 때도 있었습니다.

엄마를 잃어버린 인숙이의 슬픔이, 언제나 튀기인 나의 슬픔을 건드려 우리는 한 번 울음을 터뜨리면 한 시간이 넘도록 울음 속에 빠질 때도 있었습니다. 그러한 눈물 속에서도 우리는 간신히 공부를 계속하였고, 그리하여 마침내 우리는 똑같이 중학교에 합격하였습니다.

인철이의 아버지는 인숙이의 합격을 모두 나의 힘이라고 칭찬해 주시더니, 어느새 외삼촌도 나도 모르는 사이에 나의 입학금마저 내주고 말았습니다.

"정말 이번엔 엘리노어의 힘이 컸어. 합격도 합격이지만, 인숙이 녀석을 구해 놓은 셈이지, 하하."

인숙이와 나의 입학을 축하해 주는 호화로운 음식점에 둘러앉았을
때, 인숙이 아버지는 너털웃음을 터뜨리며 그렇게 나를 칭찬해 주시더
니, 외삼촌을 돌아보며 다시 유쾌하게 껄껄거리며 웃었습니다.

인숙이는 목이 멘 듯한 조그만 소리로,

"제가 합격된 건 모조리 엘리노어의 덕분이에요."

그러더니 그만 훌쩍이고 말았습니다. 그러자 인철이도 한 마디 거들
었습니다.

"그건 인숙이 말이 옳아요."

나는 그만 고개를 상 밑으로 떨어뜨렸습니다.

이윽고 나는 교복을 입은 중학생이 되었습니다.

그러나 하얀 칼라의 그 교복은 정말 나에겐 어울리지 않는 옷이었습
니다.

초등학교 때보다는 모든 것이 달라진 분위기 속에서 처음 나의 존재
를 돌아보았을 때 나는 무척이나 불안하였지만, 중학생이 된 아이들은
조금은 점잖아진 것 같아 누구도 나를 마주대고 튀기라고 놀려대는 아
이들은 없었습니다.

그러나 야릇한 시선으로 한참 동안이나 나의 아래 위를 훑어보는 그
런 호기심에 가득 찬 아이들은 자주 만나곤 하였습니다. 그러나 인숙이
가 언제나 내 곁에 있었기 때문에 조금도 두렵지는 않았습니다.

비로소 나는 한국이란 나라의 복잡하고 어두웠던 역사도 어렴풋이
알게 되었고, 우리 엄마가 어떤 일로 나를 낳게 되었고, 그런 다음에는
왜 죽지 않으면 안 되었는지 짐작할 수가 있었습니다. 그리고 나에게 생

명을 주었던 남자는 어느 나라의 어떤 사람이란 것도 짐작이 갔습니다.

그렇게 그러한 사실들을 어렴풋이나마 알고 나니까, 그런 걸 전혀 모를 때보다도 더 슬프고 괴로웠습니다. 그리고 우리 엄마의 뱃속에 나를 잉태시켰던 그 남자가 어떤 사람인지는 분명히 알 수 없었지만, 그 사람이 죽이고 싶도록 미웠습니다. 어쩌다 그 남자들을 들여다보고 있노라면 문득 나의 내부에서 우리 엄마의 죽음의 꿈틀거림을 느끼곤 하였습니다.

여기까지 생각을 더듬어 오면 나는 언제나 울음을 터뜨리고 말았습니다. 고막을 울리는 나의 울음 속으로 그때의 그 처절한 엄마의 울부짖음이 들려오는 것만 같았습니다. 누구도 나에게 그런 얘기를 들려주진 않았지만, 나는 모든 걸 짐작할 수 있었습니다.

그것 때문인지, 나는 영어 시간이 가장 싫었습니다.

교무실에 호출을 당한 일도 있었습니다.

"엘리노어! 왜 영어 책에다 쓸데없는 낙서를 했지?"

나는 한참이나 고개를 숙인 채 잠자코 있다가 조그만 소리로,

"전 낙서하지 않았어요."

"뭐라고? 낙서하지 않았다고……. 책 속의 그림마다 이렇게 연필로 뭉개놓은 게 낙서가 아니고 뭐냐?"

그러면서 선생님은 압수해 왔던 나의 영어책을 펼쳐놓았습니다. 나는 아무런 대꾸도 하지 않았습니다.

그러자 선생님은 영어 책을 한 장 한 장 뒤적이고 있더니, 이윽고 이렇게 중얼거렸습니다.

"이건 남자들의 얼굴만 숯쟁이로 만들어 놨군."

그리고 또 한참이나 계속하여 선생님은 책장을 넘겨보더니, 그제야 무겁게 머리를 끄덕였습니다.

"음, 짐작이 가는군. 외삼촌댁에 있다고 했지?"

그렇다고 내가 조그만 소리로 대답하자, 선생님은 부드러운 목소리로 입을 열었습니다.

"다른 과목들의 성적은 우수하다고들 하는데, 영어 성적만 왜 이렇게 나쁜가 했더니 이제 알겠군, 이쪽으로 와서 좀 앉아봐라!"

선생님은 자기 옆에다 의자를 당겨놓으며 나에게 앉기를 권했습니다. 나는 잠시 망설이고 있다가 간신히 의자에 앉아 고개를 숙였습니다.

그러자 선생님은 손바닥으로 나의 등을 두어 번 쳐주시더니, 입을 열었습니다.

"여러 학생들 앞에서 내가 큰 소리를 낸 건 나의 잘못이야. 하지만 앞으로 무슨 공부를 해나가더라도 영어는 가장 중요한 과목이야. 물론 책의 그림에다 그렇게 낙서를 입힌 너의 심정을 모르는 건 아니야. 충분히 이해할 수 있지. 그러나 그건 한 마디로 어리석은 짓이야. 그렇게 지나간 일에 매달려 얼마든지 빛날 수 있는 미래를 망쳐버릴 수야 있나? 그런 옹졸한 마음가짐이 사람을 망치는 수가 허다하지. 용기를 내! 쓸데없는 잡념 따위는 떨어버리고 영어도 열심히 하도록 해라! 약속하지?"

나는 간신히 조그만 소리로 대답하였습니다.

그리고도 선생님은 한참이나 계속하여 나를 타일렀습니다. 나는 선생님이 너무나 고마워 그만 울음이 터질 것만 같았습니다.

그날 밤 나는 집으로 돌아와 12시가 넘도록 책상 앞에 앉아 지우개로 영어책의 남자 얼굴에서 연필 자국을 지워냈습니다.

어떤 얼굴은 말끔히 처음의 모습 그대로 나타났지만, 어떤 얼굴은 찢어지고 또 어떤 얼굴은 문둥이처럼 하얗게 되어버린 것도 있었습니다. 찢어진 얼굴이나 문둥이가 되어버린 얼굴은 나를 무섭게 노려보는 것 같았습니다.

나는 갑자기 그들이 미운 생각이 치밀어, 다시 연필로 얼굴에서부터 몸뚱이 전체를 깜둥이로 만들어 버렸다가, 이내 다시 지우개로 연필자국을 지워내기도 하였습니다.

어느새 새 책은 헌책이 되어버렸고, 나의 그러한 어리석은 짓이 어처구니없기도 하였지만 그런 하잘것없는 일들이 나를 조금씩 조금씩 깨우쳐 주었습니다.

아무리 몸부림을 치고 발버둥을 쳐보아도 나의 문제는 영원히 해결될 수 없는 나의 문제로 남아 있을 뿐이라는 서글픈 사실을 가르쳐 준 것도 그런 어리석은 짓들의 결과였습니다.

아침마다 학교에 갈 때 만나는 양장점의 마네킹들이나 외국 영화의 포스터 속에서 문득 나의 모습을 발견하곤 깜짝 놀라는 일도 처음엔 무섭고 싫었지만, 차차 시간이 흐를수록 나는 그들로부터 내 자신의 현실을 사랑하도록 조금씩 깨우침을 받게 되었습니다.

우리 집에서부터 항상 버스를 기다리는 정류장 사이에는 다섯 군데의 양장점이 있었고, 그 양장점의 쇼윈도마다 날씬한 몸매를 자랑하는 마네킹들은 모두 열여덟 명이나 되었습니다. 그 가운데서 나와 꼭 닮은 것은 열한 명이었습니다.

그들도 금발의 머리에 푸른 두 눈들과 그리고 오뚝한 콧날을 가지고 있었지만, 그래도 나보다는 행복한 것 같았습니다. 언제나 하나같이 방

꿋 웃는 얼굴을 하고 며칠마다 한 번씩 아름답고 화려한 옷들을 갈아입 곤 하였습니다. 그들은 진열장 속의 자기 현실을 무척이나 아끼고 사랑하는 것 같았습니다.

자기들을 바라보며 수없이 오가는 행인들에게 조금도 차별 없는 따뜻한 미소를 언제나 보내주고 있었습니다. 어쩌면 그 중에서도 나에게만은 좀더 친절하고 따뜻한 미소를 보내주고 있는지도 몰랐습니다. 나는 그렇게 믿고 싶었습니다.

아침마다 나는 입 속으로 굿모닝 하고 금발의 마네킹들에게 인사를 하였습니다. 그것은 어쩌면 내 자신을 향한 인사일지도 몰랐습니다.

'양장점마다 마네킹들은 왜 꼭 나를 닮은 여자들만 데려다 놓았을까?

나는 차츰 그러한 의문을 혼자서 이렇게 자문자답하기도 하였습니다.

"그건 말이야, 튀기인 나를 기쁘게 해주려고 그렇게 한 거야."

"아니야. 그건 나를 슬프게 해주려고 그렇게 한 거야."

어쩌면 나를 기쁘게 해주려고 그렇게 금발의 푸른 눈의 마네킹들을 데려다 놓았는지도 몰랐습니다.

나의 생김새와 닮은 친구들이 나에겐 없었으니까요.

그래서 나는 나의 슬픔을 남몰래 마네킹들과 함께 나누어 볼 때도 있었습니다. 마네킹의 슬픔이란, 교양 없는 주인들이 밝은 대낮에 입었던 옷을 홀랑 벗긴 다음, 새로 지은 옷을 입혀주려고 망설이고 있는 그 짧은 시간이 가장 슬프다고 하였습니다.

실오라기 하나 감지 않은 발가벗은 알몸을 수많은 행인들에게 내보이게 되는 그 짧은 시간이 가장 고통스럽다고 하였습니다.

'그럼 왜 속옷은 입지 않느냐' 고 내가 물어보면 주인들이 깍쟁이들이기 때문에 속옷 따위는 생각도 못할 일이라고 소곤거렸습니다.

비로소 나는 내 자신이 마네킹이 되어 있지 않은 나의 현실에 고마움을 느꼈습니다. 그러나 마네킹들이 불쌍하다고 생각되지 않았습니다.

그들의 슬픔이란 잠시 뿐이었으니까요.

며칠 만에 아니면 보름 만에 한 번씩 잠깐 그렇게 벌거숭이가 되는 고통쯤이라면 나는 차라리 얼마나 행복할는지 모른다고 마네킹들을 부러워하기도 하였습니다.

6. 상처를 주는 것과 받는 것

그러한 마네킹들의 행복을 부러워하는 무거운 불행 속에서도 나는 어느새 열다섯 살이 되었고, 피부가 우윳빛으로 윤이 날 정도였습니다.

화사한 봄볕이 온누리를 감싸고, 교정의 연못가에 늘어선 버들가지에도 새 움이 돋아날 무렵이었습니다.

지나온 어느 해의 봄보다 더 즐거워질 것만 같은 그러한 가슴 부푼 꿈이 나의 머릿속으로 가득히 스며들던 어느 날이었습니다.

오래 전부터 자주 앓곤 하시던 할머니가 갑자기 혼수상태에 빠지고 말았습니다. 간신히 불러온 의사가 주사를 놓자 할머니가 다시 의식을 회복하긴 했지만, 문 밖에 나온 의사는 할머니의 병세가 거의 절망적이라고 일러 주었습니다.

할머니를 살릴 수 있는 방법은 심장 수술을 하는 길밖엔 없으나 아직 우리나라에선 힘든 일이고, 또 너무 늙으신 분이라 수술을 하더라도 장담할 수는 없는 일이라고 하였습니다. 그러고 보니 가만히 누워서 죽을 날만 기다릴 수밖에 없다는 얘기였습니다.

그렇게 할머니가 완전히 앓아누워 버리자, 봄이라는 화려한 계절이 오랜만에 나에게 보내준 가슴 부푼 꿈도 모조리 할머니의 자리 속으로 빨려 들어가고 말았습니다.

나는 학교가 끝나기가 무섭게 집으로 돌아와 아주머니와 함께 술장사를 거들지 않으면 안 되었습니다. 그때까지 술장사를 도와주고 있던 순자가, 항상 우리 집에 단골로 드나들었던 철공소의 직공과 눈이 맞아 나가버린 뒤로는 아주머니 혼자서 쩔쩔매고 있었습니다.

그때까지도 시골 사람의 순박한 티를 벗어나지 못하고 순하기만 하였던 아주머니는 원래부터 술장사 할 사람이 못 되었습니다. 거기다가 용아 밑으로 다섯 살짜리 옥이와 세 살짜리 철이까지 딸려 있고 보니 더욱 힘들 수밖에 없었지요.

그러한 형편에 내가 학교나마 계속해 나갈 수 있었던 건 오로지 외삼촌의 지극한 정성이었습니다. 대학교의 도서관에서 직원으로 조금씩 받는 월급으로는 도저히 생활이 어려웠기 때문에 그렇게도 자주 입버릇처럼 술장사를 그만두도록 해야겠다고 벼르곤 하였지만, 어쩔 수가 없는 일이었습니다.

나는 술 취한 남자들의 양색시 소리를 쓴 약처럼 삼키며 밤 12시까지 술파는 일을 도왔습니다. 그렇게 되고 보니, 다시는 인숙이네 집에 놀러 갈 수도 없었고, 그 해에 고등학생이 되었던 인철이를 만나는 즐거움도 사라지고 말았습니다.

그 날, 인철이의 합격을 축하해 주는 으리으리한 호텔의 스카이라운지에서 즐거운 시간이 끝난 다음, 엘리베이터가 만원이었기 때문에 인숙이의 아버지와 인숙이는 뒤에 남고, 나와 인철이만 먼저 엘리베이터 속에 들어섰을 때 인철이는 자연스럽게 나의 허리에 팔을 감았습니다.

네댓 명의 신사와 숙녀들이 제각기 등을 돌리고 있었기 때문에 나는 조금도 부끄럽지 않았습니다.

나는 인철이의 턱 밑을 올려다보며 조그만 소리로,

"합격을 진심으로 축하해!"

하니까, 인철이는 나의 한 손을 꼭 움켜쥐며 씩 웃었습니다:

그와 동시에 나의 허리에 감겨 있었던 인철이의 팔에 불끈 힘이 주어지더니, 어느새 나의 이마에 인철이의 뜨거운 입술이 다가왔습니다. 나는 아찔한 현기증을 느끼며,

"고등학생이 됐다고 뻐기면 싫어!"

어리광피우듯 쫑알거렸습니다.

그러나 어느새 엘리베이터의 문이 열리고 우리는 밖으로 밀려나오고 말았습니다. 나는 안타깝고 무언지 아쉬운 마음으로 엘리베이터 속을 되돌아보았습니다.

그러나 어느새 그 속엔 새로운 사람들로 가득 차더니 이내 문이 닫히고 2층, 3층으로 상승하는 노란 신호 버튼만 깜박깜박 위로 올라가고 있었습니다. 너무나 짧은 순간의 아늑한 즐거움이었습니다.

이윽고 노란 버튼이 깜박깜박 다시 아래로 내려오더니 뒤따라 문이 열리고 인숙이와 그녀의 아버지가 나왔습니다.

엘리베이터에서 나온 인숙이는 내 곁에 다가서더니 느닷없이 나의

허리를 쿡 찌르며 눈을 깜짝 해보였습니다.

그러는 인숙이의 얼굴에는 장난기 어린 미소와 함께 '엘리베이터 속에서 우리 오빠하고 손잡았지? 그렇지?' 하고 짓궂게 물어오는 그러한 표정이 그려져 있었습니다. 나는 그만 인철이의 뒤로 몸을 숨긴 채 킥킥거리고 웃어버렸습니다.

이튿날 학교에서 만난 인숙이는 갑자기 호들갑을 떨면서 중대한 뉴스가 있으니까 자기를 따라오라고 말하더니, 학교 옥상의 계단을 향하여 부리나케 뛰어올라갔습니다.

나는 어리둥절한 기분으로 인숙이를 뒤따라 옥상으로 올라갔습니다. 인숙이는 잠시 새근거리며 숨을 돌이키더니, 그만 나를 덥석 껴안고 깔깔대기 시작하였습니다.

"아니, 이 계집애가 미쳤니?"

내가 버둥거렸지만 인숙이는 한참이나 그렇게 깔깔대더니 나로부터 떨어지며 짓궂은 표정으로 나의 얼굴을 빤히 들여다보았습니다.

"그래 뭐니? 중대한 뉴스라는 게?"

다그치는 나의 물음에도 인숙이는 여전히 나를 노려보고 있더니, 그제야 입을 열었습니다.

"확실히 우리 오빠 말이 맞았어, 넌 이름부터가 로맨틱하거든."

"뭐라고? 계집애가 뚱딴지 같은 소리만 하고 있어."

나는 야릇하게 가슴이 뛰는 걸 느끼며 인숙이의 다음 말을 마음속으로 안타깝게 기다렸습니다.

그건 인철이에 관한 얘기임이 분명하다고, 나의 예감이 알려주었습니다. 그러는데 인숙이가 불쑥 하는 말이,

“우리 오빠 널 사랑하는가 봐! 호호…….”

나는 그 소리에 어쩔 줄을 몰라 그만 고개를 돌리고 말았습니다. 뒤따라 가슴이 무섭게 뛰었습니다. 그 소리는 기쁘기도 하였지만 한편으로 무서웠습니다.

‘나 같은 튀기 따위를 정말로 사랑해 주는 사람이 있을까?

하고 나는 오래 전부터 쓸쓸한 생각을 하고 있었습니다.

그런데 인철이가 나를 사랑하다니, ‘그건 아마 일시적인 기분일 거야!’ 하고 나는 거의 단정까지 해버렸습니다.

그러고 있는데, 인숙이의 장난기 묻은 목소리가 다시 들려왔습니다.

“우리 오빠 일기장을 훔쳐 보았단 말이야. 그랬더니……호호…….”

인숙이는 다시 까르륵거리며 웃음을 터뜨렸습니다. 그 소리에 나는 갑자기 가슴이 뭉클해지고 말았습니다.

일기장에까지 그런 얘기를 써놓았다면 그건 아마 일시적인 기분이 아닐 거라는 생각이 고개를 쳐들었습니다.

그러나 나는 이렇게 말했습니다.

“애! 아무리 오빠지만 일기장까지 훔쳐보는 법이 어디 있니?”

“요놈의 계집애 엉뚱하게 시치미 떼지 마! 너도 우리 오빠를 좋아하고 있지? 그렇지?”

“난 몰라 그런 건!”

나는 얼른 고개를 돌리고 말았습니다.

그 무렵부터 우리는 서로 만나기만 하면 공부 외의 모든 시간은 모조리 남자와 여자의 이야기에 쏟아넣고 있었습니다.

그런 얘기의 시작은 언제나 황홀하리만큼 아름다운 꿈에서 출발하여 어느새 아기는 어떻게 하여 생기는 걸까? 남자하고 키스만 해도 아기를 배게 되는 걸까? 하는 등 별의별 의문을 부끄럼도 없이 예사로 입에 올리고는 뒤따라 까르륵거리는 웃음소리로 그 얘기의 끝장을 얼버무리곤 하였습니다.

초등학교 때만 하여도 아기는 배추 속에서 나온다느니, 엄마가 밥을 많이 먹게 되면 저절로 뱃속에 아기가 생긴다느니 하는 어처구니없는 이야기에 두 눈을 반짝이며 호기심을 기울였던 우리였지만, 어느새 나는 열다섯 살이었고, 양쪽 가슴이 무섭게 부풀어올라 팽팽한 교복을 입고 다니기가 부끄러울 정도였으니까요.

우리는 이미 아기는 어떻게 하여 생기는지 환히 알고 있었고, 그런 부끄러운 사실 위에 사랑이란 말이 오르내리기 시작하였습니다. 그러나 그렇게 황홀하고 아름다운 것으로만 되어 있는 사랑이 과연 나와 같은 튀기에게도 무슨 깊은 관계가 있는 말일까? 하고 나는 오랫동안 생각에 잠긴 적도 있었습니다.

그것은 나에게 하나의 커다란 숙제와도 같았습니다. 그러한 나의 숙제에 해답을 주려는 사람이 있다고 생각이 들자, 나는 그 해답을 좀처럼 믿을 수가 없었습니다.

그것은 어쩌면 엉터리 해답일지도 모른다는 생각이 떠오르기도 하였고, 설사 꼭 맞는 해답일지라도 나의 능력으로는 그것을 단번에 알아낼 수 없다는 생각이 들었습니다.

그러나 사랑이란 말의 뜻을 언제나 보고 싶고, 그리워하고, 만나면 부끄럽고 즐겁기도 한 그런 것으로 풀이한다면 나는 분명 오래 전부터 인철이를 사랑하고 있었던 것 같았습니다.

그러나 나는 고개를 저었습니다. 그리곤 언제나 이렇게 중얼거렸습니다.

"난 상관없단 말이야! 튀기니까, 그렇지 튀기니까! 내가 만일 사랑한다고 말하면 누구든지 기겁을 하고 도망쳐 버릴 거야."

나를 둘러싸고 있었던 세상과 나와의 사이에 굳게 버티고 있었던 그 무엇을 나는 점점 분명히 알게 되었습니다. 그것은 눈에 보이지 않는 벽이었고, 나는 몇 번이나 나의 기분에 들떠 깡충대며 뛰어 가다가 그 벽에 부딪쳐 쓰러졌는지 모릅니다.

그 벽은 하느님의 힘으로도 허물어 버릴 수 없는, 완전히 파괴 불가능처럼 생각되었습니다.

그러나 나는 남몰래 밤중에 갑자기 잠이 깨었을 때라든가, 새벽녘에 일찍 일어나 은은한 종소리에 귀를 기울이고 있을 때, 그러한 시간이면 언제나 하느님에게 간절하게 빌었습니다.

내 앞에 쌓여 있는 그 모든 불가능을 하느님의 힘으로 단 한 번만이라도 가능케 하여 주십사고, 나는 울면서 빌었습니다.

그리하여 나도 다른 사람들과 마찬가지로 사랑을 받을 수 있고, 사랑을 느낄 수 있게 만들어 주십사고, 나는 하나님께 간절히 빌었던 것입니다. 나는 모든 것을 사랑하고자 노력하였습니다.

설사 나를 튀기라고 놀려대는 사람이거나 밤마다 몰려들어 술이 취하면 나를 양색시라고 불러대는 남자들까지도 사랑하고자 노력하였습니다. 나의 마음속에서 외부를 향하여 고개를 쳐드는 미움을 쫓아내고자 노력하였습니다.

그리하여 하느님이 나의 모든 착한 행동에 보상을 내려주시게 되면 비로소 나는 나의 피부 위에 두껍게 쌓여 있는 모멸과 질시의 껍질에서 벗어나와 참으로 즐거운 인생으로 돌아올 수 있으리라고, 달콤하게 공상하였습니다.

그러한 공상의 마지막은 언제나 허전하고 더욱 슬프기만 하였지만 나는 좀처럼 그것을 버릴 수가 없었습니다.

그것은 마치 모래 위의 집과 같은 순간적인 아늑함을 나에게 주었지만, 뒤따라 파도와 같은 불안이 밀려오면 순식간에 사라져 버리곤 하였습니다. 그러면 나는 다시 그러한 공상을 기다려 모래 위에 집을 세우고, 그 집 속에 들어앉아 짧은 순간의 희망을 되새겨보곤 하였습니다.

그러나 문득 고개를 쳐드는 불안의 그림자와 일렁거리는 파도 소리는 불길한 음악처럼 희망의 소리를 삼켜 버렸습니다. 그리고 갑자기 사나운 파도가 밀어닥치면 모래 위의 나의 집과 그 집속의 나는 어떻게 될까? 하고 나는 무서움에 떨었습니다.

나는 언제나 파도 소리가 별안간 나의 고막을 때리며, 나를 완전히 부수어 버릴 때의 그 마지막 장면을 머릿속에다 그려 두고 있었습니다.

그 마지막 장면 속에서 나의 모습을 발견할 때만은 조금도 두렵지 않았습니다. 그것은 모든 것의 마지막을 이미 삼켜버린 용기에 넘친 선녀와 같은 모습이었으니까요.

그러한 모습을 상상하면서 나는 밤마다 나를 향해 양색시라고 소리소리 지르는 술 취한 남자들과 싸웠습니다.

나는 쉴 새 없이 얼빠진 남자들의 뱃속 가득히 술을 부어주었습니다. 어쩌다가 등살에 못 이겨 내가 엉거주춤 서서 술을 한 잔 따라주면 모두 기분 좋은 환성을 지르며,

"우리들의 마스코트 엘리노어를 위하여 건배!"

하고 서로 잔을 부딪친 다음, 꿀꺽꿀꺽 술을 마시곤 하였습니다.

그들이 그렇게 나를 향하여 양색시라고 불러대던 소리를 엘리노어로 바꾸어 부르게 된 것은 어느 날 밤의 조그만 사건이 있고 난 뒤부터였습니다.

그날 밤 10시쯤 돌아오신 외삼촌은 문을 열고 들어서기가 무섭게 버럭 고함을 질렀습니다.

"여보시오들!"

손님들은 모두 깜짝 놀라 술잔을 든 채 입구의 외삼촌을 돌아보았습니다. 자기들이 앉아 있는 술집의 주인이 점잖은 상이용사라는 것은 알고 있었지만, 이렇게 인사를 나누게 되리라고는 생각지도 못했다는 듯이 술 취한 남자들은 어리둥절해 있었습니다.

그러자 외삼촌은 점잖은 목소리로 위엄 있게 입을 열었습니다.

"양색시라니?…… 누구보고 그따위 말을 함부로 쓰는 거요? 이런 술장사를 하고 있으니까, 사람마저 술처럼 간단히 마셔버릴 수 있다고 생각하는 거요?"

그러더니 외삼촌은 나를 눈짓하며 다시,

"얘는 나의 조카요. 그리고 엄연히 중학생이란 말이요. 형편이 어려워 이렇게 학교서 돌아오면 일을 거들고 있는 것만 해도 가슴이 아픈데, 거기다 대고 그따위 소리를 함부로들 한단 말이오?"

술 취한 남자들은 벌컥 벌컥 술만 마실 뿐 아무런 대꾸도 하지 않았습니다. 처음엔 모두 불쾌한 낯빛으로 금방이라도 덤빌 듯이 외삼촌을 노려보았지만, 외삼촌의 무겁고 위엄 있는 목소리에 눌려버린 것 같았습니다.

이윽고 외삼촌은 목소리를 낮추더니 한결 부드럽게,

"이름이 분명히 있으니까 앞으로는 이름을 불러 주시오. 엘리노어라고. 그럼, 부탁합시다."

그런 다음 외삼촌이 방 안으로 들어가 버리자, 그제야 와자지껄 떠들기 시작하는 술 취한 남자들 가운데는 뭐라고 불평을 투덜거리는 사람들도 있었지만, 모두 신기한 듯이 제각기 한 마디씩 나의 이름을 입에 올렸습니다.

"뭐야? 엘리나라……?"

"아니야, 엘노우라고 했어."

"아니야, 엘리누라고 했어."

"모두 틀렸어, 얼른 오라고 했어, 하하……"

모두 술이 취해 혀가 꼬부라진데다가 혀를 굴려야만 제대로 부를 수 있는 나의 이름을 흉내 내느라고 한바탕 웃음을 터뜨렸습니다.

그러는 중에 '얼른 오라고 했어' 하며 익살을 피우던 구레나룻 수염이 텁수룩한 사람이 나를 돌아보더니 부드럽게 물었습니다.

"어디 네가 한번 다시 가르쳐 주렴."

나는 좀 쑥스럽긴 하였지만,

"엘 리 노 어 예요."

하고 조금 천천히 말해주었습니다.

그러자 그 사람은 대뜸 빈 주전자를 내 앞으로 내밀며 부탁하였습니다.

"애! 엘리노어야! 여기 술 한 되 더 주렴."

나는 그 소리에 주전자를 받아들며 그만 웃음을 터뜨리고 말았습니다. 어쩐지 그 남자의 부드러운 익살이 무척 고맙게 생각되었습니다.

그날 밤 장사가 끝났을 때, 외삼촌은 전에 없이 술파는 곳으로 나와 손님처럼 자리에 앉더니,

"엘리노어야! 나도 술 좀 다오!"

나는 깜짝 놀라기도 하였지만, 외삼촌의 그러시는 모양이 우습고, 한편으론 즐겁기도 하여서 그만 깔깔대었습니다.

외삼촌이 간혹 밖에서 술을 마시고 오는 일은 있었지만, 그렇게 집에서 술을 청하기는 그날이 처음이었습니다.

아주머니도 두 눈이 둥그레지며 나를 돌아보더니 수줍은 듯이 웃었습니다.

내가 다시 외삼촌에게 물어보았습니다.

"외삼촌, 정말이세요?"

"그럼 정말이지, 어서 술 좀 가져오너라."

"그럼 안주는 뭐로 하시겠어요?"

나는 마치 손님에게 하듯 흉내를 내보이며 물었습니다.

그러자 외삼촌은 빙그레 웃으며 재촉하였습니다.

"그냥 술만 가져오너라! 어서!"

"그럼 안 돼요, 속을 버린단 말이에요."

나의 명랑한 소리에 외삼촌은 껄껄거리며 웃었습니다.

"엘리노어가 제법이야."

"그런 것쯤은 커먼 센스에 속하니까요."

"하하……커먼 센스라……."

외삼촌은 한참 동안이나 껄껄거리며 웃었습니다.

그러나 유쾌한 것 같은 그 웃음소리의 마지막은 갑자기 나의 심장을 찌르르하게 울려주었습니다. 연기처럼 흐느적거리며 힘없이 사라지는 그 웃음의 꼬리는 허탈하고 슬퍼 보였습니다.

이윽고 아주머니가 술상을 차려왔습니다.

나는 조금 슬펐지만 그런 기색을 외삼촌에게 보이지 않으려고 급히 주전자를 받아들고 외삼촌 곁으로 다가섰습니다.

"외삼촌! 제가 술 따라드릴게요."

"그래, 어디 우리 귀여운 엘리노어의 술 한 잔 마셔보자."

그러더니 외삼촌은 내가 술을 따르기가 무섭게 금방 금방 술잔을 삼키기 시작하였습니다.

나는 재빨리 안주를 집어 외삼촌의 입으로 들이밀며 킬킬거리곤 하였습니다. 그러면 외삼촌은 입을 넙적 벌리고 안주를 받아 먹었습니다.

그렇게 하여 외삼촌은 아주머니와 내가 말렸지만, 기어이 세 주전자의 술을 마셔버렸습니다.

외삼촌이 마지막 잔을 기울이고 난 다음, 나는 여전히 안주를 집어 외삼촌의 입으로 가져가다가 그만 우뚝 멈추고 말았습니다.

어느새 술이 오른 외삼촌의 두 눈에서 소리 없는 굵은 눈물이 줄줄이 타 내리고 있었습니다.

"엘리노어야! 이 못난 외삼촌을 용서해라."

외삼촌의 떨리는 목소리는 어느새 울음이었습니다.

나의 두 눈에서도 어느새 뜨거운 눈물이 쏟아지기 시작하였습니다. 술상을 치워내는 아주머니도 그만 훌쩍이며 울고 있었습니다.

"너를 이런 따위로 고생을 시키다니, 그런 미친놈의 새끼들한테 그 따위 굴욕을 받게 하다니……."

외삼촌은 그만 소리 내어 흐느꼈습니다.

내가 어렸을 때 군에서 돌아오신 외삼촌이 나를 껴안고 흑흑 느껴 울었던, 그때 이후로 외삼촌의 울음을 나는 그날 밤 처음 보았습니다.

나도 소리를 죽이며, 한참이나 흐느껴 울었습니다. 슬프긴 했지만 외삼촌의 따뜻한 눈물이 나의 가슴 밑으로 스며들어, 나는 마치 훈훈한 목욕탕 속에 들어앉은 것만 같았습니다.

뒤따라 나의 몸속 어디에선가 터질 듯한 행복감이 솟아올랐습니다.

나는 조금도 슬프지 않았습니다.

7. 첫 선물

그러한 외삼촌의 따뜻한 눈물은 천 마디의 말보다도 더욱 더 나에게 새로운 용기를 북돋워 주었습니다. 그럴 때 비로소 나는 세상과 완전히 동떨어져 있지 않고 도리어 세상에 포근히 안겨 있는 것 같았습니다.

그 무렵부터 나는 새벽녘 교회당의 종소리가 은은하게 메아리쳐 올 때쯤이면 언제나 자리에서 일어났습니다.

그렇게라도 나의 시간을 만들지 않고는 숙제조차 할 시간이 없었기 때문이지요.

잠이 부족하여 학교의 공부 시간에 마치 수면제를 삼킨 듯 스며드는 졸음과 싸우느라고 애를 먹곤 하였지만 어쩔 수 없는 일이었습니다.

그러나 나는 새벽녘에 온 세상이 죽어버린 듯이 고요한, 그런 시간이 얼마나 좋은지 몰랐습니다.

마치 나를 손가락질하며 언제나 놀려대기만 하였던 거만한 세상이 죽어버린 그 시체 위에, 나 혼자 두 발로 버티고 올라서서 마음대로 짓밟아 주는 것 같은 통쾌한 기분마저 들곤 하였습니다.

그렇게 학교가 끝나기가 무섭게 집으로 돌아와 밤 12시가 될 때까지 풍기는 술 냄새와 자욱한 담배 연기의 와자지껄한 소란 속에서 간신히 보낸 다음, 다시 새벽녘에 무거운 몸을 일으키는 피곤한 생활이 계속되자 차츰 인숙이와 거리가 멀어지는 것 같았습니다.

전처럼 학교가 끝나면 즐겁게 조잘대며 정신없이 쏘다니던 그런 시간도 사라져 버렸고, 따라서 인숙이네 집에도 발걸음이 끊어져 버리자 인철이를 만날 수도 없게 되고 말았습니다.

그러던 어느 날 학교가 끝난 뒤였습니다.

"얘! 엘리노어야! 우리 오빠가 말이야, 오늘 학교로 우릴 찾아온다고 했어."

그러더니 인숙이는 갑자기 자기 말을 이렇게 고쳤습니다.

"참, 내가 말을 잘못했어! 오빠가 찾아오는 건 우리가 아니라, 바로 너 한 사람이야, 알겠니?"

"아니, 얘! 우리가 뭐니?"

나는 불쑥 이렇게 물었습니다.

문득 인숙이의 말 가운데 '우리' 라는 소리가 머릿속에 걸리더니, 갑자기 머릿속을 쾅 때려주는 것 같았습니다.

'어떻게 하여 내가 인숙이와 함께 '우리' 가 될 수 있을까?
하고 나는 깊은 의문의 소용돌이 속에 빠져들고 말았습니다.

"아니, 우리가 뭐라니, 그게 무슨 소리야? 우리는 우리지 뭐니?"

이렇게 말하는 인숙이의 의아스러운 표정이 더욱 나의 의문을 굳게 만들어 주는 것 같았습니다. 단지 이상하게 생겨먹은 외톨이 튀기일 뿐인데, 어떻게 내가 인숙이와 함께 완전히 우리라고 말할 수 있을까?

우리, 우리, 우리, 하고 나는 마음속으로 몇 번이나 중얼거려 보았습니다. 그러자 별안간 그 '우리' 라는 물 위에서 기름처럼 떠돌다가, 마침내 물 속에 동화되지 못하고 떠돌려 쫓겨나오는 나를 발견하고 나는 소스라치듯 깜짝 놀랐습니다.

갑자기 사람들이 무섭도록 싫어졌습니다. 인숙이와 함께 있는 것조차 싫었습니다.

마침내 나는 도망치듯 집으로 돌아오고 말았습니다. 나는 단 혼자라는 생각이 몸속에 가득 차올랐습니다.

이 세상에서 오로지 나는 혼자뿐이란 생각이 으스스한 찬 바람처럼 나를 둘러싸 버렸습니다. 세상은 넓은 바다와 같았고, 나는 단 한 방울의 이상한 빛깔을 띤 기름이었습니다.

나는 마치 초등학교 때 처음으로 사람들이 살고 있는 이 땅덩이가 돌고 있다는 사실을 알았을 때처럼 오랫동안 놀라고 있었습니다.

나의 조그만 존재에 대해서, 나는 몇 번이나 차근차근 생각해 보려고 노력하였지만 아무런 생각도 잡을 수가 없었습니다.

나는 갑자기 커다란 돌멩이를 삼킨 듯이 무거운 머리로 부엌에서 아주머니를 도와 술안주를 장만하고 있었습니다. 어떠한 생각도 머릿속에 담겨지지 않았습니다.

나는 마치 칼을 들고 무를 써는 자동인형처럼 한참 동안이나 정신을 잃고 무를 썰고 있는데, 갑자기 문밖에 나갔다 들어오는 아주머니가 나의 정신을 번쩍 들게 만들었습니다.

"엘리노어야! 웬 남학생이 널 찾는구나. 인철이라고 하면서."

나는 깜짝 놀라 칼을 멈추었습니다. 갑자기 무서운 생각이 머릿속을 스멀거리더니 이윽고 그 생각은 천천히 사라지고, 인철이를 만나야겠다는 생각이 들었습니다.

나는 급히 손을 씻고 문 앞으로 다가서다가 잠시 멈칫해지고 말았습니다. 그리곤 나의 아래위를 훑어 보다가 그만 얼굴이 화끈 달아올랐습니다. 집에서 아무렇게나 입는 군데군데 술자국이 드러나는, 너절한 옷차림이었기 때문이지요.

그러나 나는 곧이어 문을 열고 밖으로 나갔습니다.

아무리 훌륭한 옷차림을 해 본들 어떻게 나를 감추고 나 아닌 다름 사람이 될 수 있을 것인가? 단지 튀기일 뿐인데 그걸 숨기고 싶어 옷에다 관심을 두다니, 순간적이나마 나는 스스로가 어처구니가 없었습니다.

가방을 들고 전봇대 옆에 서 있는 인철이를 발견하곤 그만 비시시 웃어버리고 말았습니다.

"왜, 학교에서 그냥 가버렸지?"

내가 다가서자, 인철이는 싱긋이 웃으며 물었습니다.

나는 그 소리에 대답 대신 부끄러운 듯이 미소를 띠며 오랜만에 만나는 그의 얼굴을 살펴보았습니다.

그러자 인철이는 지금 바쁘냐고 묻더니, 잠깐 얘기 좀 하자고 하면서 천천히 걸음을 옮겼습니다. 나도 말없이 따라 걸었습니다.

문득 사랑이란 말이 머릿속에 떠올랐고, 인숙이가 훔쳐보았다던 인철이의 일기장 속으로 생각이 미치자 나는 갑자기 두 볼이 화끈 달아올랐습니다.

그러나 뒤이어 그런 달콤한 생각은 사라져 버렸습니다. 그날따라 소란하기만 하였던 거리의 풍경들이 마치 만화경 속의 풍경처럼 재미있게 나의 시야 속으로 밀려들어 왔기 때문입니다.

신기한 듯이 나를 쏘아보는 행인들의 징그러운 시선도 전처럼 그렇게 두렵지도 않았고, 내 곁을 지나치며 양갈보! 하고 소리를 지르곤 부리나케 도망쳐가는 꼬마들의 짓궂은 모양이 그날따라 귀엽게도 생각되었습니다.

그 소리에 나는 갑자기 인철이를 돌아보며 불쑥,

"저 꼬마들 참 재미있지? 내가 뭐 저희들을 잡으러 뛰어갈 줄 아는가 봐. 저렇게 숨을 헐떡이며 뛰어가. 골목이나 어디 모이면 내가 주인공이 되어 한참이나 신나게 떠들어댈 거야."

그러자 인철이는 힐끔 나를 돌아보더니, 미소를 죽이며 앞만 보고 걸음을 옮겼습니다. 나는 아랑곳없이,

"저희들로서는 커다란 모험이거든. 나는 그 모험의 대상이고. 얼마나 재미있어? 그리곤 제각기 집에 돌아가면 엄마나 아빠를 잡고 또 그 신나는 얘기를 한바탕 늘어놓을 거야. '엄마, 나 오늘 이상한 여자 봤어. 머리는 노랗구 눈은 파랗구 우리가 마구 양갈보라고 소리를 질러주고 막 도망쳐 왔어. 그런데 그 이상한 여자가 우리를 막 잡으려 뛰어오지 않겠어.' 꼬마는 마침내 두 눈이 휘둥그레지고, 나는 그만 미친 여자가 되어 꼬마의 가족들에게 알려지게 될 거야. 재미있지? 그렇지?"

이렇게 말하면서 내가 돌아보자 인철이는 갑자기 걸음을 우뚝 멈추더니, 골이 난 듯이 말했습니다.

“그따위 얘긴 좀 그만둘 수 없어?”

“왜 그러니? 내가 무슨 얘길 했는데?”

나는 인철이가 왜 화를 내는지 몰랐기 때문에 다시 말을 이었습니다.

“난 조금도 이상한 얘기는 하지 않았어. 단지 내 눈앞에서 일어났던 일에 대해 얘기했을 뿐이야.”

“쓸데없는 상상력까지 동원할 필요가 어디 있느냐 말이야!”

인철이가 퉁명스럽게 쏘아붙였습니다.

그러더니 인철이는 길 건너편의 〈세인트 루이스〉라고 써붙인 제과점을 손짓하며 앞서 거리를 건너갔습니다.

나는 갑자기 모든 것이 싫어지고 그만 집으로 돌아가고 싶었습니다.

쓸데없는 상상이라니……. 나는 인철이를 원망하듯 입 속으로 종알거렸습니다. 나의 종알거림은 어느새 길 건너편의 제과점 간판 위에도 매달렸습니다.

하필이면 〈세인트 루이스〉가 뭐람. 그건 분명히 미국 어느 지방의 도시 이름이라고 나는 기억하고 있었습니다.

‘파리도 있고 로마도 있고 마드리드도 있고 베니스도 있는데, 하필이면 세인트 루이스라고 이름을 붙일 게 뭐람.’

하고 나는 알지도 못하는 제과점 주인을 향하여 종알거리다가 그런 곳으로 나를 데리고 들어가려는 인철이가 미워지기까지 하였습니다. 인철이는 건너가 버렸고, 빨간 신호등이 나타나더니 나에게 그만 집으로 돌아가라고 말해주는 것 같았습니다.

그러자 인철이가 자기를 뒤따라 건너오지 않고 그냥 버티고 서 있는 나를 발견하곤 그만 실망하는 얼굴이 되더니 어서 건너오라고 손짓하였습니다.

인철이와 나 사이를 가로질러 요란하게 오가는 여러 가지 모양의 차량들 사이로 인철이는 몇 번이나 손짓을 보내더니, 마침내 큰 소리로 나의 이름을 불러대었습니다.

그 커다란 소리의 나의 이름은 몇 번이나, 분주하게 지나가는 차량들 사이를 빠져나와 나의 귓속으로 파고들었습니다.

나는 그 순간, 인철이의 커다란 목소리가 나의 이름을 보내왔을 때 갑자기 가슴이 찌르르 울리는 뜨거운 감동을 느꼈습니다.

"인철이는 창피하지도 않은가 봐, 나 같은 이상한 이름을 큰 소리로 부르다니."

나는 이렇게 중얼거렸습니다.

이윽고 파란 신호등이 나타나더니 차량들이 멈추고 내 앞에 길을 터 주었습니다. 나는 뛰어서 거리를 건너갔습니다.

인철이는 지그시 나를 노려보더니 씩 웃어버렸습니다.

"정말 자꾸만 사람 약 올려 주기야?"

그러면서 나의 한손을 덥석 잡더니 〈세인트 루이스〉의 문 앞으로 다가갔습니다.

"아니, 또 왜 그래?"

인철이가 미간을 찌푸리며 돌아보았습니다.

"세인트 루이스는 싫단 말이야!"

나는 토라진 듯이 고개를 돌리며 딴전을 피웠습니다.

그러자 인철이는 나를 돌아보며 다시 물었습니다.

"세인트 루이스가 싫다니? 그게 무슨 소리야?"

"고등학생이라는 게 그것도 모르니? 세인트 루이스가 어느 나라에
있는 도시야?"

"그야 미국에 있지."

"그러니까 싫단 말이야."

나의 쫑알거림에 인철이는 잠시 어처구니없는 듯 입을 다물고 멍청
해 있더니,

"그럼 저쪽으로 가자. 조금만 가면 멕시코라는 제과점이 있어. 어때,
멕시코는 괜찮아?"

"싫어, 멕시코도. 그건 미국 옆에 있잖아."

그러면서 나는 인철이를 따라 다시 걸음을 옮기다가 그만 킥킥거리
며 웃음을 터뜨리고 말았습니다. 갑자기 인철이 보기가 부끄러웠고, 내
자신이 싫었습니다.

그러나 어느새 우리는 멕시코 제과점 앞에 이르렀습니다.

문득 나는 또 걸음을 멈추고 인철이에게 물어보지 않고는 견딜 수 없
는 그 무엇이 나의 내부에서 꿈틀거리기 시작하였습니다.

"어서 들어가! 왜 그러고 있어 또?"

인철이의 재촉에 뒤이어 나의 내부에서 일어난 꿈틀거림은, 이윽고
입 밖으로 몰려 나왔습니다.

마침내 나는 그것을 토해내지 않고는 견딜 수가 없었습니다.

"저, 나하고 이렇게 다니는 게 창피하지 않아? 난 모든 걸 솔직히 했
으면 좋겠다고 생각하기 때문에 물어보는 거야."

그러나 나의 첫 질문에 대한 인철이의 대답은, 두 눈을 크게 뜨고 나
를 노려볼 뿐이었습니다.

"이런 곳에 들어가면 나 때문에 창피해질 거야. 그래도 좋아?"

나의 두 번째 질문에 대한 인철이의 대답은 마치 풍선이 터지는 소리처럼 나의 고막을 찔렀습니다.

"닥쳐! 그따위 소리는……."

그러나 나는 닥칠 수가 없었습니다. 평소의 내가 아닌 그 무엇이 내 속에 숨어서, 자꾸만 나를 충동질하는 것 같았습니다.

"지금 내 꼴을 좀 봐! 이렇게 술이 묻은 더러운 고무신에 이따위 옷을 입고 이런 곳엘 들어가다니, 난 아무렇지도 않지만 공연히 너한테 창피를 줄까 봐 그러는 거야."

그러자 인철이는 나의 한 손을 덥석 움켜쥐더니 화가 잔뜩 치민 소리로 내뱉었습니다.

"나도 아무렇지도 않단 말이야! 알겠어?"

그러더니 인철이는 나를 잡아끌고 제과점 안으로 들어섰습니다.

그제야 나는 얌전히 인철이와 마주 앉았습니다. 이윽고 가슴 속에 자욱하게 서렸던 안개가 슬며시 사라지는 것 같았습니다.

잠시 후 우리는 빵을 먹으면서 얘기를 주고받았습니다. 먼저 말을 꺼내는 것은 인철이었고, 나는 잠자코 있다가 짤막하게 대꾸하곤 하였습니다.

인철이는, 왜 요즘 우리 집엔 오지 않느냐고 물었습니다. 나는 술장사를 하기 때문에 시간이 없어서 그렇다고 천연스럽게 대답하였습니다.

그러자 인철이는 두 눈이 휘둥그레지며, 왜 갑자기 무슨 일이냐고 다시 물었습니다. 나는 잠시 입을 다물고 있다가, 그것은 할머니의 병환 때문이라고 대꾸하였습니다.

무슨 병이냐고 인철이가 다시 물어 왔지만 나는 그만 입을 꼭 다물고 말았습니다. 뒤따라 공연히 술장사 얘기를 꺼냈던 내 자신이 찢어버리고 싶도록 미워졌습니다.

고통과 굴욕을 되새기지 않고는 도저히 끝맺을 수 없는 그 즈음의 나의 생활을 모조리 인철이에게 털어놓고 싶지는 않았습니다.

그래서 나는 갑자기 엉뚱한 얘기를 꺼냈습니다.

"만일 세계3차대전이 일어난다면 어떻게 될까?"

그러자 인철이는 잠시 나를 바라보기만 하더니 이윽고 입을 열었습니다.

"그거야 결국 미국이 주도권을 잡는 싸움이 될 테지."

나는 짓궂은 마음으로 미국이 졌으면 좋겠다고 했습니다. 그러자 인철이는 고개를 가로저으며 확신에 가득 찬 어조로 말했습니다.

"그렇지만 그렇게는 안 될걸. 미국이 이길 거야. 이기고말고……."

인철이와 나는 한참이나 말다툼을 벌였습니다. 나도 지지 않고 대꾸하였습니다. 어느새 나는 미국의 적군 편이 되어 미국 편인 인철이와 한참이나 말다툼을 벌였습니다.

인철이는 끝내 미국의 승리를 주장하였고, 나는 아니라고 우겨대었습니다. 어느 나라든 미국한테 이겨주었으면 하고 바랐습니다.

그것은 세계에서 가장 작은 나라인 모나코라도 나는 미국한테 이길 수 있다고 우겨댔을 것입니다. 인철이는 끝내 미국의 승리를 주장했고 나는 아니라고 우겨댔습니다. 이윽고 우리들의 입싸움은 인철이의 다음과 같은 얘기로써 끝이 났습니다.

"만일 3차대전이 일어난다면 이 세계는 종말이 올지도 모르지, 승리자도 패배자도 없는 멸망뿐일 테니까."

"난 차라리 그렇게 됐으면 좋겠어."

이 말은 나의 진심이었습니다.

하루빨리 3차대전이 벌어졌으면 얼마나 좋을까 하고 나는 달콤하게 상상하였습니다. 그 전쟁의 끝장이 인철이의 말처럼 된다면 나는 오히려 그 멸망 속에서 나의 영혼이나마 평화롭게 살기를 바랐습니다.

이윽고 인철이는 내가 공연히 미국을 싫어하는 그 마음의 밑바닥을 이해할 수는 있지만 그건 어리석은 생각이라고 나를 타일렀습니다.

그러나 나는 그러한 타이름을 전적으로 물리치지는 않았지만, 그렇다고 나의 생각을 고쳐야겠다고는 마음먹지 않았습니다.

"만일 2차대전만 일어나지 않았더라도 난 아마 이 세상에 태어나진 않았을 거야."

불쑥 꺼내는 나의 말에 인철이는 침울한 표정으로 나를 바라보더니,

"학교에서 지나간 역사를 공부하는 목적은 미래에 대한 확실한 신념을 지니기 위해서지, 엘리노어처럼 그런 식으로 자기 한 사람의 문제만 따져보라고 가르쳐 주진 않았을 거야."

나는 그 소리에 잠자코 고개를 떨어뜨렸지만 무언지도 모를 분노의 덩어리가 한참이나 가슴 밑에서 뭉클거렸습니다.

학교에서나 혹은 책에서나 역사를 알게 되고 이해할 수 있게 될 수록 그 커다란 무게의 형틀은 나의 목을 졸라대고 나의 심장을 사정없이 칼로 찔러대었습니다.

나는 도대체 어떻게 하여 생겨난 존재일까? 이 두렵고 엄청난 비밀을 나는 비로소 완전히 알게 되었던 것입니다. 세상은 더 이상 그 비밀을

나에게 감추고 있을 수는 없게 되었습니다.

나는 무서운 고통과 슬픔을 삼키면서 간신히 그러한 비밀의 알맹이를 찾아냈던 것입니다. 그것은 기쁨도 슬픔도 아닌 멍청한 상태를 오랫동안 나의 머릿속에 남겨주었습니다. 내가 누구인지, 그것을 분명히 알지 않고 무턱대고 눈물만 흘려서는 안 된다고 나는 혼자 속으로 중얼거렸습니다.

그러나 그것은 어느새 인철이의 머릿속에 들어 있었고, 나는 그 사실 앞에 숨이 막힐 것만 같은 기쁨을 느꼈습니다. 내 속에 숨어 있는, 나도 모르는 나의 진짜 모습을 어느새 인철이는 자기 머릿속에다 그려두고 있는 것 같았습니다.

내가 누구인지 아무리 생각해 보아도 나는 잘 모르겠다고 얘기했을 때, 인철이는 이렇게 대답했습니다.

"그건 누구나 마찬가지야. 그래서 사람들은 누구나 자기 속에 감추어진 진짜 자기 모습을 분명히 찾아내어 줄 그런 사람을 안타깝게 기다리는 거야. 그런데 난 그 누구의 진짜 모습을 드디어 찾아내고 말았거든."

"그 누구라니? 그게 누군데?"

나는 침을 삼키며 다그쳐 물었습니다.

그러자 인철이는 빙그레 웃으며,

"그건 함부로 말하면 안 되는 거야."

"싫어! 어서 말해봐! 어서!"

내가 마치 어린애처럼 졸라대자 인철이는 피식 웃더니, 손가락을 불쑥 내밀어 나의 얼굴을 가리키며,

"그건 바로 이 사람이야!"

그 소리에 나는 그만 얼굴이 화끈 달아올라 고개를 떨어뜨리고 말았습니다. 갑자기 미친 듯이 가슴이 뛰기 시작하였고, 마침내 황홀한 기분에 빠져 인철이의 모든 것이 사랑스럽게 보였습니다.

그의 투박스러운 구두 밑창에 잔뜩 묻어 있는 흙이며, 노랗게 반짝이는 교복의 단추까지도 얼마나 사랑스럽게 보였는지 모릅니다.

나는 문득 그의 단추에 입을 맞추고 싶은 야릇한 충동까지 느꼈습니다.

제과점에서 일어날 무렵에 인철이는 초록색의 조그만 상자 하나를 불쑥 내밀었습니다.

"이건 내가 엘리노어한테 보내는 첫 선물이야."

나는 갑자기 무서운 생각이 불쑥 치밀어 겁먹은 시선으로 그 상자를 내려다보았을 뿐 선뜻 손이 다가가지 않았습니다.

"어서 받으라니까!"

인철이는 상자를 바싹 내 앞으로 들이밀며 재촉하였습니다.

"선물 같은 건 싫단 말이야."

나는 더욱 두 손을 움츠리며 거절하였습니다. 그 속에 들어 있을 게 무엇이라는 것쯤 쉽게 짐작이 갔으니까요.

"그렇게 미리부터 겁낼 건 없어. 엘리노어가 그렇게 거절할 정도의 물건은 아니니까. 반드시 집에 돌아가 혼자서만 살짝 열어봐야 돼! 그렇잖으면 연기처럼 사라져 버린단 말이야."

이윽고 나는 인철이를 뒤따라 그곳을 나왔습니다. 상자의 무게가 예상외로 무거운 것 같아 나는 다시 머리가 무거워졌습니다. 무엇일까?

"그 속에 들은 건 말이야, 색깔이나 품질이 영원히 변치 않는 거야.

내가 5년 동안이나 소중하게 지녔던 거야.”

그리고는 인철이는 부드러운 미소를 남겨두고 멀어져 갔습니다.

나는 당장에라도 상자를 열어보고 싶었지만, 반드시 혼자서만 살짝 열어 보라고 하던 인철이의 말을 생각하고 치밀어오르는 궁금증을 간신히 억누르며 집으로 돌아와 급히 나의 방으로 들어갔습니다.

그리곤 문고리를 안으로 걸어 잠근 다음, 가슴을 두근대며 상자의 뚜껑을 열었습니다. 나는 그만 비시시 웃음을 터뜨리고 말았습니다.

그것은 값비싼 보석도 아닌 하얀 색깔의 울퉁불퉁하게 못생긴 돌멩이였습니다.

나는 순간적인 공상의 실망을 느꼈으나 이내 다른 길로 나의 공상을 이끌었습니다.

나는 그 하얀 돌멩이를 꺼내 들고, 이리저리 살펴보기도 하고 그 돌멩이에 대한 인철이의 설명을 한 마디도 빠짐없이 되새겨보았습니다.

그러자 갑자기 그 못생긴 하얀 돌멩이로부터 눈부시게 하얀 빛이 반짝이기 시작하였습니다. 뒤따라 나는 가슴이 쿵쿵 소리를 내며 뛰는 걸 느꼈습니다. 못생긴 하얀 돌멩이, 그것은 하나의 보석이었습니다.

그만한 부피의 다이아몬드보다도 몇 만 갑절 나의 마음을 사로잡아 버린 귀중한 보석이었습니다.

마침내 나는 그 하얀 돌멩이에 미친 듯이 입을 맞추었습니다.

싸늘하게 나의 입술에 감촉되던 돌멩이가 어느새 스스로의 따뜻한 체온을 지닌 것 같았습니다.

나는 너무나 기쁘고 황홀한 나머지 그날 밤엔 그 하얀 보석 돌멩이를 팽팽하게 솟아오른 젖가슴 사이에 꼭 밀어넣은 다음 잠이 들었습니다.

그 첫 선물은 처음으로 나에게 윤곽이 선명한 행복의 모습을 보여주
었고, 갑자기 세상이 마치 여러 가지 알록달록한 고운 색깔로 칠해진 지
구의(地球儀)처럼 생각되었습니다.

8. 죽음, 모든 것의 마지막

나는 그 하얀 보석 돌멩이를 엄마의 사진과 함께 가장 소중하게 간직하였습니다. 그러나 너무 깊이 넣어둘 수는 없었지요. 왜냐하면 엄마의 사진과 함께 그 하얀 보석 돌멩이도 하루 한 번씩 보지 않고는 견딜 수가 없었기 때문입니다.

그 무렵부터 언제나 똑같은 얼굴들의 하루하루가 조금씩 달라지기 시작하였습니다.

나를 둘러싸고 있었던 세상은 여전히 심술궂은 그 얼굴 그대로였지만, 나는 차츰 내 자신이 변해 가고 있음을 느꼈습니다. 갑자기 세상이 무한한 가능성을 띠고 내 앞에 불쑥 나타나기도 하였습니다.

술 냄새와 담배 연기에 지쳐 전신이 솜처럼 풀어지는 밤 12시의 피곤한 슬픔과, 은은한 새벽 종소리와 함께 일어나 맞이하는 그 가슴 떨리는 고요함 속에는 가냘픈 희망의 끈이 끊어지지 않고 서로의 상반된 시간을 이어주고 있었습니다.

나는 그 속에서 아름다운 꿈을 잉태하기도 하였고, 마침내 즐거운 고통과 더불어 꿈을 낳기도 하였습니다. 그 잉태된 꿈이 나의 희망이었습니다.

완전한 희망을 가진다는 것, 그것보다 더 가슴 뛰는 일을 나는 알 수 없었습니다. 그럴 때 나의 내부에서 무언지 불쑥 고개를 내밀고 나에게 질문을 던져볼 때도 있었습니다.

'넌 너의 희망이 얼마나 오래 계속된다고 생각하고 있어?'

'그건 내게 생명이 남아 있을 때까지야.'

'그럼 희망의 목표는 뭐야?'

'난 그런 건 몰라. 단지 희망을 가지고 산다는 것, 그게 즐거울 뿐이야.'

'뭣이? 즐겁다고? 이 바보야! 넌 튀기란 걸 몰라?'

'알고 있어. 알고 있단 말이야. 하지만, 튀기이기 전에 나도 하나의 인간인 걸.'

'뭐? 인간이라고? 넌 인간이기 전에 단지 하나의 튀기야. 그건 너의 숙명이란 말이야. 그런 걸 함부로 잊어버리고 우쭐거리면 되니?'

'그렇지만 외삼촌도 인철이도 날 귀여워해 주는 건 내가 인간이기 때문이지 뭐니?'

'그건 너의 바보 같은 착각이야. 네가 튀기이기 때문에 가엾어서 동정해 주는 거야. 그러한 동정을 착각하다니.'

'착각이 아니란 말이야. 그럴 리가 없어. 동정이라니? 난 그런 건 싫어. 난 조금도 가엾지 않단 말이야. 내가 왜 가엾니?'

‘그것 봐! 그렇게 가엾지 않다고 발버둥치는 게 바로 가엾다는 증거야.’

‘아니야, 난 가엾지 않아. 난 나대로의 희망이 만들어 줄 나대로의 세계가 있단 말이야.’

‘공상은 언제나 아름다운 법이야.’

‘공상이 아름답다니? 난 그렇게 아름답기만 한 공상은 해본 적이 없어. 그것도 마찬가지로 슬프고 괴로운 거야.’

‘그러니까 넌 남의 동정을 받아야만 간신히 그런 괴로움 속에서 빠져나올 수가 있단 말이야. 알겠어?

갑자기 내 속에서 고개를 쳐들고 있던 그 무엇이 사라졌습니다.

나는 한참이나 눈을 감고 헝클어진 머릿속을 정리하였습니다. 나는 문득 머릿속에 탄환처럼 박혀서 골을 쑤시고 있는 이상한 물건을 찾아냈습니다. 그것은 동정이었습니다. 뒤따라 내가 알고 있었던 여러 사람들의 모습이 불현듯 나의 눈앞에 떠올랐습니다.

나는 그들의 모습 하나하나 위에 동정이란 말을 부딪쳐 보기 시작하였습니다. 그것은 마치 초등학교 때 자석의 양극을 시험해 보는 것과 같았습니다. 어떤 모습은 동정을 끌어당겨 버리기도 하였고, 또 어떤 얼굴은 동정을 물리쳐 버렸습니다.

대부분의 얼굴들은 동정을 끌어당겨 어느새 나를 향하여 열적은 미소를 보내주고 있었습니다. 그러나 외삼촌과 인철이의 얼굴은 단번에 동정을 물리쳐 버렸습니다.

그리곤 갑자기 눈물이 핑 도는 시선으로 나를 바라보았습니다. 그리고 할머니와 인숙이의 얼굴 앞에서는 동정은 우뚝 멈춰 서 버렸습니다.

그들의 모습은 동정을 끌어당기지도 않았고 물리치지도 않았습니다.

나는 오랫동안 그것을 지켜보고 있었습니다. 이윽고 두 사람 앞에서 동정은 흔들거리기 시작하더니, 마침내 할머니의 얼굴은 울음을 터뜨리며 동정을 물리쳐 버렸습니다.

그 무렵 할머니의 눈을 감은 모습은 마치 시체와도 같았습니다. 돌아가실 날이 멀지 않았다는 것을 나는 불안스럽게 느끼곤 하였습니다.

학교에서의 나의 생활도 갑자기 고독해지고 말았습니다. '우리' 문제로 인하여 갑작스러운 나의 행동 때문에, 인숙이는 토라져서 다시는 나에게 말을 걸지도 않았고 쳐다보지도 않았습니다.

갑자기 우리들의 관계는 다시 원점으로 되돌아가 버린 듯하였습니다. 나는 온몸의 세포 구멍에서 으스스한 찬 바람이 새어 나오는 것 같은, 싸늘한 외로움을 느꼈습니다.

다른 아이들은 누구 하나 나하곤 친하려 들지도 않았고, 나도 가까이 다가가지도 않았습니다. 어쩌다 공부 시간에, 내가 선생님의 질문을 받고 일어나, 대답을 하느라고 그 설명이 조금만 길어져도 갑자기 교실 내의 공기는 싹 변해져, 이윽고 시간이 끝나면 나를 가운데 두고 쑤군대기 시작하는 아이들의 말소리에 나는 고개를 떨어뜨린 채 귀를 막곤 하였습니다.

그러한 아이들의 무리 속에 인숙이가 끼어 있지 않는 게 얼마나 고마운지 몰랐습니다. 나의 자리는 교실의 뒤였고, 인숙이의 자리는 가운데였기 때문에, 나는 언제나 인숙이의 말없는 새침한 행동을 낱낱이 관찰할 수가 있었습니다.

나는 결코 나의 잘못을 먼저 인숙이에게 사과하고 싶지도 않았고, 그것을 후회하지도 않았습니다. 아니, 그것은 나의 잘못이 아니라고 생각하였습니다.

그러던 어느 날 가사 시간이었습니다.

초여름으로 접어든 날씨는 후덥지근하여 열기 서린 실습실에서 모두 땀을 흘렸습니다.

한 차례의 실습이 끝나고 선생님은 문득 이렇게 입을 열었습니다.

"꼭 필요한 곳이 아니면, 되도록 마늘 같은 후각을 강하게 자극하는 조미료는 피하는 것이 좋아. 특히 요즘은 계절적으로 사람 몸에서 풍기는 냄새의 발산도가 심할 때이고, 또 외국인들과의 빈번한 접촉이 기대되는 만큼, 타인에게 불쾌한 냄새를 풍기지 않도록 평소의 음식에서부터 세심한 주의를 기울여야 해요."

선생님의 얘기가 끝나자, 갑자기 아이들의 시선이 일제히 나에게로 쏠려 왔습니다.

그 시선들 가운데서 하나가 선생님을 돌아보며 물었습니다.

"선생님! 그럼 사람 몸의 냄새는 온전히 음식물에서 기인되는 거예요?"

"그런 셈이지, 그러나 그것은 민족에 따라 다르기도 하고 분포되어 있는 지역에 따라 각기 독특한 체취를 지니고 있지."

"선생님! 그럼 말이죠, 그 민족 고유의 체취라는 것도 있겠군요?"

또 하나의 다른 시선이 나와 선생님을 번갈아 보며 물었습니다.

"그렇지, 민족마다 각기 민족성이 다르듯이 그 풍기는 체취도 다르지. 그리고 동일 민족이라고 하더라도 남성과 여성의 체취도 각기 다르지."

"선생님, 그럼 동양 민족과 서양 민족의 체취는 어떤 점에서 다르죠?"

이렇게 묻는 두 개의 시선이, 야릇한 미소를 머금고 힐끔 나를 돌아보았습니다.

나는 그만 실습실에서 빠져나오고 싶었지만, 선생님의 얼굴이 부드럽게 나를 지켜보고 있었기 때문에 그럴 수도 없었습니다.

서양 민족이라는 말이 그 아이의 입에서 불쑥 튀어 나왔을 때, 나는 공연히 깜짝 놀랐습니다. 누군가 나의 뒷덜미를 바늘로 꼭 찔러 주는 것 같았습니다.

선생님은 여전히 나를 지켜보며 천천히 입을 열었습니다.

"글쎄, 그건 한 마디로 얘기하긴 어렵지."

"그럼 두 마디로 얘기해 주세요."

어리광스러운 소리에 갑자기 까르륵거리는 웃음소리가 터져나왔습니다.

"자, 그럼 시간이 다 됐으니 그릇들을 씻도록 해요."

선생님의 말에 아이들은 모두 불만이란 듯이, 우우 소리를 내더니 갑자기 심술궂은 말괄량이로 학교 안에서도 소문이 난 청자가 손을 번쩍 들며,

"선생님! 그럼 마지막으로 하나만 더 질문하겠어요."

그 소리에는 선생님도 마지못해 질문에 응하겠다는 듯이, 청자를 돌아보았습니다.

그러자 청자는 나를 힐끔 돌아보더니,

"선생님! 만일 서양 민족의 혈통을 받은 사람이 어릴 때부터 동양에

서 자라난다면, 그 사람의 체취는 어느 쪽에 더 가까울까요? 그리고 그 사람의 몸에서는 어떤 냄새가 날까요?"

그 소리, 청자의 질문에 갑자기 요란한 폭소가 터져 나왔습니다. 요란한 소리들은 마치 독침처럼 나의 심장을 아프게 찔렀습니다. 뒤이어 나는 전신에 맥이 빠진 듯 고개를 떨어뜨리고 말았습니다.

그러는데 선생님의 날카로운 목소리가 아이들의 요란한 웃음 위에 찬물을 끼얹었습니다.

"그따위 질문엔 대답이 필요 없어! 뭐야? 야비하게 가사 시간을 농담 시간으로 아는 거야? 강청자! 교무실로 날 따라와요!"

사십이 가깝도록 독신으로 살고 있다는 가사 선생님은 화가 잔뜩 치민 날카로운 눈초리로 청자를 노려보더니 교무실로 갔습니다.

그 뒤를 키가 껑충 큰 청자가 마치 남자 애처럼 건들거리며 따라갔습니다.

아이들은 모두 나를 힐끔힐끔 돌아보며 쫑알거렸습니다.

"얘! 올드미스의 히스테리가 엉뚱한 데서 터진 거 아니야?"

"아니야, 올드미스의 삼촌댁이 미국이래. 그래서 아마 우리 반의 누구를 동정해서 그런 걸 거야."

"그게 아니야. 사실은 자기도 모르게 남성의 체취가 어떻고 하다가 그만 남자 생각이 나서 발작을 일으킨 거야. 호호."

다시 요란스럽게 일어나는 깔깔거림에 마침내 나는 눈앞이 어지러웠습니다.

이윽고 교실에서 다음 시간의 공부를 준비하기 위하여 모두 제자리에 앉아 책을 꺼내며 소란을 피우고 있는데, 교무실에 불려갔던 청자가 여전히 신들 번들한 얼굴로 돌아왔습니다.

아이들은 모두 입을 모아, 올드미스가 뭐라고 앙살을 부리더냐고 다그쳐 물었습니다.

그러자 청자는 나를 힐끔 돌아보며 징그럽게 웃더니,

"내가 질문했던 것 있잖니? 그 해답은 우리 교실에 있다고, 돌아가서 냄새를 맡아보라고 했어."

그 소리에 까불기 잘 하는 아이들은 요란하게 깔깔대며, 그럼 어서 선생님 시키는 대로 해보라고 청자를 충동하였습니다. 그러자 청자는 서슴지 않고 내 곁으로 성큼성큼 다가왔습니다. 그리곤 허리를 굽히더니 나의 머리에다 마치 사냥개처럼 코를 흠흠 거렸습니다.

뒤따라 숨이 넘어갈 듯한 요란한 웃음소리와 박수 소리가 한데 어울려 한참이나 계속되었습니다.

나는 입술에 피가 나도록 깨물며 꼼짝도 않고 책만 내려다보고 있었습니다.

그러는데 누군가 갑자기 청자를 향해 앙칼지게 쏘아붙였습니다.

"얘! 그게 무슨 짓이니? 손뼉을 치고 야단하니까 그게 아주 장한 일인 줄 아니?"

"웬 참견이야? 남이야 밀가루로 분을 바르든 말든 무슨 상관이야?"

"그럼 왜 너 혼자의 얼굴에나 바르지, 가만 있는 사람한테까지 장난질이니?"

나는 간신히 눈물을 새기며 고개를 들어보았습니다.

나를 위해서 청자와 다투고 있는 아이는 인숙이의 짝인 미정이었습니다.

“뭐? 장난질이라고? 저놈의 계집애도 삼촌댁이 미국에 있는 모양이
지.”

청자의 소리에 다시 웃음이 터져나오더니, 이윽고 청자는 미정이 곁
으로 다가갔습니다.

“이 계집애야! 난 선생님 시키는 대로 했을 뿐이야.”

“뭐? 선생님이 그렇게 시켰단 말이니? 엘리노어한테 가서 냄새를 맡
아보라고 시켰단 말이지?”

“그렇다! 왜? 이 건방진 계집애야!”

“너 정말이지?”

마침내 인숙이가 벌떡 일어나더니 청자를 노려보았습니다.

그러자 청자는 약간 기가 죽는 듯하더니 다시 유들유들한 표정으로
덤볐습니다.

“어럽쇼! 차례대로 덤비는데.”

“대답해 보란 말이야! 선생님이 그렇게 시킨 게 정말이야?”

인숙이가 앙칼지게 다시 물었습니다.

청자는 인숙이의 당돌한 태도가 어처구니없다는 듯이 능글맞게 노려
보더니 이렇게 대꾸했습니다.

“그렇다 이년아! 어쩔래?”

“분명히 그렇다고 대답했어! 내 지금 당장 선생님한테 물어보고 올
테니, 꼼짝 말고 있어!”

그러더니 인숙이는 총알처럼 교실 밖으로 뛰어나갔습니다.

“아니, 저년이 미쳤어……?”

청자는 갑자기 당황한 듯 소리치더니, 이윽고 제자리로 돌아가 앉았

습니다. 교실의 분위기는 완전히 반반으로 갈라져 있었습니다.

공부도 잘하고 제법 우등생 축에 드는 아이들은 모두 인숙이와 미정이의 편으로 기울어져 있었고, 그 나머지 아이들은 왈패인 청자의 편으로 기울어져 있었습니다.

이윽고 인숙이가 숨을 할딱이며 교실로 들어서더니, 뒤따라 가사 선생님도 나타났습니다.

아이들은 모두 깜짝 놀라 청자를 돌아보았습니다.

"강청자!"

선생님은 날카롭게 청자를 불러세웠습니다. 그러자 청자는 그만 풀이 죽어 고개를 숙였습니다.

이윽고 청자는 선생님을 따라, 두 번째로 교무실로 불려갔습니다. 비로소 교실은 잠잠해졌고, 뒤이어 안경 낀 생물 선생님이 교실로 들어왔을 때, 나는 펼쳐 놓은 생물 책이 온통 눈물로 축축하게 젖어 있는 걸 발견하였습니다.

그날의 공부가 끝났을 때도 인숙이는 다른 날과 마찬가지로 미정이와 함께 나가버렸습니다.

나는 갑자기 인숙이에게 사과하고 싶은 생각이 치밀었지만, 그만 삼켜 버렸습니다. 그런 일 때문에 나를 옹호해 주었다고 갑자기 사과를 한다고 나타나는 게 쑥스러울 것 같았습니다.

나는 언제나처럼 혼자서 교문을 나와 바닥만 내려다보며 걸었습니다. 그렇게 인숙이가 미정이와 함께 정답게 다니는 것이 나를 더욱 쓸쓸하게 만들어 주었지만, 나는 결코 그것을 질투처럼 느끼진 않았습니다.

"난 혼자라도 얼마든지 즐겁단 말이야."

　나는 참으로 즐거운 듯이 명랑하게 중얼거렸습니다. 그러나 갑자기 나의 내부에서 짓궂은 그 무엇이 다시 고개를 쳐들었습니다.

　"자기 자신을 속인다는 건 비겁한 짓이야."

　"난 조금도 속이지 않았어, 정말이야. 이렇게 나 혼자가 가장 즐겁단 말이야."

　"학교에서 그런 꼴을 당하고도 가장 즐겁다니? 말이 되는 소리야?"

　"그까짓 것 뭐, 오늘 처음 당하는 일인 줄 아니? 내가 살아 있다는 것 자체가 바로 그런 일과 마찬가지야."

　"그런데도 즐겁니?"

　"그럼, 난 즐거워! 이렇게 노래마저 부르고 싶단 말이야."

　나는 여전히 바닥을 보고 걸으며 콧소리로 홈 스위트 홈을 흥얼거리기 시작하였습니다. 그러나 그 소리는 잠시 후에 끊어지고 말았습니다.

　갑자기 그 소리를 뒤따라 울음이 쏟아질 것만 같았습니다.

　"그것 봐! 가장 즐거운 노래에도 어느새 울음이 배었어. 그러고도 가장 즐겁다고 입으로만 떠들 테냐?"

　마침내 나는 입을 다물고 말았습니다. 갑자기 머릿속에 고슴도치라도 들어앉은 것처럼 머리가 쑤시고 아팠습니다. 나는 무섭도록 외로웠고 엉엉 소리 내어 울고 싶었습니다.

　그런 모든 것이 한데 어우러져 가슴이 찢어질 듯한 고통이 되었습니다.

　그러다가 문득 '나의 몸에서는 무슨 냄새가 날까?' 하고 생각해 보았습니다.

　청자는 나의 몸에서 무슨 냄새를 맡았을까? 갑자기 그것이 미칠 듯이 궁금하였습니다.

'서양 민족의 혈통을 받은 사람이 어릴 때부터 동양에서 자라난다면 그 사람의 체취는 어느 쪽에 더 가까울까요? 그리고 그 사람한테서는 무슨 냄새가 날까요?

이렇게 물었던 청자의 목소리가, 다시 나에게 분명한 대답을 요구하듯 되살아났습니다.

나는 이렇게 대답해 주었습니다.

"그건 슬픔과 고통의 냄새야 알겠니? 슬픔의 냄새가 어떠냐고? 그건 너의 엄마가 죽게 될 때 맡아보라고. 그렇게 나 같은 튀기의 냄새에 지독한 호기심을 가질 필요는 없어. 슬픔과 고통과 굴욕과 모멸의 모든 것을 합친 냄새가 과연 어떤 냄새라고 생각하니? 뭐? 죽음의 냄새하고 같다고? 맞았어. 그건 죽음의 냄새하고 같을 거야. 그러한 나의 냄새를 자꾸만 건드리지 말아주렴. 나도 한 번쯤 향기로운 꽃 냄새를 풍기며 살아보고 싶단 말이야. 장미나 백합 같은 그런 냄새를 풍기면서 말이야. 그때는 얼마든지 나한테 와서 콧구멍이 터지도록 냄새를 맡아도 좋아, 정말이야."

어느새 나의 얼굴엔 눈물이 흘러내리고 있었습니다. 나는 급히 손수건을 꺼내어 눈물을 닦았습니다.

그때 갑자기 누군가 내 앞을 가로막았습니다. 나는 깜짝 놀라 고개를 들었습니다. 책가방을 든 인철이었습니다.

나는 그만 인철이의 가슴에 쓰러져 울음을 터뜨리고 싶었습니다. 그러나 나는 이내 새침한 표정으로 그를 비켜나 걸음을 옮겼습니다.

인철이도 말없이 나란히 걸었습니다.

　나는 문득 청자가 살고 있는 세상과 인철이가 살고 있는 세상이 똑같다는 생각이 들었고, 그 생각은 갑자기 나에게 무서운 불안감을 안겨주었습니다.

　그렇다면 인철이도 청자와 마찬가지로, 나의 몸에서 무슨 냄새가 날까? 하고 궁금할 것이다.

　그런 생각이 들자, 나는 갑자기 인철이를 돌아보며 불쑥 이렇게 물었습니다.

　"내 몸에서 무슨 냄새가 나는지 궁금하지 않아……? 궁금하지?"

　그러자 인철이는 두 눈이 휘둥그레지며 잠자코 나를 살펴보더니,

　"학교에서 또 무슨 일이 있었군, 그렇지?"

하며 부드럽게 되물었습니다. 나는 그만 고개를 떨어뜨린 채 입을 다물고 말았습니다.

　인철이도 더 이상 물어 오진 않았지만, 이런 말로 나를 타일렀습니다.

　"마음을 좀더 굳게 먹어! 굳게!"

　이윽고 내 몸속의 고통의 덩어리가 마치 햇볕 아래 눈사람처럼 조금씩 조금씩 녹아내리기 시작하였습니다.

　"할머닌 무슨 병으로 앓고 계신 거지?"

　인철이가 불쑥 이렇게 물었습니다.

　나는 갑자기 녹아내리는 고통의 덩어리를 움츠리며 아무런 대꾸도 하지 않았습니다.

　"아니, 왜 대답이 없어?"

　인철이가 다시 퉁명스럽게 물었습니다.

그 순간에 나는 불현듯 할머니의 죽음을 피부로 느끼듯 전신이 떨렸습니다. 갑자기 그것은 마치 오래 전부터 알고 있었던 기정사실처럼 느껴졌습니다. 뒤따라 날카로운 불안이 나의 머릿속을 회오리바람처럼 소용돌이치며 지나갔습니다.

"무슨 병이냔 말이야?"

인철이가 이번엔 나를 노려보며 물었습니다. 그러나 나는 여전히 아무런 대꾸도 하지 않았습니다. 공연한 심술이 치밀어, 아무 말도 하고 싶지 않았습니다.

"할머니가 무슨 병이냔 말이야? 안 들려?"

인철이가 골이 잔뜩 나서, 큰 소리로 물었습니다.

"할머닌 죽었단 말이야!"

나는 갑자기 악을 쓰듯 그렇게 소리 질러주곤 도망치듯 뛰기 시작하였습니다. 그러나 인철이는 따라오지 않았습니다. 인철이가 따라와서 나를 잡고 정신이 번쩍 들도록 뺨이라도 갈겨 주었으면 시원할 것 같았지만, 어리석은 기대였습니다.

갑자기 나의 머릿속에서 인철이가 차지하고 있었던 자리가 텅 비어버린 것 같았습니다. 다시는 인철이도 인숙이처럼 나에게 말을 걸지도 찾아오지도 않을 것 같았습니다.

나의 행동을 곰곰이 따져보았지만, 내가 왜 이렇게 쌀쌀하게 굴었는지, 그 분명한 이유는 찾아낼 수 없었습니다. 그럴 땐 언제나 나의 머릿속에 단 하나 남게 되는 희미한 이유는 이런 말이었습니다.

'난 튀기니까 어쩔 수가 없는 거야……'

이윽고 집으로 돌아오자, 나는 다시 소스라치듯 깜짝 놀라고 말았습니다. 할머니의 방문 앞엔 의사 선생님의 구두가 놓여 있었고, 할머니는 아직 살아 있었던 것입니다.

그런데도 나는 인철이 앞에서 그렇게 큰 소리로 할머니가 죽었다고 내뱉었으니, 나는 분명 내 정신이 아닌 것 같았습니다.

갑자기 숨 막히는 공포에 사로잡혀 나는 할머니의 방문 앞을 지나면서도 전신이 후들후들 떨려 왔습니다. 할머니의 죽음을 내가 은근히 바라고 있었다니, 나는 내 자신이 무서워 어쩔 줄을 몰랐습니다.

그런 엄청난 거짓말을 하다니, 마침내 나는 미친 듯이 밖으로 뛰어 나갔습니다.

잠시 후에 나는 공중전화 박스 안에서 인철이네 집으로 전화를 걸었습니다.

이윽고 신호가 따르릉 울려 가더니, 누군가 전화를 받았습니다.

"인철이 좀 바꿔 주세요!"

나는 느닷없이 이렇게 말을 꺼냈습니다.

그러자 파출부인 듯한 여자의 목쉰 음성이,

"잠깐 기다려요!"

하더니, 인철이를 소리 높여 불러대는 소리가 나의 귀에까지 울려왔습니다. 이윽고 귀에 익은 굵은 목소리가 전화를 받았습니다.

"여보세요, 인철인데요."

"저, 나 엘리노어야……. 미안해!"

나는 간신히 이렇게 말하곤 그만 바보처럼 훌쩍거렸습니다.

"아, 엘리노어야?"

인철이의 부드러운 음성이 흘러왔습니다.

“울긴, 바보같이. 괜찮아, 난 다 알고 있어. 나 때문엔 조금도 마음 쓰지 마.”

“정말 고마워! 그런데 내가 아주 무서운 거짓말을 했어……. 할머닌 아직…….”

“할머니 말이지? 난 거짓말인 줄 미리 알고 있었어.”

“그래? 그럼 다행이야. 난 아주 무서워 혼났어.”

그제야 나는 떨리던 가슴이 차츰 가라앉았습니다.

나는 비로소 밝은 음성으로 수화기에 대고 입을 열었습니다.

“다시는 나하고 얘기도 안 할 줄 알았어.”

“누가? ……내가?”

하며 인철이는 잠시 소리 내어 웃더니,

“정말 바보군. 쓸데없는 소리 말고, 그 돌멩이나 다시 한번 보란 말이야.”

“색깔이 까맣게 변했을 거야.”

나는 미소를 깨물며 말했습니다.

“글쎄, 다시 보기나 해. 그런데 참, 할머니께서 무슨 병이지?”

“아주 오래된 심장병이래.”

그런 다음 우리는 전화를 끊었습니다. 나는 집으로 돌아오자, 급히 나의 방으로 들어가 보석 돌멩이를 꺼내 보았습니다. 그것은 조금도 변하지 않은 하얀 색깔 그대로였습니다. 나는 한참이나 그것을 들여다보고 있었습니다.

그때, 갑자기 할머니의 방에서 아주머니가 다급하게 나의 이름을 불렀습니다. 나는 가슴이 철렁 내려앉는 것만 같은 불길한 예감을 느끼며,

급히 할머니의 방으로 들어갔습니다.

조금 전 의사가 다녀갔기에 나는 안심하고 있었지만, 할머니는 다가앉는 나의 손을 힘없이 움켜쥐더니 그만 주르르 눈물을 흘렸습니다.

"내가…… 불쌍한…… 너를…… 너무…… 심했지…… 너무……."

할머니는 간신히 모기 같은 소리로 말을 이었습니다.

"불쌍한…… 너를…… 엘리노어야…… 부디……."

할머니는 모기 같은 조그만 소리로 간신히 나의 이름을 불렀습니다. 할머니가 그렇게 나의 이름을 입에 올린 것은 그것이 처음이자 마지막이었습니다. 어느새 아주머니와 나는 소리를 죽이며 흐느꼈습니다.

이윽고 나의 손을 움켜쥐었던 할머니의 손에서 스르르 힘이 빠졌습니다. 그러더니 할머니는 잠시 후에 자는 듯이 숨을 거두었습니다.

나는 미친 듯이 할머니를 부르며 울음을 터뜨리고 말았습니다. 아주머니도 슬프게 흐느껴 울었습니다. 외삼촌과 용아만 그때까지 돌아오지 않았기 때문에 그 두 사람의 머릿속에는 아직 할머니는 살아 있었지요.

나는 흐느껴 울면서도 한편으론 무서운 생각에 가슴이 떨려왔습니다. 그런 무서운 거짓말을 한 것이 할머니를 이렇게 빨리 돌아가시게 만든 건 아닐까? 하고 나는 가슴이 타는 듯이 떨렸습니다.

나는 더욱 큰 소리로 울부짖었습니다.

모든 걸 잊어버리고 울음 그 속으로 깊이 빠져 들고만 싶었습니다.

할머니는 내가 어렸을 때 나에게 몹쓸게 대했던 그 일이 숨을 거두는 그 순간까지도 못내 걸려 하시더니, 마침내 그 말은 할머니의 유언이 되고 말았습니다.

그런 생각이 들자, 나는 더욱 슬픔이 북받쳐 목을 놓아 울었습니다.

나는 할머니가 조금도 밉지 않았습니다. 할머니가 무엇 때문에 나를 그렇게 미워하셨는지, 나는 모두 알 수 있었기 때문이지요.

내가 참으로 미워서 할머니는 그렇게 욕설을 퍼붓고 매를 때린 건 아니었습니다. 단 하나뿐이었던 귀한 딸, 나의 어머니에 대한 뼈아픈 실의와 울분이 겹쳐서 그 어미에게 죽음을 안겨주고 태어난 나에게 그만 모든 울분을 터뜨리곤 했던 것이지요.

내가 어렸을 때 잠든 나를 껴안고, 슬피 흐느껴 울곤 하셨던 할머니의 그 고통과 슬픔을 나는 그제야 모두 알 것만 같았습니다.

나는 할머니에게 좀더 잘해 드리지 못하고, 언제나 마음속으로 할머니를 원망하고 있었던 나의 잘못을 뼈저리게 후회하였습니다.

그러나 죽음은, 모든 것의 마지막이었습니다.

이윽고 울음을 그친 아주머니가 나를 문밖으로 끌어내었습니다.

나는 술 탁자에 기대앉아, 문득 할머니와 함께 지나온 나의 삶을 뒤돌아보았습니다. 그것은 마치 아득하게 먼 곳의 희미한 풍경을 바라보는 것과 같았습니다.

그 희미한 풍경은 흡사 전쟁이 휩쓸고 지나간 폐허와도 같이 생각되었고, 그 폐허 속에는 철없이 깔깔대는 희미한 나의 어린 모습과 슬픔에 찌들어 눈물을 흘리는 나의 가엾은 모습이 어울려 있었습니다.

9. 신기한 구경거리가 되어

할머니의 장례식에는 인철이와 인숙이도 참석하였습니다.

나는 외삼촌을 졸라서 인철이가 가지고 왔던 약상자를 할머니의 무덤 속에 넣어드렸습니다.

"저승에 가서라도 편찮으시면 그 약을 잡수서요!"

하고 나는 울음을 터뜨리며 약상자 위로 내리덮히는 흙을 지켜보았습니다. 순식간에 할머니의 관도 약상자도 흙 속에 파묻히고 말았습니다.

슬픔과 고통으로 얼룩진 할머니의 가엾은 인생은 드디어 막을 내렸습니다.

'저승에 가서 우리 엄마를 만나면 할머니는 무슨 얘기부터 할까? 엘리노어는 이제 아주 다 자랐어. 울지도 않고 학교에도 잘 다니고 있다. 이런 얘기부터 먼저 할까? 아니면 우리 엄마를 껴안고, 흐느껴 울고 말 것인가?

할머니의 장례식이 끝나고 며칠 동안 나는 줄곧 그런 생각에만 빠져 있었습니다.

마치 슬픔과 고통을 만나기 위하여 이 세상으로 왔다가 마침내 저승으로 돌아가 버린 할머니와 엄마의 뒤를 이어 나도 어느새 슬픔과 고통으로 둘러싸여 있었고, 언젠가는 할머니와 같이 저승으로 갈 것을 생각하니 살아 있는 나 자신이 아무런 의미도 없는 한 마리의 강아지처럼 느껴졌습니다.

그러나 강아지는 자라서 개가 되면 낑낑거리는 울음소리는 사라지고 우렁차게 짖어대며 그 무엇을 향하여 자기의 의지를 발산시킬 수 있는 자유를 지닐 수도 있었지만, 내게는 그런 자유마저 주어지지 않은 채 눈치를 살피고 움츠리며 간신히 내 자신을 지탱하고 있을 뿐입니다.

그 무렵부터 나는 아주 운명이란 말에 힘없이 매달려 곰곰이 나의 운명을 생각해 보곤 하였습니다.

그러나 운명의 얼굴은 언제나 안개 속에 가려져 그 희미한 모습을 드러내 줄 뿐, 무엇 하나 나에게 선명한 희망을 암시해 주진 않았습니다. 어디론지, 어떤 무서운 힘에 이끌려 나는 고삐를 잡힌 채 끌려가고 있는 것 같았습니다.

그러한 생각에 빠져 있을 때면 나는, 내가 살아서 움직이는 모든 일이 갑자기 싫어지고 사람을 만난다거나 밥을 먹는 일조차 지긋지긋하게 생각되었습니다.

그러나 할머니의 죽음은 갑자기 나에게도 커다란 변화를 몰아다 주었습니다. 할머니가 돌아가신 지 보름 후에 우리는 변두리 산비탈의 빈민 지대로 이사하였습니다.

비록 판잣집이긴 하였지만 방이 두 개였기 때문에 외삼촌은 방 하나를 완전히 나의 방으로 만들어 주었습니다. 나는 너무나 즐거워 벽에다 내가 좋아하는 릴케의 시를 적어서 붙여 두기도 하고, 학교의 미술 시간에 내가 그렸던 커다란 풍경화를 걸어두기도 하였습니다.

그러나 나의 가장 은밀한 기쁨은 그러한 방 안의 장식에 있었던 건 아니었습니다.

그것은 술집에서의 해방이었습니다.

튀기에서 시작하여 서양 인형, 양색시, 엘리노어에 이르기까지, 술 냄새 풍기는 취객들이 나를 불러대는 역겨운 소음에서 풀려 나온 것이 무엇보다도 기뻤습니다. 그것은 마치 죽어버렸던 나의 영혼이 다시 살아난 것 같았습니다.

그러나 그러한 기쁨도 계속하여 나를 즐겁게 만들어 주진 않았습니다. 불현듯 나의 기쁨 속으로 고개를 내밀고 나타나는 할머니의 죽음은, 여지없이 나의 즐거움을 앗아가 버리곤 하였습니다.

그럴 때마다 나는 끝없이 불안하였고, 마침내는 공포에 사로잡혀 할머니를 부르며 울음을 터뜨리곤 하였습니다. 나는 마치 나의 즐거움이 할머니의 죽음을 기뻐하는 데서 우러나온 것처럼 착각하고 소스라쳐 놀라기도 하였습니다.

그러나 할머니의 죽음이 나를 술집으로부터 해방시켜 준 것은 사실이었기 때문에, 나는 오랫동안 불안스러운 고통 속에서 할머니의 죽음이란 사실과 싸우지 않으면 안 되었습니다.

나의 양심은 짐승의 발톱에 할퀸 꽃잎모양 상처를 입었고, 마침내 떨어져 진흙 속에 파묻히고 말았습니다.

할머니의 죽음을 기뻐하다니. 나의 마음속 깊은 곳에서, 이불 밑에 웅크리고 누워 있는 어린 시절의 나의 모습을 발견하였습니다. 그것은, 어서 할머니를 죽게 해 달라고 하느님께 빌고 있는 모습이었습니다.

나는 너무나 무서워 그만 두 손으로 얼굴을 가리며 쓰러지고 말았습니다. 죽은 사람의 귀신에 관하여 아주머니로부터 몇 번이나 들었던 옛날 얘기가 더욱 나를 괴롭혔습니다.

할머니의 귀신도 나의 마음속을 환히 알고 있다가 언젠가는 나를 혼내 주리라는 무서운 상상 때문에 나는 오랫동안 평화롭게 잠들 수가 없었습니다. 그 끝없는 양심의 고통은 내가 거의 다 자라났을 때까지도 끈질기게 나를 따라다녔습니다.

그러나 할머니의 귀신은 한 번도 내 앞에 나타나진 않았습니다. 그것은 분명 우리 엄마 귀신이 할머니를 말렸기 때문이라고 나는 생각하였습니다.

나는 여전히 불안하긴 하였지만 새로운 주위 환경 속에서 그런대로 나의 자리를 찾고자 노력하였습니다.

밤이면 산비탈에 성냥갑을 쌓아올린 것 같은 판잣집들이 마치 높다란 빌딩처럼 층층마다 정다운 불빛을 반짝거리곤 하였지만, 아침이면 산비탈에 게딱지처럼 다닥다닥 붙어있는 회색의 앙상한 판잣집들이 그 본체를 드러낼 때, 나는 슬픈 눈으로 산비탈을 올려다보곤 하였습니다.

그러나 다시 밤이 오면 어둠 속에서 산비탈의 판잣집들은 어느새 휘황한 불빛의 고층 빌딩으로 변하여 나의 두 눈을 조금은 즐겁게 만들었습니다. 우리 집은 고층 빌딩의 중간쯤에 있었습니다.

얼마 후에 나는 산 밑 넓은 거리에서도 단번에 멀리 떨어진 우리 집의 불빛을 찾아내곤 하였습니다. 그럴 때 나의 마음속으로 따뜻하게 스며드는 그 아늑한 즐거움을, 나는 지금도 잊을 수가 없습니다.

그 불빛만 보아도 나는 그날 밤의 아주머니의 표정이라든가 외삼촌의 부드러운 미소, 그리고 개구쟁이 철이의 심술궂은 모습까지, 그 불빛을 통하여 알아낼 수 있었습니다.

용아가 학교회비 때문에 훌쩍이고 있을 거라든가, 외삼촌이 용아를 부드럽게 타이르고 있을 거라는 나의 상상은 몇 번이나 멀리서 바라본 불빛을 통하여 알아맞힌 일도 있었습니다.

산비탈을 한층 한층 올라갈수록 조금씩 더 가난한 사람들이 살고 있었고, 맨꼭대기에는 거지들의 움막이 있다는 것도 나는 알게 되었습니다. 사람들이 살고 있는 이 세상이 더욱 이상하게만 느껴진 것도 그러한 새로운 사실을 알고 난 뒤였습니다.

나처럼 불행하게 태어난 튀기만 아니라면 모두 행복한 줄만 알았는데, 사실은 그렇지 않다는 것도 알게 되었습니다. 어쩌면 나는 너무나 행복하기 때문에 그걸 미처 모르고 있는 건 아닐까, 하고 생각해 본 적도 여러 번이었습니다.

그런 생각을 할 때만은 나는 갑자기 행복해진 것 같았습니다. 그러나 행복이란 그런 단순한 감정만으로 이루어지는 게 아니란 것도 나는 알고 있었습니다.

그리고 나는 세상에 대하여 아무것도 바라지 않았습니다. 아무쪼록 나를 혼자 가만히 내버려두기만 바랐을 뿐이지요.

그러나 그러한 나의 슬픈 소원이 단 한 번인들 이루어진 일이 있었을까요. 세상은 마치 심술궂은 파도처럼, 나의 머릿속에 미처 모래 탑이 이루어지기도 전에 우르르 몰려와 휩쓸어 가 버리곤 했을 뿐이지요.

언제 어디에서나 나의 몸뚱이가 놓여 있는 곳이면 심술궂은 파도는 끈질기게 나를 따라왔습니다. 나는 피할 수도 없이 언제나 사나운 파도의 세계 속에 움츠려들기만 하였습니다.

얼마의 시간이 흐르지 않아, 어느새 나는 가난한 판자촌에서 빼놓을 수는 없는 명물이 되고 말았습니다. 생활을 여유 있게 즐길 수도 없는 가난한 사람들의, 나른하고 심심한 얼굴에 순간적이나마 갑자기 밝은 생기가 돌고, 그 호기심에 가득 찬 시선들은 아침마다 내가 학교에 갈 무렵에는 집집마다 판잣집 쪽문에 고개들을 내밀고 신기한 듯이 나를 구경하곤 하였습니다.

나는 처음엔 굴욕과 슬픔을 느꼈고, 다음에는 그들에 대해 무서운 증오를 느꼈습니다. 그러나 나는 마침내 나를 구경하곤 즐거워하는 그들의 가난하고 심심한 처지에 동정을 느끼게 되었습니다.

나는 언제나 집으로 돌아올 때는 밤이 되기를 기다려 그들 몰래 돌아오곤 하였습니다.

하루에 한 번 정도의 구경거리가 되는 건 간신히 견디어 나갔지만, 아침 저녁 그렇게 두 번 씩이나 구경거리가 되는 건 상상만 하여도 지긋지긋하였습니다.

나는 몇 번이나 산 밑으로 내려가는 새로운 길이 없나 하고 용아한테 물어보기도 하고, 내가 직접 밤을 이용하여 찾아보기도 하였지만, 아무 데도 나를 위해 마련된 길은 없었습니다.

다른 사람들이 다니지 않는 나만을 위하여 만들어진 길, 그런 길이 이 세상 어디에 있을까요?

그러나 나는 바보같이 언제나 그런 길을 찾아야겠다는 엉뚱한 갈망을 품고 있었습니다. 어쩌면 그러한 엉뚱한 갈망이, 무서운 고통과 슬픔 속에서 나를 지켜주고 있었는지도 모릅니다.

10. 사랑은 물결처럼 다가오고

할머니의 죽음은 또, 나로부터 멀리 떨어져 있었던 인숙이를 다시 나의 곁으로 불러다 주었습니다.

한동안 싸늘하게 얼어붙었던 우리 사이에 어느새 얼음은 녹아버렸고, 다시 따뜻한 시냇물이 흐르기 시작하였습니다.

누구도 나하고는 놀아주지 않았던 어린 시절부터 내가 거의 다 자라난 그때까지 내게 친구가 있었다면 단 한 사람 인숙이뿐이었습니다. 인색한 하느님도 그것 하나만은 나에게 선심을 베풀어 주신 것 같았습니다.

그리고 친구는 아니었지만 어쩌면 나의 일생을 맡아줄지도 모르는 인철이까지 보내주신 데 대해서 나는 마침내 하느님에게 고맙다는 기도를 올렸습니다. 그때만은 나는 마치 여왕이라도 된 것처럼 행복하였습니다.

즐거울 것 하나 없이 슬프기만 하였던 할머니의 장례식에도 인철이
와 인숙이는 참석해 주었고, 이삿짐을 옮기는 날은 자가용까지 몰고와
서 나의 책보퉁이며 외삼촌의 책을 날라다 주었습니다.

그날은 마치 그 두 사람을 통하여 온세상이 나의 가슴속에 들어앉은
것 같은 황홀한 즐거움을 느꼈습니다.

단 일주일만이라도 계속하여 그날처럼 즐거웠다면, 나는 그 일주일
이 끝난 다음날 기꺼이 죽어도 좋을 것만 같았습니다.

그러나 그런 날은 단 하루로써 막을 내렸고, 나는 또 가슴을 조이며
다음을 기다렸습니다. 나는 철없이 이사하는 일이 그토록 즐거운 것이
라면 매일이라도 이사를 다녀보고 싶다고까지 생각하였습니다.

그 무렵부터 나와 인숙이는 학교가 끝나기가 무섭게 다시 돌아다니
기 시작하였습니다.

그러나 전처럼 그렇게 정신없이 쏘다니지는 않았고, 인숙이는 나에
게 세상의 열 군데를 차례차례로 구경시켜 주기로 하였습니다.

나는 그때까지도 사람들이 많이 몰려드는 그런 장소엔 무서워서 한
번도 가본 일이 없었고, 따라서 그런 곳은 나의 상상 속에 제멋대로의
모양으로 그려져 있을 뿐이었습니다.

"오늘 차례는 백화점이야!"

이렇게 인숙이가 교문을 나서며 입을 여는 날은 누구나 우리를 찾으
려면 미도파나 신세계 혹은 화신백화점 따위의 입구에만 지켜 서 있으
면 금방이라도 우리들을 찾을 수가 있었지요.

우리는 점잖은 걸음걸이로 쇼핑을 하는 것도 아니었고, 그렇다고 꼭
필요한 물건이 있어서 그걸 찾기 위하여 진열장 속을 살피는 것도 아니

었습니다.

우리들의 시야 속에 들어오는 모든 것들을 휘둘러보며 내키는 대로 2층, 3층의 이곳저곳을 분주하게 쏘다녔을 뿐이지요.

그런 어처구니없는 일에 인숙이가 그토록 즐거움을 느끼며 몰두하고 있었던 건, 나의 신기해하는 모습이 재미있기도 했겠지만 우리는 똑같이 외로웠기 때문입니다.

엄마가 없는 집에 일찍 돌아가고 싶지 않은 인숙이의 허전한 마음이 나의 호기심과 어울려, 그런 엉뚱한 일에도 열을 올리게 되었던 것입니다.

그렇게 미친 듯이 쏘다니는 우리들의 버릇은 오랫동안 계속되었습니다. 우리들의 그러한 우스꽝스러운 방과 후의 행각을 가장 싫어하였던 건 인철이었습니다.

우리가 피곤한 다리를 이끌고 여전히 깔깔대며 인숙이네 집으로 돌아가면 언제나 인철이는 심술이 잔뜩 치민 얼굴로 이렇게 빈정거렸습니다.

"오늘도 또 그 미친 노름이냐!"

그러면 인숙이는 곱게 눈을 흘기며 지지 않고 쫑알거렸습니다.

"괜히 야단이셔. 난 왜 그러는지 다 알어. 안단 말이야."

"알긴 뭘 알어?"

"오꾸러기의 마음속을 환히 알고 있단 말이야."

"뭐? 내 마음속을 다 안다고?"

"그럼 모를까 봐? 이럴 땐 네꾸러기는 빠지고 심술꾸러기만 나타나거든. 심술은 즉 질투와 통한단 말이야. 호호……."

인숙이는 다시 깔깔대며 부리나케 나의 손을 이끌고 덤벼드는 인철이를 피해 제 방으로 들어간 다음, 우리는 방문을 안으로 잠가버리곤 하였습니다.

"애! 우리 오빠가 왜 심술이 났는지 아니?"

인숙이가 이렇게 의미 있게 생글거리며 물어볼 때 나는 그만 부끄러운 듯이 고개를 돌려 버렸습니다.

그러면 인숙이는 짓궂게도 나의 귀에다 입을 대고 이렇게 소곤거렸습니다.

"요것아! 너 때문에 그러는 거야. 너를 온통 나 혼자서만 끌고 다니니까 오꾸러기한테는 차례가 안 오거든. 그래서 심술과 질투가 동시에 발생한 거야. 넌 정말 행복하다, 애!"

그러면서 인숙이는 느닷없이 나의 뒤에서 두 팔로 나의 가슴을 끌어안고는 숨이 넘어갈 듯 깔깔거리곤 하였습니다.

그럴 때 나의 가슴속으로 스머드는 그 달콤하고 짜릿한 행복감은 나의 생명을 더욱 새롭게 만들어 주는 것 같았습니다.

그날도 우리는 학교가 끝나자 교문을 나서며 나는 인숙이의 결정을 기다렸습니다. 이윽고 인숙이의 입에서 순례지의 결정이 내렸습니다.

"오늘은 서점이야. 맨 마지막 거치는 곳에서 우리 책 한 권씩 사도록 해!"

그동안에도 미장원, 핸드백 상점, 꽃집 등의 순례를 거친 뒤라 나는 인숙이의 입에서 어떤 곳의 순례가 결정되는지 적이 호기심을 기울이고 있다가 서점이라는 소리에 나는 너무나 기뻐서 환성을 질렀습니다.

"왜 그런 곳을 여태 빼먹고 있었을까?"

"모두 차례가 있는 법이야."

인숙이는 짐짓 어른처럼 점잔을 빼며 말하더니, 급히 나의 손을 잡아 끌며 걸음을 빨리 하였습니다.

이윽고 우리들의 서점 순례는 시작되었습니다.

나는 너무나 기쁘고 숨이 막힐 것만 같이 즐거워 층층마다 나란히 정답게 어깨동무를 하고 꽂혀 있는 수많은 책들의 예쁜 얼굴 앞에 마주서자, 그만 나도 모르게 눈물을 짜고 말았습니다.

나는 깜짝 놀라 급히 손수건으로 눈물을 훔치고 있는데,

"아니, 왜 그러니?"

인숙이가 휘둥그레지며 나직하게 물었습니다.

"아니야, 아무것도 아니야!"

나는 당황하여 얼른 손수건을 감추며 책 속으로 다시 시선을 보냈습니다.

그렇게 책이 많은 곳을 나는 그 날 처음 보았던 것입니다. 모든 책은 언제나 외삼촌이 나를 생각하여 직접 사다 주시곤 했기 때문에, 그때까지 서점이란 나의 상상 속에 간신히 자리를 잡고 있었을 뿐이었지요. 사람들이 많이 몰려드는 그런 곳이 나는 무서워 혼자서는 들어가 볼 생각조차 못했습니다.

그런데 뜻밖에도 우리들의 순례지로 서점이 나타날 줄이야, 나는 황홀하기만 하였습니다. 가지가지 색깔의 예쁜 책들은 제각기 이름표를 달고 마치 살아서 숨을 쉬는 것 같았습니다.

나는 넋을 잃고 그들 하나하나의 이름을 읽어 가느라고 언제나 인숙이의 호들갑스러운 재촉에 깜짝 놀라 다음 서점으로 아쉬운 발길을 돌

리곤 하였습니다. 그들의 세계에선 모든 사람은 평등해 보였습니다.

나의 얼굴이나 이름 같은 이상한 외국인들도 수없이 많았지만, 그들은 모두 조금도 움츠리지 않고 의젓한 모습으로 나를 내려다보고 있었습니다.

갑자기 나는 그들이 부러운 생각으로 다시 눈물이 솟을 것만 같았습니다. 어쩌면 그들의 세계 속에 나의 슬픔을 구원해 줄 그 무엇이 숨어 있을 것 같았습니다.

'난 결코 슬프게 태어나진 않았어. 그런데 나를 둘러싼 심술궂은 세상이 언제나 나를 슬프게 만들어 주는 거야'
하고 나는 중얼거렸습니다.

그러나 나의 그러한 중얼거림도 맨 마지막의 서점에서 순식간에 사라져 버렸습니다.

책값은 인숙이가 냈지만, 나는 겉표지에 매질 당하는 흑인의 비참한 몰골이 그려진, 눈물에 젖은 듯한 그런 책을 뽑아들었습니다.

"얘! 그런 건 그만두고, 이걸 봐!"

인숙이가 분홍빛 표지에 〈첫사랑〉이라고 박혀 있는 소설책을 내 앞으로 불쑥 내밀며 말했습니다.

그러나 나는 왠지 모르게 매를 맞으며 울고 있는 검둥이 남자에게 마음이 끌렸습니다. 그 사람은 마치 나에게 버리지 말아 달라고 애원하는 것 같았습니다.

"아니야, 난 이걸 보겠어."

나는 아픔에 못 이겨 웅크린 채로 울고 있는 흑인을 들여다보며 말했습니다.

그러자 인숙이는 그 분홍빛의 첫사랑은 제가 보겠다고 하면서, 공연히 두 볼이 발그레해졌습니다.

매를 맞으며 울고 있는 흑인의 이름은 〈톰 아저씨〉라고 하였습니다. 나는 그 그림만 보고서도 그 속에 들어 있을 알맹이의 슬픔을 짐작할 것 같았습니다. 비로소 나는 태어날 때부터 슬픔을 타고나는 그런 수많은 사람들을 생각하였습니다.

그 속에는 어느새 나의 모습도 끼어 있었습니다. 슬픔은 모조리 심술궂은 세상이 주는 것이라고 생각하였던 나의 단순한 머릿속에 갑자기 혼란이 일어나기 시작하였습니다.

그 혼란 속에 내가 반드시 알고 지나가지 않으면 안 될 소중한 비밀이 숨어 있는 것 같았습니다. 그 혼란은 내가 인숙이를 따라 그녀의 집 응접실에서 인철이와 마주 앉았을 때까지 계속 되었습니다.

그러다가 그것은 갑자기 빠져나가 버렸고, 나의 머리 속은 마치 속이 텅 빈 껍질처럼 되었습니다.

"오늘은 싸돌아다닌 곳이 서점이라니 미친 노름은 아니었군."

인철이가 나의 책과 인숙이의 책을 번갈아 보며 입을 열었습니다.

"내일은 예루살렘이야."

인숙이가 나에게 윙크를 보내며 말했습니다.

예루살렘은 교회를 뜻하였고, 나는 그 소리에 갑자기 무서운 생각이 들었습니다. 나는 마음속으로 자주 하느님을 원망하곤 하였으니까요.

그것 때문에 만일 하느님에게 벌을 받는다면 일부러 그렇게 교회마다 찾아다니며 몇 번이나 벌을 받고 싶지는 않았습니다.

나는 인숙이를 달래어 교회 순례는 그만두도록 하리라 마음먹었습니다.

　그때 인철이가 나를 돌아보며 물었습니다.

　"예루살렘이라니? 이스라엘까지 간단 말이냐?"

　"아니야. 교회를 말하는 거야."

　"교회? ……그럼 엘리노어한테도 드디어 신앙이 필요할 때가 왔단 말이야?"

　"글쎄, 난 어쩐지 교회 지붕 꼭대기의 십자가를 보면 공연히 무서운 생각이 들어."

　"무서운 생각이 든다고? 그건 아마 마음속으로 죄를 많이 짓고 있기 때문일 거야."

　인철이는 나를 빙그레 바라보며 말했습니다.

　"나도 십자가를 보면 그런 생각이 들 때가 있어."

　인숙이가 입을 열었습니다.

　그러자 인철이가 그 말을 냉큼 받았습니다.

　"너야 무지무지한 죄인이니까 당연한 현상이지만, 엘리노어는 좀 이상한 일인데."

　"내가 왜 죄인이야? 무슨 죄를 지었는데, 무슨 죄?"

하고 인숙이가 팔을 휘두르며 인철이에게 덤볐습니다. 그러자 인철이는 킥킥거리며 웃기만 하였습니다.

　"난 다 알고 있어. 왜 나보구 죄인이라는 건지 안단 말이야!"

　인숙이가 혀를 날름거리며 말했습니다.

　그러면서 인숙이는 나와 인철이를 의미 있게 생글거리며 돌아보더니 갑자기 탁자 위의 책을 집어 들고 그 표지를 인철이 앞으로 내밀어 보이

며,

　"오빠! 이게 뭐야? 읽어봐! 못 읽어?"

하고 놀리듯 물었습니다.

　"뭐긴 뭐야, 첫사랑이지."

　인철이의 대꾸에 인숙이는 그만 참을 수 없는 듯 웃음을 터뜨리며 나와 인철이를 짓궂게 돌아보았습니다.

　그러자 나는 고개를 돌리다가 인철이의 시선과 마주치자, 그만 얼굴이 화끈 달아 고개를 숙이고 말았습니다.

　어느새 인철이와 나는 인숙이가 짓궂게 노리고 있었던 함정에 빠져들고 말았습니다. 그러나 그것은 즐겁고 가슴 뛰는 함정이었습니다.

　이윽고 인철이가 〈톰 아저씨〉란 나의 책을 뒤적이며 미국에서의 흑인들에 관하여 얘기를 꺼내자, 그제야 어색하던 분위기는 제자리로 돌아갔습니다.

　피부의 색깔 따위로 인간에게 차별을 두는 비인도적인 처사는 이 세상에서 영영 말살되어야 마땅하다고 인철이는 마치 자기가 갑자기 흑인이라고 되어버린 듯 분노하며 말했습니다.

　그리곤 링컨 대통령이 노예 해방을 위하여 남북 전쟁이란 그 진통을 치른 지 벌써 백 년이 지났는데도 여전히 흑인들은 인간 이하의 대접을 받고 있다고 하면서, 도대체 인간의 역사란 우스운 것이라고 냉소를 띠며 입을 다물었습니다.

　그러한 인철이의 얘기 속에서 나는 별안간 나의 몸뚱이가 까맣게 윤이 나는 흑인 여자가 되어버린 듯한 착각으로 소스라쳐 놀랐습니다.

　흑인의 입장을 동정하고 역사를 비판하는 인철이의 머릿속에서 나도 어쩌면 동정받는 흑인이 되어 있을지도 모른다고 문득 생각했습니다.

그러한 나의 표정을 눈치 챘는지, 인숙이가 흑인 얘기는 이제 그만두자고 인철이를 말렸습니다.

그러자 나는 뭐 어떠냐고 더 얘기하자고 말했지만, 흑인에 관한 얘기가 계속되는 동안은 입술이 마르도록 침을 삼키며 긴장하였습니다.

나는 그러한 긴장 속에서 흑인과 튀기를 혼동하여, 마침내 그 두 개의 말은 똑같은 의미를 지니고 있을지도 모른다고 생각하기도 하였습니다.

책의 표지에 그려진 매질당하는 흑인 남자가 갑자기 인철이나 인숙이보다 더욱 나에게 가까운 존재로 느껴지기도 하였습니다.

'나도 차라리 미국에서 흑인으로 태어났더라면 얼마나 좋았을까?' 하고 몇 번이나 생각하였습니다.

아빠와 엄마가 흑인이고 나는 그들의 딸이 되어 함께만 살 수 있다면, 백인들로부터 어떠한 슬픔을 당하더라도 나는 얼마든지 행복할 것만 같았습니다.

하루에 몇 번 씩 매질을 당하더라도 외톨이 튀기인 나의 현실보다는 그쪽이 훨씬 더 즐거울 것 같았습니다.

그러나 나에게는 흑인 아빠도 흑인 엄마도 없었고, 따라서 나는 흑인도 아니었습니다.

나의 아빠는 고통이었고, 나의 엄마는 슬픔이었습니다. 그들은 열렬하게 서로 사랑하여 마침내 결혼하였고, 이윽고 나를 낳아주었던 것입니다. 나는 눈물의 덩어리였습니다.

그러한 생각 끝에 나는 또 눈물을 흘리고 말았습니다.

그러자 인철이는 당황하여 급히 〈톰 아저씨〉를 탁자 밑에다 내려놓고 나를 달래 주었고, 인숙이는 나의 어깨를 껴안아 주며 인철이에게 뭐라고 쫑알거렸습니다.

그러더니 인숙이는 탁자 위의 소설책 〈첫사랑〉을 높이 쳐들며 이렇게 말했습니다.

"이젠 이 책의 제목에 대해서 얘기할 차례야!"

그러면서 인숙이는 갑자기 손가락으로 나의 겨드랑이 밑을 살살 간질였습니다.

나는 그만 참을 수 없이 웃음을 터뜨리며 인숙이의 손가락을 밀어 내었습니다.

이윽고 인숙이가 먼저 입을 열었습니다.

자기는 시시한 첫사랑보다는 단번에 마지막 사랑부터 하겠노라고 목소리를 높여 선언하더니, 그 마지막 사랑의 왕자님은 지금쯤 어디에서 무얼 하고 있을까 하는 것으로 일단 끝을 맺었습니다.

그러자 인철이가 킥킥 웃음을 터뜨리며, 지금쯤 그 녀석은 화장실 안에 웅크리고 앉아 벽에다 낙서를 하고 있을 거라고 말하자, 인숙이는 그만 바르르 약이 올라 인철이를 흘겨주더니, 하필이면 더러운 화장실 안에서 낙서는 뭐냐고 쫑알거렸습니다.

그러더니 인숙이는 나를 돌아보며 느닷없이 조물주를 비난하기 시작하였습니다. 이 세상에다 남자 따위를 만들어 놓은 것부터 조물주의 커다란 실수라고 쫑알거렸습니다.

심술궂은 남자들이 없는 세계, 그것이 인숙이의 세계인 것 같았습니다. 사람들은 누구나 자기 나이를 마음대로 조절할 수가 있어 늙고 싶으면 단번에 호호백발의 할머니가 될 수도 있고, 젊어지고 싶으면 단번에 조그만 알약 하나로 갓난아기가 되어버릴 수도 있는 세계라고, 인숙이는 열을 올려 설명하였습니다.

그리고 계절도 마음대로 바꿀 수가 있기 때문에 겨울을 원한다면 언제나 함박눈이 펑펑 쏟아지는 겨울을 잡아둘 수도 있고, 또 봄을 원한다면 단번에 아름다운 꽃이 만발하는 봄을 불러올 수도 있다고, 인숙이는 두 눈을 반짝이며 설명하였습니다.

그리고 누구나 남자가 되고 싶으면, 한 달에 단 하루만 남자로 변할 수도 있다고 하였습니다. 여기서부터 인숙이의 세계는 갈팡질팡하기 시작하였습니다.

그 세계에서는 사랑이니 결혼이니 하는 따위의 번거로운 일은 아예 없고, 다만 한 달에 하루 동안 남자가 된 사람이 나머지 여자들에게 돌아가며 키스만 해주게 되면 아기를 원하는 여자에게 한해서만 임신이 이루어진다고 하면서, 인숙이는 그만 부끄러운 듯이 까르륵거리며 웃음을 터뜨렸습니다.

그러자 인철이가 퉁명스럽게,

"제기랄, 하루 동안 남자가 된 사람은 어디 입술이 그냥 붙어 있겠나?"

하고 투덜거렸습니다.

마침내 인숙이는 자기의 세계를 이상 더 발전시켜 나가지 못하였습니다.

이윽고 나의 차례가 되었습니다. 인철이도 인숙이도 나의 세계에 커다란 호기심을 가진 듯하였습니다.

나의 세계는 인숙이의 세계와는 딴판으로, 그 모양부터가 둥글고 평등하여 모든 이치에 알맞게 생겨진 땅이었습니다.

온세계가 한 나라이기 때문에 피를 흘리는 전쟁도 없고, 사람은 누구나 평등하여 피부의 색깔 때문에 차별 대우를 받는 흑인이나, 그리고 나같은 불행한 혼혈아가 처음부터 없는, 모두 한 가지 색깔의 인간으로 가득 찬 정다운 세계였습니다.

모든 인간은 하나의 법 아래서 태어나고, 그리고 또 하나의 법 아래서 행복하게 죽음을 맞이하는 그런 세계였습니다.

누구나 서로 진심으로 사랑한다면 그 자리에서 간단히 결혼식을 올릴 수도 있지만, 그런 다음에는 절대로 이혼할 수 없고, 설사 어느 한쪽이 먼저 죽는다고 하더라도 다시는 결혼할 수 없는 엄중한 법이 마련되어 있는 세계였습니다.

그리고 부자와 가난뱅이의 차이가 없고, 잘생긴 사람과 못생긴 사람의 구별이 없는 완전히 평등한 세계가 나의 세계였습니다.

그리고 마침내 우리 엄마와 할머니가 부활하는 세계, 외삼촌의 불구가 완전히 고쳐지고 목발 따위가 필요 없는 세계, 그러한 황홀한 세계가 아름다운 나의 세계였습니다.

그러자 인숙이는 눈을 동그랗게 뜨고는 입술을 뾰족이 내밀더니,

"그럼, 너의 세계에는 아직도 보기 싫은 남자 따위가 여전히 우글거리고 있단 말이지?"

내가 고개를 끄덕이자, 인숙이는 투정을 부리듯 졸라댔습니다.

"얘, 남자 따위는 없애 버려! 그걸 그냥 살려 두면 너의 세계는 구질구질해진단 말이야!"

그러면서 인숙이는 인철이를 흘겨주었습니다.

나는 그만 킥킥거리며 웃어 버렸고, 인철이도 따라서 씨익 웃더니 자기의 세계도 나의 세계와 비슷하지만 꼭 한 가지가 다르다고 입을 열었습니다.

그게 뭐냐고 내가 물었지만, 인철이는 싱그레 웃을 뿐 쉽게 대답하지 않았습니다.

그러나 내가 돌아갈 무렵에 골목까지 따라 나온 인철이는 그제야 나와 단둘이 되자, 나란히 걸음을 옮기며 입을 열었습니다.

그것은 잘생긴 사람과 못생긴 사람의 차이는 반드시 있어야 한다고 주장하였습니다.

모든 사람들이 모두 똑같이 생겨먹는다면 그놈의 세계에서 어떻게 답답하여 살겠느냐고 인철이는 투덜거리더니, 간혹 엘리노어처럼 이렇게 뛰어난 미인도 있어야 되지 않느냐고 익살을 떨었습니다.

그러자 나는 어느새 나의 얼굴에 번지는 달콤한 미소를 간신히 지워 버린 다음, 그건 아직 나의 세계를 잘 모르기 때문이라고 반박하였습니다. 잘생겼다거나 못생겼다는 얘기는 꼭 그 얼굴을 두고 말한 건 아니라고 하였습니다.

사람은 누구나 그 마음속에 원래의 자기 모습을 지니고 있고, 그것이 겉모양보다 중요하지 않느냐는 나의 말에 인철이는 그제야 정색을 하더니, 나의 말이 옳음을 인정하였습니다.

그러더니 인철이는 갑자기 나를 돌아보며 이렇게 말했습니다.

"아니, 그럼 나의 세계나 엘리노어의 세계는 한 가지도 서로 다른 점이 없잖아?"

“그러니까 우리 세계지 뭐야.”

이렇게 말을 꺼내다가 나는 그만 얼굴이 화끈 달아오르고 말았습니다.

그러는데 인철이가 다시 투정하듯 입을 열었습니다.

“그럼 한 가지만 고치자고? 응?”

“뭘 고친단 말이니?”

새침하게 내가 되물었습니다.

“아니야. 고치는 게 아니라 한 가지만 더 추가하자고.”

“그게 뭔데?”

“그건 우리 세계에서 가장 중요한 거야.”

“뭔데? 어서 말해 보라니까!”

나는 인철이를 흘겨주며 재촉하였습니다.

“그래 말하지. 그런데 한 가지 조건이 있어. 지금 내가 말하는 걸 우리 세계의 헌법 제 1조로 인정해 줘야 해! 정말이야! 약속하지?”

나는 무턱대고 고개만 끄덕였습니다. 그러자 인철이는 잠시 망설이더니 마침내 입을 열었습니다.

“우리가 그려놓은 그 세계에선 말이야, 누구를 막론하고 다른 사람들은 엘리노어를 사랑할 수 없어. 단, 나 한 사람을 제외하고 말이야.”

그 소리에 나는 갑자기 회오리바람 속으로 딸려가듯, 한 손으로 얼굴을 가린 채 비틀거리며 도망치고 말았습니다. 뒤따라 가슴이 참새처럼 팔딱거렸고, 별안간에 온 세상이 꿈속처럼 몽롱해 보였습니다.

누군가 나를 사랑해 주고 있으려니 하고 막연하게 기다리고 있었던 나의 세계 속으로 갑자기 분명한 한 사람이 뛰어 들어온 것 같았습니다.

너무나 가슴이 두근거렸기 때문에 나는 조금 무서웠지만, 무언지 눈에 보이지 않는 사다리를 타고 하늘 저쪽까지라도 오를 것만 같은 황홀한 기분은 숨길 수가 없었습니다.

11. 순례행각

다음날 학교가 끝나자, 인숙이와 나는 가슴을 두근대며 교회 순례에 나섰습니다.

내가 몇 번이나 교회는 그만두자고 했지만, 인숙이는 조금도 무서워할 것 없다면서 끝내 고집을 부렸습니다.

나는 교회가 그렇게 무섭지는 않았지만, 언제나 슬프거나 괴로울 때는 마음속으로 막연하게 하느님을 원망하곤 하였기 때문에 어쩐지 불안하여 가슴이 두근거렸습니다.

그러나 여름날의 긴 해가 저물고 거리에 불빛이 반짝거릴 때까지 아무 일도 일어나진 않았습니다.

우리는 열 군데가 넘는 교회를 마치 우리 학교 드나들 듯 드나들었고, 발름히 열려 있는 문틈으로 교회 안을 엿보며 무릎을 꿇고 엎드린 채 열심히 기도하는 사람들을 신기한 듯이 구경하곤 하였습니다.

한 군데의 교회에선, 문틈으로 기도하는 노인을 발견하곤 더럭 무서운 생각이 치밀었습니다. 어쩌면 그 노인이 하느님에게 도둑놈처럼 문틈으로 훔쳐보고 있는 두 계집애에게 가혹한 벌을 내려 주십사고 기도하고 있을지도 모른다는 생각이 들었기 때문이지요.

문득 나도 교회에 다닐 수 있을까? 하고 생각해 보았습니다. 그러나 나는 이내 고개를 가로저었습니다.

나처럼 이상한 계집애를 교회에선 받아주지 않을 것 같았고, 설사 받아준다고 하더라도 많은 사람들이 몰려드는 그런 곳에 다니고 싶지 않았습니다.

교회에 다니며 하느님을 섬기는 사람들도 나의 눈엔 조금도 다르게 보이지 않았고, 언제 어디에서나 나를 멸시하는 듯한 다른 수많은 사람들과 마찬가지로 야릇한 시선을 갖추고 있었을 뿐이지요.

교회도 다른 여러 곳과 마찬가지로 나와는 아무런 관계도 없이 종을 울리고 많은 사람들의 기도 소리를 삼키고 있었을 뿐입니다.

이 세상 어디에도 나와 깊은 관계를 지니고, 나를 포근히 감싸줄 곳은 없다는 걸 나는 비로소 절실히 깨달았습니다.

그러나 단지 순간적이긴 하였지만 서점에서만은 나는 간절히 마음속으로 그곳과 나 사이에 어떤 은밀한 관계가 이루어지기를 바랐습니다.

그리하여 나는 흑인들의 뼈저린 슬픔 속으로 들어가 보았고, 마침내 눈물을 흘리며 〈톰 아저씨〉의 비극을 몇 번이나 읽었던 것이지요.

나는 그 책 속에서 커다란 용기를 얻었습니다. 이 세상엔 진흙구덩이 같은 슬픔과 고통 속에서 허우적거리는 사람이 결코 나 혼자뿐이 아니라는 든든한 위안을 느꼈던 것입니다.

그러한 느낌은 단순한 감정으로 나의 몸속에 들어오지 않고, 그것은 내 생명의 뿌리 밑으로 슬며시 기어 들어왔던 것입니다.

나는 갑자기 마치 맨손의 군인이 완전 무장을 갖추었을 때처럼, 나의 몸속 어디엔가 무게를 느낄 수 있는 든든한 그 무엇이 생겨난 것 같았습니다.

그런 어처구니없는 우리들의 순례 행각이 적어도 나에게는 엄청난 의미를 지녔던 것입니다. 그것은 마치 장님이 코끼리의 코는 만져보지 않고 온몸을 골고루 쓰다듬어 본 다음, 코끼리의 생김새를 설명하는 것과 같았습니다.

따라서 나는 장님이었고, 세상은 코끼리였습니다. 나는 잔뜩 긴장이 된 무서운 마음으로 코끼리의 코에서 시작하여 귀를 만져보았고 등을 쓰다듬어 어느새 꼬리까지 잡아보았던 것입니다. 그리곤 앞다리도 만져보았고, 배를 손바닥으로 툭툭 쳐보기도 하였습니다.

그때까지 나에게 아무런 일도 일어나지 않았던 것은, 코끼리와 아주 친했던 인숙이의 덕분이었습니다. 나는 몸 안에 쌓여지는 타는 듯한 긴장감을 한숨으로 토해내며 정신이 멀어지는 듯한 현기증을 느끼곤 하였습니다.

그러나 그때까지도 아직도 코끼리의 뒷다리는 만져보지 않았고 코끼리의 뱃속은 나의 상상이 도저히 미치지 않을 만큼 무섭게만 생각되었습니다.

이윽고 코끼리의 뒷다리를 만져볼 시간이 돌아왔고, 마침내 무서운 일이 벌어지고 말았습니다.

그날도 우리는 교문을 나서기가 무섭게 새로운 호기심에 사로잡혀,

나는 인숙이의 입에서 어서 순례지의 결정이 내리기를 기다렸습니다.

이윽고 인숙이가 갑자기 걸음을 비틀거리며 술 취한 사람의 흉내를 내보이더니 불쑥 입을 열었습니다.

"오늘 차례는 술집이야!"

나는 그 소리에 눈이 휘둥그레지며 놀랐습니다.

나는 한참이나 아무런 대꾸도 하지 않고 멍하니 슬픈 눈으로 인숙이를 돌아보고 있었습니다.

그 지긋지긋한 술집이라니.

별안간 할머니가 다시 살아나더니 술집에 앉아 있었고 어느새 나의 손에는 술주전자가 들리어졌고, 어디선지 혀 꼬부라진 소리들이 양색시를 불러대고 있었습니다.

갑자기 인숙이가 울상이 되며 나의 손을 덥석 잡았습니다.

"미안해! 깜박 잊었어. 내가 미쳤지."

"괜찮아."

나는 간신히 대꾸하면서 별안간 눈앞에 떠올랐던 징그러운 환상을 지워버렸습니다.

"얘, 오늘 차례는 제과점으로 하자."

인숙이가 명랑을 도로 찾으며 입을 열었습니다.

"사과하는 의미에서 내가 빵 사줄게. 한 군데서 조금씩만 사먹으며 막 돌아다녀 보자."

그리하여 우리는 제과점 순례를 시작하였습니다.

한 군데에 들어설 때마다 사탕이며 빵을 조금씩 사서 나누어 먹으며 자리마다 가득히 둘러앉은 사람들을 휘둘러 본 다음, 다른 곳으로 가곤 하였습니다.

나는 다시 즐거운 마음으로 제과점마다 색다른 외국풍의 이름을 하나하나 기억해 두곤 하였습니다.

뉴욕, 파리, 리스본, 크라운, 워싱턴 등등의 이름이 나의 입 속에서 달콤한 사탕과 함께 뱅뱅 돌다가 이내 머릿속으로 들어가 쌓였습니다.

우리는 마치 비행기를 타고 세계 일주라도 하며 지나온 도시의 인상을 얘기하듯이,

"얘! 뉴욕엔 왜 그렇게 깡패 같은 자식들만 앉아 있냐!"
하고 인숙이가 쫑알거리자, 나도 맞장구를 치듯,

"워싱턴에 있는 계집애들은 왜 엉덩이를 마구 흔들고 있지?"

"그건 말이야. 음악에 따라 앉아서 춤을 추는 거야."

인숙이도 나도 부끄러움도 모른 채 거리에서 한바탕 웃음을 터뜨리고 말았습니다.

그러다 웃음 소리가 사라지자, 갑자기 인숙이가 침울해지며 입을 열었습니다.

"리스본 있잖니? 거긴 우리 엄마하고 자주 드나들던 곳이야."

"리스본은 스웨덴에 있잖아?"
하고 내가 침울한 얼굴의 인숙이를 돌아보며 일부러 엉뚱한 질문을 던졌습니다.

"아니야. 그건 포르투갈에 있어."

그러면서도 인숙이는 여전히 자기 엄마의 추억에 잠긴 듯 슬픈 얼굴을 하고 있었습니다. 이번엔 내가 명랑해져야 할 차례였습니다.

"얘! 파리에 앉아 있던 계집애들 우리 학교 애들 맞지? 그애들도 앉아

서 흔들거리고 있었지?"

그제야 인숙이는 피식 웃더니,

"그건 파리가 아니야. 그 애들은 리스본에 있잖았니? 청자 패들 말이야."

"참, 그렇구나. 리스본의 구석 자리에 앉아 있었지."

이윽고 우리는 다시 걸음을 빨리 하여 다음 도시로 비행기의 기수를 돌렸습니다.

"이번엔 어느 나라의 어떤 도시일까?"

내가 조종사인 인숙이를 돌아보며 물었습니다.

"이번엔 이태리의 베니스야."

"뭐? 베니스? 정말 가보고 싶어. 산타 루치아 노래 소리가 막 들리는 것 같은데, 얼마나 아름다운 곳일까?"

그러면서 나는 어느새 콧소리로 산타 루치아를 흥얼거리며 머릿속으로 물의 고향 베니스의 황홀한 경치를 그려보았습니다.

그러는데 인숙이가 나를 잡아끌며,

"여기가 베니스야!"

하더니 문을 밀고 나와 함께 들어섰습니다. 갑자기 나의 황홀한 환상은 사라져 버렸고, 산타 루치아 대신에 시끄러운 재즈가 나의 고막을 찔렀습니다.

인숙이가 과자를 사는 동안 나는 베니스의 실내를 둘러보고 있었습니다. 그러다가 나는 소스라치듯 깜짝 놀라 처음엔 나의 눈을 의심하였고, 마침내 전신이 굳어지듯 떨리기 시작하였습니다.

"아니, 왜 그래?"

인숙이가 내 앞으로 과자를 내밀다가, 깜짝 놀라며 물었습니다.

나는 한참이나 뚫어질 듯 구석자리에 정답게 마주 앉아 즐겁게 얘기하고 있는 교복 차림의 남학생과 여학생을 노려보고 있었습니다.

나의 시선을 따라가 보던 인숙이가 그제야 호들갑스럽게,

"아니, 저건 오빠 아니야?"

하더니 쪼르르 구석자리로 다가갔습니다. 나는 그만 밖으로 뛰어나오고 말았습니다.

그들의 정다운 모습이 날카로운 면도날이 되어 나의 심장을 갈기갈기 찢어 놓았습니다.

마침내 나는 울음을 터뜨리고 말았습니다. 그러한 나의 눈물 속으로, 코끼리의 뒷다리에 걸어 채여 쓰러지는 장님의 가련한 모습이 떠올랐습니다.

코끼리의 뱃속은 까맣게 모른 채, 천진난만하게 코끼리의 뒷다리를 쓰다듬어 보려다가 그만 피를 흘리며 쓰러져 버린 가엾은 장님. 그것은 튀기였고, 그리고 울고 있는 나의 모습이었습니다.

너무나 갑작스럽게 나의 눈앞에 나타났던 일이었기 때문에 나는 단지 무서울 뿐이었습니다. 그러한 무서움의 꼬리에서 차츰 슬픔과 증오가 뒤범벅이 되어 커지더니 어느새 몸뚱이가 되어 나를 내리누르기 시작하였습니다.

갑자기 나는 눈을 떴고, 마침내 심술로 가득 찬 거대한 코끼리를 보았습니다. 코끼리는 천천히 사나운 발자국을 남기며 멀어져 가고 있었습니다. 여전히 코끼리는 세상으로 보였지만, 나는 이제 장님이 아니었습니다.

누구도 나 같은 인간을 진심으로 사랑해 줄 수는 없었고, 나도 그렇게 누구를 사랑할 수 없다는 무서운 사실이 더욱 무섭게 굳어져 나의 머릿속에 박혀 왔을 뿐입니다.

12. 오해, 그리고 이별

나는 그 다음 날 첫 선물로 받았던 하얀 보석 돌멩이를 인숙이를 통하여 인철이에게 돌려주었습니다.

인숙이는 두 눈이 휘둥그레지며 상자를 열어보더니, 한참이나 말없이 하얀 돌멩이를 내려다보고 있었습니다. 그것은 조금도 빛깔이 변하지도 않았고 울퉁불퉁하게 제멋대로 생겨먹은 겉모양도 처음 그대로였습니다.

그러나 나는 그것이 조금도 귀엽지 않았고, 이 세상에 있는 돌멩이 가운데 가장 보기 싫고 가장 밉살스러운 돌멩이처럼 보였습니다. 분명 그 하얀 돌멩이 속은 새까맣게 변해져 있을 것 같았습니다. 아니, 변한 것이 아니라 어쩌면 생겨날 때부터 그 속은 먹물처럼 까맣게 되어 있었을지도 모른다고 생각하였습니다.

이윽고 인숙이가 그 상자 뚜껑을 닫으며 나직하게 입을 열었습니다.

“돌려주라니까 돌려주긴 하겠지만, 그건 너의 오해야! 우리 오빠 그런 사람이 아니야. 이걸 너한테 선물까지 한 걸 보니 난 다 짐작할 수 있어. 이건 5년 전 여름에 우리 가족이 모두 제주도에 갔을 때 우리 엄마가 오빠 닮았다고 주워서 오빠한테 줬던 거야.”

마침내 나는 고개를 돌리고 말았습니다. 그러나 인숙이는 다시 말을 이었습니다.

“우리 엄마가 돌아가신 후에도 오빠가 몇 번이나 이 돌멩이를 꺼내 보며 우는 걸 난 엿본 일도 있어.”

“이제 그만해! 난 아무 소리도 듣고 싶지 않아.”

나는 싸늘하게 인숙이를 돌아보며 말했습니다. 그 소리들은 마치 예리한 칼날처럼 나의 심장을 찔러대었습니다.

그런 일 때문에 인숙이마저 잃고 싶지는 않았지만 어쩐지 우리 사이는 차츰 서먹서먹해지더니, 이윽고 전처럼 그렇게 방과 후의 순례 행각은 사라지고 말았습니다.

다시 나의 세계는 숨이 막힐 것만 같이 오므라들었습니다. 그러나 우리는 학교에서 만나면 그런대로 짧은 토막얘기를 주고받기도 하였고, 그래서 다른 애들의 눈에는 여전히 아주 정다운 단짝으로 보이고 있었습니다.

그동안에 인철이로부터 두 번이나 편지를 받았지만, 나는 뜯어보지도 않은 채 그 편지를 도로 인숙이에게 돌려주고 말았습니다. 읽고 싶지도 않았지만, 그 어떤 신기한 얘기가 그 속에 가득 들어 있다고 하더라도 이미 굳어져 버린 나의 심장을 녹일 수는 없었습니다.

그리고 인철이와 이름 모를 그 여학생의 다정하던 모습은 나의 머릿속에서 영영 지워버릴 수는 없을 것 같았고, 설사 지워 버린다고 하더라도 나는 내 자신을 결코 용서해 줄 수는 없었습니다.

뒤따라 나의 머릿속에서 인간에 대한 끝없는 회의가 시작된 것도 그 무렵이었습니다.

코끼리처럼 거대한 세상보다도, 다섯 자 안팎의 조그만 인간들 속에 남몰래 숨어있는 그 복잡하고 기묘한 비밀이 더욱 무섭게 느껴지기도 하였습니다.

문득 나는 도대체 누구일까? 하는 의문에서 시작하여 나는 왜 밥을 먹고 잠을 자는 것일까? 나는 왜 지금 이 시간 여기에 있는 것일까? 나는 무엇 때문에 살고 있는 것일까?

꼬리를 물고 일어나는 그러한 의문의 마지막은 언제나 튀기란 한 마디로 압축되어 나의 머리 위에 무섭게 떨어지곤 하였습니다.

갑자기 나를 둘러싸고 있는 모든 사물들이 전에 없이 나의 마음을 괴롭히기 시작하였습니다. 그때까지 무심코 보아 왔던 눈앞의 풍경들이 나를 압박하고 눈에 보이지 않는 올가미로 나의 목을 졸라 숨을 막히게 만들었습니다.

그해 여름이 지날 때까지, 나는 줄곧 그러한 회의와 불안 속에서 지냈습니다. 여름은 마치 요란하게 울어대다가 금방 잠이 드는 아기처럼 나를 보채고 미칠 듯이 만들어 주더니, 이윽고 죽어 버린 듯이 고요해졌습니다.

나는 끝내 불같이 뜨거운 태양 아래서 파리하게 병든 꿈을 안고 뒹구는 푸른 빛깔의 낙엽이었습니다.

가족들과 함께 바다로 떠났던 인숙이로부터 소금 냄새 풍기는 짤막한 편지가 하나 왔을 뿐, 아무런 변화도 없이 나는 아주머니와 함께 집안일을 도왔습니다.

그 편지 속에서 인숙이는 다시 한 번 아물어 가던 나의 상처를 건드려 주었습니다. '오빠는 매일 시름에 잠겨 풀이 죽어, 우리와 함께 섞이려 들지도 않고 혼자서 그 하얀 돌멩이만 멍하니 들여다보고 있다'고 인숙이는 그 편지 속에서 말했습니다.

나는 그 편지를 뜯어보았던 걸 후회하며 봉투째 불에 태워버렸습니다. 순식간에 인숙이의 편지는 재가 되어 사방으로 흩어져 이내 사라졌지만, 그 편지의 아픈 기억은 그대로 나의 머릿속에 고스란히 남아 고통을 더해 주었습니다.

그 여름 내내 나는 아주머니와 함께 여러 개의 콩나물독에 매달려, 콩나물에 물을 먹여주는 일만 하였습니다. 아주머니는 외삼촌의 박봉으로 생활이 어려웠기 때문에, 그렇게 콩나물을 길러서 시장의 장사치들에게 넘겨주곤 하였습니다.

나지막한 벽돌담 밑에 여러 개의 콩나물독이 제각기 물독 위에 올라앉아 있었고, 나는 거의 온종일 그 앞에서 조롱바가지를 들고 낮 시간을 보내곤 하였습니다.

처음엔 그저 콩이던 것이, 물을 자꾸 먹이면 어느새 하루 이틀이 지나 꼬리가 생겨나고 그 꼬리와 몸뚱이의 힘에 밀려 노란 콩머리가 빈 독을 가득히 채우며 빽빽하게 자라 오르는 것은 아무리 보아도 신기하여 나는 어쩔 줄을 몰랐습니다.

내가 정신없이 자꾸 물을 먹이면 아주머니는 콩이 썩는다고 서둘러 말렸지만, 나는 얼마나 즐거운지 몰랐습니다.

그렇게 하여 전혀 나의 손에 의하여 완전히 다 자란 콩나물독이 아주머니의 머리에 얹혀 시장으로 떠날 땐, 나는 문득 서운한 생각이 들기도 했지만, 한편으론 뿌듯한 만족감에 어깨가 으쓱해지기도 하였습니다.

나는 더욱 우쭐해져서, 아직도 자라고 있는 콩나물독에 다시 매달려 정신없이 자꾸만 물을 퍼먹여 주다가 그만 한 독의 콩나물을 완전히 못 쓰게 만들어 버린 적도 있었습니다.

그때 외삼촌은 나의 낭패스러운 표정을 돌아보며 한참이나 껄껄거리며 웃으시더니, 이렇게 말했습니다.

"그것 봐! 사람도 쉴 새 없이 그렇게 자꾸만 물을 먹여봐, 하루도 못 가서 죽고 말지."

그 소리에 나는 피식 웃음을 터뜨리고 말았습니다.

그러한 낭패에도 불구하고 나는 여전히 콩나물독에 매달려 있었고, 아주머니도 나를 말리지 않고 오히려 기쁜 듯이 나의 깔깔대는 모양을 바라보곤 하였습니다.

나는 차차 아주머니의 말을 좇아 일정한 시간을 정해두었다가, 그 시간에 맞추어 물을 주곤 하였기 때문에 다시는 그런 실패를 되풀이하지 않았습니다.

나의 손으로 다 자란 콩나물들이 그렇게 시장으로 팔려간 다음에는 어떻게 될까? 하고 나는 즐거운 마음으로 콩나물들의 운명을 생각해 보곤 하였습니다. 그런 생각을 할 때만은 나는 이 세상에서 누구보다도 행복한 것 같았습니다.

내가 물을 먹여, 키워낸 콩나물들이었습니다. 그것들이 시장에서 처음 만나는 낯선 사람들의 손으로 팔려간 뒤에, 그 낯선 가족들의 밥상 위에 오를 때까지의 일은 상상만 하여도 나는 가슴이 두근거렸습니다.

그 콩나물을 먹은 낯선 사람들이 갑자기 친밀하게 느껴졌고, 거리에서 나를 만나면 콩나물을 잘 길러주어서 고맙다고 인사라도 해줄 것 같았습니다.

그러한 상상은 사탕보다도 더 달콤하였고, 그리고 사탕처럼 그렇게 쉽게 녹아버리지도 않고 오랫동안 나의 머릿속에 굴러다녔습니다.

숨이 넘어갈 듯이 답답하고 불안하였던 그 해 여름의 진득진득한 시간 속에서 간신히 나를 구해주었던 것은 바로 그 콩나물이었습니다. 물을 주어 그것들이 자라나는 모습을 지켜보는 것만이 유일한 즐거움이었습니다.

아주머니의 콩나물 장사는 오래 계속되었고, 마침내 나는 아주머니로부터 콩나물 박사라는 명예로운 칭호를 얻었습니다.

콩의 종류에 따라, 또는 묵은 콩과 햇콩에 따라 수분의 흡수량이 다르다든가, 콩나물독에 콩을 넣기 전에 미리 콩을 검사하며, 반드시 병든 콩을 가려내야 한다는 것도 경험을 통하여 환히 알게 되었습니다.

한 알의 병든 콩 때문에 콩나물 독 전체의 콩나물이 모조리 병이 들어 썩어버린다는 사실을 알아냈을 때 나는 얼마나 놀랐는지 모릅니다. 그것은 마치 병든 콩 한 알을 통하여 이 세상에서의 나의 존재를 바라보는 것과 같은 느낌을 받았기 때문이지요.

나는 며칠 동안이나 병든 콩과 나의 존재를 비교해 보며, 골똘히 그런 생각에만 빠져 있었습니다.

그러나 나는 끝내 병든 콩과 나의 존재 사이에는 아무런 상관도 없음을 알아내었습니다. 나는 조금도 병들지 않았고, 다른 사람들을 병들게 만들지도 않았으니까요.

　이윽고 방학이 끝나자 여름은 천천히 물러나기 시작하였습니다. 나는 머릿속에 가득 찼던 콩나물을 떨쳐 버리고 다시 책가방을 챙겼습니다.

　불안과 초조로써 나를 위협하였던 여름도, 끝내 나에게 아무런 일도 일으켜 주지 않은 채 꼬리를 감추고 말았습니다.

13. 아름다운 시절이 오다

다음 해의 여름이 돌아왔을 때 나는 어느새 열일곱 살이었고, 그 여름 속에서 나는 다시 얼룩진 불안의 꼬리를 발견하였습니다.

지난 일년 동안에 나의 몸은 너무나 자라버렸기 때문에, 따라서 불안의 꼬리는 마치 뱀의 꼬리처럼 섬뜩한 두려움을 지니고 날카롭게 나의 몸속을 파고들었습니다.

봉오리져 있던 꽃이 피어날 대로 활짝 피어버려 더 이상 피어날 수도 없이 시들기를 기다려야 하는 것처럼, 나는 내 몸의 성장에 처음엔 놀랐다가 마침내 슬픔을 느꼈습니다. 정신은 아직 어리기만 하였는데, 어느새 육체는 완전한 처녀가 되어 한 사람의 여자 티를 풍기고 있으니까요.

터질 듯이 부풀어오른 젖가슴과 되바라진 엉덩이에 손을 느낀다든가, 마음이 그걸 느낄 때에도 나는 왠지 무서웠고 싫었습니다.

사람들이 나를 놀려주는 그 면적이나 부피가 점점 커지고 윤기마저 띠게 되었으니, 나의 불안과 초조는 더욱 더 깊이 전신을 파고들었습니다. 나는 엉뚱하게 나를 고등학교에까지 넣어준 외삼촌을 원망해 보기도 하였습니다.

고등학교에만 들어가지 않았더라도 이렇게 자라버리진 않았을 텐데, 하고 나는 바보같이 중얼거렸습니다.

그 무렵 외삼촌댁의 어려운 형편 때문에 나는 중학교를 졸업하자 진학을 그만두기로 작정하고 입을 열었다가 외삼촌에게 혼이 날 만큼 꾸중을 당하고는 꼼짝도 못하고 다시 고등학교에 입학하였습니다.

그 고등학교의 입학에서, 오랫동안 기억에 사라지지 않았던 것은 호적 초본 사건이었습니다.

그때까지 나는 호적상으론 외삼촌의 딸로 되어 있었고 이름은 '장애나' 로 되어 있었는데, 면접시험에서 나는 여전히 중학교 때의 버릇대로 이름을 대라는 선생님에게 '엘리노어' 라고 대답하였습니다.

그것 때문에 나는 합격이 보류되었고, 마침내 외삼촌이 몇 번이나 학교를 드나든 뒤에야 간신히 입학이 허락되었습니다. 외삼촌은 여전히 나에게 애나라는 이름 대신 엘리노어란 이름을 그대로 사용하도록 다짐을 두었고, 학교에서도 차차 그렇게 불려지기 시작하였습니다.

그 조그만 사건이 나에게 던진 파문은 참으로 컸고, 마침내 나는 자신의 존재에 대하여 이 세상의 군더더기라는 서글픈 단정까지 내리고 말았습니다.

나는 어느 나라 사람도 아니었고, 이 넓은 지구 위에 나의 존재를 국민의 한 사람으로 따뜻하게 맞이해 주는 그런 나라는 아무데도 없었습니다. 어느 나라의 법도 나의 생명에 대해서 간섭할 수 없었고, 나의 죽음에 대한 책임을 져야 할 필요조차 없었습니다.

나는 영원히 나라 없는 자유인이었고, 너무나 자유로운 나머지 언제나 슬픔과 고통 속에 빠져 그 슬픔과 고통에 완전히 구속당해서 간신히 살고 있었을 뿐입니다.

나는 슬픔의 줄기가 그러한 곳을 찾아 흐르기 시작하자, 나의 존재가 마치 여러 가지 고운 색깔로 칠하여진 지구본 위에서 끝내 머무르지 못하고 굴러내리는 조그만 구슬처럼 생각되기도 하였습니다. 둥근 모양의 지구본 위에 구슬을 떨어지지 않게 올려놓을 수 있는 방법은 어디에도 없었으니까요.

나는 항상 구슬이 지구본 위에서 나가떨어지는 아찔한 소리를 의식하며, 땅을 밟고 조심조심 걸음을 옮겨놓곤 하였습니다.

그러한 불안스러운 나의 걸음이 그 여름 속으로 들어올 때까지, 나는 용케 굴러떨어지진 않았습니다. 그 여름에 아주머니는 지난해의 여름처럼 콩나물 장사를 계속할 수 없었습니다.

오랜 가뭄으로 먹는 물조차 얻기가 힘들었고, 또 콩나물 박사의 칭호를 가지고 있었던 나도 인숙이네 가족을 따라 바다로 떠나기로 되어 있었기 때문이지요.

외삼촌은 처음엔 그렇게 함부로 남의 신세를 져서는 안 된다고 반대하셨지만, 인숙이가 우리 집까지 찾아와 졸라대는 바람에 그만 승낙을 하고 말았던 것입니다.

나는 가슴을 두근거리며 즐거운 기대에 부풀어 어쩔 줄을 몰랐습니다. 난생 처음으로 출렁대는 바닷물 속에다 몸을 맡길 걸 생각하니, 전신이 짜릿한 황홀감으로 가득 차 갑자기 온몸에 날개가 돋아난 것처럼 가벼웠습니다.

　그러나 그러한 바다에의 기쁨보다 더욱 나의 가슴 밑바닥을 꿈틀거리며 고개를 쳐드는 기쁨은 인철이에 대한 생각이었습니다.

　그때까지 우리는 일 년이 가깝도록 단 한 번도 만난 일이 없이 완전히 동떨어진 제각기의 세계 속에서 살아가고 있었던 것입니다. 너무나 오랫동안 보지 못했기 때문에 그의 얼굴은 마치 물 속에 있는 사람의 얼굴처럼 희미하게 변해 보였습니다.

　인숙이와 나의 입학식 땐 분명 인철이가 나타나리라 생각하고 나는 가슴을 두근거리며 기대하였지만, 그는 갑작스러운 몸살 때문에 앓고 있다는 인숙이의 말이었습니다. 나는 무언지 서운하여 가슴 부푼 입학식마저 시들해 보였습니다. 그리곤 뒤따라 인철이에 대한 새로운 증오심마저 끓어올랐습니다.

　인숙이가 문병을 가자고 은근히 졸라댔지만, 나는 첫마디에 싸늘하게 거절해 버렸습니다.

　그리곤 마음속으로 이렇게 중얼거렸습니다.

　'인철이 자식! 그만 죽어버려라. 나보고 튀기라고 따돌려 놓고, 다른 계집애하고 놀아났기 때문에 그렇게 아픈 거야, 어서 죽어버려!'

　이윽고 나는 나의 중얼거림에 소스라치듯 깜짝 놀랐습니다.

　갑자기 나의 몸속으로 무서운 악마가 기어 들어와 나를 그렇게 만들어 준 것 같았습니다.

　그러나 그것은 악마의 소행도 아니었고 그 누구의 소행도 아닌 바로 내 자신의 인간 속에 그런 무서운 소용돌이가 일어나고 있었던 것입니다. 때로 아름다운 음악 속에 귀를 담그고 있을 때라든가, 혹은 해질 무렵의 황홀한 노을빛 속으로 온통 넋을 빼앗기고 있을 때 문득 그의 생각이 떠올랐고, 나는 갑자기 한 마리의 참새가 되어 가슴을 팔딱이곤 하였습니다.

그러나 음악이 사라지고 사방이 어두워질 무렵이면 한 마리의 참새는 별안간 사나운 독수리로 변하여, 머릿속의 인철이를 갈기갈기 찢어버리곤 하였습니다.

그렇게 나의 내부에서 나를 넘어뜨리고 무섭게 일어나는 갈등의 꼬리 짬에서, 나는 문득 사랑의 모습을 보았던 것입니다. 나는 미칠 듯이 안절부절 못하기도 하였고, 숨막힐 듯한 괴로움에 빠져 허우적거리기도 하였습니다.

몇 번이나 책상 앞에 달라붙어 분홍색의 종이에 나의 마음을 옮겨보기도 하였지만, 이내 그것을 모조리 불에 태워버리곤 하였습니다.

인철이의 편지를 냉정하게 되돌려보냈던 지난 일을 뼈저리게 후회하기도 하였고, 내일이라도 당장 학교에서 인숙이를 만나면 인철이를 만나게 해달라고 졸라야지 하고 이불 속에서 뒤치락거리며 결심을 하곤 하였지만, 막상 다음날이 오면 그러한 나의 결심은 희미한 안개 속으로 떠밀려 사라져 버리곤 하였습니다.

그 무렵 나의 세계는 끝없는 망설임에 빠져 있었고, 그리움과 미움이 뒤엉킨 뒤죽박죽의 세계였습니다.

깊고 고요한 밤에 반짝이는 별들을 바라보고 있노라면 갑자기 인철이가 미칠 듯이 보고 싶었고, 그러한 밤하늘에 둥근 달이 떠오를 때면 단지 내 자신의 뼈저린 외로움만이 나의 가슴속을 싸늘한 안개처럼 가득 채웠습니다.

그런 나의 세계 속으로 갑자기 여름이 밀려들기 시작하더니 어느새 그 여름 속으로 징그러운 불안의 꼬리와 함께 한 줄기의 찬란한 햇빛이, 마치 뢴트겐 선처럼 안개로 가득 찬 나의 가슴을 뚫고 들어왔습니다.

이윽고 바다가 보이기 시작하였고, 그 푸르고 시원한 바다를 배경으로 정다운 인철이의 모습이 떠올랐습니다.

그리고 그 옆에 나란히 떠오른 또 한 사람의 부인은 인숙이의 새엄마였습니다. 그 여인의 모습은 마치 아무렇게나 펼쳐본 미술책의 한 페이지에 갑자기 나타나는, 중년 여인의 아름답고 우아한 인물화처럼 표정이 화안하고 어딘지 부드러워 보이는 그런 인상이었습니다.

그 인숙이의 새엄마가 인숙이 아버지보다 앞서 우리를 인솔하고 바닷가로 떠날 예정이었습니다.

그때까지 나는 아직 인숙이 새엄마를 한 번도 본 일이 없었기 때문에, 나의 호기심과 궁금증은 고무풍선처럼 팽팽하게 부풀어올랐습니다.

인숙이를 통해 단편적으로 얻어 들은 소식에 의하면, 그 여자는 나이가 서른다섯이었고 그때까지 처녀로서 어느 여학교에서 선생으로 있다가 이번에 인숙이의 아버지에게 시집왔다고 하였습니다.

자기 아버지의 우스꽝스러운 결혼식을 전후하여 인숙이는 다시 죽고 싶다고 훌쩍거리며 몇 번이나 자기 엄마의 무덤을 찾아가곤 하였지만, 이윽고 결혼식이 끝나고 새엄마가 집에서 함께 살게 되자, 인숙이는 갑자기 새엄마가 너무 좋아 죽겠다면서 아버지의 결혼을 반대하였던 자기가 새삼 부끄러워졌다고 하였습니다.

그만큼 새엄마는 자기한테 잘해 주었고, 또 마음씨가 착하고, 아름다운 여자라고 인숙이는 몇 번이나 자랑하였습니다.

나는 인숙이의 그러한 칠면조 같은 마음에 어리둥절해지고 말았지만, 흔히 소설 속에 나오는 그런 전형적인 계모와는 전혀 다른, 교양과 아름다움을 함께 갖춘 여자라고 생각되었습니다.

그런 새엄마와 자기 아버지의 결혼식에는 인숙이도 인철이도 모두 참석하지 않았기 때문에 자기 아버지가 여간 섭섭해 하지 않았다고, 인숙이는 뒤에 얘기하였습니다.

그럴수록 나는 인숙이의 새엄마에 대하여 끓어오르는 호기심을 누를 수 없었지만, 인숙이가 몇 번이나 자기 새엄마를 구경하러 가자고 졸라도 나는 선뜻 따라 나서지 않았습니다. 구경하러 가자는 인숙이의 짓궂은 말투가 우스워 나는 그만 깔깔대며 웃어버리고 말았습니다.

그런 가운데서도 가장 궁금한 것은 자기 새엄마에 대한 인철이의 태도였습니다. 나의 마음 같아서는 대뜸 인숙이를 잡고 물어보고 싶었지만, 그럴 수도 없었기 때문에 나는 은근히 인숙이의 참새 입에서 그 점에 대한 얘기가 짹짹 흘러나오기만 기다리고 있었습니다.

그러던 어느 날, 마침내 나는 그 얘기를 들었습니다.

인철이는 처음부터 자기 아버지의 결혼을 반대하지는 않았지만, 그렇다고 내놓고 찬성하지도 않았다고 하였습니다. 결혼식 날에 인철이는 참석하려고 했는데, 인숙이가 나서서 끝내 길을 막았다고 하였습니다.

그러면서 인숙이는 미간을 찌푸리며 이렇게 말했습니다.

"애! 너도 생각을 해봐! 어떻게 징그럽게 아버지의 결혼식에 참석하겠니? 난 창피해서 혼났어. 만일 다른 계집애들이 알았다고 해봐! 난 당장 학교 신문에 올랐을 거야."

그러나 결혼식이 끝나고 어느새 4개월이 지난 뒤에는 인숙이의 입에서 다시는 그런 투의 얘기가 쏟아져 나오지 않는 걸 보고, 나는 그 여자의 인품에 대해서 남모르는 존경심마저 품게 되었습니다.

문득 나에게도 외삼촌이 그런 마음씨 고운 새엄마를 하나 구해다 줬으면 얼마나 좋을까 하고 어처구니없는 부러움마저 느끼곤 하였습니다.

여름도 삼복으로 접어들어 바다 얘기가 나올 무렵부터는 그 새엄마와 인철이는 자주 응접실에 마주앉아, 시간가는 줄도 모르고 문학 얘기에 꽃을 피운다고 인숙이는 심통이 나는 듯 말했습니다.

그러면서 덧붙이기를, 자기 새엄마는 불문학과 출신이기 때문에 프랑스에 관한 것이라면 무슨 얘기든지 모르는 것이 없다고 은근히 자랑까지 하였습니다.

마침내 나의 관심은 온통 그 여자에게로 쏠려지고 말았습니다. 더구나 나에 관한 얘기를 몇 번이나 자기 새엄마에게 하였다는 인숙이의 얘기를 듣고 나는 공연히 가슴을 두근거리기까지 하였습니다.

그리곤 한편으로 창피스럽게 나 같은 걸 함부로 자기 새엄마에게 소개해 버렸던 인숙이가 밉살스럽게 생각되기도 하였습니다.

그러한 나의 호기심으로 떨리는 마음 앞에 그 인숙이의 새엄마와 함께 바다로 떠난다는 사실은 한편으론 즐겁기도 하였지만, 또 한편으로는 무섭기도 하였습니다.

나 같은 이상한 계집애가 가족들끼리의 오붓한 피서 여행에 끼어들어 공연히 분위기를 망쳐 버려, 그 여자가 혹시나 나를 미워하지 않을까? 하고 걱정에 사로잡혔다가 마침내 나는 그 걱정을 인숙이에게 털어

놓았습니다.

그랬더니 인숙이는 무슨 소리냐고 펄쩍 뛰면서, 나의 얘기를 맨 처음 꺼낸 사람은 자기 아버지였고, 따라서 자기 새엄마와 인철이도 나의 초대를 열렬하게 환영하고 있다고 하면서 단 한 사람 반대한 것은 자기라고 익살을 떨었습니다.

그리고 행선지는 부산 해운대라고 하면서, 비행기표며 해운대 쪽의 호텔까지 모두 자기 아버지가 미리 예약해 놓았다는 소리에 나는 소스라치게 놀라고 말았습니다.

그때까지 막연히 바다로 간다는 것만 짐작하고 있었던 나는 해운대라는 소리에 놀랐고, 호텔이라는 소리에 무서움마저 느끼다가, 마침내 비행기라는 소리에 아찔한 현기증마저 일어나 그만 두 눈을 꼭 감아버리고 말았습니다.

"아니, 왜 그러니?"

인숙이가 나의 팔뚝을 잡아 흔들며 다그쳐 물었습니다. 나는 간신히 고개를 흔들며 아무것도 아니라고 대꾸하였습니다. 그러나 나는 갑자기 피서여행을 그만두고 싶었습니다.

그런 어마어마한 호화판의 화려한 피서 여행에 남의 신세를 진다는 것도 싫었지만, 무엇보다 찌는 듯한 무더위를 안고 아이들과 복작거리며 판잣집에 남아 있을 외삼촌과 아주머니에게 마치 커다란 죄를 짓는 느낌마저 들었기 때문입니다.

"얘! 난 그만두겠어. 아무래도 그만두는 게 낫겠어."

그러자 인숙이는 깜짝 놀라며,

"얘! 그게 무슨 소리니? 네가 빠지다니? 이미 비행기표며 호텔까지 모두 예약해 놓았단 말이야."

"그래도 그만두는 게 좋을 것 같아. 사람은 자기 분수에 알맞게 살아야 한다고 책에도 나와 있잖아?"

"애! 그건 또 무슨 뚱딴지 같은 소리야? 아니, 갑자기 왜 그러니? 응? 네가 빠지면 큰일난단 말이야. 그리고 난 아버지한테 혼이 난단 말이야. 너하고 싸운 줄 아실 테니까."

"나 때문에 큰일 날 건 뭐니? 나 같은 게 뭐라고?"

"애! 쓸데없는 소린 그만둬! 승낙해! 어서! 어서!"

그러면서 인숙이는 왈칵 나의 등뒤로 덤벼들어 나의 온몸을 간지르기 시작하였습니다.

나는 견딜 수 없어 몸을 비틀었지만 인숙이는 숨을 할딱이며 승낙할 때까지야, 하고 나의 젖가슴까지 마구 주물러 대었습니다.

마침내 나는 더 이상 견딜 수가 없어 그만 승낙을 하고야 말았습니다.

그제야 인숙이는 물러나더니, 두 손으로 헝클어진 머리를 쓰다듬어 올리며,

"진작 그럴 것이지 이 평강 공주야!"

하고 까르륵거리며 웃었습니다.

14. 재회

이윽고 바다로 떠나는 날이 돌아왔습니다.

나는 터질 듯이 두근거리는 가슴을 간신히 억누르며 떠날 채비를 차렸습니다.

8월의 뜨거운 태양은 아침부터 나지막한 판잣집들을 단숨에 녹여 버릴 듯이 이글이글 불같은 볕을 내리쏟기 시작하였습니다.

나는 몇 권의 책과 속옷들을 조그만 손가방에다 챙겨 넣은 다음, 인숙이를 기다리고 있었습니다. 가방 속엔 앙드레 지드의 〈좁은 문〉과, 그리고 내가 좋아하는 몇 권의 소설책이 들어 있었습니다.

모두 한 번씩은 읽어본 것이지만 〈좁은 문〉을 읽고 이상하기만 하였던, 사촌들 간의 사랑에 대해서 인숙이의 새엄마에게 물어보리라 마음먹었습니다. 프랑스 얘기라면 뭐든지 환히 알고 있다고 자랑하였던 인숙이의 말이 생각났기 때문이지요.

외삼촌은 조심해서 다녀오라는 짧은 말을 남기고 다른 날과 마찬가지로 도서관으로 가셨습니다.

그리고 아주머니는 몇 번이나, 이런 무더위에 아무리 바닷가라고 하지만 건강에 조심하라고 당부하였고, 중학생인 용아와 일곱 살짜리 옥이는 시원한 바다로 떠나는 내가 원망스러운지 귀엽게 미간을 찌푸리고 아주머니와 나의 표정을 살피고 있었습니다.

나는 외삼촌과 아주머니에게도 그저 부산이라고만 얘기했을 뿐, 비행기라든가 호텔 따위의 말은 입 밖에 내지도 않았습니다.

숨이 막힐 것만 같은 판잣집에 남아 있을 가엾은 아주머니나 아이들에게 바다로 떠난다는 얘기만 해도 미안하고 어쩐지 죄스럽기만 했는데, 어떻게 그런 얘기까지 꺼낼 수가 있었을까요?

잠시 후에 인숙이가 제법 요란스러운 빛깔의 파라솔까지 받쳐들고 새근거리며 나타났습니다. 인숙이는 한손에 커다란 과자 상자까지 들고 나타나 침울해 있던 꼬마들을 갑자기 즐거운 흥분 속으로 몰아넣었습니다.

그 과자 덕분에 비로소 나는 홀가분한 마음으로 집을 나올 수가 있었습니다.

"그건 말이야, 오빠가 기어이 사주잖아. 꼬마들이 있다고 하면서, 난 미처 생각도 못했는데."

그 소리에 나는 갑자기 가슴이 뭉클해지며 불현듯 인철이의 부드러운 미소가 눈앞에 떠올랐습니다.

그런 조그만 나의 어려움까지도 어쩌면 인철이는 환히 알고 그렇게 과자 상자까지 보내주었다고 생각이 들자, 나는 그만 눈물이 글썽해지고 말았습니다.

　그리곤 뒤따라 나의 옹졸한 마음가짐 때문에 일 년이나 가까이 서로 만나지 않았던 시간들이 뼈저리게 후회되었습니다.

　"애! 저기 차 속에 우리 오빠가 있어. 나보고 말하지 말랬는데, 특별히 알려주는 거야."

　내리막길이 끝나는 거리로 나서며 인숙이가 말했습니다.

　나는 그만 걸음을 멈추고 어쩔 줄을 몰라 망설였습니다.

　"아니? 이 평강 공주야! 왜 또 이러니?"

　인숙이가 나를 흘겨보며 말했습니다.

　나는 간신히 걸음을 옮기며, 머릿속은 갑자기 인철이를 만나 꺼내야 할 첫 마디를 찾느라고 들끓기 시작하였습니다.

　'오랜만이야!'

　이건 너무 멋쩍다는 생각이 들었습니다.

　거의 1년 만에 다시 만나는 그에게 정말 멋지게 선물할 만한 아름다운 첫 말이 없을까? 하고 나는 열심히 머릿속을 뒤적이며 찾아보았습니다.

　'선물 정말 고마워!'

　이건 너무나 단순하고 현실적인 냄새가 풍기기 때문에 마음에 들지 않았습니다.

　일년이란 거리감 따위를 드러내지 않고 자연스럽게 나의 타는 듯한 심정을 전할 수 있는 말은 없을까?

　'굿모닝!'

하고, 부드러운 미소를 그려 보이면 어떨까?

그러나 그건 너무나 흔해빠진 미국식의 천박스러움마저 드러내는 말 같아서 역시 나의 마음에 들지 않았습니다.

아무리 머릿속을 뒤져봐도 적당한 첫마디는 찾아낼 수 없었습니다.

나는 초조하고 짜증스러운 나머지 주먹으로 나의 머리통을 쾅 때려 주었습니다.

어느새 저만큼 넓은 거리 한쪽에 인숙이네 까만 자가용이 보였습니다. 나는 더욱 초조하여 또 한 번 주먹으로 머리통을 쾅 때렸습니다.

“애! 머리 속에 뭐가 들어갔니?”

인숙이가 나를 돌아보며 놀렸습니다. 그러더니,

“어디 나도 한 번 때려 줄까!”

하며 사정없이 주먹으로 나의 머리통을 갈기고는 깔깔거리며 달아나 버렸습니다.

나는 갑자기 골이 띵하여 울상이 된 채, 간신히 머리를 좌우로 흔들어 머릿속을 진정시켰습니다.

그때 문득 근사한 첫마디가 머릿속에서 빠져나와 어느새 입안에 나타났습니다.

‘봉쥬르.’

이 프랑스 말이 갑자기 나의 마음을 사로잡아 버렸습니다. 고등학교에 올라와 불과 몇 시간 밖에 배우지 않았던 프랑스말이었지만, 그것은 인철이에게 꺼내는 첫마디로서는 더없이 적당한 말 같았습니다.

1년이나 만나지 못했던 그동안에 나도 어느새 고등학생이 되었고, 프랑스말까지 배우고 있다는 사실을 그 짧막한 첫마디의 인사로써 모조리 나타낼 수 있으리라 생각하니 나는 뛸 듯이 기뻤습니다.

나는 몇 번이나 봉쥬르의 발음을 입안에서 굴려보며, 이윽고 차 앞에 이르렀습니다.

"평강 공주 듭시오!"

인숙이가 차의 뒷문을 열고, 머리를 조아리며 길게 뇌었습니다.

나는 터지려는 웃음을 간신히 삼키며 차 속으로 들어가려다가 깜짝 놀랐습니다. 인철이의 모습은 보이지도 않고, 누군가 커다란 신문지를 이불처럼 뒤집어쓰고 쿠션에 드러눕듯 기대앉아 있었습니다.

이윽고 나는 바지 아래로 눈이 멈추자, 단번에 그가 인철이라는 걸 알 수 있었습니다. 나는 간신히 웃음을 깨물며 한쪽으로 떨어져 앉아, 그때까지 입안에서 뱅뱅 돌고 있던 첫마디를 그만 삼켜 버렸습니다.

인숙이가 운전석 옆자리에 오르자, 젊은 운전기사가 무표정한 얼굴로 차를 몰기 시작하였습니다.

그러자 옆자리의 신문지 밑에서 갑자기 코고는 소리가 마치 자동차의 엔진소리처럼 요란하게 일어났습니다.

나는 깜짝 놀라 신문지 위를 돌아보다가 그만 두 눈이 휘둥그레지고 말았습니다. 그 위엔 검은 색 연필로 이렇게 쓰여 있었습니다.

"참으로 오랜만입니다. 그동안 안녕하셨습니까? 바보 온달."

나는 그만 참을 수 없이 웃음을 터뜨리고 말았습니다. 나의 웃음소리에 갑자기 코고는 소리는 죽어버렸고, 인숙이가 나를 돌아보며 이렇게 놀렸습니다.

"평강 공주마마! 무엇이 그리 유쾌하시나이까?"

어느새 나는 평강 공주가 되어버렸고, 인철이는 그의 머리 위에다 바보 온달이라는 이름표를 달고 있었습니다. 별안간 우리는 고구려 시대의 어느 여름날로 돌아가 있었고, 인숙이는 나의 시녀가 되어 있었습니다.

그리고 우리가 타고 있는 승용차는 어느새 사인교로 바뀌어졌고, 젊은 운전기사는 교자꾼이 되어 땀을 뻘뻘 흘리고 있었습니다. 나의 남편이던 온달이는 참으로 바보답게 커다란 종이로 그 못생긴 얼굴을 가린 채 낮잠에 빠져 있었습니다.

나는 오랫동안 눈을 감고 그런 즐거운 상상에 빠졌다가, 갑자기 차가 속도를 줄이며 열려져 있는 철문 안으로 들어설 때야 비로소 눈을 뜨고 고구려 시대를 벗어나 현실로 되돌아 왔습니다.

차가 멈추자, 인철이는 여전히 신문지 속에 얼굴을 감춘 채 급히 문을 열더니, 빠져나가 버렸습니다.

나는 차에서 내릴 때까지 인철이의 얼굴은 볼 수 없었고, 한 차에 나란히 앉아왔지만 우리는 여전히 1년이나 서로의 얼굴을 보지 못했던 그런 상태 속에 머물러 있었습니다.

그런데 인철이가 뒤집어쓰고 있다가 그냥 두고 내린 신문지의 커다란 글씨를 다시 읽어보다가, 나는 그만 발끈해지고 말았습니다. 그 신문지에는 간신히 두 눈알만 들이밀 수 있는 조그만 구멍이 두 눈 사이만큼의 간격을 두고 나란히 뚫려 있었습니다.

나는 그 신문지를 인숙이 앞으로 밀어 던지며,

"애! 이런 법이 어디 있니? 그래 바보 온달이 이런 짓도 할 수 있니? 자기 얼굴은 감춰 놓고 엉큼하게 이 신문지 구멍으로 남의 얼굴만 훔쳐보다니? 아이 분해!"

"공주마마! 바보 온달이라고 하여 그 속까지 모조리 바보가 아니옵니다.”

이렇게 말하더니 인숙이는 혀를 날름거려 주고 차에서 내렸습니다.

“뭐, 이따위 시녀가 다 있어? 감히 누구 앞이라고 그렇게 뱀처럼 혀를 날름거리고 있니?’

차에서 내리며 나는 머리를 조아리고 있는 인숙이의 머리통을 주먹으로 쥐어박아 버렸습니다.

그러자 인숙이는 뒤로 물러나며 머리가 아픈지, 귀엽게 찌푸리며 나를 흘겨보았습니다.

“난 시녀 그만두겠어. 알겠니? 이놈의 평강 공주야!’

인숙이는 이놈이란 말에 힘을 주며 쫑알거렸습니다.

평강 공주란 별명은 전부터 인숙이가 나의 울보기질을 꼬집어서 그렇게 불렀지만 그것이 바보 온달이란 말을 통하여 인철이와 관련지어진 것은 아무래도 인철이와 인숙이가 미리부터 짜고 그렇게 한 것 같았습니다.

나는 그러한 그들 남매의 짓궂은 장난이 즐거웠고 고마웠습니다. 나 같은 튀기의 울음이 어떻게 그런 행복의 요람 속에서 울었던 평강공주의 울음과 비교될 수가 있을까요?

그러나 한 가지 궁금한 것은, 평강 공주가 그러한 일로써 바보 온달이를 만나고부터는 그 울음을 과연 뚝 그쳐 버렸을까 하는 것이었습니다.

이윽고 나는 인숙이를 따라 응접실에서 처음으로 그녀의 새엄마를 만났습니다.

인숙이의 자랑처럼 참으로 아름답고 어딘지 우아한 기품이 느껴지는, 그러면서도 금시에 엄마처럼 친밀해질 것 같은 부드러움을 듬뿍 갖춘 그런 여자였습니다.

"오래 전부터 엘리노어를 한번 만나고 싶었어."

나의 인사를 받은 인숙이의 새엄마는 부드러운 미소를 머금고 이렇게 첫마디를 꺼냈습니다.

그런데 그 소리가 조금도 이상하게 들리지도 않았고, 그리고 흔히 누구나 나의 이름을 처음 부르는 사람들이 가지는 그런 어색함도 느껴지지 않았습니다.

"정말 엘리노어는 아름다워! 인숙이의 소개가 모자랄 정도야!"

나는 그 소리에 그만 얼굴이 화끈 달아올라 고개를 떨어뜨리고 말았습니다.

그 순간 나는 가슴을 뒤흔들며 뭉클뭉클 솟아오르는 기쁨에 어리둥절해지고 말았습니다. 그것은 마치 오랫동안 분명한 해답을 얻을 수 없었던 어려운 문제를 비로소 간단하게 풀이해 준 것 같았습니다.

나도 정말 아름다운 것일까? 그것은 거울 속에 나타난 나의 얼굴을 보고 나의 마음대로 간단히 그 해답을 얻어낼 수는 없었습니다. 나는 오랫동안 그 문제를 머릿속에 담고 여러 가지로 궁리해 보았지만, 나의 마음은 끝내 나의 머리를 끄덕여 주진 않았습니다.

따라서 나는 스스로의 용모를 아름답다고는 생각할 수가 없었습니다. 여러 사람들이 그런 말로 나의 아름다움을 칭찬해 준 일은 있었지만, 그때마다 그 사람들의 표정 한 구석에는 이런 말이 숨어 있을지도 모른다고 생각했습니다.

'넌 튀기니까 아름다운 거야. 그러나 그건 값싼 아름다움이지.'

그러나 인숙이 새엄마의 표정 어느 구석에도 그러한 말은 숨어 있지 않았습니다.

부인의 부드러운 얼굴에는 오히려 이런 표정이 숨어 있는 것 같았습니다.

"진짜 인간으로서 아름다운 거야. 그리고 여자로서 아름다운 거야. 긍지를 가져요. 그래야만 그 아름다움을 죽이지 않고 언제까지나 지킬 수 있어요."

그러한 나의 추측은 조금도 빗나가지 않은 것 같았습니다.

그때 인숙이가 부인을 돌아보며 나를 골려주듯 입을 열었습니다.

"엄마! 엘리노어의 별명이 무언지 아세요? 평강 공주예요. 고구려의 미스울보 평강 공주란 말이에요. 그리고 나중에 누구한테 시집갔는지 아세요?"

그 소리가 끝나자, 갑자기 문이 왈칵 열리면서,

"그야 바보 온달이지 누구야."

하고 인철이가 불쑥 나타났습니다.

그의 부드러운 시선과 마주치자, 나는 그만 부끄러워 움츠려들고 말았습니다. 비겁하게 신문지 구멍으로 사람을 훔쳐보는 법이 어디 있느냐고 항의를 하고 싶었지만, 어쩐지 가슴이 떨리고 혀가 굳어져 말이 나오지 않았습니다.

1년 가까운 긴 세월이 우리 사이에 가로질러 있었지만 그의 모습은 나의 머릿속에 숨어 있던 것과 조금도 달라 보이지 않았습니다. 눈썹은 여전히 짙었고, 크고 시원스런 두 눈도 옛날처럼 맑아 보였습니다.

그러나 어딘지 의젓해 보이고, 무거워 보이는 어른스러움이 조금 다른 모습으로 나의 눈 속을 파고들었습니다. 잠자코 나를 바라보는 눈빛 속에 그의 부드러운 인사가 숨어 있는 것 같았습니다.

그러한 우리들의 조금은 서먹서먹한 분위기를 눈치챘는지 부인이 나와 인철이를 돌아보며 입을 열었습니다.

"어떻게 오늘 처음 만난 건 아닐 텐데."

그러자 인철이는 껄껄 웃더니,

"아녜요. 유사 이래 오늘 처음 만나는 겁니다."

"그렇지. 유사 이전인 작년에 보고 오늘 처음 만나는 거지. 바보 온달 같은 소리 작작해!"

인숙이가 심술을 부리듯 인철이를 쏘아붙이는 소리에 모두 웃고 말았지만, 부인은 힐끔 부드러운 시선으로 인철이와 나를 돌아보더니 그 눈빛이 무언지 새로운 사실을 알아냈을 때처럼 잠시 빛나 보였습니다.

인숙이가 나에겐 평강 공주라고 놀려주었고, 인철이에겐 바보 온달이라고 무심코 몰아세우는 얘기에서 부인은 어느새 그 얘기의 밑바닥을 눈치챈 것 같았습니다.

그러나 부인의 표정은 조금도 달라지지 않았고, 그러한 숨은 사실에 오히려 즐거움을 느낀다는 듯이 한참이나 나의 얼굴만 부드럽게 바라보았습니다.

이윽고 우리는 시간에 맞추어 공항으로 나갔습니다.

차가 달리는 동안 나는 차츰 무서울 만큼 가슴이 떨리는 새로운 흥분에 사로잡혔습니다. 내가 비행기를 타고 하늘을 난다고 생각하니, 그것은 도무지 실감으로 느껴지지 않았습니다.

이윽고 인숙이를 뒤따라 비행기의 트랩을 오를 때야 비로소 나는 어리벙벙한 기분 속에서 비행기라는 날아다니는 물체와 나의 존재가 연결

되어 있음을 느꼈습니다.

좌석의 앞자리엔 먼저 들어선 부인과 인숙이가 나란히 앉아버렸고, 인철이와 나는 어쩔 수 없이 그 뒷자리에 나란히 앉았습니다.

인숙이가 짓궂게 뒤를 돌아보며 의미 있게 생글거리더니 이렇게 말했습니다.

"온달 씨! 공주마마를 잘 모셔야 해요."

그 소리에 우리는 모두 소리를 죽이며 웃어댔고, 인철이는 냉큼 돌아앉아 버리는 인숙이의 뒷머리에다 알밤을 주었습니다.

인숙이의 그러한 천진스러운 농담이 싫지는 않았지만, 나는 어쩐지 불안하였습니다. 그것은 바로 인숙이의 옆자리에 앉은 부인의 존재가 여러 면으로 의식되었기 때문이지요.

이윽고 비행기가 요란한 소리를 내면서 움직이기 시작하자, 인철이는 말없이 내 쪽으로 몸을 돌리더니 벨트를 걸어 주었습니다.

그때 인철이의 목덜미에서 풍겨오던 신선한 비누 냄새가 나는 얼마나 좋은지 몰랐습니다.

비행기가 점점 고도를 높이자 나는 창 밖으로 지상을 내려다보았습니다. 그 순간, 온몸이 마치 한 마리의 새가 되어 버린 듯한 아찔한 즐거움은 나의 정신마저 송두리째 뽑아 버린 것 같았습니다.

푸른 들판이며 알몸을 그대로 드러낸 산줄기들이며 장난감 같은 조그만 집들이 나타났다가는 어느새 가물가물 사라져 버리곤 하였습니다.

마침내 나는 인철이도 인숙이도 모두 잊어버린 채 나 혼자만 덩그렇게 구름 위에 앉아 있는 것 같았습니다.

　　그러나 그러한 황홀한 꿈이 미처 끝나기도 전에 어느새 비행기는 부
산에 내려앉아 버렸고, 나는 안타깝고 아쉬운 마음에 어쩔 줄을 몰라 두
눈이 휘둥그레지고 말았습니다. 너무나 짧은 시간의 황홀한 꿈이었습
니다.

　　이윽고 비행기에서 내릴 때, 인철이는 처음으로 나의 손을 꼬옥 움켜
쥐었습니다.

　　땀과 열이 느껴지는 그 손은 무언가 따뜻하고 달콤한 얘기를 나의 심
장에다 가득 쏟아주었습니다.

15. 황홀한 여행

일주일 동안의 바다 생활은 한 마디로 나에겐 황홀 그 자체였습니다.

그 황홀 속에 나의 모든 비밀은 숨어 있었고, 나의 세계는 마침내 행복으로 가득한 고무풍선처럼 둥실둥실 떠올랐습니다. 그 일주일 동안 나는 마치 새로 태어난 아이처럼 내 자신이 불행한 튀기란 걸 까맣게 잊어버렸습니다.

우리는 아침식사가 끝나면 태양이 뜨거워지길 기다려 호텔 테라스의 시원한 등의자에 둘러앉아 즐거운 얘기꽃을 피웠습니다.

부인도 어느새 천진난만한 소녀가 되어, 정다운 친구처럼 우리들 얘기 속에 한자리를 차지하곤 하였습니다.

나는 전부터 궁금하였던 앙드레 지드의 여러 가지 작품에 대하여 모조리 털어놓고 물어보았습니다. 부인은 처음엔 나의 그러한 질문을 받고 좀 어리둥절한 표정이었지만 이내 친절하게 나의 모든 궁금증을 풀어주었습니다.

어떤 의문에 대하여 그토록 시원하게 대답을 얻어본 건 그때가 처음인 것 같았습니다.

〈좁은 문〉 속에 나오는 사촌들 간의 사랑에 대한 나의 의아심도 간단히 풀려 버렸고, 이윽고 우리들의 얘기는 알리샤에 와서 잠시 멈추었습니다.

서로 사랑하는 두 사람이 정신적으로만 하나의 완전한 사랑을 이룩할 수 있을까 하는 문제를 인숙이가 냉큼 끄집어 내놓고는 부끄러운 듯이 뒤로 물러나 우리들을 둘러보았습니다.

그러자 인철이가 점잖은 목소리로 입을 열었습니다.

"그건 좀 어려운 얘기야. 종교적인 인생관이 확립되지 않은 사람들로선 불가능한 얘긴지도 몰라. 그러나 완전한 사랑이라면 정신과 육체란 동일한 기준에 있을 테니까 그런 얘기가 문제될 것도 없지. 그렇잖아요? 어머니!"

"인철이 얘기도 옳아. 그러나 이런 얘긴 너희들한테 너무 어려운 거야, 차원을 좀 내리는 게 어때?"

부인은 우리들을 둘러보며 마치 다정한 선생님이 학생들을 타이를 때처럼 부드럽게 말했습니다.

그러자 이번에도 인숙이가 기대앉았던 등의자에서 냉큼 몸을 일으키며 입을 열었습니다.

"그럼 첫사랑에 대해서 얘기해요. 오빠부터 먼저 해봐!"

그리곤 다시 부끄러운 듯이 킬킬거리더니 급히 두 손으로 눈을 막고 숨어 버렸습니다.

"인숙이는 아무래도 수상해? 꺼내는 얘기마다 사랑 사랑뿐이니!"

"그럼, 그것보다 더 재미있는 얘기가 이 땅 위에 어디 있어요?"

고개를 쳐들고 이렇게 내뱉는 인숙이의 말에 모두 한바탕 웃음을 터뜨리고 말았습니다.

인숙이는 다시 인철이를 돌아보며,

"첫사랑에 대한 오빠의 의견을 얘기해 보란 말이야! 어서!"

그렇게 첫사랑이란 말에 달라붙어 얘기의 진전을 바라고 있는 인숙이의 마음속을 짐작하고 나는 공연히 불안해지기 시작하였습니다.

언젠가 인숙이는 기회가 오면 자기 새엄마의 첫사랑, 두 번째 사랑에 대하여 끝까지 물어보고 말겠다고 하면서, 서른이 넘도록 남자를 전연 모르는 숫처녀라면 그건 수녀나 여승밖에 없다고 단정하였습니다.

더구나 인물이 그만큼 아름다운 여자가 서른다섯이 되도록 처녀로 있었다니, 세상의 남자들이 모두 장님이냐고 쫑알거리면서 공연한 자기 아버지를 속이는 거라고 입술을 삐죽거렸습니다.

그러나 그때는 아직 결혼식도 이루어지기 전이었고, 또 이제와서 인숙이의 자기 새엄마에 대한 감정도 완전히 달라지긴 하였지만 그래도 나는 왠지 첫사랑 얘기에 열을 올려대는 인숙이가 적이 불안스럽게 느껴졌습니다.

인철이의 대답이 끝나면 반드시 인숙이는 부인에게 첫사랑의 경험을 얘기하라고 졸라댈 것만 같았습니다.

그렇게 될 때, 부인은 얼마나 난처한 입장에 빠지게 될 것인가? 하고 생각하니 갑자기 나의 힘으로 부인의 난처한 입장을 막아 줘야겠다고 마음먹었습니다.

이윽고 인철이가 입을 열었습니다.

"난 그 첫사랑이란 말 자체부터 틀려먹었다고 생각해."

"아니, 그게 무슨 소리야?"

인숙이가 두 눈을 동그랗게 뜨며 물었습니다.

"글쎄 들어보란 말이야. 첫사랑이 어쩌고저쩌고 떠벌리기 좋아하는 사람들의 심보 밑엔 반드시 두 번째 사랑, 세 번째 사랑, 네 번째 사랑, 이렇게 끝없이 사랑을 희롱해 보겠다는 엉큼한 저의가 숨어 있단 말이야."

"그래서 오빠는 그럼 첫사랑을 부정하는 거야? 아니면 첫사랑이란 말 자체를 부정하는 거야?"

"난 뭐 그런 걸 부정한다는 건 아니야. 단지 엄격하게 얘기해서 사랑이란 일생에 단 한 번으로 시작되어서 단 한 번으로 끝나는 것이라야 참으로 진실하다고 얘기할 수 있지."

"오, 그리고 보니 오빠의 얘기는 첫사랑이 즉 마지막 사랑이란 뜻이지? 아주 열렬하신 생각인데."

"인철이는 베르테르가 될 소질이 아주 많은데……."

부인이 진심으로 감탄한 듯이 말했습니다.

그러자 나는 급히 인숙이를 돌아보았습니다. 무슨 말이든 끄집어내어 인숙이의 첫사랑 타령을 막아야겠다고 생각하였습니다.

그러는데 어느새 인숙이의 말총이 나에게로 겨누어졌습니다.

"이번엔 엘리노어 차례야. 어서 얘기해 봐! 어서!"

이 천진난만하고 성급한 사회자는 마구 재촉하였습니다.

그러자 나는 간신히 이렇게 얼버무렸습니다.

"글쎄, 난 그런 건 별로 생각해 본 일이 없어."

"뭐라고? 앙큼한 계집애, 그렇게 어물어물 넘어가면 될 줄 알고? 어림도 없어. 어서 얘기해 봐! 어서!"

"난 그런 얘긴 할 줄 모른단 말이야."

나는 인숙이를 흘겨주며 간신히 대꾸하였습니다.

그러자 인숙이는 더욱 기승을 부리며 덤볐습니다.

"어럽쇼! 인상까지 쓰시는데. 앙큼한 수작 부리지 말고 순순히 말할 때 얘기하라고, 어서! 이를테면 줄리엣의 첫사랑 같은 걸 좋아한다거나, 아니면 바보 온달 씨의 의견과 동일하다거나, 태도를 분명히 해야 할 것 아니냔 말이야!"

이렇게 버럭 고함마저 질러대는 인숙이의 짓궂은 소리에 나는 킥킥거리며 고개를 떨어뜨려 버렸고, 부인과 인철이는 여전히 나직한 소리로 웃었습니다.

그러자 인숙이는 마침내 자기 멋대로 나의 의견을 발표하였습니다.

"엘리노어의 첫사랑에 대한 의견은 내가 이심전심으로 파악해 본 결과 바보 온달 씨의 의견과 동일하다는 걸 알아냈어. 그럼 이번엔 엄마의 차례예요. 그런데 엄마는 경험담을 얘기해야 돼요."

나는 급히 고개를 들고 인숙이를 노려보았습니다.

인숙이는 마치 신나는 장난에 몰두한 어린아이들의 호기심으로 가득 찬 두 눈으로 부인을 바라보았습니다.

"애! 이젠 그런 얘긴 그만두고 다른 얘기나 해!"

마침내 내가 입을 열었습니다.

그 순간 약이 오른 듯 묘하게 일그러지는 인숙이의 표정과 환해지는 눈빛으로 나를 돌아보는 부인의 표정이 동시에 나의 눈 속으로 들어왔습니다.

"저 카뮈에 대해서 얘기 좀 해주세요."

나는 이렇게 엉뚱한 얘기를 꺼내면서 다시 인숙이의 표정을 살펴보았습니다.

그러자 인숙이는 여전히 부인을 바라보며 무언지 자기대로의 깊은 생각에 빠져 버린 것 같았습니다.

이윽고 부인은 조용하게 입을 열었습니다.

"카뮈는 1913년 알제리에서 태어났지."

나는 두 눈이 휘둥그레지며 부인을 돌아보았습니다.

출생연도까지 밝혀내는 그 이야기의 시작에 나도 인철이도 놀라움을 느끼며 다음 부인의 얘기에 귀를 기울였습니다. 인숙이만 혼자서 토라진 듯 등의자에 번듯이 드러누운 채, 손톱을 하나하나 살펴보고 있었습니다.

부인은 부조리(不條理)의 사상에 대한 얘기를 우리가 알아듣기 쉬운 말로 차근차근 설명해 나갔습니다.

현대인의 불안과 고뇌를 가장 잘 나타내 준 작가가 카뮈라고 하면서 그의 작품 속에 나오는 다음과 같은 대목을 끄집어내어 설명까지 해 주었습니다.

"삶에의 절망 없이 삶에 대한 사랑도 있을 수 없다."

나는 그만 그 말에 홀딱 반해 버리고 말았습니다.

무언지 분명하게 머릿속에 잡히지는 않았지만, 나의 존재를 휘감고 있던 튀기라는 말 위에 그 말은 새로운 희망처럼 솟아올랐습니다. 나는 그날 온종일 잠시라도 그 말을 잊어 본 적이 없었습니다.

바닷물 속에서 인철이를 상대로 인숙이와 내가 한 편이 되어 물싸움을 벌였을 때도 나의 머릿속 어디엔가 그 말은 꿈틀거리고 있었습니다.

그리고 칸막이 탈의장 속에서 옷을 갈아입느라고 발가벗은 나의 몸뚱이를 발견하곤 새삼 놀라워하고 있을 때도, 그 말은 나의 입 안에서 마치 녹지 않는 사탕처럼 굴러다니고 있었습니다.

그러나 그날 밤 달이 뜬 황홀한 바닷가에서 나는 단 한 번 그 말을 까맣게 잊어버리고 말았습니다.

우리들은 모두 달밤의 바닷가를 거닐고 있었습니다. 쌍쌍이 팔짱을 끼고 오가는 무리들 틈에서 네 사람이 함께 보조를 맞추기는 어려웠습니다.

우리들은 그때 어린 시절을 만주에서 보냈다는 부인의 신기한 얘기에 귀를 기울이며 천천히 거닐고 있었는데, 한 무리의 사람들과 길을 비키느라고 뒤섞였다가 빠져나와 보니 어느새 부인과 인숙이는 그 신기하고 재미있던 만주 얘기를 가지고 어디론지 사라지고 없었습니다.

내가 소리를 내어 인숙이를 부르자, 인철이가 왈칵 나의 손을 잡아끌었습니다. 그래서 나는 두 번째 입 속에 만들었던 인숙이의 이름을 삼켜버리고 그와 나란히 모래사장을 거닐었습니다.

비로소 단둘만의 시간이 돌아왔던 것입니다. 나는 한편으로 부인과 인숙이가 머리 속에 걸렸지만 잠시 후엔 그런 근심도 말끔히 사라져 버렸습니다.

인철이가 말없이 나의 한 손을 더욱 으스러지도록 움켜쥐었습니다.

나는 공연히 숨이 막혀 호흡이 힘들었지만, 그 숨 막힐 듯한 긴장이 오히려 달콤하게 느껴졌습니다.

반달이 겨우 지난 밝은 달이 뿌연 빛을 바다 위에 흘리고, 바다는 반짝이는 은빛 파도와 더불어 띄엄띄엄 똑딱 배를 띄어놓고 있었습니다.

우리는 손을 잡고 끝없이 바닷가를 따라 걸어 나갔습니다.

아무도 입을 열지 않았기 때문에 우리들의 귓속으로 스며드는 소리는 달빛이 파도 위에 부서지는 소리뿐이었습니다. 그리고 우리들의 숨소리만 고막을 간간이 울려주고 있었습니다.

우리는 마치 그러한 꿈같은 분위기 속에선 아무런 말이나 함부로 끄집어내어 황홀한 침묵을 깨뜨리기가 무서워, 그 적당한 아름다운 말을 찾느라고 가슴을 두근거리며 기다리고 있는 것 같았습니다.

나는 문득 무서운 생각이 치밀기도 하였습니다. 모든 것이 꿈같이 아름다웠고, 우리들마저 인간이 아닌 그 어떤 신비한 존재로 되어버린 듯한 착각마저 일어났습니다.

인철이는 그 시간 이전에 내가 알고 있었던 사람과는 전혀 다른, 오로지 나의 손을 잡고 바닷가를 거닐어 주기 위하여 다시 태어난 사람 같아 보였습니다.

이윽고 우리는 바다와 하늘과 그리고 달빛 아래 우리 둘뿐인 바닷가에 우뚝 멈추었습니다. 인철이가 부드럽게 한쪽 팔로 나의 어깨를 감싸 안았습니다. 어느새 우리들의 두 볼은 따뜻하게 마주 붙었고, 꿈꾸는 듯이 나란한 네 개의 눈동자는 은빛 파도가 흔들리는 바다 위를 끝없이 달리기 시작하였습니다.

그때까지도 우리는 단 한 마디의 말도 입 밖으로 내보내지 않았습니다. 뜨겁고 달콤한 수 만개의 말들이 가슴 가득히 봉오리져 활짝 피어날 시간을 기다리고 있었습니다. 나는 점점 온몸이 고무풍선처럼 부풀어 올랐습니다.

가슴이 미친 듯이 뛰기 시작하였고, 그 가슴속의 수만 개의 조그만 알맹이들이 터질 듯이 부풀어오르자 마침내 나는 견딜 수 없이 모래밭을 달리기 시작했습니다.

나는 마치 꿈속에서 무지개를 보았을 때처럼 몽롱한 의식을 삼키며 그만 모래밭에 쓰러지듯 반듯이 드러눕고 말았습니다. 달빛으로 칠해진 희뿌연 하늘이 몇 개의 별을 거느리고 나의 시야 속으로 들어왔습니다.

갑자기 그 하늘을 가리며 나의 얼굴 위에 인철이의 얼굴이 다가왔습니다. 뒤따라 뜨거운 숨결처럼 그의 두 팔이 나의 어깨를 감싸 안고, 나의 입술 위로 그의 얼굴이 스며들었습니다.

나는 그만 정신을 잃은 채 아찔하고 황홀한 순간 속으로 깊이깊이 빠져 내려가기 시작하였습니다. 나는 모든 것을, 나의 존재마저 까맣게 잊어버리고 말았습니다.

그 오랜 입맞춤에서 깨어났을 때 나는 갑자기 울음을 터뜨리고 말았습니다. 인철이는 말없이 손수건으로 눈물을 훔쳐주곤 하였습니다.

그는 모든 걸 알고 있는 것 같았습니다. 나의 울음과 나의 눈물을 그는 느끼고 있는 것 같았습니다. 너무나 황홀하게 나의 전신을 감싸드는 행복이 나는 무서웠던 것입니다.

그러한 행복을 나는 아직 꿈속에서조차 만나본 일이 없었으니까요. 너무나 벅차고 무서워 나는 어쩔 줄을 모르다가 마침내 그 무서움의 무게를 달아 보았습니다.

그러자 순식간에 그러한 무서움은 사라져 버렸고, 뒤이어 나의 눈앞으로 온 세상이 새롭게 태어나 우르르 몰려오는 우렁찬 소리를 들었습니다. 그 소리는 마치 벼락을 품고 오는 천둥소리처럼 들려왔고, 또 지진이 일어나 천지가 뒤집히는 소리처럼 들리기도 하였습니다.

순식간에 나의 고막은 터져버렸고, 그때까지 고막 속에 따갑게 뿌리 박고 있었던 가지가지 무서운 소리들도 깡그리 사라지고 말았습니다.

이윽고 나의 귀 속에는 새로운 고막이 생겨나기 시작하였습니다.

갑자기 세상의 모든 소리들이 새로운 음악처럼 황홀하게 들리기 시작하였고, 나의 생명은 뿌리에서부터 새로운 흙으로 덮여지기 시작하였습니다.

16. 그 해 가을의 낭만적인 '놀이'

바다에서 돌아오자, 이윽고 황홀하기만 하였던 여름은 천천히 물러나기 시작하였습니다.

그 해 여름 이전까지만 하여도 나는 무척 여름을 싫어하였습니다. 시뻘겋게 술이 취해 비틀거리는 사람의 얼굴 같은 여름의 얼굴이 징그럽고 무서웠습니다.

불같이 뜨거운 태양이 불안하기만 하였고, 드러내 놓은 맨살 위에 끈적끈적 달라붙는 사람들의 시선이 싫었습니다. 계절도 마음대로 바꿀 수만 있었다면 여름은 아예 없애버리고 싶었습니다.

그러나 그 여름엔 모든 것이 순식간에 뒤바뀌고 말았습니다. 불안의 꼬리는 싹둑 잘려 나가 버렸고, 나의 존재는 튀기에서 인간으로 그리고 마침내 평범한 하나의 여자로 돌아와 있었습니다.

여름의 얼굴은 부드러웠고 그의 가슴은 아늑하기만 하였습니다. 그리고 그 여름의 손길은 황홀하여 나의 정신마저 맑게 만들었습니다.

그러나 그 여름은 너무나 빨리 지나가 버렸습니다.

가을이 슬며시 다가오자 오랫동안 파리하게 병들어 있었던 나의 세계는 갑자기 무지개로 가득 차 버렸습니다. 나는 마치 새로 태어난 아이처럼 싱싱한 꿈을 마시며 새로운 요람 속에서 살게 된 것 같았습니다.

나는 오랫동안 거울 속을 들여다보며, 금발의 머리와 푸른 눈으로 이루어진 나의 얼굴을 이 세상에서 가장 사랑한다고 하였던 인철이의 나직한 목소리를 되새겨보다가 문득 온몸이 부르르 떨려오는 희열 속에 빠지곤 하였습니다.

다시 학교생활이 시작되었고 공부가 끝나면 인숙이네 집의 응접실이 우리들의 조그만 무대가 되었습니다. 나는 언제나 공주가 되었고, 인숙이는 나의 시녀가 되었습니다.

때로는 인철이가 왕자가 되어 나와 함께 등장할 때도 있었지만 대학 입시 준비 때문에 자주 나타나진 않았습니다.

부인도 가끔 조연으로 등장하여 우리들의 역할을 도와주기도 하였지만 대개는 관객으로 남아 조금 떨어진 자리에서 우리들의 놀이를 구경하곤 하였습니다.

우리들의 놀이란 학교의 숙제가 될 때도 있었고, 때로는 릴케의 시를 낭송하는 나의 목소리와 한 손으로 턱을 괸 채 귀를 기울이고 있는 인숙이의 귀여운 모습이 어울릴 때도 있었지만, 그 나머지는 거의 인숙이와 나의 무지개를 좇는 듯한 조잘거림으로 가득 차곤 하였습니다.

나는 그 무대 안에서 자주 달콤하고 황홀한 꿈속에 빠지곤 했는데, 그 꿈속에서 나는 언제나 커다란 부잣집의 행복한 며느리가 되어 있는 나를 보았고, 어느새 엄마가 되어 귀여운 아이들의 시중을 드느라고 즐거운 비명을 질러대는 나의 목소리를 듣기도 하였습니다.

눈에 보이는 모든 것은 그 여름 이전과 조금도 변하지 않았지만, 눈에 보이지 않는 모든 것은 완전히 달라져 있었습니다.

그러나 10월로 접어들자 인철이의 모습은 응접실에서 거의 사라져 버렸고 갑자기 무대는 텅 비어버린 것 같았습니다. 나는 그만 왕자를 잃어버린 공주가 되어 조금 쓸쓸했지만, 그런대로 우리들의 놀이는 여전히 즐겁게 계속되었습니다.

그 무렵부터 우리들의 놀이는 유명한 문학작품을 돌아가며 차례대로 낭독하고 차례가 오지 않은 나머지 사람들은 지그시 눈을 감고 달콤한 환상에 젖어 귀를 기울이곤 하는 일이었습니다.

그 놀이에는 부인도 우리와 똑같은 배역을 맡아 한 몫을 담당하였습니다. 처음엔 한 작품을 세 사람이 돌아가며 낭독하여 끝을 내곤 했지만, 얼마 후에는 한 사람이 한 작품을 끝까지 낭독하기로 하였습니다.

책의 선택은 모조리 부인이 맡았기 때문에 언제나 우리가 학교에서 돌아와 보면 어느새 새로운 책들을 응접실 탁자 위에다 준비해 놓고 우리를 기다리고 있었습니다.

책은 그렇게 지루하게 길지 않은 중편 소설이 거의 전부를 차지하였고, 때로는 모파상의 〈여자의 일생〉 같은 장편도 등장하였습니다.

그 일이 계속되자 부인도 우리도 모두 정신을 잃은 채 몰두하였고, 인숙이와 나는 학교가 끝나기가 무섭게 가슴을 두근거리며 응접실로 돌아오곤 하였습니다.

부인이 이틀 동안의 오후에 걸쳐 낭독하였던 〈여자의 일생〉은 갑자기 부인의 두 눈에서 눈물을 보이게 만들었고, 마침내 인숙이와 나의 눈에서도 눈물을 보고야 말았습니다.

부인의 음성은 마치 세련된 아나운서의 그것처럼 감정 표현이 적절하였고 대사의 부분에 이를 때는 갑자기 연극의 배우처럼 억양을 높이기도 하였습니다.

거기에 비하면 인숙이의 낭독은 그 목소리 자체가 너무나 명쾌하여 이틀 동안에 걸쳐 낭독하였던 〈젊은 베르테르의 슬픔〉은 그 내용이 주는 비극적인 요소에도 불구하고 끝내 부인과 나에게 웃음을 터뜨리게 만들었습니다.

그리고 나는 부인의 설명에 의할 것 같으면, 소설의 얘기 자체보다도 더 슬픔을 자아내게 하는 낭독이라고 하였습니다.

그러던 어느 날이었습니다.

그날은 나의 차례였고 부인이 맡겨준 책은 토마스 하디의 〈테스〉였습니다. 나는 공연히 두근거려지는 가슴을 간신히 억제하며 낭독을 시작하였습니다.

그냥 눈으로 읽기만 했을 때보다는 여러 가지 인물들의 형태가 나의 혀끝에서 생생하게 살아 움직이는 것만 같아, 나는 어느새 얘기 속에 빠져들고 말았습니다.

이윽고 그날 분의 낭독이 끝나자 어느새 부인의 옆자리에 인철이가 나타나 요란하게 박수를 쳐주었습니다. 나는 부끄럽기도 했지만, 부인과 인철이가 맞장구를 치듯 나의 낭독을 칭찬해 주었기 때문에 더욱 고개를 들 수가 없었습니다.

그 다음날의 낭독 때에 마침내 나는 눈물을 보였고, 낭독이 끝나서 책을 덮은 다음 고개를 들자, 그 날도 어느새 인철이가 부인의 옆자리에 앉아 있다가 더욱 요란하게 박수를 쳐대었습니다.

부인의 눈에도 어느새 물기가 어려 보였고, 나의 옆에 앉았던 인숙이도 손수건으로 눈물을 찍어내며 인철이를 흘겨보더니 이렇게 쫑알거렸습니다.

"정말 주책바가지야! 바보 온달이는 할 수 없다니까. 초상집에 가서 박수나 쳐주란 말이야! 내일부턴 나타나지도 마!"

그 소리에 모두 한바탕 웃음을 터뜨렸습니다.

그 다음날의 마지막 낭독 때는 부인과 인숙이만 귀를 기울이고 있는 가운데 시작하였지만, 읽어 나가다 너무나 가엾은 테스의 운명에 그만 내가 낭독을 멈추고 손수건으로 눈물을 닦은 다음 잠시 고개를 들어보니, 어느새 인철이는 부인의 왼쪽에 점잖게 앉아 있었고, 부인의 오른쪽엔 그때 처음 보는 교복차림의 여학생이 앉아 있었습니다.

나는 더럭 궁금증이 치밀었지만, 이윽고 다시 테스의 얘기를 낭독하기 시작하였습니다. 그리하여 이윽고 교수대의 이슬로 사라진 테스의 슬픈 운명을 암시해 주는 듯한 검은 깃발의 대목에 이르러 나는 그만 훌쩍이고 말았습니다.

그때만은 인철이의 박수도 일어나지 않았고, 실내는 잠시 무거운 침묵 속에 잠겨 있었습니다.

이윽고 인철이가 침묵을 깨뜨렸습니다.

"엘리노어의 목소리가 테스의 운명을 더욱 슬프게 만들어 준 것 같은데……"

그 소리에 나는 비로소 테스의 운명에서 깨어나 손수건으로 눈물을 찍어내었습니다.

어느새 가을날의 짧은 해가 저물고 실내는 희미하게 어둠이 깃들기 시작하더니, 갑자기 새하얀 형광등의 불빛이 실내를 가득 채웠습니다.

나는 그제야 부인의 옆자리에 앉아 있는 처음 보는 소녀가 부드러운 미소를 머금고 나를 바라보고 있는 걸 발견하였습니다. 나는 갑자기 마음 한쪽에 야릇한 긴장감을 느끼며 소녀를 마주보았습니다.

그러자 인철이가 우리 사이를 눈치 채고 서로 인사를 시켜 주었습니다.

나의 굳어진 듯한 짤막한 인사에 소녀는 부드러운 미소를 활짝 꽃피우며 이렇게 말을 꺼냈습니다.

"난 성희야, 인철이한테 얘긴 많이 들었어. 오늘 마침 이런 자리에서 처음 만나니 정말 기뻐!"

나는 간신히 미소를 띠어 답례를 하였지만, 성희의 입에서 인철이란 소리가 튀어나왔을 때, 나는 공연히 가슴이 철렁 내려앉는 것만 같았습니다.

나는 재빨리 인철이의 얼굴을 살피며 그 표정 속에서 성희의 얘기와 관련된 그 무엇을 찾아내려고 하였지만 아무런 기미도 찾아낼 수 없었습니다.

그렇게 갑자기 아늑하기만 하였던 우리들의 무대에 불쑥 나타난 성희는 그 후로도 자주 나타나기 시작하였습니다.

그때까지 성희에 관해서는 아무것도 모르고 있었던 나는 차차 인숙이를 통하여 모든 사실을 알게 되었습니다.

성희의 아버지는 인숙이네 아버지 회사의 영업부장이라는 것과 그리

고 성희는 인철이와 같은 3학년으로서 자기네 학교의 문예부장으로 있
으며, 시를 써서 여러 번 상을 받은 일도 있었고, 그것 때문에 힘들이지
않고 대학에도 무시험으로 들어가게 되었다는 사실까지 알게 되었습니
다.

그런 얘기를 했을 때 인숙이의 얼굴은 부러움으로 가득 차 있었고, 갑
자기 나의 몸속은 불안스러운 긴장감으로 가득 차고 말았습니다.

성희는 처음 얼마동안은 며칠에 한 번씩 띄엄띄엄 나타나더니 이윽
고 얼마 후부터는 거의 하루도 빠짐없이 오후만 되면 나타나기 시작하
였습니다.

그때까지도 우리는 여전히 돌아가며 소설의 낭독을 계속하고 있었
고, 성희는 그것을 좋은 구실삼아 조금도 어색하지 않은 자연스러운 몸
짓으로 우리들 가운데 한자리를 차지하였습니다.

이윽고 무대 위에서 나의 배역은 흔들리기 시작하였고, 마침내 나는
달콤하기만 하였던 비밀스러운 꿈속으로 다시는 들어갈 수 없게 되었습
니다.

그리고 얼마 후에 알았지만, 부인과 인숙이 아버지의 결혼식 때는 성
희가 축하의 노래까지 불렀다는 그런 사실까지 알고보니, 성희를 대하
는 부인의 태도가 어딘지 나에게보다는 더욱 다정한 것 같았고, 며칠 후
에는 우리들의 낭독 속에 성희의 자작시 낭독까지 끼어들게 되었습니
다.

그것은 부인이 먼저 성희에게 부탁하였고 그리하여 성희는 〈그리
움〉, 〈소야곡〉 따위의 제목이 붙은 몇 편의 시를 낭랑한 음성으로 낭독
하였습니다. 부인은 지그시 눈을 감고 귀를 기울이고 있더니 이윽고 낭

독이 끝나자 박수를 쳐주었고, 나도 인숙이를 따라 간신히 박수를 쳐주었습니다.

그 부인의 박수 소리는 마치 그때까지 내가 인숙이네 응접실에서 쌓아올렸던 달콤하고 황홀하였던 꿈을 일시에 와르르 무너뜨리는 소리처럼 들렸습니다.

거기다 덧붙여 부인은 이런 칭찬까지 늘어놓았습니다.

"어쩌면 성희의 시는 소녀의 센티멘털한 감상에서 쏙 빠져나와 뚜렷한 자기 세계까지 지니고 있군. 정말 좋은 시야."

부인의 그러한 찬사도 나의 심장을 여지없이 바늘 끝으로 꼭꼭 찔러주는 것만 같았습니다.

그때 처음으로 나는 부인을 미워하고 원망하는 나의 마음을 보았습니다. 그 따위 너절한 시에 그토록 감동해 버리다니 부인도 엉터리야, 하고 나는 마음속으로 쫑알거렸습니다.

그리고 나도 그 정도의 시라면 얼마든지 쓸 수 있다고, 나는 그날 밤 집에 돌아와 책상 앞에서 밤을 새하얗게 밝히며 시를 쓰기 위하여 씨름을 해보았지만, 끝내 단 한 줄의 시도 쓰여지지 않았습니다.

성희의 세계와 나의 세계는 그 빛깔부터가 다른 것 같았고, 성희는 스스로의 아름다운 느낌을 손쉽게 자기 세계로부터 뽑아내어 당장에라도 시를 지을 수도 있었지만, 나에게는 그 모든 것이 눈에 보이지 않는 벽으로 차단되어 무엇 하나 머릿속에서 아름다운 모습으로 이루어질 수는 없었습니다.

나는 안타깝고 슬픈 마음으로 펼쳐 놓은 노트를 뚫어지게 내려다보고 있었습니다. 거기엔 생각이 잡히는 대로 끼적거려 놓은 여러 개의 제목들이 그 내용을 기다리고 있었습니다.

나는 문득 그 속에서 〈혼혈아〉라고 쓰여 있는 제목을 발견하고 정신이 번쩍 곤두서는 것만 같았습니다. 나는 급히 끝의 '아' 자를 지워버렸습니다. 혼혈, 나는 몇 번이나 그 말을 입속으로 되뇌어 보았습니다.

그것은 금방이라도 수많은 슬픔의 시를 노트 위에다 쏟아줄 것만 같았습니다. 갑자기 머리가 들끓기 시작하였고, 나는 바싹 긴장이 되어 만년필을 움켜쥐고 이제 막 쏟아져 나올 아름다운 글귀들을 기다렸습니다.

그러나 그것은 끝내 나의 두 눈에서 눈물만 훔쳐내었을 뿐, 단 한 줄의 시도 쏟아주진 않았습니다. 혼혈, 그것은 결코 시가 될 수 없는 제목이었고, 다른 어떤 제목으로도 나는 결코 시를 쓸 수 없었습니다.

나는 한없이 슬펐지만, 그러나 그것 때문에 성희 앞에서 조금도 움츠러들지는 않았습니다. 반드시 나의 세계 속에는 성희의 시보다 더 귀한 그 무엇이 숨어 있을 것만 같았습니다.

우리는 여전히 인숙이네 응접실에서 만났고, 보이지 않는 인철이의 존재를 가운데 두고 성희와 나는 암투를 계속하고 있었습니다.

그 무렵부터 나는 인숙이네 응접실이 마치 전쟁터와 같은 날카로운 긴장감을 지니지 않고는 들어설 수 없는 그런 곳으로 생각되었습니다.

여전히 표면에 나타나는 분위기는 가장 고요하고 평화스러운 가운데 낭독이 계속되고 있었지만, 잠시 그 낭독이 중단될 때라든가 끝났을 때, 부인과 인숙이가 끄집어 낸 화제 속에서 성희와 나는 단 한 마디의 말도 섣불리 뱉어내지는 않았습니다.

마치 말은 한 번 잘못하면 돌이킬 수 없다는, 평범한 진리를 온몸 속에 가득 담고 있는 것 같았습니다. 그때까지 나의 눈에 비친 부인의 위치는 여전히 성희 쪽에 가까운 듯하였으나, 나에게도 전이나 조금도 다름없는 부드러운 친절을 보여주고 있었습니다.

그리고 인숙이는 여전히 나의 시녀가 되어 있었지만 그 천진난만한 아가씨의 변덕은 그 위치를 고정하여 설명할 수는 없었습니다.

때로는 성희에게 온통 둘러빠져 어떻게 하면 시를 쓸 수 있느냐, 성희 언니는 나중에 멋쟁이 여류 시인이 되겠지만 난 그때 뭐가 될까? 그런 걸 생각하면 갑자기 서글퍼진단 말이야, 하며 흡사 자신의 미래가 모두 성희에게 달려 있기나 한 것처럼 어리광을 피웠습니다.

그런가 하면, 언젠가는 이런 일도 있었습니다. 그 날은 인숙이가 낭독할 차례였는데, 조금 전까지 응접실에 있었던 성희가 갑자기 보이지 않았습니다.

모두 모여앉아 귀를 기울이고 있지 않으면 이 까다로운 아가씨는 언제나 약이 올라 뾰로통해져 있었는데 그 날도 마찬가지였습니다.

성희가 나타나지 않자 부인은 그만 시작하렴, 하고 일렀지만 인숙이는 여전히 뾰로통해져 있더니 갑자기 발딱 일어나 뛰어 나갔습니다. 그때처럼 인숙이가 나의 마음속까지 시원하게 느껴진 적은 없었습니다.

왜냐하면 그때 성희는 2층 인철이의 방에 있었고, 나는 안절부절 끓어오르는 질투 때문에 심장이 터질 듯이 따갑게 뛰고 있었으니까요.

만일 인숙이가 그렇게 뛰어나가 주지 않았다면 나는 아마 숨이 막혀 그 자리에서 졸도라도 하고 말았을 것입니다. 그렇게 성희는 인철이 방에 자주 드나들었지만 나는 그때까지 아직 한 번도 인철이의 방에 들어가 본 적이 없었으니까요.

그런 점에 있어서만은 내가 부인으로부터 성희보다 더 좋은 점수를 얻고 있었는지도 몰랐습니다.

이윽고 응접실의 문이 열리고 여전히 약이 올라 있는 인숙이를 뒤따라 무슨 책인지 손에 든 성희가 무안스러운 표정을 애써 감추며 들어왔습니다.

"오빠는 시험 준비 때문에 시간이 없단 말이야!"

마침내 인숙이가 그때 처음으로 입을 여는 듯 쫑알거렸습니다.

그러자 성희는 인숙이의 말 따위엔 아랑곳없이 자리에 앉더니 책을 이리저리 뒤적이며 딴전을 피웠습니다.

그러자 인숙이는 드디어 빨갛게 약이 올라 이렇게 소리치고 말았습니다.

"우리 오빠는 임자가 있단 말이야!"

나는 그 소리에 어쩔 줄을 몰라 고개를 떨어뜨리고 말았습니다. 뒤따라 부인이 그때 처음으로 깔깔대며 웃음을 터뜨렸습니다. 그러나 그 순간, 두 눈이 휘둥그레지며 인숙이를 돌아보던 성희의 놀라는 얼굴은 오랫동안 나의 뇌리에서 사라지지 않았습니다.

나는 인숙이가 너무나 고마워 눈물이 솟을 것만 같았고, 만일 그 자리에 단둘이만 있었다면 나는 인숙이를 덥석 끌어안고 입을 맞춰주고 싶었습니다.

그러나 성희는 마치 인숙이의 그러한 소리를 철없는 어린애의 투정이라고 간단히 흘러버리듯 비위 좋게 이런 말을 꺼내며 인숙이를 돌아보았습니다.

"새침데기 아가씨! 어서 시작하시지. 샬롯 브론테가 아가씨를 기다리고 있잖니?”

그러나 인숙이는 여전히 뾰로통해져 탁자 위의 책을 뚫어지게 노려보고 있었습니다. 그날의 소설은 샬롯 브론테의 〈제인 에어〉였고, 인숙이와 나는 며칠 전에 도둑 구경으로 마침 그 영화까지 보았던 것입니다.

그래서 인숙이는 그날의 자기 낭독 차례를 가슴을 두근거리며 기다렸고, 이윽고 그 시간이 돌아오자 영화의 장면을 머릿속으로 되새겨보며 이번에야말로 가장 멋지게 낭독을 시작하려던 참이었는데, 건방지게도 성희가 그 시간을 무시해 버렸기 때문에 그만 인숙이는 발끈해지고 말았던 것입니다.

이윽고 부인이 부드럽게 인숙이를 달랬습니다.

“어서 시작하렴, 제인 에어가 어떤 여잔지 난 궁금해서 죽겠구나.”

그제야 인숙이는 피식 웃더니 문득 나를 돌아보았습니다. 그 얼굴은 마치 나에게 어떡하면 좋겠니? 하고 물어보는 것 같았습니다. 마침내 내가 대답해 주었습니다.

“어서 시작해! 제인 에어가 도망쳐 버리기 전에 말이야.”

내가 입을 다물자, 비로소 인숙이는 책을 펴들었습니다.

이윽고 인숙이의 낭랑한 음성이 낭독을 시작하자, 나는 갑자기 남모르는 즐거움에 빠졌습니다. 그것은 인숙이가 나의 말끝에 비로소 낭독을 시작했다는 뿌듯한 만족감이었습니다.

그날 하루만은 성희와의 암투에서 내가 완전히 이긴 것 같았습니다. 그 전날들은 모든 날이 나의 패배인 것 같았지만, 갑자기 앞으로의 모든 시간은 나의 승리로 가득 찰 것 같았습니다.

우리 오빠는 임자가 있단 말이야! 하고 소리 질렀던 인숙이의 말에 성희는 어떤 감정을 느꼈을까? 하고 나는 오랫동안 즐거움을 되씹으며 생각에 잠기곤 하였습니다.

내가 만일 인숙이로부터 그런 소리를 들었다면 아마 나의 심장엔 날카로운 칼이 꽂혔을 것이고, 그 자루가 부르르 떨리는 걸 보았을 것 같았습니다.

그러나 그 다음날에도 성희는 여전히 우리보다 먼저 와 있었고, 인숙이와 내가 응접실에 들어섰을 때는 무슨 얘긴지 부인과 나란히 앉아 즐겁게 얘기하고 있었습니다.

"그건 결국 한 나라만의 문제가 아니잖아요? 국제적인 문제지."

이렇게 말하며 나를 힐끔 돌아보는 성희의 소리에 나는 문득 그때까지 부인과 성희 사이에 오고갔던 얘기가 튀기인 나에 관한 얘기가 아니었을까? 하고 온몸의 신경이 곤두서는 것 같았습니다.

그러나 그 얘기는 거기서 끝나 버렸기 때문에 나는 더 이상 성희의 표정에서 그 어떤 실마리를 찾아내지 못했습니다.

그렇게 성희가 나보다 먼저 나타나 부인의 옆자리를 빨리 차지해 버리는 날은 끝내 모든 분위기는 성희 쪽으로 유리하게 돌아가기 마련이었습니다.

그것은 마치 성희가 숨쉬기에 알맞은 공기로 가득 찰 땐 나는 호흡이 곤란하여 가슴이 답답하였고 내가 숨쉬기에 상쾌한 공기로 가득 찰 땐 성희도 숨이 답답하여 견디어 내기가 어려운 것 같았습니다.

그런 날은 언제나 낭독이 끝난 다음 부인이 꺼내는 얘기는 모두가 성희의 답변을 미리부터 예측하고 던지는 얘기 같았습니다.

이를테면 우리나라의 시집 가운데 외국어로 번역된 게 얼마나 되지?

하고 분위기에 맞지도 않은 엉뚱한 질문을 꺼낼 때는 성희는 마치 입에 맞는 달콤한 음식이라도 삼키는 듯이 침을 꼴깍 삼키며 열을 올려 늘어놓았습니다.

그리곤 언제나 군더더기 같은 너절한 얘기까지 덧붙여 자기의 실력을 은근히 자랑까지 하였습니다.

그럴 땐 나는 귀를 막아버리고 싶었지만, 인숙이도 공연히 심통이 나서 얄미운 듯이 성희를 흘기다가 이렇게 쏘아줄 때도 있었습니다.

"사람은 누구나 모두 시인이란 말이야! 단지 마음속에 가득 차 있는 시를 종이 위에다 옮겨놓지 않을 뿐이지."

"인숙이의 그 얘기가 바로 한 편의 훌륭한 시야."

이렇게 성희가 비위 좋게 말을 받고 나설 때 인숙이와 나는 그만 어처구니없이 웃어버리고 말았습니다.

그러한 성희의 자신만만한 태도 앞에서 나는 언제나 내 자신의 불행한 존재를 뒤돌아보지 않을 수 없었고, 나의 시선이 멈추는 곳엔 기를 펴지 못하고 잔뜩 움츠리고 있는 가엾은 튀기의 모습이 도사리고 있었습니다.

17. 모진 사랑의 비가(悲歌)

11월로 접어들자 우리들의 낭독 속에는 유명한 시집도 끼어들게
되었습니다.

그것은 성희가 먼저 얘기를 꺼냈고, 인숙이와 나는 선뜻 찬성을 하지
않고 있었는데 어느새 부인은 그것 참 좋은 생각이라고 맞장구를 치고
말았습니다.

그 다음날, 성희는 10권도 넘는 시집들을 들고 와 탁자 위에다 쌓아
놓고 은근히 자랑스러운 듯 인숙이와 나를 돌아보았습니다.

나도 외삼촌이 사 주었던 릴케의 시집을 책가방 속에 넣고 왔지만 꺼
내 놓지는 않았습니다.

그러다가 나의 차례가 돌아와 부인이 탁자 위의 시집 가운데서 우리
나라의 유명한 여류 시인의 시집을 골라 나에게 내밀어 주었을 때, 나는
급히 책가방 속에서 릴케의 시집을 꺼내들고 이렇게 말했습니다.

“전 이걸로 하겠어요. 릴케의 시집인데 제가 가장 좋아하는 거예요.”

“아, 그래? 릴케의 시라면 나도 아주 좋아하지. 그럼 어서 시작해 봐!”

반색을 하는 부인의 목소리에 나는 비로소 힘을 얻은 듯 목소리를 가다듬고 낭송을 시작하였습니다.

그때의 성희의 얼굴에서 샐쭉하게 변하며 나를 쏘아보았던 그 날카로운 표정을 나는 놓치지 않았습니다. 그 날, 릴케의 시는 나에게 커다란 무기가 되었습니다.

나의 낭송이 끝났을 때 인숙이가 힐끔 성희를 돌아보더니 이렇게 말을 꺼냈습니다.

“야! 정말 멋진 시야, 지금까지의 모든 시 가운데서 릴케의 시가 가장 좋은 것 같아 그렇잖아요, 엄마?”

“그래, 시도 좋지만 엘리노어의 낭송이 더욱 좋았어.”

그러나 성희는 잠자코 입을 다문 채 나를 칭찬해 주는 부인의 옆모습을 힐끔 돌아보았습니다.

그 표정 속엔 무언지 다른 사람들을 얕잡아 보는 듯한 교만스런 빛이 도사리고 있었습니다. 그것은 이렇게 쫑알거리는 것 같았습니다.

‘그런 시 낭송 따위를 가지고 칭찬은 무슨 칭찬이야? 시에 관한 것이라면 나보다 더 잘 할 사람이 어디 있는데, 공연히 튀기 따위를 동정해 주는 거겠지.’

그러나 나는 뒤따라 나의 그러한 추측을 뉘우치며 공연히 성희를 그렇게 나쁘게만 생각해선 안 된다고 내 자신을 타일러 보기도 했지만, 성희와 나 사이에 눈에 보이지 않게 점점 더 커지기만 하는 암투의 덩어리는 그러한 나의 뉘우침을 일시에 삼켜버렸습니다.

나에게 단 한 번 인간으로서의 기쁨과 여자로서의 환희를 눈뜨게 만들어 주었던 인철이를 단 한 발자국이라도 성희 쪽에 가까운 자리에 두고 볼 수는 없었습니다.

그것은 마치 나에게 영원히 튀기로서의 불행을 안고 남아 있느냐, 그렇잖으면 튀기의 껍질을 완전히 벗어던지고 인간으로서 여자로서의 행복 속으로 돌아오느냐를 판가름해 줄 중대한 문제인 것 같았습니다.

그 지긋지긋한 튀기의 껍질 속에 영원히 남아 뭇사람들의 가래침 묻은 손가락질을 당하며 사느니보다는 차라리 죽음이 훨씬 행복할 것이라고 생각한 적도 여러 번이었습니다.

그러나 나는 희망을 지니고 있었고, 그 희망을 지키기 위해서 어떤 일이 있더라도 성희한테 밀려 나서는 안 된다고 굳게 다짐하였습니다.

그러던 어느 날이었습니다. 학교에서 돌아오는 길에 인숙이와 나는 문득 남녀의 선정적인 키스신이 그려진 포스터 앞에 걸음을 멈추었습니다.

그러면서 인숙이가 손가락질을 하며 불쑥 이렇게 물었습니다.

"애! 너 저런 것 경험 있니?"

"넌 그런 경험 있니?"

내가 이렇게 반문하자 인숙이는 고개를 살래살래 흔들며 짓궂은 표정으로 나를 노려보더니 다시 물었습니다.

"넌 경험 있지? 그렇지?"

나는 여전히 웃음을 삼키며 입을 다물고 있다가 문득 야릇한 생각이 떠올랐습니다.

그 생각의 초점은 성희였고, 그러한 나의 생각이 성희의 귓속까지만 전해진다면 나는 그렇게 불안해하지 않아도 될 것만 같았습니다.

마침내 나는 부끄러움을 무릅쓰고 조그만 소리로 입을 열었습니다.

"꼭 한 번 그런 일이 있었어."

"뭐?…그게 정말이니?"

인숙이는 나의 팔뚝을 잡고 걸음을 우뚝 멈추더니 휘둥그레진 두 눈으로 나를 노려보았습니다.

그 눈은 놀라움과 호기심으로 가득 찬 것 같았습니다. 뒤이어 인숙이는 나를 놀리듯 깔깔거리며 웃음을 터뜨리더니 이렇게 물었습니다.

"상대는 물론 인철씨겠지?"

내가 간신히 고개를 끄덕이자, 인숙이는 나의 팔뚝을 슬며시 꼬집어 주며 다시 물었습니다.

"그 맛이 어때, 경험담을 얘기해 봐! 달콤해? 정말?"

나는 치밀어오르는 웃음을 간신히 삼키며 고개를 흔들었습니다.

그러자 인숙이는 더욱 세게 나의 팔뚝을 꼬집어 주더니 짓궂게 다시 물었습니다.

"그런 걸 할 땐 눈을 감고 했니? 그냥 서로 쳐다보며 했니?"

"그런 건 몰라."

나는 고개를 돌리며 내뱉었습니다.

그러자 인숙이는 마치 그런 문제에 관하여 솟구치는 궁금증은 모조리 털어놓으려는 듯이 빠른 어조로 물어대기 시작하였습니다.

"얘! 눈을 감고했지. 그리고 어떻게 하고 했니? 서서 했니, 앉아서 했니? 아니면 누워서 했니? 누가 먼저 하자고 했니? 응? 인철씨야? 엘리노어야? 얼마나 오래 했니, 5분? 10분? 20분?"

마침내 나는 웃음을 터뜨리고 말았습니다. 자기 오빠를 인철씨라고 불러대며 짓궂게 덤벼드는 인숙이가 징그럽기까지 하였습니다.

그러더니 인숙이는 갑자기 한 팔로 나의 목을 감아서 귓전에다 입을 바싹대더니, 이렇게 소곤거렸습니다.

"애! 누워서 키스하면 임신한다더라, 너도 혹시 그렇게 한 건 아니니?"

그러면서 한 손으로 재빨리 나의 배를 쿡쿡 찔러보기까지 하였습니다. 나는 너무나 부끄럽고 창피하여 그만 눈물을 보이고 말았습니다. 그제야 인숙이는 웃음을 삼키더니 나의 눈물을 달래주는 듯 한손으로 나의 등을 토닥거려 주었습니다.

그날부터 나는 오후의 응접실에서 소설의 낭독이 잠깐 중단될 때를 엿보고 있었습니다. 인숙이의 입을 통하여 그 얘기가 튀어나온다면 성희의 생각도 달라질 것이라고 생각하였습니다.

어느 날 마침 나의 낭독 차례였고, 나의 혀끝을 통하여 젊은 남녀의 눈물겨운 사랑이 낭랑하게 흘러 나가고 있었습니다.

이윽고 오랫동안 주위의 박해로 인하여 서로 만나지 못하고 있었던 소설 속의 두 남녀가, 마침내 성당의 계단에서 만나게 되어 아름다운 추억이 깃든 강변으로 정답게 걸어가는 장면을 낭독하고 있었습니다.

이윽고 그들은 강변의 숲속에 이르렀고, 그때 처음으로 그들은 뜨거운 포옹 속에 키스를 하게 되는 부끄러운 장면에 이르러 그만 나의 목소리는 조그맣게 오므라들고 말았습니다.

"뭐? 안 들린단 말이야!"

인숙이가 이렇게 소리 질렀습니다. 그 소리에 나는 그만 킥킥거리며 웃음을 터뜨리고 말았습니다.

그러자 인숙이는 나를 잠시 노려보고 있더니, 갑자기 짓궂은 얼굴로 이렇게 말을 꺼냈습니다.

"옳아, 왜 그러고 있는지 난 짐작하겠어. 엄마는 그 이유를 모르죠?"

그러면서 인숙이는 부인을 돌아보았습니다.

부인은 잠자코 부드러운 미소를 띠고 있었지만, 이제 막 인숙이의 입에서 터져 나올 소리를 생각하자 나는 그만 책을 놓고 벌떡 일어서고 말았습니다.

"애! 왜 일어나는 거니?"

인숙이가 쏘아붙이듯이 물었습니다. 나는 잠시 우물쭈물 하다가 간신히 이렇게 입을 열었습니다.

"밖에 좀 다녀오려고."

그리곤 쫓기듯 응접실 밖으로 나왔습니다.

나는 공연히 가슴이 두근거려 숨소리를 죽이며 잠시 문틈으로 귀를 기울였습니다. 뒤따라 장난기 어린 인숙이의 목소리가 가느다랗게 새어나왔습니다.

"성희 언니는 키스해 봤어?"

그 소리에 갑자기 요란한 웃음소리가 일어나더니, 이윽고 성희의 대답이 흘러 나왔습니다.

"난 그런 것 아직 몰라."

그러자 뒤따라 인숙이의 깔깔거리는 웃음소리가 새어 나오더니, 마침내 이런 소리가 흘러나왔습니다.

"그럼 성희 언니도 나하고 동창생이군. 그런데 엘리노어 고건 말이야, 경험자야 놀랐지? 앙큼한 게……. 호호."

"상대는 누군데?"

이렇게 묻는 성희의 싸늘한 목소리에 나는 쫓기듯 화장실 쪽으로 뛰어가고 말았습니다. 그 질문에 대한 대답도 인숙이는 서슴지 않고 뱉어 냈을 것 같았습니다.

나는 가슴이 터질 듯이 울렁거렸고, 그 가슴 밑으로 후련한 기쁨이 솟아올랐습니다. 그러나 뒤따라 고개를 쳐드는 혐오감을 나는 간신히 억눌러 짓밟아 버렸습니다.

그것은 간단히 사라지지 않았고, 기어이 고개를 쳐들더니 이렇게 덤볐습니다.

'넌 아주 야비한 짓을 했어, 부끄럽지도 않아?'

'부끄럽다니? 내가 무슨 짓을 했는데?'

'그걸 몰라서 묻는 거야? 튀기니까 무슨 짓을 하든 상관없다고 생각하는 모양인데, 큰일이야.'

'난 조금도 그렇게 생각하지 않았어.'

'그럼 왜 그따위 떳떳치 못한 방법으로 자기 위안을 얻으려고 했지?'

'그건 위안이 아니란 말이야. 당연히 알려져야 할 사실을 알려 준 것뿐이니까.'

'어쨌든 넌 야비하게 인숙이를 이용하여 성희에게 어떤 충격을 주기 위하여 수작을 꾸민 거야.'

'그럼 그런 방법 말고 다른 무슨 방법이 있니?'

'왜 없어? 인간답게 당당히 성희한테 직접 그런 사실을 얘기하는 게 옳지.'

'그렇지만 그걸 어떻게 직접 내 입으로 떠벌릴 수가 있겠니?'

'얼마든지 할 수 있는 일이지. 네가 네 자신을 튀기라고 느끼기 이전에 한 사람의 떳떳한 인간으로 느끼고, 또 인간으로서의 긍지를 지니기만 한다면 말이야.'

'그건 도저히 불가능한 일이야. 어떻게 내 자신의 느낌 속에서 튀기란 걸 지워버릴 수가 있겠니? 그건 내가 죽어버리기 전엔 불가능한 일이야. 어쩌면 죽어서도 마찬가질지도 몰라.'

'똑똑히 들어. 그런 느낌에서 탈바꿈을 못 하는 이상, 너는 앞으로 네 자신의 비극을 네 자신의 손으로 만들어 갈 거야.'

'듣기 싫단 말이야, 난 아무렇지도 않은 걸 공연히 야단이야.'

마침내 나는 눈을 감고, 한참이나 고개를 흔들었습니다. 그제야 그것은 슬며시 사라져 버렸습니다.

이윽고 나는 아무렇지도 않은 태연한 얼굴로 응접실로 들어갔습니다. 내가 들어서자 실내의 분위기는 어딘지 어색하게 어지럽혀져 있었고, 갑자기 공기가 사라져 버린 듯 나는 숨이 가빠졌습니다.

나를 힐끔 돌아보았던 성희의 시선 속에서 나는 문득 두 개의 날카로운 바늘을 보았고, 인숙이는 여전히 야릇한 미소를 머금고 나를 노려보더니, 마치 내가 밖에서 누구와 키스라도 하고 나타난 것처럼 킥킥거리며 웃어댔습니다.

부인만이 여전히 변함없는 표정 속에서 부드러운 미소를 머금고 나를 잠시 바라보았습니다.

이윽고 나는 다시 낭독을 계속하였습니다.

차차 실내의 분위기는 평온 상태로 되돌아갔지만, 나는 낭독을 계속하면서도 몇 번이나 나의 얼굴에 따끔따끔 부딪쳐 오는 성희의 시선을 의식하고 있었습니다.

그날 인숙이네 집에서 나오자, 성희는 언제나 나와 헤어지는 갈림길을 그냥 지나쳐 나와 함께 나란히 걸음을 옮기더니 이렇게 불쑥 말을 꺼냈습니다.

"엘리노어는 혹시 학교를 졸업한 뒤에 미국 유학을 생각해 본 일이 없니?"

그 소리에 나는 깜짝 놀라 잠시 성희를 노려보다가 싸늘한 목소리로 대답했습니다.

"미국? 난 그런 생각해 본 일 없어, 미국은 질색이니까."

"미국이 질색이라니? 왜 그럴까? 우리나라 사람이라면 누구나 동경하는 미국인데."

성희의 말에, 나는 아무런 대꾸도 하지 않았습니다.

문득, 나는 성희의 말 속에서 우리나라 사람이란 어색한 소리에 잠시 어리둥절한 기분을 느꼈습니다. 그것은 마치 나에게 남자 옷을 입어 보지 않겠느냐고 물어보는 엉뚱한 소리처럼 들렸습니다.

우리나라 사람이란 그 넓은 의미 속에 나를 집어넣어 버렸던 성희의 말이 얄미웠고, 한편으론 어처구니없다고 생각하였습니다.

나에게 우리나라가 이 지구 위에 어디 있었을까요?

다시 성희가 나를 돌아보며 입을 열었습니다.

"엘리노어란 이름이 아주 멋있어, 누가 지어준 거니?"

그 말에 나는 아무런 대꾸도 하지 않았습니다. 느닷없이 미국 얘기를 꺼내어 나를 은근히 놀려주더니, 어느새 나의 이름마저 끌어내어 얘기를 걸어오는 성희의 심보를 나는 그제야 짐작하였습니다.

그때 내 옆을 지나가던 네댓 명의 꼬마들이 나를 보더니 비실비실 피해가며 갑자기 산토끼 노래에 맞추어,

"양갈보 똥갈보, 어디를 가느냐!"

하며 요란하게 소리를 질러댔습니다.

나는 너무나 자주 부딪치는 일이기에 고개를 돌리지도 않고 걸어가는데, 성희는 잠시 뒤를 돌아보더니 마치 나를 동정하듯 이렇게 말했습니다.

"요즘 아이들은 정말 큰일이야."

나는 그 소리에도 아무런 대꾸도 하지 않았습니다. 그런 따위의 동정이 나는 가장 싫었습니다.

더구나 나에게 가장 물어보고 싶고 따져보고 싶은 인철이 얘기를 뒤로 돌려놓고, 엉뚱한 얘기만 끄집어내고 나를 골려주려는 성희의 심보가 죽이고 싶도록 미웠습니다.

어쩌면 나 따위는 문제 밖으로 돌려놓아 버리고, 인숙이의 얘기조차 묵살해 버린 것 같은 성희의 자신만만한 태도가 무섭게까지 생각되었습니다.

이윽고 성희는 다시 나의 이름에다 쓸데없는 찬사를 보내오더니, 우리나라 사람들의 이름에는 멋이라곤 눈곱만큼도 느껴볼 수 없다고 하면서, 외국 사람들은 그 이름부터가 얼마나 멋이 있느냐고 자못 감탄까지 하였습니다.

나의 이름마저 간단히 외국인들 속에 집어넣어 버리는, 성희의 교묘한 화술에 나는 그만 발끈해지고 말았습니다.

마침내 나는 이렇게 입을 열고야 말았습니다.

"그래도 어떤 이름엔, 외국인들 이름 따위는 비교도 안 될 만큼 멋을 느끼고 있을 텐데……, 아니, 멋 정도가 아니라 그 이름에 홀딱 반해버렸는지도 모르지."

"어떤 이름이라니? 누구 이름말인데?"

이렇게 물어오는 성희의 표정은 갑자기 긴장이 감돌더니 두 눈에 날카로운 빛이 떠올랐습니다.

나는 잠시 홍홍거리며 콧소리로 웃어대다가 이렇게 말을 꺼냈습니다.

"글쎄 누구의 이름일까? 그 질문은 마치 해답을 환히 알고 있는 사람이 심심해서 공연히 물어보는 것 같아. 그렇잖아?"

나의 말에 성희는 억지로 미소를 꾸미듯 어색하게 웃어 보이더니 말했습니다.

"글쎄, 그 이름도 역시 이름 자체는 멋대가리가 없을 거야."

"그럴까?……그렇찮을 텐데……."

"난 말이야, 이름에 대해서 이런 생각을 자주 해봐!"

이렇게 말머리를 돌려버리며 성희는 다시 명랑한 듯 말을 이었습니다.

"사실은 말이야, 사람이 태어난 뒤에 그 사람에게 적당한 이름을 지어주는 거지만, 내 생각엔 그런 이름이 미리 딱 정해진 다음에 이름에 따라서 사람이 태어나는 건 아닐까 하고 가끔 생각해. 예를 들면 엘리노어란 이름이 먼저 결정되어 있고, 그 이름에 알맞은 사람이 태어난 것처럼 말이야."

그 소리에 나는 갑자기 우뚝 멈추고 성희를 무섭게 노려보며 이렇게 쏘아붙였습니다.

"넌 내가 생각한 것보다 더 비겁한 사람이야. 그런 따위 야비한 말솜 씨로 나에게 복수하려는 거지? 누가 당하기나 할 줄 알고, 쳇!"

나는 너무나 화가 치밀어 바닥에다 침마저 탁 뱉어주고는 급히 돌아 서고 말았습니다.

성희는 갑작스러운 나의 태도에 잠시 멍청해 있더니,

"왜 그러니?"

하고 입을 열었지만, 나는 그 소리마저 묵살해 버렸습니다.

자꾸만 전신이 부르르 떨려와서 나는 어금니를 지그시 깨물었습니 다.

어렸을 때, 나를 골려주었던 사람들의 방법도 내가 차차 자라는 것과 비례하여 점점 교묘해지더니, 마침내 미소마저 띤 교활한 표정으로 튀 기니 뭐니 따위의 내놓고 질러대는 소리보다 더욱 아프고 쓰라린 방법 으로 나의 심장과 머리를 날카로운 송곳으로 찔러주었습니다.

골목을 벗어나오며 나는 문득 뒤를 돌아보았습니다. 그 때까지 성희 는 여전히 우뚝 선 채, 내 쪽을 노려보고 있었습니다. 나는 갑자기 새로 운 증오심이 끓어올랐습니다.

만일 성희가 한 장의 신문지였다면, 나는 당장 뛰어가서 그 신문지를 갈기갈기 찢어버려 조그만 글자 하나까지 죽여버리고 싶었습니다. 그 러나 나는 그 자리에 잠시 멈추어 서서 저만큼 떨어진 성희를 노려보며 이렇게 소리질렀습니다.

"이 비겁한 계집애야! 너 따위가 아무리 발광을 해봐도 소용없을 걸.

난 말이야, 인철이하고 키스했단 말이야. 어디서 했느냐고? 너 따위한테 알려주긴 아깝지만 말이야, 불쌍해서 알려주는 거야. 아무도 없었던 달밤의 바닷가야. 어때? 약이 올라? 나 보고 튀기라고 함부로 덤비다간 혼날 줄 알어! 요 엉터리 시인 계집애야!"

나의 말이 아무쪼록 바람에 날려가서 성희의 귓속까지 찔러주기를 바랐습니다. 나는 혀를 날름 내밀어 보이곤, 급히 성희의 시야 속에서 빠져나왔습니다.

다음날 인숙이네 응접실에서 다시 만났을 때, 우리는 쌀쌀한 태도로 서로를 힐끔 노려보았을 뿐이었습니다. 성희의 자리는 여전히 흔들리지 않았고, 나는 더욱 불안하였습니다.

인숙이를 통하여 성희를 꼼짝 못하게 만들어 주려고 하였던 나의 비밀 공개도 헛수고로 끝난 것 같았습니다.

그러나 나흘 만에 한 번씩 돌아오는 낭독 차례가 나에게 돌아왔을 때, 마침내 조그만 사건이 일어나 응접실의 분위기는 일시에 나에게로 쏠려오고 말았습니다.

나는 갑자기 여왕처럼 행복하였고, 성희는 풀이 죽어 두 눈을 내리깔고 있었습니다.

나는 그때 투르게네프의 〈첫사랑〉을 낭독하였고, 낭독을 시작하여 미처 한 페이지도 넘기지 않았을 때 인철이가 불쑥 나타났습니다.

나는 갑자기 가슴이 울렁거렸지만 일부러 못 본 체하고 여전히 낭독을 계속하고 있었는데, 인철이는 부인의 옆자리에 털썩 주저앉더니 지그시 눈을 감고 나의 목소리에 귀를 기울였습니다.

모두 적이 놀라운 시선으로 인철이를 힐끗 돌아보았고, 나의 목소리는 생기에 넘쳤습니다. 그때 인철이는 거의 한 달 만에 처음으로 응접실에 나타났던 것입니다.

시험공부 때문에 약간 수척하긴 하였지만 여전히 맑고 시원스런 두 눈으로 나한테만 싱긋 부드러운 미소를 보내주었습니다.

이윽고 낭독이 끝났을 때, 인철이는 혼자서 요란하게 박수를 치더니 자리에서 벌떡 일어나며,

"엘리노어! 잠깐 내 방으로 와바! 보여줄 게 있어!"

그러더니 먼저 응접실 밖으로 나갔습니다.

그 소리엔 나도 깜짝 놀랐지만, 성희의 날카로운 시선은 어느새 나의 얼굴 위에 멈추어 있었습니다.

그것은 무서운 눈빛이었고, 나는 급히 고개를 돌렸습니다.

"얘! 뭘 하고 있니? 어서 가봐!"

인숙이가 나의 등을 떠밀며 재촉하였습니다.

나는 그제야 일어나 성희의 무서운 눈길을 피하듯 응접실 밖으로 나왔습니다. 뒤따라 성희의 무서운 손길이 나의 뒷덜미를 잡아당길 것만 같아 나는 급히 2층의 계단을 몇 개씩 뛰어올랐습니다.

참새처럼 가슴을 팔딱거리며 인철이의 방 안으로 들어서자, 그제야 그러한 불안은 말끔히 사라져 버렸습니다.

인철이는 문을 닫은 다음, 돌아서더니 별안간 나의 어깨를 와락 끌어안았습니다. 그리고 인철이는 꿈꾸는 듯한 눈빛으로 나의 얼굴을 들여다보았습니다.

나는 그의 가슴 안에서 갑자기 숨이 막힐 것만 같아,

"보여줄 거라니? 뭔데? 어서 보여줘!"

"그래, 보여주지. 그건 바로 이거야!"

그러면서 인철이는 갑자기 두 눈을 감고 얼굴을 내 앞으로 불쑥 내밀었습니다.

나는 그만 킥킥 소리를 죽이며 웃음을 터뜨렸습니다.

이윽고 나의 얼굴에서 웃음이 사라지자, 인철이는 슬며시 나의 어깨를 끌어안더니 어느새 그의 두 눈이 나의 눈 속으로 밀려 들어왔습니다.

나는 그만 눈을 감고 아찔한 황홀 속으로 빠져들고 말았습니다. 그의 부드러운 입술은 마치 달콤한 이끼처럼 나의 입술에 스며들었습니다.

나는 숨이 막힐 것만 같아 급히 그의 가슴을 떠밀고 빠져나오며 이렇게 물었습니다.

"성희에 대해서 뭐 좀 물어봐도 돼?"

그러자 인철이는 말없이 끄덕였습니다.

나는 갑자기 가슴 속이 부글부글 끓어올라 무엇부터 먼저 물어봐야 할지 잠시 망설이고 있다가 입을 열었습니다.

"성희도 여기 자주 들어오지?"

"그건 내가 조금도 바라지 않는 일이야."

"그걸 뭘로 보증하니?"

나는 그만 뾰로통해지며 인철이를 흘겨보았습니다.

그러자 인철이는 두 손으로 나의 어깨를 덥석 잡으며 말했습니다.

"그런 데다 신경 쓸 건 아무것도 없어, 성희는 어디까지나 아는 사람일 뿐이니까."

"아는 사람? 그럼 그 말은 친구란 뜻이야?"

나는 어깨 위에 놓인 그의 두 손을 내려놓으며 물었습니다.

인철이는 싱그레 웃더니, 다시 나의 두 손을 꼭 움켜쥐며 천천히 입을 열었습니다.

"똑같은 말을 두 번 되풀이하진 않겠어. 나는 지금까지 엘리노어 앞에서 조금도 나의 진심을 속이고 얘기한 적은 없어."

"그럼 성희는 친구로 생각한다는 거야?"

나의 물음에 그는 피식 웃더니 느닷없이 나의 몸뚱아리를 와락 끌어당겨 으스러지도록 껴안아 버렸습니다.

나는 몸부림치듯 두 손으로 그의 가슴팍을 떠밀었지만, 그는 꼼짝도 하지 않고 나의 목덜미에 뜨거운 입술을 문질렀습니다.

이윽고 나의 귓속으로 나직한 그의 목소리가 흘러들어왔습니다.

"엘리노어야! 내가 사랑하는 건 이 넓은 세상에서 너뿐이야. 이제 알겠어? 아무래도 엘리노어는 이번엔 낙제하겠어."

"낙제하다니? 내가 왜 낙제를 해?"

나는 간신히 그의 가슴에서 빠져나오며 물었습니다.

"그럴 수밖에 더 있어? 그 따위 쓸데없는 성희 문제에만 온통 신경을 다 쏟고 있으니까 말이야."

나는 피식 웃어 버리며 그를 올려보다가 갑자기 두 팔을 그의 목에 걸고 조그만 소리로 이렇게 물었습니다.

"나 시 같은 것 쓸 줄 몰라도 괜찮지?"

그 소리에 인철이는 어처구니없다는 듯이 웃더니 다시 나를 부드럽게 끌어안았습니다.

나는 그의 가슴에 얼굴을 묻으며 슬픈 듯이 소곤거렸습니다.

"난 아마 그런 데엔 소질이 없는가 봐!"

“바보 같은 소리만 하고 있어. 내가 언제 엘리노어 보고 시인이 돼 달라고 부탁이라도 한 일이 있어?”

“그렇지만, 난 조금도 지고 싶지 않단 말이야!”

“이 바보야! 난 시 따위를 별로 좋아하지 않아. 그것보단 엘리노어가 낭독하는 소설이 훨씬 좋아.”

“정말?”

나는 고개를 쳐들고 그의 눈 속을 들여다보았습니다.

그가 고개를 끄덕이자, 나는 갑자기 명랑하게 입을 열었습니다.

“난 그럼 소설가가 될 테야. 그래서 내가 쓴 작품을 낭독해 주면 더 좋겠지?”

“그것 아주 멋진 생각인데, 어떤 소설을 쓰고 싶어?”

“우리가 주인공이 되는 소설이야.”

“그거 재미있겠는데, 아주 행복하게 만들어야지.”

인철의 말에 나는 쿡쿡 웃음을 죽이다가 갑자기 침울해진 목소리로,

“그렇지만 그렇게는 안 돼! 내 자신의 존재 자체가 이미 불행을 전제로 하고 있잖아? 그러니까 소설의 시작도 나의 불행에서 출발할 수밖에 없어.”

인철이는 잠시 부드럽게 나를 노려보고 있더니, 무겁게 입을 열었습니다.

“그러나 엘리노어의 존재 자체가 불행을 전제로 하고 있다는 얘기는 잘못된 생각이야. 고치도록 해! 그런 다음, 불행에서 출발하여 행복을 개척해 나가는 그런 식의 얘기가 좋은 방법이 되겠는데.”

“그럼, 그렇게 할 테야.”

나는 알 수 없는 희망에 부풀어 고개를 끄덕였습니다.

그러자 인철이가 갑자기 무슨 생각이 떠올랐는지 나의 등에 닿아 있던 손가락을 꼼지락하여 주의를 기울이게 하더니,

"좋은 생각이 떠올랐어. 그 소설은 말이야, 상징적인 얘기를 빌어다가 이렇게 만들면 어때?"

"어떻게?"

나는 가슴을 두근거리며 다그쳐 물었습니다. 인철이는 자기 생각에, 두어 번 머리를 끄덕이더니 설명을 시작하였습니다.

"그건 말이야. 우리 둘이 산꼭대기까지 올라가는 걸로 꾸민단 말이야. 그러나 산꼭대기에 도착한 우리는 전신에 피투성이가 되고 옷은 찢어지고……."

"그건 왜, 중간에서 넘어진 거야?"

나는 두 눈이 휘둥그레지며 물었습니다.

"넘어진 정도가 아니야. 그 산은 온통 가시덩굴로 덮여 있고, 사나운 짐승들이 우글거리고 있단 말이야."

"무서워! 호랑이도 있어?"

나는 정말 무서운 듯이 미간을 찌푸렸고, 인철이는 마치 지금 그 험악한 산을 오르고 있는 듯이 긴장을 띠며 말을 이었습니다.

"그럼. 호랑이뿐이 아니야. 사자도 있고 늑대도 있고 독사까지 우리 발밑을 기어 다니고 있는 거야."

"아이, 무서워! 난 떨려서 그런 건 못 쓰겠어."

"이 바보야! 그건 이미 가공의 얘기가 아니야. 우리 두 사람의 미래가 그런 산꼭대기를 오르는 것과 똑같다는 걸 미리부터 알아둬야지."

“그렇지만 무서워서 어떻게 그런 얘기를 쓰니?”

“내가 총을 들고 앞장을 서잖아?”

“그래도 독사 같은 게 소리도 없이 뒤로 기어와 꽉 물어버리면 어떡하니?”

“그러니까 엘리노어는 뒤를 잘 살펴야지. 지금 너의 현실을 잘 살펴보면 그런 사나운 짐승들이 군데군데 숨어 있을 거야. 난 환히 다 알고 있어. 그러기 때문에 하루라도 널 보지 못하면 난 불안해서 야단이란 말이야.”

“피! 엉터리. 한 달이나 보지 않구서도…….”

그러면서 나는 인철이의 코를 손가락으로 꼭 눌러버렸습니다. 그러자 인철이는 콧구멍을 벌름거리며 코를 다시 세우더니 이렇게 말했습니다.

“매일 한 번씩 열쇠 구멍으로 응접실 안을 훔쳐보았으니까. 엘리노어가 알 수는 없었을 테지.”

“그런 깍쟁이 같은 짓이 어딨어!”

나는 어린애처럼 두 손으로 그의 가슴을 때려 주고는 급히 방을 나왔습니다.

그제야 응접실의 성희가 떠올랐고, 갑자기 성희는 한 마리의 호랑이로 생각되었다가, 이내 독사로 변해 보였습니다.

부인과 인숙이는 산 중턱의 시원한 나무 그늘처럼 나타나 산꼭대기를 향하여 올라가고 있는 인철이와 나의 땀방울을 식혀 줄 것 같았지만, 어쩌면 갑자기 가시덩굴로 변하여 우리들의 길을 막아버릴지도 모른다고 생각하였습니다.

이윽고 내가 응접실로 들어서자, 인숙이는 그때까지 열심히 손목시계를 들여다보고 있다가 고개를 쳐들며 입을 열었습니다.

"꼭 19분 27초 만에 나타났어. 그동안에 일어났던 일은 여러 말 하기 전에 순순히 자백하는 게 신상에 좋을 거야."

나는 인숙이의 옆자리에 앉으며 한 손으로 입을 막고, 킥킥거리며 웃었습니다. 부인도 그 소리에 보고 있던 잡지에서 눈을 들며 미소를 머금고 나를 바라보았습니다.

성희만 잠자코 신문을 뒤적이고 있더니, 힐끔 나를 돌아보았습니다. 그 눈빛 속엔 숨길 수 없는 초조와 긴장이 서려 있었습니다.

"얘! 자백 안 해? 고문을 해야 알겠어?"

인숙이가 다시 내 곁으로 바싹 다가앉으며 얼러대었습니다. 나는 더욱 움츠러들어 킬킬거리며 웃고만 있었습니다.

그러자 부인이 인숙이를 돌아보며 이렇게 말을 꺼냈습니다.

"인숙이는 수사하는 게 제법 일제 시대의 순사 같은데."

"제가 왜놈 순사 같아요? 그럼 엘리노어 요건 뭐예요? 요건 유관순이란 말이에요? 그럼 독립투사란 말예요?"

그러면서 인숙이는 마침내 두 손으로 나의 옆구리를 간질이기 시작하였습니다.

나는 숨이 넘어갈 듯이 까르륵거렸고, 인숙이는 식식거리며 덤볐습니다.

"그럼 19분 27초 동안에 독립운동을 하고 왔단 말이지? 요런 엉터리 독립투사야. 그래도 자백 안 해?"

마침내 인숙이는 나를 소파에 넘어뜨리고 덮쳐누르기 시작하였습니다.

이윽고 우리들의 장난이 끝났을 때, 문득 독립운동이란 말이 묘한 꼬리를 달고 성희의 입에서 흘러나왔습니다.

"사람은 누구나 자기 개인의 독립을 운동하기 위해서 일생을 살아가는 게 아닐까요?"

그러면서 성희는 부인을 돌아보았습니다.

"그렇게 생각할 수도 있겠지. 그러면 성희는 어디로부터 자기 자신을 독립시키기 위해 살고 있지?"

"이 세계에서요. 꽉 얽매여진 것 같은 모든 사슬에서 제 자신을 풀어놔 버렸으면 해요. 그렇게만 된다면 제가 원하는 모든 일들이 무엇이나 척척 이루어질 것만 같아요."

"원하는 일들이란 뭔데?"

인숙이가 냉큼 물었습니다.

"글쎄, 뭐라고 꼭 꼬집어서 얘기할 수는 없지만 여러 가지야."

"이를테면 마음을 바칠 수 있는 애인을 구하는 것도 그 여러 가지 가운데서 한 가지는 될 테지?"

짓궂은 인숙이의 소리에 성희는 그만 두 볼이 발그레졌고, 그러한 성희의 수줍은 얼굴이 갑자기 나는 무서워 보였습니다.

이윽고 인숙이가 다시 말을 꺼냈습니다.

"독립이란 그렇게 어디로부터 빠져나오고 싶어하는 것도 있겠지만, 그와는 반대로 어디로 기어들어가서 그 알맹이가 되고 싶어하는 것도 있단 말이야. 이를테면 시어머니의 구속에서 독립을 원하는 며느리가 있다면 그 며느리는 남편 속으로 기어들어가 그 알맹이가 되고 싶어 하는 욕망이 아주 강한 것처럼 말이에요, 그렇잖아요?"

그러면서 인숙이가 돌아보자 부인은 그만 폭소를 터뜨렸고, 인숙이는 다시 짓궂은 시선으로 나를 노려보더니,

"방금 내가 얘기한 건, 잘 기억해 두란 말이야. 어서 노트에다 적어 놔!"

그 소리에 나도 그만 웃음을 터뜨리고 말았습니다.

성희만 여전히 소리를 내지 않고 엷은 미소를 띠고 있더니, 차차 그 눈빛 속으로 그늘이 스며들기 시작하였습니다.

나는 문득 성희가 측은하게 생각되었습니다. 그러나 나는 뒤따라 그런 건방진 나의 생각을 지워버렸습니다.

그리곤 다시 내가 써야 할 소설에 대해서 생각하기 시작하였습니다. 뒤이어 나의 머릿속엔 험악하게 우뚝 솟은 산봉우리와 그 전체의 모습이 마치 영화의 한 장면처럼 떠올랐습니다.

그 산엔 여러 종류의 나무들이 빽빽하게 들어서 있었고, 그 나무들 밑으로는 가시덩굴이 그물처럼 뒤덮여 있었습니다. 그 속에 군데군데 사나운 짐승들이 어슬렁거리며, 산을 오르는 인철이와 나를 삼킬 듯이 노려보고 있었습니다.

그 사이를 뚫고 맹수들과 싸우며 올라가는 인철이가 보였고, 그 뒤를 겁에 질린 얼굴을 하고 따라가는 나의 모습도 보였습니다.

이윽고 산꼭대기에 도착했을 때, 인철이와 나는 전신에 피투성이가 되어 있었고, 마침내 나는 감격과 슬픔으로 울음을 터뜨리고 있었습니다.

그러한 우리들의 모습 위에 눈부신 태양이 뜨거운 햇볕을 쏟아주고

있었습니다. 나는 그러한 나의 모습 위에 면사포를 둘러씌워 보았고, 갑자기 나의 모습은 선녀처럼 아름다워 보였습니다.

그 행복에 넘친 황홀한 나의 모습을 소설의 끝장으로 하리라 마음먹었습니다. 그러한 꿈에서 깨어나면 나는 다시 산 밑에 서 있었고, 우리들의 앞길은 무서운 장애물로 가득 차 있었습니다.

나는 그러한 상상에 가슴을 두근거리며 반드시 멋진 소설을 쓰고야 말겠다고 결심하였습니다.

18. 중퇴, 그리고 또 다른 시작

그러나 다음 해의 봄이 돌아올 때까지 우리는 여전히 산 밑에 머물러 있었고, 나는 소설의 첫 페이지도 시작하지 못했습니다.

그것은 산 중턱에 우뚝 서서 우리들에게 길을 안내해 주고 사나운 맹수들을 막아주기로 하였던 커다란 나무가, 갑작스럽게 내리닥치는 벼락에 그만 쓰러져 버렸기 때문이었습니다.

그 해 겨울에 외삼촌은 참으로 벼락같은 교통사고로 이 세상을 떠나고 말았습니다. 아주머니와 내가 뒤늦게야 병원으로 달려갔을 땐, 외삼촌은 이미 영안실에서 우리를 기다리고 있었습니다.

나는 그만 정신을 잃은 채 쓰러지고 말았습니다. 내가 다시 깨어났을 땐, 나는 병실의 침대 위에 누워 있었고, 나의 머리맡엔 인숙이가 훌쩍이고 있었습니다.

나는 일주일 동안이나 병원에서 그렇게 누워 있었습니다.

외삼촌의 장례식은 아주머니와 함께 인철이가 맡아서 치러 주었고, 나는 도무지 외삼촌의 죽음이 그대로 믿어지지가 않았습니다.

나는 며칠 동안이나 마치 내가 나쁜 꿈을 꾸었던 건 아닐까 하고 몇 번이나 인숙이에게 외삼촌이 정말 죽었느냐고 물어보곤 하였습니다. 그럴 때마다 인숙이는 대답 대신 훌쩍이고 울기만 하였습니다.

그때, 처음으로 나의 머릿속에 먹물 같은 죽음의 그림자가 꿈틀거렸습니다. 나는 갑자기 죽음이란 얼마나 아름다운 것일까, 하고 달콤하게 생각하였습니다.

모든 슬픔과 고통에서 간단히 해방되어 어디든지 자유롭게 날아다니는 영혼만 남는다면, 그러한 나의 영혼은 이렇게 나처럼 세상 사람들과 동떨어진 튀기의 모습을 하지 않고 참으로 행복할 것만 같았습니다.

나는 그 일주일 동안을 내내 죽음만 생각하고 있었습니다. 나의 몸속은 죽음으로 가득 차 있었고, 나는 그 속에서 외삼촌과 할머니, 그리고 우리 엄마가 저승에서 서로 만나 나에 관해서 주고받을 얘기들을 골똘히 생각해 보곤 하였습니다.

그들의 화제는 온통 나의 얘기로 가득 찰 것 같았고, 어쩌면 외삼촌은 할머니와 어머니로부터 몹시 꾸중을 당할지도 모른다고 생각하였습니다. 너무나 빨리 저승으로 와버렸다고, 외삼촌은 우리 엄마한테 꾸중을 들으면서 그만 흐느껴 울 것 같았습니다.

좀더 세상에 머물러 있으면서 나를 보살펴 주지 않고 왜 이다지도 빨리 왔느냐고, 우리 엄마는 화를 내어 소리마저 칠 것 같았습니다.

그런 상상에 빠졌던 어느 날 밤에 나는 마침내 꿈속에서 그들 세 사람이 나의 상상처럼 서로 만나 울고 있는 모습들을 보았습니다.

우리 엄마의 모습은 외삼촌과 나란히 찍었던 사진 그대로였지만 조금은 늙어 보였고, 할머니는 살아서 술장사를 하고 있을 때의 모습 그대로였습니다.

그런데 외삼촌은 전혀 다른 사람처럼 나타났습니다. 살았을 때처럼 목발을 짚지도 않았고, 신기하게도 한쪽 다리가 다시 생겨나 두 발로 천천히 걸어 다니기까지 하였습니다.

그러나 할머니가 뭐라고 호통을 치자, 외삼촌은 그만 무릎을 꿇고 할머니와 엄마 앞에 고개를 숙였습니다.

갑자기 할머니와 엄마는 얼굴을 찌푸리며 울음을 터뜨렸고, 등을 돌리고 있었던 외삼촌의 두 어깨도 한참이나 들썩거리고 있었습니다. 모두, 이 세상에다 혼자 남겨두고 와버린 가엾은 나를 생각하고 그렇게 슬피 울고 있는 것 같았습니다.

꿈에서 깨어났을 때 나는 엉엉 소리 내어 울었고, 아주머니가 의자에 기댄 채 졸고 있다가 소스라쳐 일어나더니 나를 달래었습니다.

"아줌마! 나 외삼촌 봤어."

나는 울음을 삼키며 조그만 소리로 입을 열었습니다.

그러자 아주머니는 그만 입술이 옆으로 밀리더니, 울음이 번지며 간신히 대꾸했습니다.

"꿈을 꾸었구나."

"응. 외삼촌은 목발을 짚지도 않고 건강한 사람처럼 두 발로 걸어 다녔어."

그 소리에 아주머니는 마침내 소리를 죽이며 흐느껴 울었습니다.

나는 마치 넋을 잃은 사람처럼 새하얀 천장을 올려다보며 정신없이 지껄였습니다.

"엄마도 봤어, 막 울고 있었어. 바보같이 그렇게 울려면 저승에 가지 말고 나하고 함께 살아줬으면 좋을 텐데. 우리 엄마는 세상에서 제일 바보야. 할머니도 울면서 외삼촌을 막 꾸중하며 야단을 치겠지."

"그건 왜 그러니?"

아주머니가 울음을 뚝 그치며 물었습니다.

"너무나 빨리 저승으로 와버렸다고 그러시는가 봐?"

나의 대답에 아주머니는 다시 흐느낌 속으로 빠져들었고, 나는 또 머릿속을 죽음으로 가득 채우며, 저승에 대하여 골똘히 생각을 굴리다가 날이 밝고 아침이 되어서야 그 막을 내렸습니다.

인철이와 인숙이가 날마다 꽃이며 과일을 잔뜩 안고 몰려왔기 때문이지요. 인철이는 그때 대학 시험에 합격한 뒤였고, 그래서 하루 종일 나의 곁에서 우리가 주인공이 되는 소설에 대해서 열심히 얘기하곤 하였습니다.

그럴 땐 언제나 병실엔 나와 인철이뿐이었고, 아주머니는 아이들 때문에 집으로 돌아갔거나 잠시 자리를 비운 뒤였습니다.

인철이의 그러한 얘기에 귀를 기울이고 있을 때는, 갑자기 나 자신이 그렇게 간단히 죽어 버려서는 안 될 마치 무슨 위대한 존재처럼 느껴지곤 하였습니다.

퇴원하기 하루 전날엔 부인과 성희도 함께 나의 병실에 나타났습니다. 모두 반가웠지만, 그렇게 부인과 함께 정다운 듯이 나타난 성희가 조금은 얄밉게 생각되었습니다.

부인은 오랫동안 다정한 말씨로 나의 슬픔을 위로해 주었고, 성희도 따라서 운명을 어쩌겠느냐고 나를 위로해 주었습니다.

성희의 옷차림은 어느새 여학생 티를 벗어나 숙녀가 되어 버린 듯 어른스러운 차림에 머리 모양까지 달라져 있었습니다. 나는 공연히 대학생이 되어버린 성희의 그러한 차림새가 마음에 걸렸고, 따라서 나 자신이 더욱 초라하게 느껴졌습니다.

나는 그 다음날 인철이와 인숙이가 타고 온 그들의 승용차를 타고 산비탈 판잣집으로 돌아왔습니다. 병실의 포근한 침대에서 떠나기가 싫었지만, 나의 몸뚱이는 나의 마음 따위는 아랑곳없이 다시 일어나고 말았습니다. 나는 나의 몸뚱이가 원망스럽기까지 하였습니다.

그렇게 병원에서 오랫동안 인철이와 함께 즐거운 얘기를 나누며 살고 싶은 생각이 간절하였지만, 마침내 나는 병원에서 쫓겨나 외삼촌의 그림자로 가득 찬 쓸쓸한 판잣집으로 돌아오고 말았습니다. 외삼촌의 손때 묻은 책이며 저녁마다 외삼촌이 읽곤 하시던 수북이 쌓인 신문지를 보자, 나는 다시 새로운 슬픔으로 흐느껴 울었습니다.

외삼촌과의 지나온 나날들이, 아픈 채찍처럼 나의 머릿속을 후려치며 나타났다간 이내 피맺힌 슬픔을 남겨두고 사라져 버리곤 하였습니다.

외삼촌과의 추억, 그것은 마치 눈물로 굳어진 바위처럼 슬프고도 아름다운 빛깔로 얼룩져 있었습니다.

외삼촌의 죽음은 따라서 나의 죽음을 내 눈으로 보는 것과 같았고, 그 죽음 속으로 나의 세계의 반쪽은 빨려 들어가고 말았습니다. 나는 더욱 세상을 무서워하지 않으면 안 되었고, 구멍이 뻥 뚫린 나의 가슴엔 싸늘한 찬바람이 끊임없이 회오리치며 오르내렸습니다.

아주머니와 아이들은 모두 넋을 잃은 채 멍하니 허공을 바라보고 있다가, 한 사람이 울기 시작하면 기다렸다는 듯이 모두 따라서 울음을 터뜨리곤 하였습니다.

그럴 땐 온 집안이 울음으로 가득 차 버렸고, 마침내 그 울음으로 인하여 이 세상이 막을 내릴 것만 같았습니다.

일곱 살짜리 옥이의 울음소리는 가장 높은 소프라노였고, 울음의 시작은 대개가 옥이로부터 비롯되었습니다. 그리고 아주머니와 용아의 울음소리는 마치 목관악기의 낮은 소리처럼 여운이 길게 한결같은 소리로 울음을 이어나갔습니다.

그리고 나의 울음소리는 마음속에 움직이는 슬픔의 물결에 따라 소프라노가 되기도 하였고, 다시 알토로 내려와서 이윽고 아주머니와 용아의 울음 속으로 빨려 들어가곤 하였습니다.

다섯 살짜리 철이의 울음소리는 나와 비슷하여, 목이 터져라 울음보를 터뜨리다가도 이윽고 기운이 지치면 웅얼웅얼 노래하듯 아빠를 불러대며 울곤 하였습니다.

그러한 요란스러운 울음의 합창은 봄이 올 때까지 계속되었고, 그럴 때마다 그 울음을 수습하고 울음판을 갑자기 웃음으로 뒤바꾸어 준 것은 인철이의 농담과 인숙이의 명랑한 익살이었습니다.

그들은 거의 날마다 나타났고, 그때마다 과자와 장난감 따위를 들고 와서 먼저 꼬마들의 울음을 뺏은 다음 아주머니와 나를 익살과 농담으로 만들어진 명랑한 분위기 속으로 끌어넣곤 하였습니다.

이윽고 겨울 방학이 끝나자 멀리서 봄의 숨결이 들려오는 듯하였고, 마침내 나는 학교를 그만두기로 결심하였습니다.

내가 처음 그 얘기를 꺼냈을 때, 아주머니는 펄쩍 뛸 듯이 놀라며 나의 결심을 이렇게 나무랐습니다.

"무슨 소리를 하고 있니? 아무리 형편이 어려워진대도 네 학비는 외삼촌이 미리부터 예금통장으로 만들어 두고 있었단다. 쓸데없는 소리 말고 어서 학교 갈 준비나 해라."

그러면서 아주머니는 서랍을 열고 예금 통장을 꺼내어 내 앞으로 내밀어 주었습니다.

나는 두 눈이 휘둥그레지며 그걸 받아들다가 그만 울음을 터뜨리고 말았습니다.

외삼촌의 그 지극한 정성이 죽어서도 나의 몸속에서 꿈틀거리는 것 같았습니다.

나는 눈물이 가득 괸 눈으로 예금 통장을 펼쳐보았습니다. 그 속엔 적지 않은 금액의 돈이 숫자와 동그라미로 표시되어 있었습니다.

나는 갑자기 생기에 넘치며,

"아줌마! 이젠 됐어. 걱정할 것 없단 말이야!"

"그래 어서 학교 갈 준비나 해라!"

아주머니는 목멘 소리로 이렇게 말하더니 나의 기뻐하는 모습에 그만 눈물이 글썽해지고 말았습니다.

그러나 나의 기쁨은 학교를 다시 계속할 수 있다는 그런 데에 있는 것이 아니었습니다.

학교를 그만두겠다는 나의 결심은 조금도 변함이 없었고, 나는 아주머니 앞으로 바싹 다가앉으며,

"아줌마! 내가 됐다는 건 학교 얘기가 아니야. 난 학교는 그만둘 테

야!"

"아니, 그럼 뭐가 됐다는 거니?"

아주머니는 두 눈이 휘둥그레지며 물었습니다.

나는 예금 통장을 들여다보며 또렷한 목소리로 입을 열었습니다.

"아줌마가 시장 바닥에 나앉아 콩나물 장사를 하지 않아도 된단 말이야!"

"그게 무슨 소리니? 그럼 그 돈으로 내가 콩나물 장사를 면해서 편히 산단 말이냐? 아예 그런 소린 다시 하지 말어. 귀신이 있다면 밤마다 외삼촌이 나타나 얼마나 야단을 칠라구. 그건 너도 알잖니? 아마 땅 밑에서도 너 때문에 눈을 감지 못했을 거야."

아주머니의 목소리는 그만 목구멍으로 기어들더니 어느새 울음이 되어 다시 넘어왔고, 마침내 나도 훌쩍이며 울었습니다.

아주머니와 나는 밤이 새도록 그렇게 실랑이를 벌이다가는 흐느껴 울었고, 다시 실랑이를 하다가 이윽고 날이 밝은 무렵에야 나의 결심이 이기고 말았습니다.

나는 더 이상 공부를 못하더라도 용이는 남자니까 끝까지 공부를 시켜야 한다는 나의 주장에 아주머니는 마침내 고개를 끄덕였고, 그 돈으론 내가 전부터 머릿속으로 궁리하고 있었던 상점을 열기로 결정을 보았습니다.

우리 집이 있는 산비탈 위로는 상점이라곤 없었기 때문에 과자라든가 식료품 가게를 차린다면 괜찮을 거라고 나는 전부터 혼자서 생각해 보곤 하였습니다.

나의 의견에 아주머니는 뛸 듯이 기뻐하며, 엘리노어가 어떻게 그런 궁리까지 다하고 있었느냐고 어쩔 줄을 몰랐습니다.

단지 조금 어려운 문제는, 길가로 붙어 있는 벽을 헐고 거기다 점포를 새롭게 만들어야 하는 것뿐이었습니다.

아주머니와 나는 며칠 동안이나 계산을 따져놓아 가며, 구입할 물건의 종류와 점포 시설에 들어갈 경비 따위를 어림짐작으로 계산해 보았습니다.

물품의 구입에 있어서는 산비탈의 빈민 지대라는 점을 착안해서 값이 싸고 실질적인 물품들을 우선적으로 골라, 나는 노트에다 차례대로 쭉 써내려갔습니다.

아주머니와 나는 새로운 희망에 부풀었고, 너무나 흥분하여 잠을 이룰 수가 없었습니다.

그러는 사이 어느새 개학날은 지나가 버렸고, 그 다음날, 인철이와 인숙이가 어떻게 된 거냐고 눈이 휘둥그레져서 나타났습니다.

나의 얘기를 듣고 인철이는 갑자기 표정이 굳어졌고, 인숙이는 그게 무슨 소리냐고 따질 듯이 대들었습니다.

그러나 내가 외삼촌댁의 형편을 차근차근 설명한 다음, 그러한 외삼촌의 눈물겨운 정성에 조금이라도 보답하기 위해선 그럴 수밖에 별 도리가 없었다고 설득하자 인숙이는 느닷없이 훌쩍거렸고, 인철이는 한참이나 고개를 떨어뜨린 채 무거운 침묵 속에 잠겨 있었습니다.

이윽고 훌쩍이고 있던 인숙이가 갑자기 나의 어깨를 잡아 흔들며 이렇게 말했습니다.

"잔소리 말고 학교 가! 우리 아빠한테 내가 얘기할 테야."

"그럴 필요 없어. 그렇게까지 해서 다니고 싶을 만큼 나한텐 학교라는 것이 즐거운 곳이 아니야. 지긋지긋해!"

나는 고개를 가로저으며 참으로 지긋지긋한 생각에 미간을 찌푸렸습니다.

그러자 인철이가 고개를 들고 나를 잠시 바라보더니 무겁게 입을 열었습니다.

"물론 엘리노어의 결심에도 충분한 이유는 있어. 그러나 그것보다 좀 더 넓은 안목으로 자기 자신을 생각해 보도록 하는 게 어떨까? 지금까지 남들보다 수십 배나 어려운 고충을 이겨내며 배워 오지 않았어? 이제 뭐 그렇게 오래 남지도 않았는데, 이렇게 중도에서 그만두게 된다면 지금까지의 노력이 아깝잖아? 만일 엘리노어가 우리 아버지의 도움 같은 걸 싫어한다면 내가 신문 배달을 하든, 뭣을 해서라도 도와주겠어."

인철이의 얘기에 나는 그만 눈물이 글썽해지고 말았습니다.

그러나 나는 간신히 눈물을 삼키며 이렇게 말했습니다.

"얘기만 들어도 정말 고마워! 하지만, 난 그런 무서운 곳으로 다시 들어가고 싶지 않아. 학교란 마치 나에겐 맨손으로 뛰어든 아프리카의 정글처럼 무섭기만 한 곳이었어. 나는 집에서 혼자서 공부할 테야."

그러한 나의 결심 앞에 인철이는 더 이상 아무 말도 하지 않았습니다.

인숙이만 어리광을 부리듯 나를 졸라대다가 다시 덤벼들어 간질이며 나의 결심을 꺾어보려 했지만, 나는 몸을 비틀며 간신히 인숙이의 손길에서 빠져나왔습니다.

막상 학교를 그만두겠다고 결정을 하고보니 무언가 나를 지탱하고 있었던 커다란 기둥이 일시에 빠져 달아난 것 같았지만, 한편으론 감옥에서 풀려나온 수인(囚人)처럼 갑자기 나의 온몸에 새처럼 날개가 달려 끝없이 날아오를 것만 같았습니다.

언제나 수천 개의 야릇한 시선 속에 얽매여 마음의 자유마저 빼앗긴 채 불안과 초조로 움츠려들기만 하였던 학교에서 이제 해방되었다는 생각은 새로운 생기마저 불러일으켜 주었습니다.

끝까지 계속하고 난 뒤의 나의 미래나 공부를 그만둔 뒤에 닥쳐올 나의 미래나 똑같이 어두운 장막으로 둘러싸여 있었고, 어쩌면 그 현실에서 이미 그러한 나의 미래는 시작되고 있었는지도 모릅니다. 나의 그런 결심에는 또 한 가지 커다란 결심이 뒤따랐습니다.

그것은 인철이었습니다. 아무리 내가 죽도록 사랑한다고 하더라도 그것만으론 우리들의 사랑이 이루어지지 않는다는, 참으로 평범한 사실을 나는 그때야 비로소 깨달았던 것입니다.

이 세상으로 나올 때부터 이미 타고났던 나의 불행이라는 무서운 전염병을, 인철이에게마저 옮겨줄 수는 없다고 나는 눈물을 삼키며 결심하였습니다.

설사 모든 것이 기적처럼 이루어져 내가 인철이의 행복한 아내가 되어 그의 아기를 낳아주고, 그리고 엄마가 되어 산다고 하더라도, 그 무서운 전염병은 결코 사라지지 않을 것 같았습니다.

"엄마! 애들이 나보고 튀기의 새끼라고 막 놀려! 무서워!"

이렇게 울면서 나와 인철이에게 매달려 울 우리들의 딸이나 아들의 슬픔을 어떻게 다시 나의 눈으로 보아 넘길 수가 있겠어요. 그것의 해결은 간단한 나의 죽음뿐이라고, 나는 생각하였습니다.

그런 다음, 이 세상에 남아 마치 문둥이보다 더 심한 손가락질과 가래

침을 당하며 살아가야 할 나의 아이들과, 완전히 허탈과 실의에 빠져 미친 사람처럼 되어버릴 인철이의 가엾은 모습은 상상만 하여도 나의 온몸이 갈기갈기 찢어지는 듯한 고통과 공포를 줄 뿐이었습니다.

나는 인철이를 진심으로 사랑하였고, 그 진심이 나에게 그를 단념하라고 명령하였습니다. 나는 그 명령에 기꺼이 복종하리라 마음먹었습니다.

그러나 그 날은 끝내 적당한 시간이 돌아오지 않았고, 인철이는 팔뚝을 걷어붙이고 목수 아저씨들과 함께 벽을 헌 다음 나무 기둥을 세우고 진열대를 만들었습니다.

인철이는 땀을 뻘뻘 흘리며 마치 익숙한 목수처럼 톱질을 하기도 하였고, 못이 모자라자 헐레벌떡 시장으로 뛰어가서 못을 사오기도 하였습니다.

그리곤 진열대를 맞추는 목수 아저씨와 마주앉아 망치로 꽝꽝 못질을 하며 가끔 주고받는 농담으로 아주머니와 나를 웃음판으로 몰아넣기도 하였습니다.

이윽고 쉴 짬에 아주머니가 술상을 차려 내어 왔을 때는 선뜻 다가앉아 일꾼들에게 술을 따라주기도 하였습니다.

나는 문득 할머니가 살았을 때의 술장사가 생각났고, 언제나 울상이 된 채 술주전자를 들고 쩔쩔매곤 하였던 나의 가엾은 모습이 떠올랐습니다.

이윽고 목수 아저씨가 인철이에게 억지로 술잔을 건네주며 술을 따라주자, 인철이는 가득 찬 술잔을 들고 잠시 나를 올려다보더니 한쪽 눈을 찡긋하며 이렇게 물었습니다.

"어때? 나 술 좀 먹어도 괜찮지?"

나는 그만 얼굴이 화끈 달아올라 집 안으로 뛰어 들어오고 말았습니다.

그리곤 문틈으로 술을 꿀꺽꿀꺽 들이키는 인철이를 훔쳐보다가 나는 갑자기 가슴이 뭉클하며 눈물이 글썽해지고 말았습니다.

"어떻게 저 사람을 잊어버릴 수가 있을까? 어떻게? ……내가 죽기 전엔. 아냐, 죽은 후에라도 난 잊을 수 없을 거야. 내가 만일 튀기로만 태어나지 않았던들 난 얼마나 행복할까? 그랬다면 난 아마 너무나 좋아서 죽어버렸을지도 몰라. 하지만 난 튀기일 뿐이야. 나 때문에 저렇게 착한 사람까지 불행하게 만들어 줄 수는 없어. 슬프지만 단념하는 수밖에 없어. 그것만이 저 사람을 위해서 내가 할 수 있는 단 한 번의 좋은 일일 걸. 그리고 성희를 만나면 인철이를 마음대로 사랑해도 좋다고 얘기해 줘야지. 그러면 성희는 너무나 기뻐서 그 당장에 시를 지어 나에게 바칠지도 몰라. 어쩌면 성희의 그 시(詩) 속에는 이런 구절이 들어 있을 거야. '엘리노어, 너의 영원한 연인은 슬픔과 고통과 그리고 눈물이니, 모름지기 그것들만 깊이 사랑한다면 튀기인 너에게 마침내 사랑의 즐거움이 나타날 거야'"

나는 이렇게 문틈으로 내다보며 정신없이 중얼거렸습니다.

뒤따라 가슴이 찢어질 것 같은 괴로움이 밀려오더니, 갑자기 숨이 막힐 것만 같았습니다. 어느새 나의 얼굴은 눈물로 범벅을 이루었고, 그 눈물 속으로 인철이의 모습이 희미하게 보였습니다.

나는 급히 손수건으로 눈물을 찍어내었습니다.

그날 해가 질 무렵에야 일은 끝났고, 좁은 골목길에 새로운 상점이 제법 아담한 모습을 드러내고 나타났습니다.

이웃집 사람들도 우르르 몰려와 구경을 하였고, 골목을 오르내리던 사람들도 모두 잠시 걸음을 멈추고 기웃거렸습니다.

아직 물건이라곤 하나도 놓이지 않은 깨끗한 진열대를 바라보자, 나는 문득 머릿속이 마치 새로운 그릇처럼 텅 비어지는 것 같았습니다. 그러한 느낌은 인철이가 돌아가 버리자, 더욱 절실하게 다가왔습니다.

진열대 위에 이제 새롭게 놓여질 가지가지 물품들의 모양이며 빛깔들을 상상하며, 나는 나의 머리에도 완전히 새로운 생각들로 가득 채우리라 마음먹었습니다. 그때까지의 모든 허황한 꿈이며, 그 꿈속에 등장하였던 여러 사람들의 생각도 말끔히 나의 머릿속에서 쫓아내리라 마음먹었습니다.

그날 밤 늦게까지 아주머니와 나는 도매상점에서 사 들여온 물건들을 정리하느라고 가슴을 두근거리며 골몰하였습니다.

나는 너무나 즐거워서 물건들을 진열대 위에 진열하며 콧노래를 흥얼거렸습니다.

콧구멍으로 스며드는 진열대의 송진 냄새가 더욱 가슴을 뛰게 만들었고, 그 송진 냄새를 차곡차곡 덮어 나가며 꼬마들이 침을 삼킬 과자며 장난감을 한 곳으로 나란히 진열하였고, 비누며 성냥이며 편지 봉투 따위는 또 다른 위치에 진열하였습니다.

그러나 나는 그것들을 마치 소꿉장난하듯 몇 번이나 이리저리 위치를 바꾸어 보기도 하고, 값이 싼 차례대로 늘어놓아 보느라고 진열대 위를 뒤죽박죽으로 만들어 놓고는 깔깔거리며 웃음을 터뜨리곤 하였습니다.

밤이 늦어서야 간신히 상점의 일을 끝내었습니다.

그런 다음, 나는 아주머니와 마주앉아 장부를 펼쳐 놓고 구입한 물건들의 가격을 품목별로 하나하나 기입하였고, 또 물건마다 소매가격을 정하느라고 고스란히 밤을 밝히고 말았습니다.

내가 얼마를 더 붙여 소매가격으로 하자고 말을 꺼내면, 아주머니는 그때마다 눈이 동그래지며 너무 비싸게 받으면 욕먹는다고 더 싸게 하자며 나를 말렸습니다.

그렇게 즐거운 입씨름을 하는 가운데 아주머니는 문득 울상이 되어 나를 바라보며 불안한 듯 이렇게 말했습니다.

"외삼촌이 이런 걸 알았다면 야단이 날 텐데 어쩌겠니?"

"괜찮아 아줌마! 만일 외삼촌의 귀신이 아주머니를 야단치거든 나를 부르란 말이야. 그럼 내가 외삼촌한테 사정을 말씀드릴게."

나는 이렇게 명랑하게 대꾸했지만, 마음 한쪽으로는 외삼촌에게 마치 무슨 죄를 짓고 있는 것 같은 그런 느낌이 여전히 남아 있었습니다.

만일 외삼촌의 귀신이 별안간 내 앞에 나타난다면 나는 한마디도 입을 열지 못할 것 같았고, 그만 소리를 죽인 채 울음을 터뜨릴 것만 같았습니다.

그러나 외삼촌의 귀신이 나를 꾸중하면 나는 이렇게 대꾸하리라 생각하였습니다.

"아주머니하고 아이들이 굶주리며 간신히 살아가는데 저 혼자 무슨 면목으로 공부를 계속 할 수 있겠어요? 그것보다는 이렇게나마 모든 가족이 즐겁고 배고프지 않게 살 수 있는 게 무엇보다 기뻐요. 그리고 용아나마 공부를 계속할 수 있게 되었고, 꼬마들이 헐벗지 않고 배고프다고 울지 않고 깡충거리며 뛰노는 걸 보면, 제가 대학을 졸업하고 그런 다음 박사가 된 것보다도 더 기쁘단 말이에요.”

내가 그렇게 얘기한다면, 외삼촌의 귀신도 더 이상 학교를 그만둬 버린 나를 꾸중하지는 않을 것이라고 생각하였습니다.

19. 얄미운 라이벌

다음날 아침부터 우리 상점은 몰려드는 손님들 때문에 아주머니와 나는 눈코 뜰 새 없이 바빴습니다. 그렇게 두어 차례 손님들이 몰려왔다 사라지자, 상점엔 어떤 물건이 더 필요하다는 걸 쉽게 알아낼 수 있었습니다.

아주머니는 가게의 구석 자리에다 아예 콩나물 독을 내놓고 콩나물을 기르기로 하였고, 나는 다시 콩나물 박사의 기술을 발휘하게 되었다고 즐거워하였습니다.

그날 12시가 조금 지났을 때, 다시 나타난 인철이는 느닷없이 커다란 종이 푸대를 어깨에 둘러매고 왔습니다. 내가 휘둥그레지며 뭐냐고 물었더니 인철이는 씨익 웃으며 이렇게 말을 꺼냈습니다.

"이 부근에 새로 상점이 하나 생겼다고 하기에 이걸 좀 팔아먹으려고 왔지. 어때, 우리 물건 좀 들여놓지 않겠소?"

“필요 없어요, 다른 데로 가봐요. 이렇게 물건이 가득 차 버린 걸요.”

나는 간신히 웃음을 삼키며 대꾸했습니다.

그러자 인철이는 가게 안으로 들어서더니 종이 푸대를 내려놓으며, 이번엔 아주머니에게 말을 걸었습니다.

“아가씨는 딱딱해서 안 되겠군. 아주머니가 좀 사도록 해요. 물건이야 뭐 흠 잡을 데 없이 좋을 뿐 아니라, 게다가 값도 싸니까요.”

그 소리에 아주머니는 그만 킥킥거리며 웃음을 터뜨렸습니다.

인철이는 종이 푸대 속에서 상자며 비누 곽을 하나하나 들어내 놓으며 마치 정신 나간 장사꾼처럼 늘어놓기 시작하였습니다.

“이 껌으로 말씀드릴 것 같으면, 달콤하고 향긋한 맛이 다 씹을 때까지도 사라지지 않는 최고의 품질을 자랑하는 껌이며, 이 비누야말로 한번 사용하면 얼굴이 백옥처럼 희어지고…….”

“그만 떠들어요, 안 산다는데 왜 시끄럽게 야단이에요?”

마침내 내가 웃음을 참으며 이렇게 쏘아 주었습니다. 그제야 인철이도 큰 소리로 껄껄거렸고, 아주머니도 따라서 까르르 웃음을 터뜨렸습니다.

그러한 즐거운 분위기 속에서도 나의 머릿속 한쪽은 무섭기만 하였고, 인철이의 부드러운 미소가 갑자기 무서워지기도 하였습니다.

아주머니가 시장으로 가버리자 우리는 가게 안의 마루에 나란히 앉아, 잠시 말문이 막히고 말았습니다. 나는 무슨 말부터 먼저 꺼내어 나의 결심을 인철이에게 털어놓을까 하고 망설이고 있었습니다.

‘나 같은 튀기하곤 결국 결혼할 수는 없을 거야. 그러니 나를 단념해 줘!’

이렇게 말할까도 생각해 보았고, '나 때문에 공연히 인철이까지 불행해질 필요는 없어. 우린 각기 운명의 색깔부터 틀리잖아? 그러니까 성희 같은 그런 애가 오히려 인철이한텐 어울릴 거야' 하고 말할까도 생각하였습니다.

그때 인철이가 나를 돌아보며 불쑥 말을 꺼냈습니다.

"이제 소설을 시작해 볼 때가 됐잖아? 아직 시작하지 않았지?"

나는 고개를 끄덕이며 그를 잠시 돌아보다가 조그만 소리로 입을 열었습니다.

"소설은 이제 쓸 필요가 없게 됐어."

"뭐라고? 쓸 필요가 없게 됐다니, 그게 무슨 소리야?"

인철이는 내 곁으로 바싹 다가앉으며 다그쳐 물었습니다.

마침내 나는 나의 결심을 털어놓을 때가 왔구나, 하고 가슴을 두근거리며 이렇게 말을 꺼냈습니다.

"몇 번이나 생각해 보았지만 인철이가 그런 험악한 산을 오르면서 나 때문에 공연히 피를 흘려서는 안 될 것 같아. 그러니까 그런 험악한 산을 마땅히 올라가야 할 사람은 나 혼자뿐이란 말이야."

"아니, 왜 또 그런 엉뚱한 생각을 하게 됐지?"

"엉뚱한 생각이 아니야. 난 미리부터 운명이 그런 험한 산을 오르도록 마련되어 있지만 인철이는 그게 아니잖아. 얼마든지 넓은 땅이 많은데 하필이면……."

"뭐가 어찌 됐든, 내가 끝까지 오르겠다면 어떡하겠어?"

인철이는 나직하나 힘 있는 어조로 이렇게 물어오며, 나를 지그시 노려보았습니다.

나는 간신히 그의 시선을 피하며 이렇게 말을 이었습니다.

"그건 인철이의 억지야. 분명히 인철이네 부모님들이 인철이를 산 밑 근처에도 못 가도록 막아버릴 거야."

"아니, 그럼 그것 때문에 소설을 쓸 필요가 없다는 거야?"

"그런 이유도 있어. 나 혼자서 올라가는 얘기를 구태여 소설로까지 쓸 필요가 어디 있겠니? 산꼭대기는커녕 산중턱도 못 가서 짐승들의 밥이 되고 말 텐데."

나의 얘기에 인철이는 한참이나 나를 지그시 노려보고 있더니, 단호하게 입을 열었습니다.

"쓸데없는 소리 말고 소설을 시작하도록 해! 내가 엘리노어를 생각하고 있는 머릿속에 그런 것쯤 미리 생각도 못하고 있을 줄 알았나? 그리고 엘리노어도 알다시피 우리 부모님들이 그렇게 통이 좁고 옹졸한 생각을 가진 사람들은 아니란 말이야. 어쨌든 문제는 우리 두 사람의 문제일 뿐이야."

나는 잠자코 고개를 떨어뜨린 채 발등을 내려다보고 있다가 불쑥 이렇게 물었습니다.

"그럼 우리 두 사람이 끝내 산꼭대기까지 올라갈 수 있다고 생각하니?"

"올라갈 수 있다고 생각하는 게 아니라 올라가는 거야. 산꼭대기만 생각하고 올라가는 거야! 죽음을 각오한다면 무엇이 그렇게 두려울까?"

"그렇지만 인철이가 무엇 때문에 죽음을 각오하고 그런 험한 산을 올라야 하는지, 그 이유를 모르겠어."

"이유?"

하며 인철이는 나를 돌아보더니 나의 한쪽 손을 지그시 움켜쥐며 나직하게 속삭이듯 입을 열었습니다.

"그건 사랑하기 때문이야……. 그것보다 더 큰 이유가 어디 있겠어? 넌 지금 이 시간도 지구가 돌고 있다는 사실을 의심하진 않겠지?"

나는 고개를 떨어뜨린 채 가슴을 두근거리며 간신히 머리만 끄떡였습니다.

"내가 사랑한다는 것도 그것과 마찬가지야. 바보같이 지구가 돌지 않는다고 오늘처럼 의심하는 일이 다시는 없도록 해! 알겠지?"

나는 마치 어린애처럼 순순히 고개를 끄떡이고 말았습니다.

그때, 마침 가게 앞으로 코흘리개 두 명이 다가왔습니다. 나는 급히 그의 손을 빠져 나왔습니다.

내가 다시 마루에 걸터앉자, 인철이는 씨익 웃더니 이렇게 말했습니다.

"어때? 이제 소설의 주제는 분명해졌지? 그리고 내가 가질 무기는 권총이 한 자루, 단도가 하나야. 엘리노어는 말할 것도 없이 맨손이구, 아니면 막대기 하나쯤 가지든지."

"그래도 역시 산꼭대기까지 올라간 걸로 쓰기는 힘들어."

"힘들다니? 뭐가 힘들어?"

"어떻게 그런, 짐승들이 우글거리는 험한 산을 두 사람이 하나도 죽지 않고 산꼭대기까지 올라갈 수 있냐 말이야!"

"왜 없어? 권총도 있고 칼도 있는데……."

"그렇지만, 산 중턱쯤에서 나는 죽는 걸로 하는 게 좋겠어."

나의 말에 인철이는 갑자기 미간을 찌푸리며 퉁명스럽게 내뱉었습니다.

"당치도 않은 얘긴 그만둬! 엘리노어가 죽다니, 그럼 나 혼자서 뭣 하러 산꼭대기까지 올라가겠나?"

"그럼, 저 산꼭대기는 우리들의 미래에서 무엇과 비교가 되는 거니?"

"이런 바보 다 보겠나? 그걸 여태 모르고 있어. 소설 속의 산꼭대기는 우리들의 미래에서 행복한 결혼을 상징하는 거야. 알겠어?"

나는 그만 고개를 돌리며 수줍은 듯이 웃고 말았습니다.

이윽고 나는 문득 나의 머릿속을 돌아보다가 갑자기 깜짝 놀랐습니다. 며칠 동안을 그렇게 눈물을 삼키며 인철이를 단념하고자 다져두었던 나의 결심은 흔적도 없이 사라져 버렸고, 그 자리엔 다시 산꼭대기를 향하여 오르기 시작하는 소설 생각으로 채워지고 말았으니 말입니다.

그때 가게 앞으로 갑자기 여러 가지 색깔의 풍선들이 가득히 바람에 일렁거리며 나타나더니, 그 사이로 인숙이의 깔깔거리는 모습이 불쑥 나타났습니다.

나는 급히 일어나 가게 앞으로 나갔습니다. 그런데 인숙이의 뒤에 뜻밖에도 성희가 몸을 숨기듯이 서 있다가, 나를 보자 수줍은 듯이 웃었습니다.

"여기까지 웬일이니?"

나의 인사에도 성희는 여전히 그냥 웃기만 하더니, 이윽고 인철이가 밖으로 나오자 갑자기 얼굴의 미소를 지워버리며 싸늘하게 입을 열었습니다.

"아니, 여기 있었구나! 이런 줄도 모르고 모두 장호네 집에서 널 기다리고 있었잖아?"

"난 오늘 못 간다고 미리 연락했는데……."

인철이는 시답잖은 듯이 대꾸하더니 인숙이가 날리고 있는 풍선을 손가락으로 퉁겼습니다.

성희는 잠시 인철이를 원망스러운 듯이 흘겨보다가, 다시 입을 열었습니다.

"토요일마다 모인다는 걸 그새 잊어버리지는 않았겠지?"

"글쎄, 난 별로 관심이 없어!"

이렇게 말하더니, 인철이는 갑자기 권투 연습이라도 하듯 풍선을 노려보며 두 주먹을 휘둘러대었습니다.

그러자 인숙이가 풍선이 터진다고 쫑알거렸고, 성희는 그만 약이 오른 듯 입술을 지그시 깨물고 있더니 인숙이의 명랑한 소리에 간신히 기분을 돌렸습니다.

"자, 모두 풍선 하나씩만 골라. 재미있는 놀이가 있어."

그 소리에 인철이가 먼저 파란 풍선을 골라잡았고, 나는 빨간 풍선을 골라잡았습니다.

그러자 성희는 노란 풍선을 골라내더니 풍선의 실을 입에다 물고 하늘을 올려다보았습니다.

마지막으로 인숙이는 노랑 바탕에 파랑 띠를 두른 걸 골라내더니, 나머지 풍선들을 가게의 기둥에다 매달아 놓고는 나를 돌아보며 이렇게 말했습니다.

"얘! 이건 한 개 50원씩 받어!"

그 소리에 나는 그만 킥킥거리며 웃음을 터뜨렸습니다.

그러더니 인숙이는 우리들 가운데로 나서며 다시 입을 열었습니다.

"자, 그럼 자기 풍선에다 우선 이름부터 쓰도록 해!"

그러자 성희는 어느새 만년필을 꺼내더니 풍선에다 이름을 썼습니다.

그걸 보더니 인숙이가 이렇게 말했습니다.

"그럼 성희 언니가 모두 맡아서 쓰도록 해! 이름 밑에는 한 마디씩 소원을 적는 거야."

그러자 성희는 잠시 생각에 잠기더니, 이윽고 풍선 위의 자기 이름 밑에다 만년필 끝을 조심조심 움직이며 다음과 같이 썼습니다.

"나의 꿈이 현실에서 모두 이루어지도록 나에게 힘을 주시옵소서."

"누구한테 비는 거니? 하느님?"

인숙이의 물음에 성희가 수줍은 듯이 고개를 끄떡이자, 인숙이는 자기 풍선을 성희 앞에다 내밀어 주며 이렇게 말했습니다.

"공연히 남의 하느님을 가로채서 빌면 효과가 없단 말이야. 어서 내 이름부터 적어."

그러더니 인숙이는 머릿속에 숨은 소원을 찾아내는 듯 제법 심각한 표정으로 바닥을 내려다보더니, 이윽고 그 소원을 찾아냈는지 고개를 들고 마치 연극을 하듯 입을 열었습니다.

"왕자님! 하루빨리 이 몸을 당신의 왕국으로 데려가 주세요, 네?"

그 소리에 모두 한바탕 웃음이 터졌습니다.

성희가 간신히 웃음을 삼키며 인숙이의 소원을 풍선 위에다 썼습니다. 그러자 인숙이는 인철이의 풍선을 두 손으로 잡아, 성희 앞으로 내밀어 주며 이렇게 말했습니다.

"이건 남자 꺼야. 남자의 유일한 소원이 뭔지 궁금해 죽겠어. 어서 말해 봐!"

그러자 인철이는 싱그레 웃더니 대뜸 입을 열었습니다.

"난 아주 간단해. 〈산꼭대기 나의 집〉 이렇게만 적어봐!"

그 소리에 나는 터져나오려는 웃음을 간신히 깨물었고, 인숙이와 성희는 잠시 의심쩍은 눈빛으로 인철이를 돌아보더니 인숙이가 불쑥 물었습니다.

"산꼭대기 나의 집, 이것뿐이야? 하늘에다 빌지도 않고?"

"그럴 필요 없어. 그 속에 몽땅 다 포함돼 있으니까……."

"산꼭대기 나의 집, 그게 뭐야? 정말 뚱딴지 같은 소원도 다 있구나. 거기다 별장이라도 세우겠다는 거니?"

인숙이의 말에 인철이는 아무런 대꾸도 하지 않고 나를 힐끔 돌아보더니 빙그레 웃었습니다.

이윽고 나의 차례가 되었습니다. 그러나 나는 나의 풍선을 성희의 손에다 맡겨 나의 이름과 소원마저 성희의 손으로 쓴다는 것이 꺼림칙하였지만, 어느새 인숙이가 나의 풍선을 잡아다 성희의 손으로 넘겨줘 버렸기 때문에 나는 하는 수 없이 이렇게 입을 열었습니다.

"아무쪼록 소설의 꿈을 완전히 이루도록 용기와 지혜를 내려주시옵소서."

"애, 그건 또 무슨 놈의 소리야?"

두 눈이 동그래지며 이렇게 묻는 인숙이를 따라 성희도 만년필을 멈추며 의아한 듯이 나를 돌아보았습니다.

나는 터져나오는 웃음을 간신히 깨물었고, 그러자 성희와 인숙이는 재빨리 인철이와 나의 눈치를 번갈아 살펴보더니 인숙이가 성희를 재촉하였습니다.

"아무래도 수상해. 우선 쓰기나 해! 뭐라고? 소설의 꿈을 어쩐다고?"

내가 다시 그 말을 되풀이해 주자, 성희는 잠자코 풍선 위에다 만년필을 움직여 나갔습니다. 나는 빨간 풍선 위에 까만 글자가 하나하나 이루어져 가는 걸 지켜보고 있었습니다.

이윽고 성희의 만년필 끝이 용기와 지혜라고 써나갈 때였습니다. 갑자기 펑 하는 소리와 함께 나의 풍선은 터져버리고 말았습니다.

나는 소스라치듯 깜짝 놀라 비명을 질렀고, 성희는 만년필을 쥐었던 손을 오므리며 당황해서 어쩔 줄을 몰랐습니다.

인숙이가 제풀에 깔깔거리며, 터져버린 나의 풍선이 찢어진 채 오므라들어 땅바닥에 떨어져 있는 걸 집어 들더니 내게 돌려주었습니다.

"그것 봐! 뚱딴지 같은 소리들만 하니까 그렇지."

나는 그 소리에 성희도 인숙이도 죽이고 싶도록 미워졌습니다. 일부러 만년필 끝을 콕콕 찔러 나의 풍선을 터뜨린 것이라고 나는 단정하였습니다.

인철이가 가게 기둥에 매달아 두었던 풍선 가운데서 다시 빨간 풍선 하나를 골라내 오더니 이렇게 말했습니다.

"자, 이번엔 내가 써 줄게. 만년필 좀 줘."

그러자 성희는 마지못한 듯이 만년필을 내밀어 주었습니다.

인철이는 풍선 위에다 나의 이름부터 커다랗게 쓰더니, 그 밑에다 조금 작은 글씨로 나의 소원을 또박또박 써 나갔습니다.

이윽고 그걸 다 쓰자 인철이는 풍선을 내 앞으로 건네주었고, 인숙이가 이렇게 외쳤습니다.

"자, 그럼 자기 풍선은 자기가 분명히 들고 있지? 내가 하나 둘 셋 하면 풍선을 날려 보내는 거야. 하나 둘 셋!"

그 소리에 일제히 네 개의 풍선은 우리들의 손을 떠나 두둥실 공중으로 떠올랐습니다.

모두 환성을 지르며 푸른 하늘을 향해서 떠올라가는 풍선을 지켜보았습니다. 한데 어울려 둥실둥실 올라가던 네 개의 풍선이 이리저리 흩어져 오르기 시작하였습니다.

뒤따라 나는 안타까운 후회를 되씹었습니다. 나의 풍선을 인철이의 풍선 줄에다 꼭 잡아매었으면 얼마나 좋았을까? 하고 나는 하늘을 올려다보며 애를 태웠습니다.

그러나 그렇게 떨어져 올라가던 풍선들이 갑자기 둘이서 정답게 만나 나란히 오를 때도 있었고, 그럴 때마다 나의 빨간 풍선 옆에 인철이의 파란 풍선이 나란히 되면 나는 마치 어린애처럼 깡충거리며 손뼉을 치곤하였습니다.

그러다가 파란 풍선이 슬며시 성희의 노란 풍선 곁으로 가버리면 나는 그만 뽀로통해져 버렸고, 그럴 때는 풀이 죽어 있던 성희가 손뼉을 치며 좋아라고 깔깔거렸습니다.

인숙이도 덩달아 자기 풍선이 제일 높이 떴다고 깡총깡총 뛰었습니다. 인철이만 빙그레 미소를 머금고 잠잠히 하늘을 지켜보았습니다.

나는 마치 하늘 높이 떠올라가는 풍선들이 땅 위에 서 있는 우리들의 마음이 움직이는 대로 서로 나란히 되기도 하다가 떨어져 가버리곤 하는 것처럼, 인철이의 풍선이 나의 풍선 곁을 떠날 때는 재빨리 인철이의 팔뚝을 꼬집어 주기도 하였습니다.

　이윽고 풍선들은 점점 멀어져 가더니 마침내 네 개의 까만 점으로 보이다가, 드디어 우리들의 시야에서 사라져 버렸습니다.

　나는 한참이나 풍선이 사라진 하늘을 멍하니 올려다보고 있었습니다. 이윽고 고개를 내렸을 때 나는 목줄기가 끊어지는 듯하였고, 모두의 얼굴엔 무언지 허전하고 쓸쓸한 빛마저 떠돌았습니다.

　그때까지 나의 손엔 성희가 터뜨렸던 빨간 풍선의 시체가 쥐여져 있었고, 그것을 다시 보자 갑자기 성희가 바늘 끝으로 나의 심장을 콕 찔러 버린 것 같은 날카로운 통증이 되살아났습니다.

　만년필 끝으로 찔러 나의 풍선을 터뜨렸을 때, 성희는 얼마나 마음속으로 후련한 기쁨을 느꼈을까?

　그때의 가슴이 철렁 내려앉는 것만 같이 소스라치게 놀랐던 나의 모습마저 성희는 얼마나 고소하게 바라보았을까?

　다시 나의 가슴 밑에선 새로운 증오심이 부글부글 끓어올랐습니다.

　그것은 분명히 성희의 고의적인 짓이라고 생각하였고, 그러한 나의 생각은 다음 날 거의 뚜렷해지고 말았습니다.

20. 양색시 상점

다음날은 일요일이었습니다.

학교를 그만둬 버린 나에게 일요일이 별다른 의미를 지니고 있을 리는 없었지만, 그날은 마침 인숙이의 새엄마가 나를 꼭 좀 보잔다고 그전 날 인숙이가 말했기 때문에 나는 무슨 일일까 하고 고개를 갸우뚱거리며 집을 나왔습니다.

여기저기 교회당에서 울려오는 종소리가 산비탈 판자집들 위로 어지럽게 메아리쳐 왔고, 그 소리에 나는 갑자기 봄의 평화를 느낀 듯 하늘을 올려다보았습니다.

종달새는 보이지 않았지만 어디선지 그 울음소리가 들리는 것 같았고, 하늘은 마치 도화지 위에다 연한 푸른 물감을 칠해 버려 아직 마르지 않은 것처럼 부드럽게 젖어 있었습니다.

내가 막 내리막길을 빠져 나와 조금 넓은 길로 나서자, 갑자기 내 앞에 성희가 불쑥 나타났습니다.

나는 공연히 가슴이 철렁하며 우뚝 멈추었습니다.

"마침 잘 만났어. 어디 가는 길이니?"

이렇게 물어보는 성희는 새로 맞춰 입은 듯한 분홍빛 스프링 코트를 자랑이나 하듯 한 바퀴 빙그르 돌아 보이며 명랑한 얼굴로 나를 바라보았습니다.

나는 간신히 미소를 띠며 이렇게 되물었습니다.

"왜 그러니? 나한테 무슨 할 얘기라도 있어?"

"그래, 지금 바쁘지 않아?"

내가 고개를 끄떡이자, 성희는 갑자기 미소를 짓더니 무언지 골똘히 생각하는 얼굴로 앞서서 걸음을 옮겼습니다.

이윽고 우리는 손님이라곤 한 사람도 보이지 않는 텅 빈 제과점의 구석 자리에 마주 앉았습니다.

"요즘 무슨 소설을 쓰고 있니?"

자리에 앉자마자 성희가 불쑥 말을 꺼냈습니다.

"아직 쓰진 않았지만 곧 시작할 거야."

"그 소설에 대해서 얘기 좀 할 수 없겠니?"

"아직 쓰지도 않은 걸 가지고 무슨 얘길 하니?"

"그래도 왜 얘기할 수 있잖니? 소설의 주제라든가 등장인물에 대해서 말이야."

"쓰고 난 뒤라면 모르지만, 쓰기도 전에 난 얘기하고 싶지 않아."

"그럼 알겠어."

이렇게 말하는 성희의 얼굴엔 갑자기 긴장의 빛이 떠오르더니 싸늘한 시선으로 나를 흘겨보며 이렇게 물었습니다.

"넌 인철이를 어떻게 생각하고 있니?"

"어떻게 생각하다니? 그게 무슨 소리야?"

"좋아하느냐 싫어하느냐, 그 말이야."

성희는 그때 빵 접시에서 포크를 집어들더니, 빵을 쿡쿡 찔러대며 물었습니다.

어느새 나의 마음속에도 어쩔 수 없는 긴장감이 흐르기 시작하였습니다.

나는 분명하게 대답했습니다.

"난 인철이를 좋아하거나 싫어하지는 않아. 단지 사랑하고 있을 뿐이야."

"대답을 상당히 까다롭게 하시는데, 그건 내가 하고 싶었던 얘기야. 나도 인철이를 사랑하고 있어. 그 점에선 우린 모두 똑같은 입장이야……. 그럼 엘리노어는 그 사랑을 이룰 수 있다고 생각하니?"

성희는 여전히 포크로 빵을 쿡쿡 찔러대며 나를 노려보았습니다. 나는 터질 듯이 두근거리는 가슴을 간신히 억제하며 굳어진 목소리로 대답했습니다.

"그럼. 우린 결혼하기로 약속했단 말이야. 우린 서로 사랑하거든."

"뭐라고? 약속을 했다고? ……그건 아마 엘리노어가 소설에서나 그려볼 수 있는 하나의 꿈일 거야."

"뭐? 꿈이라고? 그럼, 넌 인철이와 결혼할 수 있다고 생각하니?"

이렇게 묻는 나의 목소리는 떨리기까지 하였습니다.

성희도 차차 얼굴이 샛노래지며 침을 삼키더니, 자신만만한 듯이 대꾸했습니다.

"그건 내가 아무리 싫어하더라도 결국엔 그렇게 되고 말 거야."

"그건 아마 성희의 시(詩) 속에서나 더듬어 볼 수 있는 꿈일 거야."

나의 빈정거림에, 성희는 마침내 살기마저 띤 얼굴로 나를 노려보며 거칠게 입을 열었습니다.

"넌 도대체 자기 자신의 위치를 모르고 있어. 자신의 분수까지도 망각하고 있단 말이야!"

"그따위 걱정은 그만해도 좋아. 난 내 자신의 위치를 누구보다도 잘 알고 있단 말이야. 넌 내가 튀기란 걸 꼬집어 주고 싶어 발광이 난 거지? 그렇지?"

어느새 나의 목소리는 송곳처럼 날카로워져 있었고, 전신이 부들부들 떨려와 나는 간신히 어금니를 깨물어 스스로를 억제하였습니다.

이윽고 성희가 다시 암상이 난 고양이처럼 나를 노려보며 말했습니다.

"네가 튀기라는 사실은, 내가 새삼 입 아프게 꼬집어 주지 않더라도 세상이 다 알고 있는 사실 아니니?"

"그래, 세상이 다 알고 있다면 어떡할 테야? 너 따위 그런 야비한 위선자 같은 계집애보다는 차라리 튀기인 내가 훨씬 더 자랑스럽단 말이야!"

"뭐라고? 야비한 위선자?"

성희가 발악하듯 이마에 핏줄을 세우며 소리쳤습니다. 나도 지지 않고 이렇게 대꾸했습니다.

"그렇지 뭐니? 겉으론 시를 쓰네 어쩌네 하며 얌전한 체하지만 이런 따위 야비한 수작으로 나를 넘어뜨려 보겠다고? 누가 넘어가기나 할 줄 알고? 어림도 없어."

"잔소리 말아! 너 따위 튀기를 누가 건드리기나 할 줄 알고? 나는 단지 널 생각해서 말하는 것뿐이야."

"뭐?⋯⋯나를 생각해서라고? 정말 고마운 일이구나."

나의 빈정거림에 성희는 더욱 거칠게 포크로 빵을 찔러대며 마치 나의 몸 어디를 향하여 찔러대는 것처럼 손을 떨더니, 마침내 빵 속의 자줏빛 팥고물이 보이도록 빵을 헤쳐놓고 말았습니다.

그러더니 포크를 다시 다른 빵에다 찔러대기 시작하며 조금 가라앉은 목소리로 입을 열었습니다.

"지금은 인철이가 널 아무리 좋아한다고 하지만, 그건 한때의 불장난에 불과한 거야. 공연히 깊이 들어갔다가 무서운 상처를 입고 울어야 할 사람은 바로 너란 말이야. 넌 결혼이란 말이 그렇게 쉬운 말인 줄 아니? 둘이서 서로 사랑한다고 해서 그게 간단히 이루어질 것 같니? 그런 문제를 염두에 두고 인철이네 부모님들의 존재를 생각해 본 일이 있어? 그것만 한번 곰곰이 생각해 본다면 내 말을 이해할 수 있을 거야. 세상은 그렇게 네가 생각하는 것처럼 단순하게 돼 있는 곳이 아니란 말이야."

성희의 말이 계속되는 동안 나는 몇 번이나 까무러칠 것 같은 아찔한 현기증을 느끼며 간신히 어금니를 깨물며 내 자신을 지탱하고 있었습니다.

이젠 성희에 대해서 그렇게 불같은 증오심도 일어나지 않았고, 어쩌면 성희의 판단이 옳을지도 모른다는 슬픈 생각마저 한 차례 머릿속을 스쳐갔습니다.

그러나 나는 그런 내색을 간신히 감추고 여전히 싸늘한 목소리로 이렇게 말했습니다.

"충고는 고맙지만 다시는 그런 따위로 남의 걱정은 하지 마. 나는 내 운명에 의해서 내 인생을 사는 거야. 내가 튀기라고 해서 그게 무슨 큰 약점이나 되는 줄 알고 떠들지만, 모든 사람이 모두 너같이 그렇게 야비한 시선으로 나를 보는 건 아니란 말이야. 나도 인간이야. 너희들과 조금도 다름없는 떳떳한 인간이란 말이야. 튀기라고 해서 누구를 사랑해서 결혼할 자유마저 없는 줄 아니?"

마침내 나는 훌쩍이고 말았습니다. 눈물을 보여서는 안 된다고 어금니가 바스라지도록 깨물었지만, 눈구멍을 뚫고 스며 나오는 눈물을 어쩔 수는 없었습니다.

이윽고 나는 자리에서 벌떡 일어나며 이렇게 말했습니다.

"무슨 얘기를 하더라도 나는 끝내 나의 자유를 지키고 말 거야. 싸울 테면 정정당당하게 나오란 말이야. 그따위 야비한 수작 부리지 말고……."

그리곤 나는 도망치듯 그곳을 나와버렸습니다. 새로운 울음이 목구멍을 치밀었지만 나는 간신히 그걸 삼키느라고 몇 번이나 걸음을 멈춘 다음, 심호흡을 하곤 했습니다.

성희의 말 한 마디 한 마디가 마치 날카로운 칼날처럼 나의 온몸에 꽂혀, 나는 그 칼자루가 부르르 떨리는 걸 보는 것 같았지만 결코 쓰러지지는 않았습니다.

문득 나도 인간이라는 느낌이 칼날에 찔려 있는 상처 밑에서 고통과 더불어 무서운 힘으로 불쑥 고개를 쳐들었습니다.

'나도 인간이란 말이야.'

하고 나는 마치 신음하듯 입 속으로 부르짖었습니다.

그렇게 나는 정신없이 입 속으로 자꾸만 그 말을 되풀이하였습니다.

그러자 나는 별안간 내 자신이 마치 껍질을 깨고 나오는 병아리처럼 튀기란 껍질을 깨어버리고 새롭게 태어난 인간처럼 느껴졌습니다.

나는 그 새로운 머릿속으로 인철이를 생각해 보았고, 인철이의 아버지를 생각해 보았고, 그리고 부인과 인숙이를 생각해 보았습니다. 그러나 그들은 전이나 조금도 다름없는 모양으로 나의 머릿속에서 각자의 자리를 차지하고 있었습니다.

오로지 변한 것은 나의 머리였을 뿐, 그들의 자리는 조금도 변하지 않은 처음 그대로였습니다. 그들은 누구도 성희처럼 그렇게 나를 생각하진 않는 것 같았습니다.

갑자기 나의 머릿속은 인철이의 아버지로 가득 차더니, 약간 대머리가 벗겨지고 우뚝한 콧날에 언제나 부드러운 미소를 머금고 있었던 인자스러운 얼굴이 나의 눈앞에 떠올랐습니다.

가끔 인숙이네 집을 드나들다가 만날 때는 언제나 나에게 10분 이상의 시간을 주었고, 그럴 때는 으레 부끄러워 고개를 떨어뜨리는 나에게 부드러운 손길로 나의 노랑머리를 쓰다듬어 주시며 이런 말부터 먼저 꺼냈습니다.

"엘리노어야! 요즘도 공부 잘 하니? 외삼촌도 안녕하시구?"

내가 간신히 대꾸를 하면 또 너털웃음을 터뜨리며 이렇게 얘기할 때도 있었습니다.

"그만 우리 집에 와서 인숙이하고 함께 살지 그래?"

그럴 땐 나는 더욱 고개를 떨어뜨렸었고, 인숙이는 신이 나서 어린애처럼 나를 졸라대곤 하였습니다.

내가 인철이 때문에 토라져서 1년 가까이나 발을 끊었다가 다시 나타났을 때, 인철이의 아버지는 두 눈이 휘둥그레지며 반가워 하였습니다.

"야! 엘리노어가 정말 오랜만이구나. 그 새 처녀가 다 됐어. 하하……. 그동안엔 왜 안 왔지? 인숙이하고 싸우기라도 했나?"

그 소리에는 인숙이가 냉큼 나서더니 자기 아버지를 곱게 흘겨주며,

"아빠도 참 누굴 어린애로 아시나 봐! 제가 엘리노어하고 왜 싸워요? 이렇게 다정한데……."

하고는 느닷없이 나를 덥석 끌어안고 그만 나의 뺨에다 입까지 맞춰 보였습니다.

나는 갑자기 부끄러워 몸둘 바를 몰라 쩔쩔매었고, 인숙이의 아버지는 요란하게 큰 소리로 너털웃음을 터뜨렸습니다.

그리고 얼마 전에는 소설을 낭독하고 있었던 응접실에 갑자기 들어오시더니, 부인의 옆자리에 나란히 앉아 나의 낭독이 끝날 때까지 귀를 기울여 주기까지 하였습니다.

그때, 낭독이 끝나자 인숙이의 아버지는 부인을 돌아보며 이렇게 나를 칭찬까지 해주었습니다.

"엘리노어는 못하는 게 없군. 그 낭독 솜씨 같으면 방송국에 가서 하는 게 옳은 일인데, 그렇잖소?"

그러자 부인도 맞장구를 치듯 더욱 더 나를 칭찬해 주었습니다.

나는 너무나 부끄러워 어쩔 줄 몰랐지만, 그때 성희가 풀이 죽어 있었던 모습은 나의 눈엔 측은해 보이기까지 하였습니다.

그러한 인철이의 아버지가 성희의 말처럼 내가 튀기라고 침을 뱉으며, 인철이와 나 사이를 완전히 허물어 버릴 것이라곤 도저히 믿을 수가 없었습니다.

거기다 인철이까지 나를 희롱하여 나에게 무서운 상처만 안겨주고 훌쩍 떠나버리면 끝내 울어야 할 사람은 나 혼자뿐이라고 말해주었던 성희의 얘기를 마침내 나는 나의 머릿속에서 완전히 쓸어내 버리고 말았습니다.

그것은 성희의 정신 나간 질투라고 나는 단정하였습니다.

나는 다시 즐거운 마음으로 산꼭대기를 향하여 오르는 우리들의 얘기를 곰곰이 생각하였습니다.

이윽고 그 소설 속에서 성희는 소리 없이 기어다니며 사람을 해치는 독이 오른 한 마리의 독사로 나타났습니다. 나의 머릿속에 나타난 그 독사와 나는 끊임없이 싸웠습니다.

그러한 싸움은 내가 인숙이네 집에 도착할 때까지 계속되었습니다. 이윽고 나의 머릿속에서 독사는 천천히 꼬리를 감추었고, 그 자리엔 인숙이의 가족들로 가득 찼습니다.

외삼촌이 돌아가시고 학교를 그만둬 버린 뒤로 인숙이네 집은 그때가 처음이었습니다.

12시가 넘은 그 때까지 인숙이는 빨간 방울무늬가 요란한 잠옷을 걸치고 문을 열어주더니, 내가 안으로 들어서자 마치 남자처럼 나를 덥석 껴안아 버렸습니다.

그리곤 잠시 깔깔거리더니 이렇게 놀렸습니다.

"우리 오빠가 이래 줬으면 좋겠지?"

내가 그만 옆구리를 꼬집어 버리자, 인숙이는 숨이 넘어갈 듯 비명을 질렀습니다.

그 소리에 응접실의 창문이 드르륵 열리더니 인철이의 얼굴이 불쑥 나타났습니다. 그는 부드럽게 씩 웃더니, 다시 창문을 닫고는 이내 밖으로 나왔습니다.

하얀 와이셔츠 위에다 노란 털 재킷을 받쳐 입은 후리후리한 인철이가 그날따라 갑자기 어른처럼 보였습니다.

이윽고 나는 인철이와 인숙이를 뒤따라 응접실로 들어갔습니다. 거기엔 뜻밖에도 인철이의 아버지까지 부인과 함께 소파에 나란히 앉아 있다가, 내가 들어가자 쾌활한 너털웃음으로 나를 맞아주었습니다.

나는 간신히 고개를 숙여 인사를 한 다음 맞은편 자리에 인숙이와 나란히 앉았습니다. 다시 성희의 말이 머릿속을 찌르더니, 나는 공연히 가슴이 떨려왔습니다.

인철이의 아버지는 나직한 목소리로 외삼촌의 죽음을 당하여 얼마나 슬픔이 컸겠느냐고 나를 위로해 주신 다음, 뒤이어 나의 학교 문제에 대해서 천천히 입을 열었습니다.

"학교를 그만뒀다는 얘기를 듣고 나는 몹시 놀랐다. 인숙이 저 녀석이 뒤늦게야 그 얘길 했으니……. 그만 이번 기회에 아주 우리 집에 와서 인숙이하고 함께 학교에 다니도록 해라. 고등학교뿐 아니라 대학교까지라도 인숙이하고 함께 다니도록 해라."

나는 그만 고개를 떨어뜨리고 말았습니다. 너무나 감격해서 갑자기 두 눈에서 눈물이 글썽해 졌기 때문입니다.

그러는데 부인도 따라서 이렇게 나를 재촉하였습니다.

"어서 그렇게 하도록 하렴. 이건 뭐 다른 뜻에서 그러시는 게 아니라 엘리노어가 너무 착하기 때문에 그러시는 거야. 남다른 여러 가지 어려움을 겪어 나가면서도 그 본래의 착한 인간성을 잃지 않고 살아간다는 게 어디 쉬운 일이니."

마침내 나의 두 볼 위로 주르르 눈물이 타내렸습니다.

나는 급히 손수건으로 눈물을 찍어 내며 간신히 이렇게 입을 열었습니다.

"말씀만 들어도 감사해요. 하지만 외삼촌이 돌아가신 지금 제가 해야 할 일은 우선 공부보다도 남은 가족들을 위해서 작은 힘이나마 저의 힘을 보태지 않으면 안 돼요. 그것이 저를 위해서 그토록 지극한 정성을 기울여 주신 외삼촌의 은혜에 조금이라도 보답하는 길일 거예요. 저도 공부를 계속하고 싶지만, 사람은 누구나 자기 분수에 알맞게 살아야 한다고 생각해요. 그래서 전 아주머니를 도와 집안일을 하면서 틈틈이 집에서 혼자 공부할 생각이에요."

내가 입을 다물자, 인철이의 아버지는 담배 연기를 훅 뿜어내며 이렇게 말했습니다.

"참, 갸륵한 일이군. 생각이 모두 어른이야."

"갖은 어려움 속에서도 저렇게 싱싱하게 자라는 걸 보면 난 가끔 눈물이 날 때가 있어요."

이렇게 말하는 부인의 나직한 목소리는 어느새 눈물에 젖은 것 같았고, 그 소리에 나는 다시 뭉클하고 눈물이 솟을 것만 같았습니다. 얼마나 고마운 사람들이었는지요.

나는 그러한 말만 들어도 다시 학교를 계속하는 것보다 더 기뻤고, 너무나 기뻐서 눈물을 흘리지 않고는 견딜 수가 없었습니다.

인철이의 아버지는 더 이상 나를 재촉하지는 않았지만, 언제라도 학교를 다시 계속하고 싶을 때는 조금도 서슴지 말고 그렇게 하도록 하라고 부인이 대신 나를 타일렀습니다.

그러면서 부인은 새로 차린 상점은 잘 돼 가느냐고 물었고, 또 어려운 일은 없느냐고 친절하게 물었습니다.

그러한 부인의 물음에 나는 짤막하게 대꾸하다가 문득 머리가 무거워지는 어려운 일에 부딪쳤습니다. 그것은 어쩌면 어려운 일이라고 이름을 붙일 수도 없는 지긋지긋하게 싫은 일이었고, 몸서리가 나도록 무서운 일이었습니다.

가게를 열고 처음 며칠은 즐겁기만 했는데, 그 며칠이 지나자 이윽고 지긋지긋한 일이 일어나기 시작하였습니다.

그것은 마치 할머니가 살았을 때의 술집에서 밤마다 내가 겪었던 그러한 고통과 비슷했지만, 그때보다도 더욱 무섭게만 느껴진 것은 내가 조금 더 자라났기 때문만도 아닌 것 같았습니다.

어느새 우리 상점은 온 동네에서 양색시 상점으로 불려지고 있었습니다.

내가 그 소리를 처음 들었던 것은 어느 날 아침이었습니다.

빨래비누를 사러 왔던 웬 노파가 값이 비싸다고 찌뿌둥한 얼굴이 되더니, 무심코 이렇게 말했습니다.

"양색시 상점이 싸다기에 왔더니 그렇지도 않구먼."

그 소리는 갑자기 날카로운 송곳처럼 나의 심장을 찔렀습니다.

나는 급히 노파가 원하는 값대로 비누를 팔고 방 안으로 들어오고 말

있습니다. 그런 다음부터 나는 하루에도 몇 번이나 그 소리를 들어내지 않으면 안 되었습니다.

무심코 골목을 지나다가도, 판자 울타리 너머에서 들려오는 양색시 상점이란 소리에 부딪쳐 나도 모르게 깜짝 놀라 걸음을 멈출 때도 있었습니다.

때로 짓궂은 남자들은 우리 상점 앞을 지나가며, 큰 소리로 여기가 바로 양색시 상점이야, 하고 껄껄거리며 떠들기도 하였습니다.

언젠가는 또 웬 중년 남자가 나타나더니, 아주머니에게 나직한 목소리로 느닷없이 뭐 양키들 물건 팔 게 없느냐고 물어오기도 하였습니다.

그때는 내가 방문을 열고 악을 쓰듯 소리를 질러 그 남자를 쫓아버렸기 때문에 다시는 나타나지 않았지만, 나는 억울하고 분해서 어쩔 줄을 몰랐습니다.

그 남자는 마치 내가 미군들과 무슨 거래라도 하고 있는 양색시로 알고 있는 것 같았습니다.

순식간에 산비탈 판자촌엔 양색시 상점의 소문으로 가득 차고 말았습니다. 나는 며칠 동안을 문 밖으로 나오지도 않고, 방 안에서 훌쩍이고 울었습니다.

아주머니는 안타까운 마음으로 어쩔 줄을 몰라 하더니, 마침내 좋은 생각이 있다고 하면서 나를 달래 주고는 부리나케 밖으로 나갔습니다.

얼마 후에 아주머니는 시장 근처의 간판 집에서 노란 바탕에 검은 페인트로 〈충남 상회〉라고 쓴 커다란 간판을, 간판집 남자의 손에 들려 왔습니다.

충남은 아주머니의 고향이라 그렇게 했다면서, 아주머니는 수줍게 웃더니 이젠 괜찮을 거라고 나를 안심시켰습니다.

그러나 아주머니의 희망도 끝내 허사로 돌아가고 말았습니다.

새로운 간판을 상점의 이마에다 붙여 놓은 뒤에도 여전히 양색시 상점은 골목길에서 아이 어른 할것 없이 변함없이 불려지고 있었습니다.

그들은 마치 새로 붙여둔 간판을 올려다보며 '흥, 페인트 값만 내버렸군' 하는 듯이 여전히 양색시 소리를 빼주진 않았습니다.

마침내 나는 다시 훌쩍이며 이렇게 쫑알거렸습니다.

"이 동네는 모두 바보들만 사는가 봐! 한글도 모르는 멍텅구리들만 사는 모양이지. 저렇게 커다랗게 〈충남 상회〉라고 붙여 놨는데도 그걸 읽지도 못하는가 봐!"

그러한 나의 푸념도 더욱 나의 고통을 아프게 찔러만 주었지, 아무런 소용도 없는 일이었습니다.

바로 눈 위에 〈충남 상회〉라는 커다란 글자가 내려다보고 있는데도, 어떤 사람들은 짓궂게도 '여기가 양색시 상점이요?' 하고 물어보고야 필요한 물건을 살 때도 있었습니다.

마침내 나는 완전히 두 손을 들고야 말았습니다. 그래서 아주머니는 나보고 상점엔 나와 있지 말라고 타일렀습니다.

결국 가장 좋은 방법이란 어두운 곳에 숨어 버려 귀를 막는 방법뿐이었습니다. 그러한 나의 뼈저린 고통을 나는 누구에게도 얘기할 수는 없었습니다.

그날 오후에 인철이와 둘이서 남산에 올랐을 때, 나는 몇 번이나 그 얘기를 꺼내서 인철이로부터 무슨 좋은 해결책을 찾아봐 달라고 부탁할까 망설였지만 끝내 그 얘기는 삼켜버렸고, 성희에게 당했던 그 일만은 하나도 빼놓지 않고 모조리 털어놓고 말았습니다.

그러자 인철이는 한참이나 무거운 표정으로 말이 없더니, 화가 잔뜩 난 듯 입을 열었습니다.

"성희 그 친구 아무래도 혼이 좀 나야겠는데. 건방지게 어디서 그따위 소리가 나오지? 그게 갑자기 정신 상태가 좀 이상해진 것 아니야. 뭐라고? 제가 싫어하더라도 결국 결혼하게 되고 말 거라고? 하하하……."

인철이는 참으로 어처구니없다는 듯이 한참이나 껄껄거리고 웃었습니다.

이윽고 우리는 남산을 한 바퀴 돌아 땅거미가 내리는 거리로 내려왔습니다.

나란히 손을 잡고 정답게 걸어가는 우리들의 모습은 어디에서나 수많은 행인들의 시선을 끌었고, 그때마다 나는 공연히 인철이에게 미안한 생각으로 힐끔 돌아보면, 그는 언제나 행인들의 시선 따위는 아랑곳없다는 듯이 부드럽게 시익 웃어 보였습니다.

그러한 인철이의 태연한 모습이 나로 하여금 살아 있도록 끊임없는 용기를 보내주고 있는 것 같았습니다.

"사람들이 너무 많이 쳐다보니까, 이상하지 않아?"

내가 이렇게 불쑥 물었을 때 인철이는 갑자기 나의 손을 아프도록 움켜쥐었다가 풀어주며 입을 열었습니다.

"난 아주 즐겁단 말이야. 될 수 있는 대로 좀더 많이 보아줬으면 좋겠어. 엘리노어 같은 미인하고 함께 다니는 걸 자랑하기엔 이놈의 서울은 너무 좁단 말이야."

"그게 정말이야?"

"그럼 정말이지. 난 조금도 거짓말하지 않아."

"어떻게 내가 그런 미인일까? 난 조금도 믿어지지 않는 얘기야."

"그건 쓸데없는 걱정이야. 내가 누구야? 내가 바로 엘리노어의 거울
이란 걸 몰라? 거울 속에 비친 자기를 믿을 수 없다면 이 세상엔 믿을 거
라곤 아무것도 없어."

"그럼 인철이는 지금 저렇게 사람들이 지나가며 우리를 유심히 바라
보는 건 내가 미인이기 때문에 그러는 거라고 생각하니?"

"그렇지. 거기다 이런 미인하고 같이 가는 사람도 뭐 대단한 사람인
가 보다, 하고 나까지 한몫 바라보는 거지 뭐야."

"글쎄. 난 그런 생각보다 이런 생각이 들어. 내가 이상하기 때문에 그
러는 거라고 말이야."

"바보 할머니 같은 소린 그만두시지. 다시는 그런 생각 머릿속에 담
지 않기로 약속해 놓고 또 이러는 거야?"

그러면서 인철이가 한 팔로 나의 허리를 감아버렸기 때문에 지나가
는 행인들의 시선은 더욱 신기한 듯이 반짝이는 것 같았습니다.

그러나 인철이는 아랑곳없이 나의 허리를 바싹 끌어안고 천천히 걸
음을 옮겼습니다.

어느새 나도 창피스러운 느낌을 벗어나, 달콤한 음악에 맞추어 걸음
을 옮기듯 즐거운 마음으로 나란히 걸었습니다.

그제야 나의 얼굴에 조그만 바늘처럼 무수히 날아와 꽂히던 행인들
의 시선이 조금도 따갑지 않았습니다.

이윽고 인철이는 나에게 자기 아버지의 말대로 자기 집에서 함께 살
도록 하자고 몇 번이나 졸랐습니다. 그럴 때마다 나는 외삼촌의 귀신 애

기를 앞세워 그런 얘기를 막아버리곤 하였습니다.

내가 만일 그렇게 인철이의 집에서 공부를 계속하게 된다면 외삼촌의 귀신은 얼마나 슬퍼하겠느냐는 나의 말에, 인철이는 귀신이 뭐냐고 나를 핀잔을 주면서 영혼이란 말로 바꾸어서 하라고 타일렀습니다.

그러나 나는 귀신이란 말과 영혼이란 말은 서로 그 뜻이 전혀 다른 별개의 말이라고 우겼습니다. 외삼촌의 영혼이라고 하면, 나는 언제나 나를 가엾게 생각해서 울고 있는 외삼촌의 모습을 상상하였고, 그 영혼은 내가 설사 인철이네 집으로 옮겨가 버리더라도 조금도 나를 꾸중하지 않을 것만 같았습니다.

그러나 외삼촌의 귀신이라고 할 때는 그 모습은 울고 있지도 않았고, 내가 만일 사람으로서의 도리를 벗어난 짓을 할 때는 무섭게 꾸중할 것 같았고, 그래도 내가 말을 듣지 않을 때는 나를 저승으로 잡아갈 것 같은 무서운 모습으로 상상되었습니다.

그러나 인철이는 나의 그런 생각을 어처구니없는 망상이라고 일축하였고 끝내는 귀신이란 없는 것이라고 단정하였습니다.

그러나 나는 지지 않고, 귀신이 없다면 영혼도 없는 것이라고 덤볐습니다. 나의 말에 인철이는 어디까지나 영혼은 있다고 하면서, 나는 잘 알 수도 없는 철학 얘기까지 동원하여 설명을 늘어놓았습니다.

나는 잠시 궁지에 몰려 입을 다물고 있다가, 마침내 이렇게 둘러대었습니다.

"영혼이나 귀신은 똑같은 뜻이란 말이야. 단지 영혼이란 밝은 낮에 나타날 때 그렇게 부르는 거고 밤에 나타날 때는 귀신이 되는 거야."

나의 말에 인철이는 흥흥거리며 코웃음을 쳤고, 나는 나의 말이 옳다는 생각이 굳어졌습니다. 그래서 나는 이런 설명까지 덧붙였습니다.

밝은 대낮엔 공동묘지에 가봐도 조금도 무섭지 않지만, 캄캄한 밤에는 무서워서 못 가는 것만 보아도 나의 말이 옳지 않느냐고 나는 한껏 뽐내며 말했습니다.

그러자 인철이는 여전히 코웃음을 치며, 그건 한 마디로 말해서 억지이라고 빈정거렸습니다. 나는 그만 약이 올라 그의 팔뚝을 힘껏 꼬집어 주었습니다.

나에게 자기 집에서 함께 살자고 꺼냈던 얘기가 어느새 귀신 얘기로 얼버무려지자, 인철이는 문득 성희 얘기를 끄집어내더니 이렇게 말했습니다.

"성희는 우리들 소설 속의 산에서 무슨 짐승으로 나온다고 했지? 독사?"

내가 고개를 끄덕이자, 인철이는 다시 말을 이었습니다.

"성희뿐만 아니라 우리 두 사람을 빼고는 우선 우리 주위에 있는 모든 사람들을, 그런 산에 살고 있는 적당한 짐승들로 바꾸어서 등장시켜야지."

그럼 인숙이는 다람쥐가 어떠냐고 내가 말하자, 인철이는 싱그레 웃으며 그건 꼭 들어맞는 비교라고 머리를 끄덕였습니다.

인숙이가 알았다면 내가 어째서 다람쥐냐고 마구 덤빌 걸 생각하자 나는 킥킥거리며 웃음이 나왔습니다.

그리고 나는 다시 주위에 있는 여러 사람들을 머릿속으로 하나하나 떠올리며 그 얼굴 모습이며 나를 대해 주었던 분위기에 따라, 적당한 짐승으로 그들의 모습을 바꾸어 나갔습니다.

다른 여러 사람들에게 붙여 주었던 짐승 이름에 대해서 인철이는 모두 꼭 알맞은 비교라고 고개를 끄떡였지만, 자기 아버지를 사자로 바꾸어 버린 데 대해서는 고개를 가로저었습니다.

"아버지를 사자로 표현하다니? 그건 당찮은 비교야. 그럼, 어머니는 암사자가 될 게 아니야?"

"아냐. 너희 어머니는 양으로 할 거야."

"뭐? 그럼 어떻게 되는 거야? 사자하고 양이 함께 산단 말이야? 당장에 잡아먹어 버릴 텐데……."

나는 그 소리에 깔깔거리며 웃음을 터뜨렸습니다. 조금도 웃지 않고 그런 얘기를 입에 올리는 인철이의 태도가 너무나 재미있고 우스웠던 것입니다.

잠시 후에 나는 이렇게 말했습니다.

"그렇지만 소설에서는 부부가 아니잖아?"

"왜 아니야, 그 속에서도 부부로 나와야지. 엘리노어는 왜 자꾸 우리 아버지를 푸대접하려고 들지?"

"글쎄, 아마 나의 생각이 옳을 거야. 지금은 나를 잘 대해주시지만 나중에 우리 둘이 산꼭대기까지 올라가면 결국 으르렁거리고 말 거야. 그래서 으르렁거리는 사자로 했던 거야."

"그건 잘못된 생각이야. 쓸데없는 소리 말고 이렇게 해! 아버지는 황소, 어머니는 젖소로 말이야."

그 소리에 나는 다시 웃음을 터뜨렸습니다. 갑자기 사자가 황소로 변한 것은 그렇게 우스운 일은 아니었지만, 하얀 털에 쌓인 순하디순한 양으로 되어 있던 부인이, 갑자기 커다란 젖통을 늘어뜨리고 있는 젖소로 변해버린 것은 아무리 생각해도 나는 웃음을 참을 수가 없었습니다.

"왜 웃어? 산을 오르다가 목이 마를 땐 젖소한테 우유라도 얻어먹어야 할 게 아니야."

나는 간신히 웃음을 삼키며 그때까지 사슴으로 되어 있던 우리 아주머니를 양으로 다시 바꾸어야겠다고 생각하였습니다.

그리고 우리 상점을 처음으로 양색시 상점이라고 불렀던 그 빨래 비누를 사러 왔던 노파는 늙은 여우로 만들었습니다.

그런 다음 나의 머릿속을 들여다보아도 여전히 사자나 호랑이는 보이지 않았습니다.

"그럼 사자나 호랑이 같은 무서운 짐승은 누구로 하지? 늑대도 없잖아?"

나의 말에 인철이는 잠시 생각하는 눈치더니, 천천히 입을 열었습니다.

"차차 나타날 거야. 구태여 그것들을 기다릴 필요까진 없어. 여기저기 숨어 있을 테니까."

그러면서 인철이는 토요일마다 모여서 음악 감상을 한다는 장호네 집에서 자기와 함께 나를 초대한다는데 가보겠느냐고, 나의 뜻을 물었습니다.

"거긴 성희도 나오지?"

내가 묻자 인철이는 고개를 끄덕이더니 이렇게 말했습니다.

"어쩌면 그 속에서 사자나 호랑이를 닮은 그런 짐승들을 발견할지도 몰라. 독사는 이미 한 마리가 있으니까 말이야."

"난 그만둘래. 무서워!"

성희가 나타나는 곳이라면 나는 가고 싶지 않았습니다.

"바보같이, 무섭긴? 성희가 무서워 못 간단 말이야?"

"그렇지만, 그 계집앤 꼴도 보기 싫단 말이야. 자기는 당당한 한국인이지만 나보고는 튀기라고 놀려주는 것 같은 그따위 꼬락서니는 생각만 해도 지긋지긋해."

"이것 봐! 엘리노어야! 내 얘기 잘 들어! 우리가 소설 속에서 산꼭대기를 오르는 것도, 지금 이렇게 살고 있는 것도, 그런 걸 무서워해서 피해 가며 살아서는 도저히 이룰 수 없는 일이야. 용기 있게 부딪쳐 나가야지, 그래서 이겨야 하는 거야."

"그렇지만 일부러 찾아다니며 부딪칠 필요는 없잖아?"

"일부러가 아니야. 몇 번이나 초대를 해왔는데 나타나지 않으면 우리를 어떻게 생각하겠어? 비웃을 거야."

"그럼 거기 모이는 사람들은 어떤 사람들인데?"

"모두 우리 회사에 다니는 사람들의 자식들이야. 그리고 병아리 대학생들이야. 그리고 좀 정신이 없는 친구들이지."

"그럼, 인철이도 거기 가면 사장이 되는 거야?"

나의 말에 인철이는 껄껄거리며 웃어 버렸고, 나도 따라서 웃음을 터뜨렸습니다.

"그럼, 다음 토요일부터 우리도 나가는 거야. 아마 엘리노어는 거기서 사자와 호랑이의 소재를 얻어낼 수 있을 거야."

"거긴 여자들도 많이 오니?"

나는 인철이의 눈 속을 들여다보며 대답을 기다렸습니다.

"그럼, 모두 쌍쌍이니까."

"예쁜 애들도 많겠지, 물론."

"글쎄. 그렇지만 엘리노어보다 예쁜 여자는 없어."

"피, 누가 속아 넘어갈 줄 알고. 남자들이 엉큼하다는 것쯤 나도 알고 있단 말이야."

나의 말에 인철이는 큰 소리로 웃었고, 나도 그만 깔깔거리며 웃어댔습니다.

남자들이 엉큼하다는 그런 얘기는 모두 인숙이가 내게 들려주었고, 언젠가 한번은 나에게 주의를 하듯,

"애 우리오빠도 조심하란 말이야! 남자들은 모조리 엉큼한 도둑놈들이래."

하더니 제풀에 깔깔거렸던 것이었습니다.

그때 내가 엉큼하면 어떻게 엉큼하냐고 물었더니 인숙이는 나의 뺨을 꼬집어 주며, 이 바보야, 그런 건 인철씨한테 직접 따져보면 될 것 아니냐고 하며 핀잔을 주었습니다.

그런 기억에서 빠져나오며 나는 이렇게 물었습니다.

"왜 자꾸 엉큼하게 웃기만 하는 거야? 그럼 엉큼하지 않단 말이니?"

"그래 엉큼하다고 해두지, 그렇다면 나하고 어떻게 그런 험한 산꼭대기까지 올라가겠나? 내가 만일 엉큼하게 엘리노어를 사자나 호랑이한테 넘겨줘 버리면 큰일 아니야?"

"난 그렇게 안 쓴단 말이야. 내가 오히려 인철이를 독사한테 떠밀어 주는 걸로 소설을 꾸민단 말이야."

그러면서 내가 혀를 날름 내밀어 보이자, 인철이는 그만 나를 덥석 껴안아 버렸습니다.

“싫어! 엉큼하게 이게 뭐야?”

나는 그의 가슴을 떠밀며 쫑알거리다가 그만 킬킬거리며 웃고 말았습니다.

그러나 인철이의 엉큼스러움은 달콤하고 부드러웠을 뿐, 조금도 도둑놈 같지는 않았습니다.

21. 사자, 호랑이 그리고 독사들

다음 토요일이 돌아왔을 때, 나는 이미 우리들이 산 밑을 출발하는 소설의 첫 페이지를 시작하고 있었습니다.

그 속에서 나의 이름은 튀기였고, 인철이의 이름은 타잔으로 하였습니다. 사나운 짐승들과 싸워야 하고, 험한 가시밭길을 헤쳐 나가지 않으면 안 되었기 때문에, 인철이에겐 타잔이란 용감한 이름이 알맞을 것 같았습니다.

그러나 영화 속에 나오는 타잔처럼 벌거숭이가 아닌 부드럽고 두꺼운 가죽으로 만든 옷을 입혀 주었습니다.

그런 다음, 그날은 인철이와 약속대로 장호네 집으로 갔습니다.

어쩌면 그 속에서 사자와 호랑이의 소재를 찾아낼지도 모른다고 했던 인철이의 말이 떠올라 공연히 무서운 생각이 치밀었지만, 한편으론 야릇한 호기심이 끓어올라, 성희 앞에 보란 듯이 으스대며 인철이와 나란히 나타날 걸 생각하니 갑자기 가슴이 야릇한 쾌감으로 울렁거렸습니다.

차를 타고 달리는 동안에 나는 문득 그 일주일 동안에 일어났던 일에 대하여 곰곰이 생각하고 있었습니다.

첫 번째로 머릿속에 떠오른 것은, 성희가 인철이네 집에 발을 끊어 버렸다는 사실이었습니다. 그것은 인철이가 호통을 쳤기 때문이라고 했지만, 원인은 내게 있었기 때문에 나는 조금 불안하였고, 한편으론 시원스러운 기쁨도 느꼈습니다.

나를 튀기라고, 야비한 수작으로 곯려주던 성희를 인철이가 시원하게 발길로 걸어차 버렸으니 다시는 나에게 덤비지 않을 것 같았습니다.

그리고 두 번째로 나의 머릿속에 떠오른 것은 무서운 일이었습니다.

그것은 어느 날 밤에 일어났던 일인데, 나는 너무나 무서워서 이불을 뒤집어쓰고도 벌벌 떨었습니다.

오래 전부터 우리 상점 앞을 지나다니며 나에게 야릇한 시선을 보내곤 하던 삼십 가까운 젊은 남자가 그날 밤에 느닷없이 술에 잔뜩 취해갖고 우리 상점에 나타나더니, 아주머니에게 양색시 좀 만나게 해달라고 불쑥 말을 꺼냈던 것입니다.

그 소리에 기가 질린 아주머니가, 무슨 소리냐고 하며 물러가라고 소리를 질렀습니다.

그러자 그 남자는 주머니에서 돈뭉치를 불쑥 꺼내어 아주머니 앞으로 바싹 들이밀며,

"나도 돈 있단 말이오. 하룻밤에 얼마요?"

하고 소리를 버럭 질렀습니다.

그때까지 문구멍의 손바닥만한 유리창을 통하여 밖을 내다보고 있던 나는 질겁하여 이불 속으로 기어들고 말았습니다.

그 남자는 그러고도 한참이나 아주머니와 실랑이를 벌이다가 물러갔지만, 나는 그날 밤 한잠도 잠을 이루지 못한 채 불안에 떨었습니다.

시뻘겋게 징그럽던 그 미친 남자의 얼굴이 귀신처럼 나타나기도 하였고, 때로는 호랑이처럼 사나운 얼굴로 나를 집어 삼킬 듯 그 험상궂은 아가리를 쩍 벌리고 으르렁거렸습니다.

그렇게 돈뭉치를 내밀고 남의 몸뚱어리를 삼키려고 하였던 그 미친 남자가, 나를 뭘로 보았을까? 하고 나는 오랫동안 곰곰이 생각해 보았습니다.

나를 양갈보로 보았을지도 몰랐고, 그 양갈보들 가운데서도 좀 색다른 물건으로 보았는지도 몰랐습니다. 아니면, 돈을 받고 몸을 파는 창녀로 보았는지도 몰랐습니다.

양키들만 남자냐고 그 남자는 소리 질렀고, 돈만 주면 될 거 아니냐고 소리를 질러댔습니다. 그리곤 양색시 상점이란 이름은 뭐냐고 욕지거리마저 해대더니, 돈이 적다면 더 줄 테니까 하룻밤만 양색시를 빌려달라고 말했습니다.

끝내는 아주머니가 울음을 터뜨리며 식칼을 들고 뛰어 나가자, 그 남자는 부리나케 도망쳐 버렸던 것입니다.

밤새도록 나는 훌쩍이며 울었습니다. 그러한 눈물과 고통이 쌓인 머릿속에 끝내 남게 되는 단 한 마디의 말은 튀기, 이것뿐이었습니다.

그것은 영원히 구원받을 수 없는 이름인 것 같았습니다.

"아! 나의 세상은 어디에 있는 것일까? 이토록 무섭게 나를 괴롭히지

만 않는다면 나는 당장 지옥에라도 달려가고 싶어!'

나는 그날 밤이 새도록 이렇게 울면서 중얼거렸습니다.

이윽고 그날은 나의 고통 속으로 과거가 되어 지나가 버렸고, 그 미친 남자는 나의 뼈저린 고통 따위는 까맣게 잊은 채, 자기대로의 즐거운 생활 속으로 돌아가 있을 것이었습니다.

그것은, 마치 어린애들이 가지고 놀던 장난감을 망가뜨려 놓고는 또 다른 장난에 몰두하는 것과 같았습니다.

부서진 장난감의 고통이나 슬픔 따위에 어린애들의 마음이 닿을 수 없는 것처럼, 그 미친 남자의 마음속에 나의 뼈저린 고통이 눈곱만큼이라도 비치고 있었을까요?

나는 다시 눈물과 슬픔으로 간신히 부서져 버린 나를 주워 모아 몸을 일으켰던 것입니다. 산산조각으로 파괴되어 버린 나의 모습은 언제나 그렇게 피처럼 진한 눈물에 씻겨 간신히 허우적거리며 제자리로 돌아오곤 하였습니다.

그것은 아마 나의 생명이 있는 한 되풀이하지 않으면 안 될, 무서운 홍역과도 같았습니다. 그래도 나는 여전히 살아 있었고, 나를 사랑해 주는 인철이를 만나고 있을 때만은 그런 무서운 고통의 기억 속에서도 용기를 지닐 수가 있었습니다.

그 무렵 내가 살고 있었던 의미를 꼭 밝혀야 한다면, 그것은 나라는 존재의 하나에선 그 의미는 아무것도 없었고, 단지 인철이를 포함한 몇몇 다정한 사람들과의 관계에 의해서 비로소 나의 존재는 간신히 의미를 지니고 호흡을 하며 살고 있었을 뿐입니다.

그러나 나는 그러한 고통과 슬픔의 조그만 찌꺼기라도 인철이 앞에서나 그 누구 앞에서라도 내보이지 않았고, 언제나 명랑하게 참으로 이 세상은 아름답고 살 만한 곳이야, 하는 듯이 나의 표정을 가꾸고자 애를 썼습니다.

그러나 인철이만은 내가 입 밖에 내지도 않았던 그런 모든 고통의 실마리를 언제나 넘겨다보고 있었고, 그래서 나의 두 눈만 들여다보고도 그는 모든 걸 짐작하는 것 같았습니다.

그날도 이윽고 장호네 집 앞에 이르자, 인철이는 문득 나를 빤히 돌아보더니 불쑥 이렇게 말했습니다.

"상점 일로 고통스러운 게 많지? 내가 짐작할 수 있는 것만 해도 아주 많은데. 앞으론 나하고 의논도 좀 해보고, 그래서 어려운 일은 함께 이겨 나가도록 해야지."

"아니야. 아무 일도 없어."

"난 다 알고 있어. 엘리노어의 얼굴이 모든걸 얘기해 주고 있는데, 입만 그런 식으로 얘기하면 돼나?"

인철이는 얘기를 계속했습니다. 장호네 집 앞에 이르렀을 때,

"정말이야 아무일도 없어."

"정말이 아니야. 어쨌든 고마워! 그런 걸 조금도 내보이지 않고 용기를 지니고 있는 게 고마운 일이야. 자, 그럼 이 친구들 앞에서도 우린 조금도 움츠리지 말고 우리는 행복하다는 걸 알려주자!"

그러면서 인철이는 나의 손을 잡아끌었습니다. 장호네 집은 30여 년 전에는 그 위세가 당당하였을 일본식 목조 2층집으로, 머리를 덮은 기왓장이나 몸뚱이의 나무 색깔이 모조리 우중충한 회색이었습니다. 따라서 나의 기분도 침울해지고 말았습니다.

이윽고 나는 인철이를 따라 열려진 현관을 통하여 2층으로 올라갔습니다. 집의 내부는 겉보기와는 딴판으로 꽤 호화롭게 꾸며져 있었으나, 아래층엔 사람의 그림자도 보이지 않았습니다.

2층 계단을 오를 때에야 비로소 무슨 소리가 흘러나왔습니다. 그것은 음악이었습니다. 트럼펫 소리가 나직하고 어두운 슬픔의 곡조를 길게 뽑아 나가더니, 인철이를 뒤따라 내가 실내로 들어서자 갑자기 죽어 버렸습니다.

뒤따라 교실 한 칸의 반쯤 되는 기다란 실내에서 요란한 환호성이 일어났습니다. 그것은 음악의 끝을 장식하는 감동의 표시가 아니었고, 인철이와 나의 출현을 환영하는 소리였습니다.

나는 잠시 어리둥절했지만, 간신히 태연한 표정으로 실내를 둘러보았습니다. 열 너댓 명은 되어 보이는 젊은 남녀들이 일어선 채 우리 앞에 몰려서 있었습니다. 그들은 모두 한 마디씩 인철이에게 농담 섞인 인사를 건넨 다음, 부드러운 시선으로 나를 훑어보았습니다.

그때 남자들의 뒤에 몰려 선 계집애들 속에서 나는 문득 낯익은 얼굴을 발견했습니다. 그것은 성희였습니다.

이윽고 인철이의 소개로 나는 그 많은 사람들과 차례로 인사를 시작하였습니다. 그렇게 한꺼번에 열명이 넘는 많은 사람들과 인사를 해보기는 그때가 처음이었습니다.

나는 조금 미소를 띠고 살짝 고개만 숙여 보였지만, 그들은 모두 자기 이름들을 대곤 잘 부탁한다거나, 얘기는 많이 들었다고 덧붙였습니다.

나는 갑자기 여왕이나 된 것처럼 우쭐해졌고, 마치 인철이의 아내가 되어 무슨 파티에라도 나타난 것 같은 기분이었습니다.

그런 기분도 성희와의 차례가 오자 그만 사라져 버렸고, 우리는 잠시 서로 노려보듯 쳐다보았을 뿐, 그것으로 인사는 끝났습니다.

이윽고 모두 마주보고 놓여 있는 기다란 나무 벤치에 쌍쌍이 나란히 앉았고, 주인인 장호가 나에겐 특별히 캐비닛 옆에 놓인 테이블의 소형 회전의자를 갖다주었습니다.

다른 애들 보기에 나는 좀 무안스러웠지만, 인철이가 재빨리 눈짓을 보내왔기 때문에 나는 그냥 앉아버렸습니다. 그러자 나의 앉은키는 가장 높았고, 나는 그 높은 자리에서 성희와 한 쌍으로 나란히 앉은 남자에게 야릇한 호기심을 느끼며 시선을 보냈습니다.

그 남자의 이마에는 기다란 흉터가 굵은 주름살처럼 험상궂게 패여 있었고, 어딘지 얼굴에 불만이 가득 찬 것 같은 나쁜 인상이었습니다.

나는 이내 조금 전 나한테 인사를 했을 때의 그의 목소리를 기억해 내었고, 그의 이름이 달수라는 것도 알아내었습니다.

남자들의 옷차림은 평범해 보였지만, 그 사이사이에 끼어 앉은 계집애들의 옷차림은 화려하였고, 따라서 나보다는 모두 두 살 정도 위에 있는 여대생들이었습니다.

이윽고 템포가 빠른 재즈가 멀리서 들려오듯 나직하게 흘러나오기 시작하자, 달수가 벌떡 일어나더니 내 쪽으로 어색한 미소를 보내며 이렇게 첫마디를 던졌습니다.

"인사를 하긴 했지만, 아직 모두 이름을 모르고 있어요. 한 말씀 해 주시죠."

그 소리에 나는 마치 일원 한 푼이 없을 때 거지가 불쑥 내미는 손을 받은 것처럼 어리둥절해지고 말았습니다.

그러나 나는 이내 침착하게 대꾸했습니다.

"엘리노어라고 해요."

"네 그러세요? 난 유창한 영어가 흘러나올 줄 알았는데, 약간 실망이군요."

비꼬는 듯한 달수의 소리에 갑자기 조그만 웃음소리들이 일어났고, 따라서 인철이의 이마에선 핏줄이 꿈틀거렸습니다.

그러나 나는 그런 따위 빈정거림에 지지 않겠다는 듯이 달수를 노려보며 이렇게 말했습니다.

"영어로도 할 수 있어요. 마이 네임 이즈 엘리노어, 어때요? 이제 속이 후련해요?"

나의 말에 달수는 피식 웃어 버리더니, 겸연쩍은 듯이 시선을 돌렸습니다. 그러자 성희가 날카롭게 나를 노려보며 마침내 시비를 걸어왔습니다.

"넌 뭐라고 다른 사람이 일어나서 묻는데 건방지게 그냥 앉아서 대꾸하니? 무슨 특권이라도 있어?"

나는 그 소리에 갑자기 가슴이 울렁거리기 시작하였고, 내가 뭐라고 대꾸를 하려는데 어느새 인철이가 달수를 돌아보며 나직한 목소리로 위엄 있게 입을 열었습니다.

"달수한테 한 가지 묻겠어!"

"나한테? 무슨 말이야?"

달수는 이마의 흉터를 찌푸리며 인철이를 돌아보았고, 그 소리에 실내는 갑자기 무거운 긴장으로 싸였습니다.

"내가 묻는 말에 친구로서 솔직하게 대답해 주기 바래."

“그래 좋아. 물어보라구!”

“우리가 여기 나타나기 전에 성희로부터 엘리노어에 대해서 얘기를 들은 적이 있어? 듣지 않았어?”

“그건 들은 적이 있어.”

“그럼 좋아.”

인철이는 긴장할 때의 버릇으로 침을 꿀꺽 삼키더니, 주위를 둘러보며 더욱 굳어진 목소리로 입을 열었습니다.

“그럼 모두에게 물어보겠어! 우리가 여기 나타나기 전에 성희로부터 엘리노어에 대해서 얘기를 들은 적이 있어? 없어?”

잠시 긴장 섞인 무거운 침묵이 흘렀습니다. 모두 인철이의 굳어진 표정 앞에 위압을 느낀 듯, 잠자코 바닥만 내려다보고 있었습니다.

이윽고 장호가 침묵을 깨뜨렸습니다.

“그거야, 모두 여러 번 들었지. 그러나 이름 정도에서 그친 얘기였어.”

“내가 알고 싶었던 건 바로 그거야. 이름 정도에서 그친 그 얘기란 말이야!”

인철이가 버럭 고함을 질렀기 때문에 모두 움찔하고 놀랐습니다. 어느새 인철이의 얼굴은 무섭게 상기되어, 두 눈은 번쩍이고 있었습니다. 그 눈으로 인철이는 한참이나 성희를 노려보더니, 이윽고 다시 달수를 돌아보며 입을 열었습니다.

“달수한테 다시 한 번 묻겠어. 조금 전 엘리노어에게 이름을 알려달라고 부탁했을 때, 넌 이미 엘리노어의 이름을 알고 있으면서 일부러 물어본 거지? 그렇지?”

하고 다시 인철이가 고함을 버럭 질렀습니다. 그러자 달수는 비굴한 미소를 간신히 떠올리며 이렇게 변명했습니다.

"그야 뭐 알고는 있었지만, 본인을 만난 건 오늘이 처음이고 해서 물어봤는데 그게 뭐 그렇게 나쁜 거야?"

"뭐? 나쁜 거냐고? 그 질문에 대한 대답은 너한테 양심이 있다면 그 양심이 해줄 거야."

그러자 달수는 갑자기 표정이 사나워지더니, 부릅뜬 두 눈으로 인철이를 마주 노려보았습니다.

잠시 살벌한 침묵이 흘렀고, 그 침묵 사이를 가르며 여전히 울려나오고 있었던 나직한 재즈의 멜로디가 드디어 끝이 나고, 바늘이 판을 긁는 소리가 몇 바퀴 계속되자, 장호가 급히 일어나 그 소리를 완전히 죽였습니다.

이윽고 인철이가 여전히 달수를 노려보며 거칠게 말을 쏟았습니다.

"뭣이라고? 유창한 영어가 흘러나올 줄 알았다고? ……뭐? 그래서 실망을 했다고? 임마! 그따위 야비한 수작을 해놓고도 뭐가 나쁘냐고 뻔뻔스럽게……. 너 임마! 그따위 말버릇 좀 고쳐줄까?"

험악한 인철이의 기세에 마침내 달수는 고개를 돌리더니, 잠자코 입을 다물고 있었습니다.

인철이가 그렇게 무섭게 화가 난 것을 나는 그날 처음 보았습니다. 그러자 여러 사람들이 모두 그건 달수의 잘못이라고, 사과하도록 타일렀지만 달수는 들은 체도 않고 맞은편 벽 위의 색깔이 희미한 풍경화를 뚫어질 듯 노려보고만 있었습니다. 그러자 장호가 나서서 다시 한 번 달수를 재촉하였습니다.

그제야 달수는 입술을 지그시 깨물며 스스로 고개를 한번 끄덕이더니, 인철이를 돌아보며 입을 열었습니다.

"그래. 그건 내 실수였어, 미안하다."

"좋아. 네가 그걸 인정한다면 너한테 더 말하진 않겠어."

그러더니 인철이는 다시 성희를 무섭게 노려보며 불쑥 말을 꺼냈습니다.

"가장 나쁜 건 바로…… 너야!"

그러자 성희는 갑자기 고개를 쳐들고 인철이를 마주 노려보았습니다. 그 싸늘한 눈빛 속에서 나는 문득 독이 올라 빳빳하게 고개를 쳐든 한 마리의 독사를 보는 것 같았습니다.

이윽고 인철이가 거칠게 입을 열었습니다.

"내가 한번 알아맞혀 볼까? 성희가 어떤 식으로 엘리노어 얘기를 떠벌렸는지. 그 눈만 봐도 난 당장 알 수 있단 말이야! 비겁한 짓이야. 그런 심보 밑에서 무슨 아름다운 시가 나올 수 있나? 지금 당장에 시를 한번 지어 보시지. 난 그 시가 무척 궁금한데."

마침내 성희가 울음을 터뜨리고 벌떡 일어나 뛰어나갔습니다. 뒤따라 달수가 일어나더니 인철이와 나를 날카롭게 노려보며 밖으로 나갔습니다.

그제야 나의 가슴이 내려앉을 것만 같던 불안이 조금 가라앉았으나 나는 여전히 불안했습니다.

인철이와 달수의 다툼이 계속되는 동안 나는 몇 번이나 등줄기에 식은땀이 흘러 내렸습니다. 그리고 나에게로 힐끔힐끔 다가오는 대부분의 시선들은, 그 부드러움 속에 바늘 같은 이런 말들을 감추고 있는 것 같았습니다.

'넌 튀기지? 인철이만 아니었다면 너 따위 더러운 튀기한테 공손하게 인사는커녕 낯바닥에 침을 뱉어주고 싶었어. 조심해! 튀기 따위가 어디서 함부로 건방지게 굴어!'

그러나 또 어떤 시선들은 이렇게 속삭이는 것 같았습니다.

'넌 정말 불쌍한 애구나. 네가 아무리 태연한 척 꾸며도 너의 그 푸른 눈동자는 모든 걸 다 말해 주고 있어. 넌 슬프지? 불안하지? 어쩌면 불안이 너의 전부일지도 몰라.'

나는 그런 따위의 시선들이 가장 싫었습니다.

그것은 아니꼬운 동정의 빛을 띠고, 마치 썩어 버려 먹을 수도 없는 음식을 거지에게 주고도 생색을 내려는 것과 같았습니다. 나는 그러한 시선들 가운데서 문득 부드럽게 빤짝이며 나에게로 다가오는 따뜻한 미소를 발견하였습니다.

그것은 내가 찾아내기 전부터 계속하여 나에게 그런 따뜻한 미소를 보내 주고 있었던 것 같았습니다. 그것은 아니꼬운 동정의 빛을 띠지도 않았고, 조금도 꾸미지 않은 맑고 부드러운 눈빛으로 나의 시선을 끌었습니다.

나는 그 방 안에서 처음으로 장호 옆에 앉은 그 처녀에게 마음으로부터의 미소를 보냈습니다. 갸름한 얼굴에 검정색깔의 옷차림을 한 가냘픈 몸매의 처녀였습니다. 나는 머릿속을 돌아보며 한참이나 그녀의 이름을 찾았습니다.

이윽고 나는 그녀의 이름이 유미라는 것을 알아냈고, 나와 처음 인사를 나누었을 때, 그녀가 했던 말까지 기억해 내었습니다.

"만나게 돼서 정말 기뻐요."

그런 인사말은 유미뿐이었습니다.

나는 그때 무심코 흘려버렸던 그 소리를 뒤늦게야 그녀의 따뜻한 미소 안에서 다시 발견하고 갑자기 즐거웠습니다.

그녀의 조용하고 아늑한 분위기가 나의 시선을 빨아들였고, 그 분위기 속에서 나는 튀기로 나타나지 않았기 때문에 즐거웠습니다.

사람은 저마다 스스로의 분위기를 지니고 있었고, 그 사람들의 각기 다른 분위기가 나에겐 마치 리트머스 시험지와 같았습니다.

어떤 시험지는 나를 인간의 색깔로 그 반응을 표시하였고, 그 나머지 대부분의 시험지는 나를 튀기의 색깔로 그 반응을 표시해 주었습니다. 그것은 세상이란 커다란 리트머스 시험지를 이루고 있는 대부분의 반응과도 같았습니다.

이윽고 나는 유미를 우리들의 소설 속에서 한 마리의 사슴으로 등장시키리라 마음먹었습니다. 그녀의 마음 속 어디엔가 사슴의 뿔처럼 귀중한 그 무엇이 숨어 있다가 언젠가는 나를 도와 줄 것 같았습니다.

그날 헤어질 때쯤 내가 간단하게 소설 얘기를 들려준 다음, 그 소설 속에서 유미는 한 마리의 사슴으로 나올 것이라고 했더니 유미는 기쁨에 넘쳐 나의 손을 덥석 잡았습니다.

"고마워요. 나 같은 걸 사슴으로 그려주신다니, 나도 어릴 때 그런 얘기를 들은 적이 있어요. 사람이 죽으면 그가 살았을 동안에 했던 행동의 선악에 따라, 혹은 벌레로 뱀으로 짐승으로 다시 태어난다고 하던데, 내가 과연 그렇게 착한 사슴으로 태어날 수 있을까요?"

"그러니까, 그 사슴의 뿔은 모조리 잘라서 엘리노어한테 돌려줘야 한

단 말이요."

인철이의 말에 우리는 한바탕 웃음을 터뜨렸습니다.

그러나 유미와 장호는 그때까지 나의 소설에 대한 계획을 자세히 몰랐기 때문에 나는 갑자기 그 자세한 설명을 유미에게 들려주고 싶은 생각이 치밀었지만, 그날은 너무 늦었기 때문에 입을 다물 수밖에 없었습니다.

그리하여 나는 장호네 집에서 나의 소설 속에 담을 한 마리의 사슴과 여러 마리의 사자와 호랑이, 그리고 독사들까지 찾아내었습니다. 그리고 인철이의 의견대로 장호는 한 마리의 곰으로 결정하였습니다.

22. 희망의 무지개를 잡고 싶어

그해의 가을이 돌아올 때까지 인철이와 나는 토요일마다 한 번도 빠지지 않고 장호네 집을 드나들었습니다.

음악 감상보다도 달수와 그런 다툼이 있고 난 뒤부터 단 한 번이라도 빠지게 된다면 그들이 두려워 우리가 피하는 꼴이 된다고, 인철이는 내가 몇 번이나 그만두자고 얘기했을 때 고집을 세웠습니다.

그 외의 시간엔 인철이는 하루에 한 번씩 우리 집에 와서 나에게 중단된 공부를 계속하여 가르쳐 주었고, 공부가 끝나면 우리는 마치 온 세상의 주인이나 된 듯이 교외로 어디로 즐겁게 쏘다녔습니다.

그동안에 우리는 아무도 몰래 다섯 번이나 입을 맞추었고 그 이상의 일은 일어나지 않았습니다. 나는 한번씩 그런 일이 있었던 날은 반드시 책상 위의 벽에다 동그라미를 하나씩 그려두곤, 다시 한 번 그 아찔하고 황홀했던 순간을 되새겨 보며 꿈같은 행복에 잠겨들곤 하였습니다.

그러한 동그라미가 많아지면 많아질수록 나는 더욱 행복해질 것 같았고, 마침내는 그러한 행복 속에 영원히 파묻혀 살게 될 것이라고 달콤하게 상상하였습니다. 그래서 나는 인철이를 만날 때마다 나도 모르는 사이에 어느 새 마음속으로 이렇게 졸라대곤 하였습니다.

"어서, 동그라미 하나 더 그리게 해줘! 아직 다섯 개밖엔 안 된단 말이야!"

그런 날은 언제나 헤어지면서 인철이는 나의 뺨이나 손등에다 부드럽게 입을 맞춰주었기 때문에 나는 책상 앞에서 한동안 어떻게 할까, 하고 망설였습니다.

뺨이나 손등에 그렇게 해준 것까지 동그라미를 그려놔도 괜찮을까, 하고 나는 혼자서 킥킥거리다가 마침내 좋은 생각이 떠올랐습니다. 그것은 가위표로 엇그려두기로 하였습니다.

나는 급히 기억을 더듬어 머릿속의 가위표를 찾아내어 동그라미 밑에다 나란히 표시해 두었습니다. 그랬더니 동그라미보다 가위표가 훨씬 많았습니다. 나는 다시 킥킥거리며 이렇게 종알거렸습니다.

"인철이는 바보야! 가위표가 뭐가 좋다고 저렇게 많이 줬어. 바보같이, 동그라미가 싫은가 봐!"

그러나 가위표도 나의 행복을 더욱 살찌게 만들어 주었기 때문에 나는 싫어하거나 미워하진 않았습니다.

그것도 나 같은 튀기에겐 얼마나 귀한 것인지 모른다고, 나는 하나 빼지 않고 그것을 표시해두곤 하였습니다. 그러한 시간의 틈틈이 나는 상점의 일을 도왔습니다.

그때까지도 여전히 우리 집은 '양색시 상점'으로 통하였고, 야릇하게도 그것 때문인지 장사는 순조롭게 잘돼 나갔습니다.

여전히 〈충남상회〉란 간판은 붙어 있었지만, 양색시 상점이란 소리는 마침내 사람들의 머릿속에서 마치 물기가 말라버린 시멘트처럼 완전히 굳어져 버린 것 같았습니다.

나는 아주머니에게 허수아비 같은 간판은 그만 떼어버리자고 했더니, 아주머니는 그냥 두자고 하면서 "사람들도 지치면 이제 간판을 보게 될 테지" 하고 말했습니다. 그 말에 나는 문득 내 자신의 존재가 집으로부터 영영 사라져 버리게 될 때를 생각해 보았습니다.

그때가 온다면 사람들의 입에서 양색시 상점이란 소리는 자연스럽게 사라지게 될 것이고, 그렇게 되면 간판이 다시 필요할 것 같았습니다.

그런 생각에 몰리자, 나는 문득 내 자신이 집에서 떠나야할 날이 멀지 않은 것 같은 이상한 느낌이 일어났습니다. 그것은 막연한 느낌이었지만 별안간 숨이 막힐 듯한 긴장마저 몰아다 주었습니다.

나는 곰곰이 내가 집을 떠나게 될 경우를 생각해 보았습니다. 그것은 어쩌면 무지개를 잡는 듯한 꿈같은 희망처럼 생각되었고, 한편으론 내가 조금 더 나이가 들면 조금도 어렵지 않게 간단히 이루어질 것같이 생각되기도 하였습니다.

그것은 상상만 하여도 가슴이 터질 듯이 울렁거리는 인철이와의 결혼이었고, 그때가 온다면 나는 싫어도 양색시 상점이란 지긋지긋한 소리를 가지고 집을 떠나야 할 것 같았습니다.

그러나 그때까지 내가 읽었던 수많은 책 속에서나 혹은 누구로부터도, 사람들의 손으로 무지개를 완전히 잡았다는 얘기를 들어본 일이 없었기 때문에 그런 경우에 내가 집을 떠나게 된다는 생각은 아무래도 맥이 빠질 수밖에 없었습니다.

그 다음으로 나는 문득 죽음을 생각하였습니다. 그 생각의 시작은 갑자기 숨이 막히고 심장의 고동이 멈추는 듯하더니, 마침내 모든 것이 캄캄해지고 말았습니다. 눈앞이 캄캄해지고 머릿속이 캄캄해지더니 이윽고 나의 몸속은 먹물로 가득 찬 것 같았습니다. 뒤따라 머리를 산발한 나의 귀신이 나타났고, 그 귀신도 금발의 머리에 파란 불빛 같은 무서운 눈을 하고 있었습니다.

그때가 온다면 나는 집을 떠나는 게 아니라, 완전히 사라지고 말 것 같았습니다. 따라서 양색시 상점이나 튀기 따위의 지긋지긋한 소리도 나와 함께 무덤 속으로 들어가 버릴 것이라고 생각하였습니다.

그러나 그러한 나의 생각은 어처구니없는 나의 희망에 불과한 것이었습니다. 내가 죽는다고 하여 나에 관한 기억마저 사람들의 머릿속에서 사라지기를 바라고 있었던 나는 어리석은 바보였습니다.

설사 내가 몇 백 번을 죽어서 사라진다고 하여도 튀기라는 나에 대한 기억은 이 세상에 언제까지나 그대로 남게 될 것이고, 그것은 마치 나의 빈 껍질이 되어 내가 살았을 때 돌아다녔던 그 길을 따라 굴러다니고 있을 것만 같았습니다.

그때까지도 여전히 우리 집은 양색시 상점이라고 불려질 것이고, 그 소리에 나의 빈 껍질은 슬픔에 겨워 마침내 눈물에 녹아버릴 것이라고 생각하였습니다.

그 무렵부터 나는 자주 그러한 공상에 시달리곤 하였습니다. 내가 죽은 다음의 여러 가지 일들이 상상을 통하여 나를 슬프게 만들었고, 원한을 품은 내 귀신의 모습은 상상만 하여도 나의 온몸을 불안스러운 고통으로 가득 채웠습니다.

그러한 고통을 죽이기 위하여, 나는 다시 산을 오르는 우리들의 소설을 쓰기 시작하였습니다.

토요일마다 장호네 집에서 보내는 3시간의 시간은 그 소설을 써나가는 데 커다란 힘을 주었고, 이윽고 집으로 돌아오면 그 3시간의 의미를 하나하나 쪼개어 분석하곤 하였습니다.

나에게 던져온 말 한 마디 한 마디의 내용이며 그 말투를 모조리 늘어놓은 다음, 따라서 나를 훑어갔던 끈적끈적한 시선들을 마치 실패에 감아두었던 실을 풀어내듯 풀어놓고, 나는 오랫동안 그것들을 들여다보며 되새겨본 끝에, 그 속에서 짐승들의 몸짓을 찾아내어 그들을 모조리 산 속으로 끌어다 놓았습니다.

그제야 비로소 나는 다시 소설을 계속하곤 하였습니다.

타잔과 튀기는 그러한 짐승들의 사나운 위험 앞에서 무서운 긴장감을 지니고 조금씩 조금씩 산을 오르고 있었습니다.

타잔의 생각처럼 그렇게 빨리 오를 수는 없었고, 튀기는 몇 번이나 발뒤꿈치를 독사한테 물렸고, 그럴 때마다 울음을 터뜨렸기 때문에 타잔의 어깨는 무겁기만 하였습니다.

그것은 장호네 집 2층에서 내가 몇 번이나 당했던 일이었고, 독사에게 물렸던 발뒤꿈치는 별로 아프지는 않았지만 그 독기운은 나도 모르는 사이에 서서히 나의 온몸 속으로 퍼져 나가고 있었습니다.

그곳에 모이는 사람들 가운데 장호와 유미를 빼고는 모두가 성희와 달수를 닮은 말투와 조소, 그리고 부드러운 체 호의를 위장한 무서운 적의를 품고 우리를 대하고 있었습니다.

그러한 그들끼리의 분위기를 상상해보면 나는 새삼, 나의 소설 속의 산중턱에서 우글거리고 있는 사나운 짐승들의 무서운 울부짖음이 들려오는 것 같았습니다.

그곳에서 인철이의 위치는 은연중 자기 아버지가 사장이라는 후광으로 싸여 있기 마련이었고, 그 나머지 사람들은 대부분이 인철이의 비위를 거스르게 될 때 자기 아버지들의 입장을 지나치게 염두에 두고 조심스럽게 눈치를 살피며 입을 움직이고 있었습니다.

그러나 인철이는 조금도 그런 티를 내보이지 않았고, 오히려 그런 것은 전연 의식하지 않고 있는 것 같았습니다. 나는 그러한 인철이의 존재 속에 들어앉아 조금도 불안하지 않고 아늑한 것 같았지만, 언제나 나의 자리는 눈에 보이지 않게 흔들리고 있었습니다.

그러한 흔들림과 불안을 느낄 수 있고 알 수 있는 것은 오로지 나 혼자뿐이었습니다. 그들이 간혹 인철이의 눈치를 살피며 나에게 한 마디씩 던져오는 말투는 거슬릴 정도로 부드러웠지만, 그 말 속에는 언제나 날카로운 바늘이 도사리고 있기가 일쑤였습니다.

"그 옷 혹시 미제 아녜요? 색깔과 무늬가 아주 고상해요. 얘! 그렇지?"

이렇게 질문을 던져오며 다른 계집애들에게 동의를 구했던 것은 춘희라는, 참새처럼 잠시도 입을 그냥 두지 않는 수다쟁이였습니다.

아주머니와 함께 시장의 삼류 양장점에서 맞춰 입었던 오렌지색 바탕에 까만 물방울이 가득히 수놓인 원피스 따위를 보고 미제가 아니냐고 물어오는 춘희의 얄미운 질문에 나는 어처구니없어 입을 다물고 말았습니다. 그것은 마치 너의 몸뚱이는 미제가 아니냐고 물어오는 것 같았습니다.

그럴 땐 언제나 유미가 나서서 적당한 대꾸로 그런 말들을 막아 버리곤 하였습니다. 그럴 때 성희의 얼굴에 야릇하게 떠오르곤 했던 그 미소가 나는 가장 싫고 미웠습니다.

그러한 성희는 나와 인철이에게는 다시 말을 건네지도 않았지만, 달수는 여전히 적당한 틈만 생기면 나를 궁지에 몰아넣었습니다.

"엘리자베스 테일러를 좀 닮은 것 같지? 이름도 비슷하고 그렇잖아?"

누군가 이렇게 나를 두고 불쑥 말을 꺼냈을 때, 달수가 재빨리 그 말을 받았습니다.

"엘리자베스 테일러는 자기 아버지가 영국인이고 자기 어머니는 미국인이라고 했지? 그렇지?"

하며 성희를 돌아보았습니다.

그러자 성희는 나를 힐끔 쳐다보더니 이렇게 대꾸했습니다.

"아마 그럴 거야."

그때 인철이가 화가 난 듯이 성희와 달수를 돌아보며 이렇게 쏘아주었습니다.

"너희들은 어떻게 그런 걸 그토록 상세하게 다 아니? 혹시 엘리자베스 테일러의 화장실 비서로 근무라도 했나?"

인철이의 말에 모두 한바탕 웃음을 터뜨렸지만 달수와 성희는 갑자기 표정이 굳어지더니, 이윽고 어색한 미소를 그리며 끝장을 얼버무렸습니다.

그렇게 토요일마다 한 번씩 모이는 건 대개가 그 주일에 새로 나타난 외국 가요 레코드를 감상한다는 구실이었지만, 토요일이 점점 쌓여 가자, 어느새 그들은 나와 인철이를 상대로 하여 무언지 눈에 보이지 않는 싸움 속으로 바싹 다가서고 있었습니다.

지나간 일주일 동안에 제각기의 주위에서 일어났던 일들을 과장된 말투와 손짓 발짓을 섞어가며 주고받는 가운데 문득 나에게 던져 보낼 만한 그런 적당한 말꼬리를 찾기만 하면 일제히 입을 멈추고 나에게로 시선을 던져오곤 하였습니다.

그리고 그들은 듣기만 하여도 창피스럽고 부끄러운 얘기들을 예사로 내뱉어, 듣고 있는 나의 어리둥절한 표정에 재미를 느끼는 것 같았습니다.

추잡스러운 남녀관계의 얘기에서부터 춤바람이 나서 자기 아들 나이밖에 안된 애송이와 놀아났다는 중년 여인의 얘기가 화제의 중심을 이룰 때도 있었습니다.

언제나 그런 얘기를 가장 먼저 꺼내었고 또 가장 많이 지껄이곤 했던 것은 달수의 짝패였던 동부였습니다.

홀쭉 마른 몸매에 가느다란 두 눈이 그런 얘기를 신나게 떠벌리고 있을 때는 거의 감겨버린 것 같았고, 마치 자기 얘기에 스스로 취하여 마침내 황홀경 속으로 빠져버린 것 같았습니다.

그러한 그를 모두 ‘오박사’ 라고 불러댔고, 나는 처음에 그게 무슨 뜻인지 몰랐지만 이윽고 그것은 ‘오입쟁이’ 라는 그의 별명에 한층 격을 높여서 그렇게 부르는 것임을 알았습니다.

그는 언제나 다음과 같은 말로 얘기를 끝내곤 하였습니다.

"하여튼 말썽은 꼬챙이와 구멍이란 말이야!"

나는 처음에 그 말이 무슨 뜻인지 몰랐지만, 그 소리가 동부의 입에서 튀어나오면 계집애들은 몸부림치듯 깔깔거렸고, 남자들은 열적은 미소를 흘리며 계집애들의 그런 모양을 넌지시 훔쳐보고 있었습니다.

처음으로 나는 그 말의 뜻을 알았을 때, 그 소리를 들었던 내 자신이 부끄러워 어쩔 줄을 몰랐습니다. 꼬챙이란 남자들의 그것을 뜻하였고, 구멍이란 여자들의 그것을 나타낸 말이었습니다.

그러한 음탕스러운 소리도 예사로 내뱉곤 하였던 동부는 그동안에도 3번이나 계집애를 바꾸어 나타나곤 하였습니다.

한번 나타났다 사라진 계집애들은 다시 나타나지 않았고, 그럴 때마다 동부는 뽐내듯 새로운 계집애를 여러 사람들에게 소개하였습니다. 나는 그런 따위의 소개를 받고 싶지도 않았고, 오히려 마음속으로 한없이 경멸해 주곤 하였습니다.

그들은 그렇게 마음이나 정신 속에서 싹트고 이루어지는 사랑 따위는 개나 먹으란 듯이 뽑아내어 팽개쳐 버렸고, 그러고도 얼마든지 즐겁게 팔짱을 끼고 싸돌아다니고, 때로는 여관이나 어디서 그렇게 됐노라는 소리도 나의 귀에 들려왔습니다.

그러한 그들이 나는 갑자기 무서워 보였고, 그 무서움은 구역질마저 불러다 주었습니다. 그러나 나는 토해 내지도 않았고, 그곳을 비켜 나오지도 않았습니다.

그런 분위기가 세상의 대부분을 이루고 있는 것 같았고, 나는 그런 분위기 속에서나마 인철이와 나의 자리를 만들고 싶었고, 그런 다음 우리에게 알맞은 새로운 공기를 불어넣고자 하였습니다.

그러한 나의 꿈은 갑자기 선명한 색깔의 미래가 되어 바로 강 건너 저쪽의 무지개처럼 나타나기도 하였고, 어쩌면 나는 나의 손으로 분명하게 무지개를 잡을 수도 있을 것만 같아 가슴을 두근거렸습니다.

그렇게 나의 가슴을 터질 듯이 뛰놀게 만들었던 일들이 그 무렵에 연달아 일어났던 것입니다.

그 첫 번째의 일은 어느 날 오후 인철이네 집 정원의 벤치에서 일어났습니다. 그때 나는 인철이와 나란히 벤치에 앉아, 나직하게 소곤거리는 목소리로 우리들의 소설에 대해서 얘기하고 있었습니다.

인철이의 한 팔이 나의 어깨를 감싸 안듯 둘려 있었고, 나는 약간 고개를 떨어뜨린 채 어느새 산중턱까지 이르렀던 타잔과 튀기에 대하여 설명하였습니다.

그 설명 끝에 인철이는 갑자기 골이 난 듯이 퉁명스러운 말투로, 튀기라는 나의 이름은 당장 고치도록 하라고 말했습니다.

그러자 나는 그만 킬킬거리며 웃어버렸고, 그때 누군가 갑자기 우리 앞에 불쑥 나타났습니다.

"쉿! 움직이지 말고 그대로 있어요."

그 소리에 우리는 깜짝 놀라 고개를 쳐들었고, 어느새 우리 앞에 카메라를 들이대고 있던 부인이 급히 셔터를 누른 다음 카메라에서 눈을 떼더니 마치 소녀처럼 까르륵거리며 웃었습니다.

"멀리서 보니까 어쩌나 아름다워 보이던지, 부리나케 카메라를 꺼내들고 살금살금 다가왔지."

"그런데요, 어머니! 혹시 그 속에 필름도 없는 엉터리 아녜요?"

인철이의 말에 부인은 곱게 흘겨주더니, 카메라를 인철이에게 건네주며 말했습니다.

"그럼, 엘리노어하고 나한테도 엉터리 사진 한 장 찍어주렴!"

그러면서 부인은 내 곁에 바싹 다가앉더니, 조금 전의 인철이처럼 한 쪽 팔로 나의 어깨를 감싸듯 안았습니다.

"엉터리로 찍으면 안 돼! 잘 찍어줘야 돼!"

나는 가슴을 두근거리며 카메라를 들이대고 있는 인철이를 향하여 소리 질렀습니다.

"염려 말어! 자, 찍어요. 웃어들 보세요. 시아버지 앞에서 그만 참지 못해 뽀옹 하고 방구를 뀌는 며느리를 생각해 보란 말이에요."

그 소리에 마침내 부인과 나는 참을 수 없이 웃음을 터뜨렸고, 어느새 인철이는 그 요란스러운 장면 위에다 셔터를 눌러버렸습니다.

나는 너무나 즐겁고 우스워 눈물이 글썽해지고 말았습니다. 그렇게 입을 벌리고 깔깔거리는 흉한 모습 위에다 짓궂게 사진을 찍어버렸다고 나는 인철이의 팔뚝을 꼬집었습니다.

그때까지 나는 겨우 학교에서 필요했던 증명사진을 몇 번 찍어보았을 뿐 사진이라곤 찍어본 일이 없었습니다. 거울이 무섭고 싫었던 것처럼 사진을 찍는다는 것은 더욱 더 무섭고 싫었습니다.

그러나 그 날 오후에, 사진에 대한 나의 그러한 관념은 일시에 뒤바뀌고 말았습니다.

나는 그 카메라 앞에 앉았던 짧은 시간에 별안간 내 자신의 존재 속에서 세상의 모든 사람들과 똑같은 그런 인간을 본 것 같았습니다.

나는 마치 사진 속에 나타날 나의 모습이 나와는 전혀 다른, 머리도 눈도 모두 검은 그런 평범한 여자의 모습을 하고 나타날 것만 같아 가슴이 무섭게 울렁거렸습니다.

그러나 그런 상상보다도 더욱 나를 즐겁게 만들어 주었던 것은 부인의 따뜻한 마음속이었습니다.

하잘것없는 튀기라고 온 세상의 멸시 속에 자라고 있었던 나에게서 부인은 따뜻한 인간의 모습까지 찾아내어 그걸 사진으로 찍어주었던 것입니다. 그러나 부인의 그러한 온정보다도 더욱 더 나를 즐겁게 만들어주었고, 마침내는 나의 온몸을 희열의 도가니로 몰아넣어버렸던 일은 그로부터 며칠 후에 일어났습니다.

나는 너무나 즐거워 어쩔 줄을 몰랐고, 마치 그때까지 다른 사람들의 주머니 속에만 들어 있었던 귀중한 보석을 모조리 나의 주머니로 빼앗아버린 것 같았습니다. 그것은 며칠 뒤의 어느 날의 일이었습니다.

그날은 인철이와 함께 사진을 찾기로 했기 때문에, 나는 공연히 가슴을 두근거리며 인철이를 따라갔습니다. 흉하게 입을 잔뜩 벌린 채 깔깔거리고 있을 나의 모습이 한편으론 궁금하였고, 다른 한편으론 불안하였습니다.

그러나 인철이가 나를 데리고 들어선 곳은 사진점이 아닌 어느 빌딩이었습니다.

내가 휘둥그레지며 다그쳐 물어보자, 인철이는 엘리베이터 앞에 멈추어 서더니 씨익 웃으며 이렇게 말했습니다.

"사실은 말이야. 사진은 우리 아버지가 가지고 계신대. 그러니까 우리 함께 들어가서 받아오자!"

나는 그 소리에 소스라치듯 깜짝 놀랐습니다.

"난 무서워! 혹시 나 같은 것하고 사진 찍었다고 압수하신 건 아닌지 몰라."

"바보 같은 소리 말아!"

어느새 인철이가 나를 엘리베이터 속으로 밀어넣더니 뒤따라 들어섰습니다.

나는 어쩔 줄을 몰라 인철이의 팔뚝을 꼬집어 주다가 문득 좋은 기회가 왔다고 생각하였습니다.

이윽고 나의 온몸 속은 불안과 기쁨이 뒤범벅이 되어 가슴은 무섭게 뛰놀았습니다.

'부인은 먼저 그렇게 사진을 찍어 인철이와 나 사이를 인정해 줬어. 그런데 그 사진을 보고 인철이의 아버지는 어떤 표정을 하실까? 무뚝뚝하게 화를 내실까? 아니면 표정도 없이 사진만 불쑥 내밀어 주실까? 만일 인철이의 아버지도 부인처럼 기뻐만 해주신다면, 만일 그렇게만 해주신다면, 난 아마 좋아 죽을 거야. 제발 화를 내시지만 않는다면.'

마침내 나는 그 시간이 나의 운명을 판가름해 줄 그런 무서운 시간이라고 단정하였습니다. 그것은 어쩌면 나의 미래라는 시간의 여백에다 황홀한 무지개의 색깔을 칠해 줄지도 몰랐고, 혹은 검은 먹칠을 해줄지도 몰랐습니다.

이윽고 우리는 여비서의 안내를 받고 사장실로 들어갔습니다.

나는 숨이 막힐 것만 같이 가슴이 뛰었고, 어리어리한 실내의 분위기가 더욱 나를 압도하였습니다.

인철이가 인사를 하자, 회전의자에 기대앉았던 인철이의 아버지가 몸을 약간 일으키며 나를 돌아보았습니다.

"안녕하셨어요?"

나는 고개를 숙이며 간신히 이렇게 인사했습니다.

그 소리에 뒤따라 인철이의 아버지는 너털웃음을 터뜨리며 입을 열었습니다.

"허허, 이게 웬 일이냐? 엘리노어가 여기까지 다 오구, 어서 저리 앉지."

그제야 터질 듯이 뛰놀던 나의 가슴은 스르르 가라앉았고, 나는 인철이를 따라 소파에 나란히 앉았습니다.

이윽고 인철이가 사진얘기를 꺼내자, 그의 아버지는 서랍을 열고 사진을 꺼내 들더니 다시 너털웃음을 터뜨렸습니다.

"그 참, 시원하게들 웃고 있네. 엘리노어야! 어디 내가 한번 물어보자. 사진을 찍는다고 일부러 이렇게 한바탕 웃어본 거냐?"

나는 그만 얼굴이 화끈 달아올라 고개를 떨어뜨리고 말았습니다.

그렇게 입을 흉하게 벌리고 사진에 나타나 있을 모습이 부끄러워 어쩔 줄을 몰랐습니다.

"그건 제가 사진을 찍을 때 그렇게 웃겨드린 거예요."

인철이의 설명에 그의 아버지는 다시 너털웃음을 터뜨리더니, 사진을 건네주었습니다.

이윽고 우리는 그곳을 물러나왔습니다.

내가 얼마나 기뻤던지, 그렇게 정신없이 황홀한 기쁨 속에 빠졌던 나를, 나는 여기다 간단히 몇 마디의 말로 표현할 수는 없습니다.

마침내 나는 인철이의 말대로 다음 해부터는 학교를 다시 계속하기로 마음먹었고, 그때가 온다면 어쩌면 인철이네 집에서 인숙이랑 함께 살게 될지도 모른다고 나는 생각하였습니다.

그날 밤 책상 위의 벽에는 동그라미가 세 개나 그려졌고, 그 중에 한 개는 겹동그라미였는데 그것은 내가 먼저 덤벼들어 인철이의 목을 껴안고 그의 입을 맞춰 주었던 걸 표시한 것이었습니다.

그리고 가위표는 무려 여덟 개가 더 그려졌는데, 우리는 그날 해가 질 무렵까지 뚝섬의 강변에서 어린애들처럼 모래집을 짓고, 나는 엄마가 되고 인철이는 아빠가 되어서 소꿉장난을 하고 놀았기 때문입니다.

나는 한참이나 넋 잃은 듯이 멍하니 책상 위의 벽에 그려진 많은 동그라미와 가위표를 바라보고 있었습니다. 동그라미 하나하나마다 달콤하고 황홀한 기억을 그 속에 감추고 있었고, 곱표 하나마다 인철이의 부드럽고 아늑한 미소를 나의 눈앞에 되살려 주고 있었습니다.

그리고 나는 이불 속에서 그만 울음을 터뜨리고 말았습니다. 너무나 기뻤던 나머지 울지 않고는 견딜 수 없었던 그러한 울음은, 내가 어렸을 때 처음 군대에서 돌아온 외삼촌이 나를 껴안아 주었을 때 이후로 그 날이 처음이었습니다.

그날처럼 그렇게 내 생명의 뿌리 밑에서 무서운 기쁨이 용솟음쳤던 날은 없었습니다. 막막하게 막혀 있던 머릿속이 갑자기 확 트여 오더니, 마치 태양이 태초에 처음으로 그 빛을 쏟아놓았을 때처럼 눈부시게 찬란한 빛이 빗발치듯 쏟아져 들어왔습니다.

그 속으로 나의 미래가 환하게 열려오는 것 같았습니다.

23. 폭풍 전야(前夜)

이윽고 가을이 다가오자, 나는 마치 내내 죽어 있다가 다시 살아나는 것처럼 새로운 생기에 넘쳤습니다.

하루하루가 새로운 얼굴을 하고 슬며시 다가와, 그 서늘한 바람의 촉감으로 나의 꿈을 여물게 만들었습니다.

나의 온몸은 마치 잘 익은 사과의 색깔을 띤 풍선처럼 팽팽하게 부풀어, 누가 손가락으로 약간만 눌러도 그만 터져버릴 것 같았습니다.

나는 자주 황홀한 상상 속에 빠져들었습니다. 그러한 상상 속에선 세상의 모든 행복은 내 것이었고, 나는 마치 단 한 번도 불행해 본 일이라곤 없는, 행복 그것을 위하여 태어난 것 같았습니다.

따라서 나는 튀기도 아니었고, 선녀가 잠시 지상에 내려와 살고 있다고 상상하였습니다.

그리고 또 그 상상 속에는 은빛으로 반짝이는 면사포와 웨딩드레스도 곱게 준비되어 있었고, 그것을 나에게 입혀주고 도와줄 사람들도 기다리고 있었습니다.

아름다운 음악도 잠시 입을 다물고 나를 기다리고 있었고, 환희와 축복이 넘쳐흘러, 나의 시야는 온통 무지개의 후광으로 덮여 있었습니다.

너무나 가슴이 벅차, 나의 상상은 언제나 여기서 잠시 막을 내리기 마련이었습니다. 그리곤 나는 이렇게 중얼거리기가 일쑤였습니다.

'난 아마 3년 후에는 결혼할 거야. 아니야, 4년 후는 돼야 할 거야. 그래야 인철이가 대학을 졸업하고, 난 아마 2학년 쯤 되어 있을 거야. 어쩌면 5년 후가 될지도 몰라. 그것은 모두 인철이네 부모님이 결정할 문제거든……'

언제나 이렇게 3년 4년 5년을 오르내리며, 나는 나의 결혼식을 손꼽아 보곤 하였습니다. 그리곤 뒤따라 애기엄마가 되어 있는 나의 모습을 상상하곤 혼자서도 두 볼이 빨개져서 어쩔 줄을 몰랐습니다.

그런 숨막힐 듯이 즐거운 나의 꿈을 나는 언제까지나 혼자의 가슴에만 담아두고 태연하게 지낼 수는 없었습니다. 누구에게라도 꼭 알려주어, 어서 인정을 받고 싶었습니다. 맨 처음 그 대상으로 떠오른 사람이 아주머니였습니다. 나는 느닷없이 아주머니를 잡고,

"아줌마! 난 3년 후에 결혼할 거야."

하고 말해주었습니다. 그러자 아주머니는 두 눈이 휘둥그레지며 놀랐습니다.

그래서 나는, 아주머니가 그렇게 놀라는 것도 당연한 일이야, 하고 서두를 꺼낸 다음 입에 침을 튀기며 조잘거리기 시작하였습니다.

인철이의 애기는 새삼 말할 것도 없었고, 인철이의 부모님께서도 벌

써 우리들의 결혼을 승낙하셨다고 나는 성급하게 내멋대로 속단까지 내려버렸습니다.

그러나 아주머니의 표정은 좀처럼 믿어지지 않는 얘기란 듯이 잠시 멍청히 나를 바라보더니, 이렇게 말했습니다.

"엘리노어야! 옛사람들 말 가운데 이런 말이 있단다. 오를 수 없는 나무는 아예 쳐다보지도 말라고. 너 공연히 그랬다가 나중의 그 실망을 어쩌려고 그러니?"

그 소리에 나는 이윽고 가장 중요한 증거품인 사진을 꺼내어 아주머니에게 보여주며 이런 설명까지 덧붙였습니다.

"이걸 누가 찍어준 건지 알어? 바로 인철이네 어머니와 아버지가 직접 찍어주신 거야."

나의 말에 아주머니는 한참이나 유심히 사진을 들여다보고 있더니, 그제야 두어 번 고개를 끄덕이면서 수줍게 웃어 버렸습니다.

그러자 나는 더욱 생기에 넘쳐 이렇게 말했습니다.

"아줌마! 인제 알았지? 난 오랫동안 인철이네 부모님들의 속마음을 몰라서 불안했단 말이야! 그게 가장 큰 문제였거든. 어때? 이제 안심해도 괜찮지?"

나는 마치 아주머니로부터 결혼의 승낙이라도 받아낼 듯이 다짐을 두기까지 하였습니다. 아주머니는, 그럴수록 얌전하게 굴어야 한다고 거듭 나를 타일렀습니다.

그 다음으로 나의 머릿속에 떠오른 사람은 인숙이였습니다. 그러나 인숙이한테는 섣불리 결혼 얘기를 꺼낼 수는 없었습니다.

어느 날 인숙이에게 슬그머니 사진을 내보였다가, 나는 그만 인숙이에게 이끌려 몇 군데의 사진관에서 둘이서 나란히 사진을 찍었고, 끝내는 자기 집 정원의 바로 그 벤치에서 자기 새엄마를 졸라서 사진을 찍고 말았습니다.

그전까지만 하여도 몇 번이나 인숙이가 사진을 찍자고 했을 때, 나는 그때마다 부드럽게 거절해 버리곤 했기 때문에 인숙이는 드디어 복수를 했다고 깔깔거리며 기뻐하였습니다.

"우리 오빠가 그러던데, 너 내년부터 학교를 다시 계속하기로 했다면서?"

그 소리에 내가 부끄러운 듯이 고개를 끄덕이자, 인숙이는 그만 나의 한쪽 뺨을 꼬집어주더니 이렇게 말했습니다.

"요놈의 계집애! 내가 말할 땐 듣지 않더니, 두고보자. 내년에 학교서 만나기만 해봐라, 넌 하급생이니까 상급생인 나한테 혼날 줄 알아!"

"아니야. 그건 인숙이 네 말 때문에 그렇게 결심한 거야!"

내가 이렇게 비위를 맞춰 주자 인숙이는 금시에 풀어지더니, 두 팔로 나를 덥석 껴안고는,

"사실은 말이야, 오빠한테 너 얘기를 듣고, 우리 아빠하고 엄마가 주고받는 걸 엿들었어."

"뭐? 내 얘기를 하셨다고?"

나는 두 눈이 휘둥그레지며 놀랐습니다.

그러자 인숙이는 고개를 끄덕이더니, 다시 한 번 나의 뺨을 꼬집어 주고는 의미 있게 생긋 웃어 보였습니다. 갑자기 나의 상상력은 발동하기 시작하였고, 뒤따라 가슴은 어지럽게 뛰었습니다.

인철이네 부모님들이 어느새 조용한 자기들만의 시간에 보잘것없는

나의 얘기를 화제로 삼았다니, 설사 나를 욕하는 얘기를 주고받았다고
하더라도 나는 뛸 듯이 기쁘기만 하였습니다.

나의 학교 문제가 그 얘기 속에 끼어 있었다니, 그 나머지 얘기들은
내멋대로 상상만 하여도 조금도 틀리지 않을 것 같았습니다. 나는 너무
나 기뻐서 한자리에 가만히 있을 수가 없었습니다.

누구라도 붙잡고 나의 기쁨을 모조리 털어놓고 싶었습니다. 그것은
전연 모르는 사람이면 더욱 좋을 것 같았습니다. 아니면, 여전히 양색시
상점을 불러대며 우리 집에 오는 손님들마다 잡아놓고, 나의 기쁨을 모
조리 털어놓아, 어깨가 아프도록 으스대 보고 싶었습니다.

그러면서 나는 이렇게 말해주고 싶었습니다.

"이봐요! 나보구 양색시라고 놀렸죠? 튀기라고 침을 뱉었죠? 이제 곧
나보고 그렇게 놀렸던 걸 후회하게 될 거에요. 두고 보세요. 난 당신네
들처럼 그따위 판잣집엔 다시 살지 않는단 말이예요. 흥! 누구라고 나를
막 노려! 자가용도 막 타고 돌아다닐 거란 말예요! 여름마다 비행기를
타고 피서를 떠난단 말이에요. 알겠어요? 그래도 자꾸 나를 양색시라고
놀리고 우리 집을 양색시 상점이라 부를 테예요?"

그러면 사람들은 모두 나에게 머리를 조아리며 사과를 할 것 같았고,
나는 뽐내듯 으스대며 앞으론 조심하란 말예요, 하고 제법 관대하게 그
들을 용서해 주리라 생각하였습니다.

그러나 판잣집 얘기를 꺼내어 그들을 몰아세운 건 아무래도 너무한
것 같았고, 마침내 나는 뒤에라도 그렇게 그들을 면박해 줄 땐 그 얘기
는 빼기로 마음먹었습니다.

내가 그럴 때까지도 여전히 아주머니와 꼬마들은 지금의 판잣집에

그대로 살고 있을 걸 생각하니, 순간적인 나의 교만이 두고두고 나의 가슴을 아프게 만들었습니다.

너무나 가슴 벅찬 상상에 그만 나는 정신이 없었던 것 같았습니다. 그리고 내가 다음으로 나의 결혼이라는 황홀한 미래의 얘기를 들려주어, 꼼짝 못하게 만들어 주고 싶었던 사람들은 성희와 달수를 포함한 장호네 집 2층 집에 모이는 모든 사람이었습니다.

그들에게 나의 분명한 미래를 알려주어 다시는 나에게 그런 따위의 야비한 수작을 걸어오지 못하게 만들어 주고 싶었습니다.

그런데 그날 토요일은, 장호네 집 2층에서 쌍쌍이 일어나 노래를 불러야 하는, 이상야릇한 규칙까지 정해둔 노래자랑이 벌어지게 되었습니다.

달수와 성희도 우리의 맞은편 자리에 앉아, 언제나처럼 냉랭한 미소를 머금고 우리를 바라보고 있었습니다.

사회 격이었던 동부가 일어나더니 제법 엄숙한 말투로, 노래자랑에서 1등을 하게 되는 한 쌍은 이유 여하를 막론하고 반드시 다음 토요일에 결혼식을 올려야 한다고 못을 박았습니다.

그러자 모두 무턱대고 요란하게 손뼉을 치며 환성을 질러댔습니다. 동부는 더욱 기가 올라 마치 누구를 위협하듯 이렇게 다짐을 두었습니다.

"만일 약속을 지키지 않을 때는 강제로 개통식을 시킬 테니까, 미리부터 모두들 각오하라고."

그러자 그 소리에는 모두 이의가 있다고 떠들었습니다. 그렇게 강제 규정을 미리 정해두면 모두 일부러 음치 행세를 할 테니까 곤란하다고,

제각기 한 마디씩 입을 열었지만 이윽고 노래가 시작되었습니다.

나는 문득 동부의 말 가운데서 개통식이란 말이 무슨 뜻인지 몰라 몇 번이나 고개를 갸우뚱렀습니다.

그 소리에도 역시 계집애들이 숨이 넘어갈 듯 깔깔거리는 걸로 보아, 무슨 불결한 말처럼 생각되었습니다.

이윽고 앉아 있는 차례대로 쌍쌍이 일어나 노래를 부르고, 뒤따라 요란한 박수가 일어나곤 하더니 어느새 우리 차례가 가까웠습니다.

나는 공연히 불안하여 인철이를 돌아보았습니다. 그러자 인철이가 나의 귀에 바싹대고 속삭였습니다.

"〈금발의 제니〉를 부르자! 응."

이윽고 우리는 나란히 일어나 노래를 불렀습니다.

나의 목소리는 공연히 떨리기까지 하여 인철이의 굵은 목소리에서 자꾸만 떨어져 나올 것 같아, 나는 조마조마한 마음으로 간신히 노래를 끝내었습니다.

요란한 박수가 한차례 끝나자 갑자기 달수가 벌떡 일어나더니, 좌우를 둘러보며 이렇게 말했습니다.

"노래의 제목하고 머리가 멋지게 어울리니까, 모두 박수 한 번 더 치도록 하자고."

그러더니 달수를 뒤따라 모두 요란하게 박수를 쳤습니다. 나는 그 순간 가슴이 철렁하며 무서운 눈으로 달수와 성희를 노려보았습니다.

나의 머리카락을 노래의 제목에까지 결부시켜 야비하게 다른 사람들의 박수까지 책동하였던 달수가 죽이고 싶도록 미웠습니다.

인철이의 이마에서도 핏줄이 꿈틀하더니, 이윽고 가라앉았습니다.

노래가 모두 끝나자 동부가 다시 벌떡 일어나더니 뭔지 종이 조각을 들여다보며 입을 열었습니다.

"에! 노래의 심사결과를 발표하겠습니다. 심사의 기준은 음정 박자의 회수 등을 참작하여 결정했는데, 그 결과 김인철씨 부부가 1등으로 뽑혔습니다. 자, 모두 축하의 박수를!"

그 소리에 뒤따라 박수소리와 더불어 킬킬거리는 웃음소리들이 요란하게 터져 나왔습니다.

인철이와 나는 입을 다물고 잠자코 있었습니다. 그러자 동부는 다시 우리 쪽을 힐끔 돌아보며 말을 이었습니다.

"두 분께서는 약속대로 다음 토요일 거행하실 결혼식의 청첩장을 금요일까지 여러분들에게 배부하시기 바랍니다."

그 소리에도 인철이는 여전히 잠자코 입을 다물고만 있었습니다. 화를 낸 것 같지는 않았지만, 결코 그런 따위의 야비한 수작에 응할 수 없다는 그런 표정이 어려 있었습니다.

나의 마음속은 매스꺼운 분노와 영문을 알 수 없는 기쁨으로 뒤범벅이 되어 한참이나 눈앞이 어지러웠습니다.

이윽고 나는 김인철씨 부부라고 불리었던 그 순간에 두 볼이 화끈 달아올랐던 나의 모습을 기억해 내었습니다. 그따위 동부의 야비한 말끝에 기쁨을 느꼈던 내 자신이 어처구니없었지만, 그러한 말 자체가 기뻤던 건 숨길 수 없는 사실이었습니다.

그러나 그러한 나의 기쁨과는 반대로 인철이는 무언지 깊은 생각에 잠긴 듯 침울한 표정으로 말이 없었습니다.

나는 문득 달수와 동부가 미리부터 짜고서 우리를 골려먹었다는 사실을 깨달았습니다.

더구나 그 며칠 전에 달수의 아버지가 부정사건으로 인철이네 회사에서 쫓겨났다는 사실은, 더욱 그러한 나의 추측을 굳게 만들어 주었습니다.

"좋아! 다음 토요일 날, 결혼식 피로연과 맞먹을 만큼 한턱 내도록 하겠어. 그러나 그날도, 만일 오늘 따위 야비한 수작을 부릴 땐 그냥 두진 않는다."

"이왕이면 결혼식도 하지 그래."

장호의 농담에 그제야 인철이는 피식 웃더니,

"이 자식 너도 같은 놈들이야."

하며 주먹으로 장호의 머리를 쥐어박았습니다.

나는 왠지도 모르게 결혼이란 말이 더구나 인철이와 나를 두고 결혼이란 말이 그렇게 자꾸만 흘러나오는 것이 철없이 기쁘기만 하였습니다.

노래자랑에서 일등을 했던 약속대로 다음 토요일에 결혼식을 올린 다음, 한시라도 빨리 양색시 상점을 떠났으면 좋겠다고 나는 몇 번이나 생각하였습니다.

그리곤 막연히 다음 토요일을 손꼽아 기다리기 시작하였습니다.

그날이 오면 갑자기 무슨 좋은 일이 일어날 것만 같아, 나는 가슴을 두근거리며 일요일과 월요일이 서서히 지나가는 모습을 지켜보고 있었습니다.

24. 피바람 몰아치고

그러나 그 일주일 동안에 일어났던 가지가지 일들을 나는 눈물 없이 여기다 기록할 수는 없습니다.

그것은 나에게 마련되었던 인생의 마지막 즐거움이었고, 그리하여 마침내 그 즐거움이 사라지자 나의 생명도 마치 집이 무너지듯 흐물흐물 내려앉고 말았던 것입니다.

운명은 갑자기 눈먼 정원사가 되어 이제 막 봉오리를 열고 활짝 피어나려고 하였던 우리의 꽃송이를 무참히도 잘라가 버렸습니다.

그 주일의 화요일에 인철이네 부모님은 부인의 생일을 기념하기 위하여 제주도로 떠나면서 집에 와서 인숙이와 있어 달라는 부인의 부탁을 받았습니다.

인숙이랑 함께 지내게 된다면 그것은 한 지붕 아래서 인철이와도 함께 지내라는 말이 아니고 무어냐고, 나는 혼자서 가슴을 두근거리며 기뻐하였습니다.

갑자기 나는 인철이네 집의 새로운 식구가 된 것 같은 기분으로 전에는 한번도 관심을 가지고 들여다보지 않았던 부엌이며 안방까지 모조리 살펴보곤, 혼자서만 비밀스러운 즐거움을 깨물었습니다.

나는 인철이네 집의 새로운 식구가 된 것 같은 기분으로 밤늦게까지 인철이의 방에서 음악 감상을 하기도 하였고, 거기에 싫증이 나면 트럼프 놀이를 하다가 잡담을 벌이기도 하였습니다.

12시가 넘어서야 인숙이와 나는 아래층으로 내려와 안방의 더블베드 위에 나란히 드러누워, 다시 우리끼리만의 소곤거림이 시작되곤 하였습니다.

그 방은 인숙이네 부모들의 방이었고, 거기에 드러누워 우리가 귓속말로 주고받았던 얘기는 모두가 신비한 베일 속에 감추어져 있었던 어른들 세계의 비밀이었습니다.

"애! 넌 우리 엄마하고 아빠가 우리처럼 이렇게 나란히 누워 얘기만 하다가 잠만 잔다고 생각하니?"

"그럴 테지 뭐."

하고 내가 대꾸하자, 인숙이는 갑자기 나의 가슴 위로 덮쳐왔습니다.

"앙큼한 계집애! 다 알면서 시치밀 떼고 있어."

내가 간지러워 몸을 비틀자, 인숙이는 더욱 기세를 부리며 '내가 남편이야' 하고 덤비더니, 느닷없이 나의 아랫배를 꼬집었습니다.

인숙이는 나의 귀에다 대고 이렇게 소곤거렸습니다.

"애! 너 인철씨하고 결혼하고 싶지? 그렇지? 난 다 알고 있단 말이야. 하지만 조금만 더 기다려! 내가 주례가 되어 너희들 결혼식을 맡아서 치러줄 테니까."

나는 어둠 속에서도 얼굴이 홍당무가 되어버린 듯 부끄러워 어쩔 줄을 몰랐습니다.

우리는 밤마다 그렇게 장난을 하다가 소곤거리다가 새벽 종소리가 울려올 무렵에야 간신히 잠이 들곤 하였습니다.

그러나 나는 좀처럼 깊이 잠들 수는 없었고, 언제나 나의 머릿속은 황홀한 미래로 가득차버려 끝내는 인숙이의 짓궂은 말처럼, 나의 옆자리에다 인철이를 눕혀보고는 두 손으로 얼굴을 가리며 쩔쩔매곤 하다가 어렴풋이 잠이 들기가 일쑤였습니다.

그러던 금요일의 밤이었습니다. 그날 밤도 우리는 인철이의 방에서 그날 새로 사왔던 레코드를 감상하느라고, 모두 두 눈을 지그시 내리감고 즐거운 환상 속에 빠져 있었습니다.

그것은 베토벤의 〈운명〉이었고, 나는 그날 밤 처음으로 그 유명한 심포니를 감상하였습니다. 그 웅장하고 아름다운 선율 속으로 나는 가슴을 떨며 깊이깊이 빨려 들어갔습니다.

이윽고 인숙이가 아래층의 텔레비전 시간에 맞추어 내려가 버리자, 방 안엔 나와 인철이 그리고 베토벤으로 가득 찼습니다.

운명이 끝나면 다시 인철이를 졸라서 되풀이하여 12시가 넘을 때까지 다섯 번이나 운명을 들었기 때문에 나는 마침내 그 속에 완전히 빠져버리고 말았습니다.

운명이 완전히 끝나자, 갑자기 천지가 죽어버린 듯 괴괴한 침묵이 한참이나 방 안을 가득 채웠습니다.

잠시 후에 나는 자리에서 일어나며 침묵을 깨뜨렸습니다.

“난 내려갈 테야! 졸려.”

그러자 인철이가 급히 내 곁으로 다가서더니 부드럽게 나의 어깨를 잡고 이렇게 말했습니다.

“엘리노어가 잠자는 걸 밤새도록 곁에서 자지 않고 지켜보고 싶은데 어때? 들어주겠어?”

그 소리에 나는 동그랗게 눈을 치뜨고 인철이를 올려다보았습니다.

“그게 오랫동안 나의 소원이었어.”

그러면서 그의 커다란 두 눈이 마치 어린애 같은 애원의 빛을 띠고 나의 승낙을 기다리고 있었습니다. 나는 그만 쓰러지듯 그의 가슴에 얼굴을 파묻고 말았습니다.

이윽고 인철이는 두 팔로 나를 번쩍 안아 들더니 침대 위에다 눕힌 다음 이불을 덮어주었습니다.

그리곤 의자를 침대 곁에다 바싹 당겨놓더니, 거기에 앉아 황홀한 눈빛으로 나를 내려다보았습니다.

“됐어, 어서 자. 내가 밤새도록 이렇게 지켜보고 있을 테니까.”

그러더니 인철이는 나의 이마에다 부드럽게 입을 맞춰 주었습니다.

“정말 내가 좋아?”

나는 불쑥 이렇게 묻고는 그만 부끄러워 이불 속으로 기어들고 말았습니다.

그러자 갑자기 이불 속에서 인철이의 냄새가 콧구멍으로 스며들어 왔습니다. 그 냄새는 무어라고 분명히 설명할 수는 없지만, 마치 달콤한 수면제처럼 콧구멍을 통하여 나의 온몸 속으로 스며들어 오더니 전신을 노곤하게 만들었습니다.

그러자 인철이는 대답 대신 나의 한손을 뽑아내어 손등에다 몇 번이나 입을 맞춰주었습니다.

나는 급히 손을 빼내오며 얼굴을 내밀고,

"그건 가위표란 말이야! 대답도 안 해주고 가위표만 자꾸 그려주는 걸 보니, 내가 싫은가 봐."

그리곤 나는 다시 이불 속으로 숨어버렸습니다.

그러자 인철이는 나의 이불을 걷어내고 상체를 기울여 오며 이렇게 물었습니다.

"가위표라니, 그게 무슨 소리야?"

내가 킥킥거리며 웃기만 하자, 인철이는 그만 나를 덥석 껴안더니 나의 입술을 삼킬 듯이 덮쳐 왔습니다.

마침내 나는 달콤한 심연에 가라앉아 버릴듯 황홀 속에 빠져들고 말았습니다.

이윽고 다시 깨어났을 때, 나는 두 팔로 그의 목을 감은 채 마치 어린애처럼 이렇게 투정을 부렸습니다.

"나만 사랑해 줘야지 뭐, 다른 여자들한테도 나한테처럼 해주면 싫어. 죽을 때까지 나만 사랑해줘야지 뭐, 정말이야, 그럼 약속해! 자!"

나는 새끼손가락을 불쑥 내밀었습니다. 그러자 인철이는 씨익 웃으며 새끼손가락을 내밀어 나의 약속을 받아주었습니다.

나는 너무나 행복하여 갑자기 숨이 막힐 것만 같았습니다. 이 세상에 대하여 더 이상 아무것도 바랄 것이 없었습니다.

차라리 이렇게 행복할 때 죽어버린다면 얼마나 좋을까, 하고 나는 달콤하게 상상하였습니다.

나는 그렇게 의자에 앉아 밤을 새우겠다는 인철이가 걱정이 되어,

"졸려서 어떻게 해?"

하고 말했더니, 인철이는 급히 한손으로 나의 두 눈을 내리감겨 주었습니다.

"내 걱정은 조금도 할 것 없어. 나는 지금이 가장 행복할 때야. 어서 자! 예쁜 꿈을 꾸어야지."

이윽고 나는, 마치 엄마의 품에 안긴 아기처럼 포근하게 잠이 들고 말았습니다.

내가 다시 잠에서 깨어났을 때, 어느새 창밖은 훤히 밝은 뒤였고, 그때까지 인철이는 의자에 그대로 앉아 나를 내려다보고 있었습니다. 그의 모습이 나의 눈에 들어왔을 때 나는 미친 듯이 그의 목을 끌어안았습니다.

그러면서 나는 어느새 훌쩍이며 울었습니다. 그의 따뜻한 사랑이 나의 온몸의 세포 구멍을 통하여 스며들어오는 것 같아 나는 전신이 떨려왔습니다.

너무나 행복하여 나는 갑자기 내 자신이 무서워지기도 하였고, 별안간 무서운 불행이 닥쳐와 나를 휩쓸어가 버릴지도 모른다고 생각하였습니다.

그러나 나는 끝없이 행복하였고, 그렇게 행복하였던 그날 밤의 나를 그 누구도 튀기라고 함부로 놀려댈 수는 없었습니다. 그것은 설사 사탄의 할아버지라도 그날 밤의 나에게 튀기라고 침을 뱉지는 못했을 것입니다.

그러나 그날 밤은 너무나 빨리 지나가 버렸고, 그리하여 마침내 다시

는 돌아오지 않는 과거 속으로 떠밀려가 버렸습니다.

다시 밝아온 그날은 토요일이었고, 달수와 동부의 패거리들은 그날을 우리들의 결혼식 날로 정해주었습니다.

그러나 그것은 하나의 교묘한 수단이었고, 그런 수단을 통하여 그들은 사장이라는 커다란 이름 밑에 깔려서 허우적거리는 자기 아버지들의 누적된 저항을 은연중 인철이를 향하여 내쏘아보려고 한 것 같았습니다.

그 인철이의 곁에 가장 좋은 미끼였던 튀기 따위의 계집애가 매달려 있었으니 그들이 그런 우리를 그냥 내버려둘 리는 없었지요.

그러나 인철이는 그렇게 불과 화약을 들고 덤벼오는 그들에게 마주 불을 들고 상대하려는 것은 아니었고, 오히려 물을 들고 나섰습니다. 물은 불을 사라지게 만든다는 쉬운 진실도 인철이와 나에겐 어렵기만 하였고, 더구나 커다란 불길은 물을 말려버린다는 사실을 우리는 까맣게 모르고 있었습니다.

그날 아침 무렵에 인철이는 먼저 장호네 집으로 갔습니다.

인숙이와 둘이서 부인의 옷장을 열어놓고, 수십 벌이 넘는 옷들을 차례대로 모조리 입어보고는 거울 속에 비친 자기 모습들에 깔깔거리며 웃음을 터뜨리곤 하였습니다.

옷은 분명 사람의 모습까지 다르게 만들어 주는 것 같았습니다. 인숙이는 나의 한복차림이 어쩌면 그렇게 멋지게 어울리느냐고, 한참이나 그 옷을 못 벗게 하더니, 끝내는 나를 강제로 마당에 끌어내어 카메라를 들이대고 말았습니다.

너희 엄마가 보면 어쩌느냐고 내가 걱정했더니, 인숙이는 혀를 날름 내밀며 이렇게 대꾸했습니다.

"요것아! 우리 엄마한테 보여주기 위해 이렇게 사진을 찍어두는 거야."

그러더니 옆방으로 달아나버렸습니다. 나는 12시가 넘어서야 우리 집으로 돌아왔습니다.

불과 며칠 동안이었지만 나는 마치 몇 달이나 집을 떠나 있었던 것 같았습니다. 그리하여 이제는 양색시 상점이란 소리가 사라졌을지도 모른다고 나는 은근히 기대를 걸었습니다.

그러나 나는 골목을 지나오며 두 번이나 그 소리를 들었고, 그것은 이미 나의 존재가 집에 있거나 사라졌거나를 초월하여 하나의 고유명사가 되어버렸다는 사실을 깨달았습니다.

나는 갑자기 머리가 무거워졌습니다.

지나간 밤의 그 황홀했던 꿈이 차차 우울로 덮여가고 있었습니다. 나는 문득 걸음을 멈추고 저만큼 떨어져 있는 우리 집을 물끄러미 바라보았습니다.

여전히 〈충남 상회〉란 검은 글자가 뚜렷해 보였고, 상점 앞엔 아무도 보이지 않았습니다. 나는 그만 발길을 돌리고 말았습니다. 그렇게 멀리서 우리 집을 바라본다는 사실이 그토록 괴롭고 슬픈 일인 줄은 미처 몰랐습니다.

외삼촌의 그림자가 어른거렸고, 양색시 상점이란 지긋지긋한 말들이 마치 눈에 보이는 무슨 물체처럼 우리 집을 둘러싸고 있었습니다.

나는 시간이 좀 이른 것 같았지만 인철이와의 약속대로 장호네 집으로 갔습니다.

알 수 없는 불안, 초조 그리고 무거운 머리는 그를 만나지 않고는 도저히 치료되지 않을 것 같았습니다.

이윽고 장호네 집에 도착했을 때 우울로 가득 찼던 나의 머릿속에 갑자기 번개처럼 어두운 예감이 스쳐갔습니다.

나는 한시라도 빨리 인철이를 만나야겠다고 숨을 할딱이며 2층으로 올라갔습니다.

이윽고 방 안으로 들어서자 자옥한 담배연기와 술 냄새가 매스껍게 풍겨 왔고 뒤따라 야유하듯 코 먹은 소리가 길게 흘러 나왔습니다.

"엘리자베스 여왕, 듭시오!"

그 소리에 따라서 요란한 박수 소리와 웃음소리가 일어나더니, 누군가 이렇게 소리 질렀습니다.

"신부 입장이요!"

다시 깔깔거리는 계집애들의 웃음과 박수 소리가 뒤섞였습니다.

그러나 인철이는 보이지 않았습니다.

내가 잠시 어리둥절해 있는데, 유미가 다가오더니. 인철이와 장호는 술을 사러 갔다고 알려주었습니다.

그제야 나는 유미를 따라 언제나 내가 앉았던 자리에 앉았습니다.

둘러앉은 벤치의 가운데에는 전에 없던 기다란 식탁이 놓여 있었고, 그 위엔 흐트러진 과자 봉지와 몇 개의 술병이 달수와 동부 앞에 놓여 있었습니다.

다른 사람들은 모두 아직 맑은 얼굴로 소곤소곤 얘기를 주고받고 있었지만, 달수와 동부는 어느새 자기들이 들고 온 것 같은 술병을 기울이며 인철이를 욕하고 있었습니다.

“그따위 새끼의 술을 내가 먹어? 필요 없어. 필요 없단 말이야!”

달수가 이렇게 소리를 지르더니, 갑자기 이마의 흉터를 찌푸리며 나를 노려보았습니다.

“이봐! 서양 아가씨! 어때? 오늘밤엔 어디로 신혼여행을 떠날 테지? 그 기분 더럽게 좋겠는데, 이왕이면 나도 한몫 끼어줄 순 없나?”

그때 유미가 벌떡 일어나더니, 달수와 동부를 노려보며 앙칼지게 쏘아붙였습니다.

“뭐냐 말이야! 그따위 얘기를 사람의 입으로 지껄이는 거야? 아니면 짐승의 입으로 지껄이는 거야?”

그러자 달수가 뭐라고 욕설을 퍼부었습니다.

따라서 동부도 유미를 노려보며 입에 올리기조차 더러운 욕설을 내뱉었습니다. 마침내 유미가 울면서 대들자, 이번엔 성희가 냉큼 나섰습니다.

“유미, 넌 왜 공연히 남의 일을 가로막고 야단이니? 참 별꼴 다 보겠어.”

“뭐라고? 남의 일이라고?”

유미가 악을 쓰듯 소리치며 성희를 노려보았습니다.

이윽고 나는 자리에서 벌떡 일어났습니다. 그리곤 달수와 성희 쪽을 노려보며 말했습니다.

“얼마든지 지껄여도 좋아! 난 그따위 소리를 사람의 소리라곤 믿지 않을 테니까. 짐승도 점잖은 짐승은 함부로 그렇게 지껄이진 않는단 말이야.”

내가 입을 다물고 자리에 앉자, 달수와 동부는 갑자기 미친 듯이 껄껄거리더니, 이윽고 달수가 무서운 눈으로 나를 노려보았습니다.

"뭣이라고? 짐승?…… 이런 쌍년이 어디다 함부로……. 넌 분명히 튀기지, 너를 낳아준 것은 말할 것도 없이 양갈보가 아니고 뭐냐? 그따위 십 달러짜리 양키보다는 두둑한 사장의 아들새끼를 물고 늘어진 걸 보면……. 하하……."

마침내 나는 참을 수 없이 울음을 터뜨리고 말았습니다.

그때 갑자기 문 밖에서 술병들을 바닥에다 팽개쳐 버리는 요란한 소리가 일어나더니, 별안간 문이 왈칵 열리고 인철이가 마치 성난 사자처럼 식탁 위로 뛰어오르더니 번개처럼 구둣발로 달수의 턱을 걷어차며 쓰러지는 달수 위에 덮쳤습니다.

말릴 사이도 없었고, 또 누구도 말리려 들지도 않았습니다.

이윽고 달수의 비명 소리가 일어나더니, 벌떡 이어나는 인철이의 한 손엔 어느새 피 묻은 과도가 들려 있었습니다.

"또 어느 놈이야!"

이렇게 부르짖는 인철이의 무서운 소리에 동부와 성희는 부리나케 도망치고 말았습니다.

내가 울면서 인철이의 손에 매달렸고 장호가 말렸지만, 어느새 인철이는 제정신이 아니었습니다.

"어느 놈들이야! 엘리노어를 튀기라고 놀린 놈, 당장 나서! 모조리 죽여 버리고 말테야! 잔인한 새끼들!"

사납게 울부짖는 인철이의 소리에 모두 겁에 질려 우르르 몰려 나갔습니다. 뒤따라 멀리서 사이렌 소리가 차차 가까워지며 나의 귓속을 어지럽게 메아리치며 다가왔습니다.

가물가물 정신을 잃어가는 나의 어깨를 유미가 부축해 주었고, 식탁
에 엎어지며 통곡하는 인철이의 울음소리가 아득히 먼 곳에서 들려오는
것만 같았습니다.

25.불꽃처럼 타오른 영혼

그리하여 달수는 죽었고, 인철이는 살인범이라는 무서운 죄명을 뒤집어쓴 채 쇠고랑을 차고 말았습니다. 그것은 참으로 억울한 누명이었습니다.

그 누명을 벗길 수만 있었다면 그 살인범이란 죄목은 나의 것이었습니다. 태어나지 않은 것만 못했던 나 같은 튀기에게 차라리 살인범이란 죄목을 돌려주었더라면 나는 얼마나 행복했을까요?

이윽고 인숙이네 집은 발칵 뒤집혀져 버렸고, 나는 마치 시체처럼 방 안에 드러누워 넋을 잃고 말았습니다. 그동안에도 몇 번이나 경찰에서 다녀갔고, 그때마다 그 사건을 둘러싼 나의 위치에서부터 인철이와의 관계를 꼬치꼬치 캐어물었습니다. 나는 조금도 숨길 필요 없이 사실 그대로를 얘기해 주었습니다.

그러나 무엇보다도 나를 새로운 공포 속으로 몰아넣었던 건 인철이네 가족들의 생각이었습니다.

일주일 후의 어느 날 오후에 인숙이가 풀이 죽은 모습으로 나를 찾아왔습니다. 그리곤 누워 있는 나의 몸 위에 엎드린 채, 우리는 1시간이 넘도록 흐느껴 울었습니다.

이윽고 인숙이는 자기 아버지가 돈을 얼마든지 써서라도 인철이를 구해내려고 하니까 너무 걱정 말라고, 나를 위로해 주고는 힘없이 돌아갔습니다.

그러나 한 달 후에 인철이는 끝내 5년이라는 징역을 선고받고 교도소로 옮겨가고 말았습니다. 그 소식을 나에게 전해주었던 건 장호와 유미였고, 그들도 나와 함께 그 소식을 앞에 놓고 한참이나 훌쩍이며 울었습니다.

인숙이는 다시 오지 않았고, 인숙이네 부모님의 머릿속에서 차츰 그 모양이 흉하게 일그러져 가는 나의 모습을 상상하곤 나는 단지 죽고 싶을 뿐이었습니다.

'그런 튀기 따위 계집애를 사람대접 해주었다가 이게 무슨 변이란 말이냐!'

인철이네 부모님의 탄식이 무서운 절규가 되어 나의 고막을 찢어놓을 것 같았습니다.

그러던 어느 날 해질 무렵이었습니다. 갑자기 우리 상점 앞에서 웬 단발머리 여학생이 나를 찾는다고 아주머니가 근심 띤 표정으로 전해주었습니다.

나는 간신히 일어나 입은 옷 그대로 신을 끌고 집 앞으로 나갔습니다. 그랬더니 집 앞에 교복차림의 중학교 3학년은 되어 보이는 여학생이 동그스름한 얼굴에 간신히 미소를 그려 보이며, 조그만 소리로 이렇게 입을 열었습니다.

"놀라시겠지만, 전 달수 오빠의 동생이에요."

그 소리에 나는 몸을 움츠리며 소스라치듯 놀랐습니다. 달수라는 이름이 소녀의 입에서 튀어나왔을 때 나는 전신에 소름이 쫙 끼치고 말았습니다.

그러나 뒤이어 고개를 떨어뜨린 채 훌쩍이는 소녀를 발견하자, 갑자기 측은한 생각이 들어 나는 소녀의 어깨를 쓰다듬어 주며 적당한 위로의 말을 생각해 보았습니다. 그러나 아무 말도 생각나지 않았습니다.

그러는데 소녀가 다시 입을 열었습니다.

"전 언니를 원망하려고 찾아온 게 아니에요. 단지 우리 오빠가 왜 죽게 되었는지, 그게 궁금해서 찾아온 거예요."

나는 소녀의 말에 아무 대답도 하고 싶지 않았습니다.

그러자 소녀가 다시,

"물론 언니의 심정도 이해할 순 있어요. 그렇지만 죽음보다는 훨씬 가볍잖아요? 저하고 함께 좀 걸어줘요, 네?"

그러면서 소녀는 앞서 산비탈의 골목길을 오르기 시작했습니다.

어느새 나도 소녀를 따라가며 문득 나에게 소녀를 위로해 줘야 할 그 어떤 의무가 있다는 생각이 어렴풋이 떠올랐습니다. 소녀는 가장 가까운 육친의 죽음을 가슴에 안고 있다는 생각이, 나를 조금 그 소녀 곁으로 가까이 다가서게 만들었습니다.

그러나 나는 산꼭대기에 거의 다 오를 때까지, 단 한 마디 이렇게 말했을 뿐입니다.

"모든 것은 운명이야."

이윽고 우리는 산꼭대기 거지들의 움막을 돌아나서 인적이 드문 바위 밑에 나란히 앉았습니다. 거기까지 이를 동안 소녀가 앞서 걸었고, 그런 장소를 찾아낸 것도 소녀가 먼저였습니다.

나는 눈곱만큼도 소녀의 그런 행동을 이상하게 생각하진 않았습니다. 우리는 나란히 앉아 산 밑에 자욱하게 덮여 있는 저녁연기를 망연한 시선으로 내려다보고 있었습니다. 자기 오빠의 갑작스러운 죽음 때문에 자기 어머니마저 몸져누웠다는 소녀의 슬픈 목소리가 오랫동안 나의 귓속에 남아 있었습니다.

그때까지 나는 단 한 번 상상조차 해보지 않았던 달수네 어머니의 병도 그 원인은 나로부터 비롯되었다는 생각에 나는 그만 힘없이 고개를 떨어뜨리고 말았습니다.

그리곤 뒤따라 나는 인철이네 가족들을 생각해 보았습니다. 나 같은 하잘것없는 튀기 하나 때문에 도대체 얼마나 많은 사람들이 지금 슬픔과 고통 속에 빠져 있는 것일까? 하고 돌아보다가 나는 다시 힘없는 웃음을 터뜨리고 말았습니다.

그 웃음의 꼬리는 어느새 나의 두 눈에서 눈물을 자아내었고, 나는 급히 소맷자락으로 눈을 문질렀습니다.

그때였습니다. 갑자기 우리 뒤의 바위 위에서 발자국 소리가 들리더니, 그 발자국 소리들이 뛰어내렸습니다.

내가 움찔 놀라며 돌아보자, 거기엔 어느새 동부와 성회를 비롯하여 낯선 청년 두 명이 징그러운 미소를 머금고 나를 노려보고 있었습니다.

그와 동시에 내 옆에 나란히 앉았던 소녀가 벌떡 일어나더니, 급히 성희 곁으로 다가서 버렸습니다.

그제야 나는 모든 걸 짐작할 수 있었습니다. 나는 더럭 무서운 생각에 몸을 떨며 간신히 일어났습니다. 그러자 동부 옆에 섰던 상고머리의 청년이 나를 노려보며 거칠게 입을 열었습니다.

"우리 형을 죽인 게 바로 이년이야?"

그러면서 청년이 성희 쪽으로 눈짓을 보내자 성희와 소녀는 부리나케 사라져 갔습니다.

나는 그만 소리라도 지르고 싶었지만, 어느새 덤벼든 놈들은 미리 준비해 왔던 수건으로 나의 입을 틀어막더니 사정없이 나를 바닥에다 쓰러 뜨렸습니다.

마침내 나는 정신을 잃고 말았습니다. 내가 다시 간신히 정신을 차렸을 때는 어느새 사방은 캄캄한 어둠으로 덮여 있었고, 나의 전신은 완전히 굳어버린 것 같았습니다.

이윽고 반짝이는 별들이 희미하게 나의 시야 속으로 들어왔고, 늦가을의 싸늘한 밤공기는 턱을 덜덜 떨리게 만들었습니다. 나는 간신히 몸을 움직여 보았습니다.

뒤따라 아랫배 근처에서 칼로 찌르는 듯한 무서운 통증이 몰려왔습니다. 마침내 나는 울음을 터뜨렸습니다.

놈들은 더욱 잔인한 방법으로 나를 죽인 다음 나의 몸속에서 알맹이는 모조리 뽑아가 버렸고, 나는 빈 껍질이 되어 그렇게 쓰러져 있는 것 같았습니다.

이틀 후에 나는 약을 먹었습니다. 마치 며칠을 굶주린 사람이 밥을 찾는 모양처럼 나는 그렇게 죽음을 찾아 허겁지겁 뛰어들었습니다.

그러나 나는 얼마 후에 병원의 침대에서 다시 눈을 떴고, 그리하여 나는 희미한 시야 속에 흐늘거리는 사람들의 모습을 발견하고 마침내 내가 저승으로 온 것이라고 생각하였습니다.

나는 먼저 우리 엄마를 찾아야겠다고 생각하였고, 외삼촌과 할머니의 생각도 떠올랐습니다.

그러나 차차 희미하던 시야가 맑아오자, 갑자기 살아 있는 사람들의 울음소리가 들려왔고 나는 깜짝 놀라 간신히 주위를 둘러보았습니다.

그러자 거기엔 낯익은 여러 사람들의 슬픈 모습이 한꺼번에 나의 눈 속으로 밀려들어왔습니다. 아주머니와 인숙이가 나의 손을 움켜쥔 채 흐느껴 울었고, 나의 머리맡엔 부인과 유미가 손수건으로 눈물을 찍어내고 있었습니다.

그리고 그들 뒤에는 침통한 표정의 인철이의 아버지와 장호, 그리고 중학생 교복을 입은 용아가 훌쩍이고 있었습니다.

그제야 나는 내가 죽지 않고 다시 살아났다는 사실을 깨닫고 그만 울음을 터뜨리고 말았습니다. 무엇보다도 인철이네 부모님을 그렇게 죽지 않고 다시 살아나서 만나고 있다는 사실이 무섭도록 슬펐습니다.

그러자 부인은 침대 곁의 의자로 다가앉더니 나의 손을 꼭 움켜쥐며 목메인 소리로 입을 열었습니다.

"엘리노어야! 다시는 그런 약한 마음을 먹어서는 안 돼! 그건 바보들이나 하는 짓이야. 인철이 걱정은 조금도 할 것 없어. 어서 눈물을 그쳐라."

그때 인철이의 아버지도 부인의 옆에 나란히 다가앉더니 부인의 손과 함께 나의 손을 꼭 움켜쥐었습니다.

나는 소리 없이 펑펑 쏟아지는 눈물 때문에 눈앞이 아무것도 보이지 않았습니다. 부인이 쉴 새 없이 손수건으로 나의 눈물을 찍어내 주었지만, 그것은 그때뿐이었습니다.

이윽고 인철이의 아버지께서 무겁게 입을 열었습니다.

"엘리노어야! 이젠 모두 악몽에서 깨어날 차례다. 사람이 살다보면 온갖 일이 일어나기 마련이야. 인철이 때문에 네가 이런 바보 같은 짓을 했다면 참으로 섭섭한 일이다. 그건 조금도 네가 걱정할 건 없어. 모든 일이 빠른 시일 내 해결이 될 게다. 그렇다고 네가 죽는대서야 어쩌겠나? 아무쪼록 다시 용기를 내서 일어나야지. 너처럼 착하고 영리한 애가 이런 바보 같은 짓을 하다니……. 다시는 그런 일이 없도록 해라."

마침내 나는 소리 내어 흐느끼고 말았습니다. 분에 넘친 따뜻한 위로의 말 앞에 내가 울지 않고 어떻게 할 수 있는 방법이라곤 없었습니다.

그러나 나는 뒤이어 그러한 따뜻한 위로를 받을 수조차 없게 되어버린 내 자신을 깨닫고 이윽고 울음을 삼켰습니다. 더 울어야 할 필요도 없었고, 더 슬퍼해 주어야 할 내 자신도 거기엔 남아 있지 않았습니다.

나는 완전히 빈 껍질이 되어, 간신히 다정한 그들의 눈을 속이고 있을 뿐이었습니다.

이틀 후에 나는 다시 산비탈의 양색시 상점으로 돌아왔습니다. 나의 빈 껍질은 다시 시체가 되어 드러누워 버렸고, 나는 그때부터 자주 나의 유령을 만나곤 하였습니다.

이윽고 한 달이 지나고 두 달이 지났을 때 나는 별안간 까무러칠 듯한 무서운 사실을 발견하였습니다.

그것은 한 마디로 죽음의 색깔을 띤 공포였습니다. 어느새 나의 몸속엔 무엇이 자라나고 있었습니다. 그것은 나의 마음과 가슴을 갉아먹으며 제멋대로 자라나는 새로운 생명이었습니다.

나의 생명과 영혼이 바라지 않는 그러한 생명을 나의 몸속에 심어준 것은 누구의 뜻일까요?

나는 문득 엄마의 생각이 떠올랐고, 마침내 피를 쏟듯 서러운 통곡을 터뜨리고 말았습니다. 눈물은 영영 사라진 것 같았고, 그렇게 울 때마다 피가 쏟아지는 것 같았습니다.

그동안에도 인숙이가 두 번이나 인철이의 면회를 가는 데 같이 가겠느냐고 물어왔습니다. 전처럼 그렇게 강제로라도 끌고갈 듯이 덤벼올 것 같은 인숙이의 명랑은 사라져 버렸고, 조심스럽게 나의 의사를 물어왔던 것입니다.

나는 말없이 고개를 가로저었습니다.

두 번째 인숙이가 왔을 때도 나는 역시 고개를 가로저었습니다.

인숙이는 금방이라도 울 것만 같은 목소리로 간신히 입을 열었습니다.

"오빠가 엘리노어를 꼭 한 번 데리고 오래. 보고 싶다고……."

그 소리에 나는 그만 참을 수 없이 울음을 터뜨리고 말았습니다.

세 번째 인숙이가 왔을 때는 어느새 화려한 봄날이 문을 열었고, 나는 그것을 인숙이의 옷차림에서 보았습니다. 그때는 이미 나의 배는 눈에 띌 만큼 불러 있었고, 만일 이불만 덮지 않았더라도 인숙이의 눈에 들켰을지도 몰랐습니다.

나는 간신히 다음 달의 면회 때는 꼭 가겠노라고 인숙이를 돌려보냈습니다.

"오빠는 엘리노어가 보고 싶다고 막 울었어."

이렇게 말했던 인숙이의 목소리는 그대로 울음이었고, 마침내 나도 오랜 흐느낌 속으로 빠져들고 말았습니다.

나의 무서운 비밀을 알고 있었던 사람은 아주머니뿐이었고, 그래서 아주머니는 몇 번이나 늦기 전에 어서 병원에 다녀오자고 나를 타일렀지만, 나는 그때마다 고개를 가로저었을 뿐입니다.

이미 나의 한쪽 발은 무덤 속에 빠져 있었고, 나는 그것을 안타깝게도 무섭게 생각지도 않았습니다.

네 번째로 인숙이가 나를 데리러 오기로 했던 날엔 나는 간신히 일어나 세수를 하였고, 거울 앞에 마주서서 머리를 빗은 다음 두 손으로 배를 만져보았습니다.

이윽고 나는 세수를 하고 머리를 빗었던 나의 행동을 후회하였습니다.

'이런 꼴로 인철이를 만나다니 무슨 철면피야.'

그러나 그러한 힐책의 밑바닥에서 미칠 듯이 끓어오르는 그리움을 나는 그냥 억눌러 버릴 수가 없었습니다.

마침내 나는 면적이 넓은 허리띠로 불러오는 배를 힘껏 졸라보았습니다. 그러나 그것은 소용없는 헛수고였습니다.

어떤 방법으로도 이미 불러 오는 배를 간단히 감출 수는 없었습니다. 마침내 나는 울음을 터뜨리며 그만 이불 속으로 기어들고 말았습니다.

잠시 후에 나타난 인숙이는 눈물에 젖어 있는 나의 얼굴을 보자 말없이 흐느껴 울었습니다. 이윽고 나는 간신히 엎드린 채 편지를 쓰기 시작하였습니다.

글자 하나마다 뒤따르는 눈물 때문에 나는 몇 번이나 손수건으로 눈물을 찍어낸 다음, 간신히 계속하였습니다.

그런 무섭고 어두운 곳에서 얼마나 고생이 많으냐고 물은 다음, 나는 잘 있으며 지금도 여전히 인철이를 사랑하고 있다고 썼습니다. 그리고 그것은 아마 내가 죽은 다음에 나의 영혼이 다시 죽더라도 변함이 없을 것이라고 덧붙였습니다.

면회를 가지 못하는 나의 심정은 찢어질 듯 아프지만 모든 일이 나 때문에 비롯된 일이기에 너무나 괴로워 인철이를 만날 수가 없다고 얼버무렸습니다.

그러자 나는 갑자기 숨이 막힐 것같이 괴로워 간신히 사랑한다는 말과 그리고 부디 몸조심하라는 말을 쓰고는 그만 펜을 놓고 말았습니다.

곁에서 나의 편지를 지켜보고 있던 인숙이가 훌쩍이는 소리로 이렇게 졸랐습니다.

"하나만 더 쓰도록 해! 오빠가 나올 때까지 무슨 일이 있더라도 꼭 기다리고 있겠다고 말이야."

그러나 나는 그 소리에 다시 펜을 집어들 수는 없었습니다.

그것은 도저히 가망이 없는 일이었고, 따라서 내 자신의 생명이 그때까지 지탱해 나갈 수 없다는 것은 너무나 분명한 사실이었습니다.

그러자 인숙이는 울음을 터뜨리며 펜을 나의 손에다 쥐어주었습니다.

이윽고 나는 편지의 끝에다 그렇게 쓰고 말았습니다. 그것은 나의 진심이었지만, 이미 용납될 수 없는 진심이었기 때문에 나는 더욱 괴롭고 슬퍼서 흐느껴 울었습니다.

사랑하는 인철이. 나는 단지 그의 존재 속에서만 인간으로 있었고, 그 나머지의 시간들 속에서 나는 버림받은 가엾은 튀기였습니다.

이윽고 어지러운 봄도 가버렸고 무더운 여름 속에서 나는 여전히 드러누워 있었습니다. 나의 배는 터질 듯이 불러 왔고, 하루하루가 지나갈수록 나의 생각은 차차 눈앞의 미래 속으로 굳어져 갔습니다.

나는 문득 뱃속에서 꿈틀거리는 생명에게 서글픈 애착을 느끼게 되었고, 그리고 그것을 죽여서는 안 된다는 무서운 책임 같은 고통을 동반한 모성애를 느꼈습니다.

그러한 나를 살려두고 그 나머지의 모든 나는 드디어 죽음의 긴 여로 속으로 들어가지 않으면 안 되었습니다.

나는 문득 내 자신이 아주 나이 많은 노파가 되어버린 것 같았고, 때로는 인철이의 정다운 아내가 되어 이제 아기엄마가 되는 날을 손꼽아 기다리고 있는 환상에 사로잡혀 기쁨에 넘친 헛소리로 인철이를 불러대기도 하였습니다.

그럴 땐 언제나 인철이가 나의 마음속에서 잠들고 있는 것 같은 아늑한 생각이 들곤 하였습니다.

그러나 차츰 나는 이 세상의 모든 것으로부터 멀어져가는 내 자신을 어렴풋이 느끼기 시작하였고, 이윽고 분명한 느낌으로 그러한 마지막의 모든 느낌을 받아들였습니다.

나는 과연 인간으로서의 일생을 살았던 것일까? 아니면 피가 뒤섞여 더러워진 튀기로서 일생을 살았던 것일까? 이 다음 저승에 가서 엄마를 만나 나의 일생은 너무나 즐거웠고 아름다웠다고 얘기한다면, 엄마는 과연 나의 말을 믿어줄 것인가?

어느 것 하나 분명한 대답이 나올 수도 없는 그러한 소리들을 나는 자주 넋 잃은 사람처럼 지껄이곤 하였습니다. 그럴 땐 마치 내 자신이 오랫동안 무대 위에 서서 고된 배역을 맡아 슬퍼하고 울다가 간신히 막이 내려서 퇴장한 배우처럼 느껴지기도 하였습니다.

그 무대 위에서 나의 배역은 튀기였고, 튀기의 연기를 관중들은 가장 열광적으로 좋아하였습니다. 그러나 그러한 열광의 끝장은 언제나 나에게 무대 뒤에서의 흐느낌을 주었고, 마침내 그것은 극장이란 세상에서 나를 쫓아내고 말았습니다.

이미 나의 운명을 밝혀주고 있었던 불빛은 희미하게 꺼져 가고 있었습니다. 그것은 마치 촛불처럼 나의 생명을 녹이면서 천천히 사라지고 있었습니다. 나의 존재는 이제 어디에도 남지 않게 되었습니다.

그러나 나에 대한 기억만은 튀기로, 양갈보의 새끼로, 양색시 상점으로 오랫동안 남을 걸 생각하니 단지 그것만이 조금은 나를 슬프게 만들어 주는군요. 그러나 나는 마지막으로 웃으면서 이 글을 끝맺겠습니다.

* * *

엘리노어의 얘기는 여기에서 끝나 있었다. 나는 한참 동안이나 입을 열 수도, 다른 무엇을 생각할 수도 없이 그저 멍하니 앉아 있었다.

나는 문득 엘리노어의 그 마지막 미소를 생각해 보았다. 그것은 과연 웃음이었을까? 뒤따라 그 웃음을 밀어내고 번져갔을 그 피맺힌 웃음을 상상하자 나는 갑자기 가슴이 떨려왔다.

그제야 나의 표정을 살피고 있던 장 여사가 조용히 침묵을 깨뜨렸다.

“안 선생은 역시 남자니까 눈물을 보이지는 않는군요.”

그 소리에 나는 비로소 숨을 몰아쉰 다음, 천천히 입을 열었다.

“글쎄요. 눈물은 간단히 슬픔의 표시가 되겠지만, 지금 내 속은 아주 착잡하고 무겁기만 하군요.”

“너무나 가엾어요.”

그것을 간단히 슬픈 얘기로만 흘려버리기에는 그 얘기를 출발시켰던 우리들의 역사가 불현듯 머릿속에 떠올라 그녀의 죽음이 마치 역사라는 커다란 수레바퀴에 깔려 버리는 개미의 죽음처럼 생각되었다.

그러나 수레바퀴는 여전히 개미의 죽음 따위는 아랑곳없이 굴러가고 있었고, 길바닥에 납작해진 한 마리 개미의 시체에 비로소 우리들의 시선이 멈춘 것이었다.

우리들은 그 죽음을 슬퍼하기 이전에 한 번쯤 수레바퀴에 대해서 곰곰이 생각해 보지 않으면 안 되었다. 왜냐하면 우리들 자신도 마찬가지로 개미와 같은 존재들이기 때문이었다.

그렇다면 그 죽어버린 개미에겐 왜 언제나 수레바퀴가 누르고 지나가는 그러한 길 외에, 우리와 똑같은 넓은 길을 허용해 주지 않았을까? 그것은 도무지 변경시킬래야 시킬 수도 없는 어떤 운명으로 그렇게 되어 있는 것일까?

그러나 여기서 운명 따위의 얘기는 당치도 않은 얘기라고 나는 생각했다. 그것은 마치 잘못 발라버려 오랫동안 그대로 굳어져 있는 시멘트와 같은 것이라고 생각하였다.

그러면 그 시멘트를 헐어서 반듯하게 바른 위치에서 다시 바를 수는 없는 것일까? 그것은 얼마든지 그렇게 할 수 있다는 생각이 불끈 치솟았다.

단 한 마리 개미의 삶이 아무렇게나 짓밟혀도 좋은 것이라면, 그것은 마치 이 세상 전체의 모든 개미의 삶이 무자비하게 짓밟혀도 좋다는 얘기와 무엇이 다르겠는가? 가엾은 한 마리 개미의 죽음이, 나를 찌르는 이 무서운 사실을 나는 도저히 외면할 수는 었었다. 그것은 바로 나의 현실이기 때문이었다.

이윽고 시간이 되어 나는 장 여사와 함께 병원으로 갔다. 우리가 병원에 도착했을 때는 영구차에 관이 막 실려진 뒤였고, 뒤따라 여러 사람들의 울음소리가 그 뒤를 이었다.

나는 그 사람들을 하나하나 살펴보았다. 가장 슬프게 흐느끼는, 사십 가까운 남루한 옷차림의 아주머니가 아마 엘리노어의 외숙모인 것 같았다.

그 아주머니 곁에 바싹 붙어 미친 듯이 높은 소리로 울어대는 소녀가 인숙인 것 같았고, 연신 손수건으로 눈물을 찍어내며 그 인숙이를 달래 듯 하는 귀부인 티의 여인이 아마 엘리노어의 애기 속에서 부인으로 나왔던, 인숙이의 새엄마인 것 같았다.

그리고 대머리가 약간 벗겨지고 키가 큰 뚱뚱한 신사가 아마 인숙이의 아버지인 것 같았다.

나는 갑자기 그 신사에게 관심이 쏠렸다. 가엾은 엘리노어를 그토록 다정한 마음씨로 위로해 주었던, 애기 속의 그가 생각났기 때문이었다.

그 외에도 훌쩍이고 있던 두 명의 처녀가 우리와 함께 영구차에 올랐다.

"그렇게 외로운 장례식은 아닙니다."

나는 귓속말로 장 여사를 돌아보며 말했다.

장여사와 나의 존재에 대해서 다른 모든 사람들은 별로 관심을 기울이지는 않았지만, 모두 슬픈 표정 뒤에 부드러운 호의를 감추고 우리를 대하는 것 같았다.

나는 그들이 조금도 처음 만나는 낯선 사람들 같지가 않았고, 오히려 어떤 친밀감마저 느껴졌다.

그것은 아마 엘리노어의 얘기 속에서 미리 만나보았기 때문이었지만, 그렇지 않더라고 그들은 모두 더없이 선량해 보였고 참으로 인간다운 정이 풍기는 사람들처럼 나의 눈에 보였다.

이윽고 공동묘지에 이르렀고, 미리 파놓았던 무덤 속으로 엘리노어의 관은 천천히 내려앉았다. 갑자기 요란한 울음판이 벌어졌고, 그 가운데서 울지 않는 사람은 두 사람의 인부, 그리고 나뿐이었다.

인숙이라는 소녀는 미친 듯이 몸부림을 치다가 하마터면 무덤 속으로 빠질 뻔하였고, 인숙이의 어머니인 귀부인도 소리 내어 흐느껴 울었다.

그리고 엘리노어의 외숙모인 아주머니는 무언지 종이로 포장한 것을 무덤 속에다 던져넣어 주더니, 마침내 목이 터질 듯 마지막 울음을 터뜨렸다.

이윽고 관 위에 흙이 덮이기 시작하였다. 슬픈 울음소리들은 더욱 고조되었고, 인숙이의 울부짖음은 나의 심장을 찌르르 하게 울려주었다.

"엘리노어야, 왜 죽었어? 왜 죽었나 말이야! 우리 오빠가 널 찾으면 난 이제 어쩌라는 거냐?"

인숙이의 아버지인 그 중년 신사도 연신 손수건을 두 눈으로 올려대고 있었다.

그러한 인숙이의 울부짖음이 약간 잦아들자, 이번에 새로운 울부짖음이 나의 귓속을 파고들었다. 그것은 조금 전 영구차에 오를 때 우리와 함께 마지막으로 올랐던 두 처녀 가운데 한사람이었는데, 동그스름하고 예쁘장한 얼굴의 처녀였다.

그녀는 무릎을 꿇고 엎드려 나직하게 흐느끼면서 참회하듯 용서를 빌고 있었다.

"엘리노어야! 나를 용서해 주렴. 내가 잘못했어. 난 죽어야 마땅할 인간이야! 엘리노어야! 나의 잘못을 용서해 주렴!"

그제야 나는 그녀의 이름이 성희라고 짐작하였다.

그녀의 흐느낌을 지켜보고 있다가 나도 그만 눈물을 쏟을 뻔하였다. 그러나 나는 나의 슬픔을 그런 간단한 눈물로 흘려보내기는 싫었다.

그것은 눈물이 아닌, 좀더 무거운 그 무엇으로 나의 몸속에서 빠져나와야 할 것만 같았다.

어쨌든 그런 여러 사람들의 울음 가운데서 가장 나의 가슴을 뭉클하게 만들었고, 울음의 직전까지 몰아다 주었던 것은 성희라는 처녀의 울음이었다.

그것은 어쩌면 엘리노어라는 혼혈아의 죽음을 그제야 자기의 죄로 뉘우치고 있는, 이 세상 전체의 울음일지도 모른다고 나는 생각하였다.

그리하여 눈물과 고통으로 얼룩졌던 가엾은 혼혈아 엘리노어의 짧은 일생은 드디어 막을 내렸다. 누구도 그 죽음을 탓할 수는 없었다. 장 여사와 나는 다시 영아원으로 돌아오면서 서로 단 한 마디의 말도 주고받지 않았다.

그리고 우리는 다시 영아실로 들어가, 엘리노어라는 혼혈아를 어머니로 하여 태어난 요람 속의 아기를 한참이나 들여다보고 있었다.

어머니의 죽음을 아는지 모르는지 아기는 방글방글 웃어대며 우리들을 올려다 보았다.

아기의 그 천진스러운 미소가 마침내 나의 눈에서 눈물을 자아내고 말았다. 주르르 타내리기 시작한 눈물은 사정없이 나의 얼굴과 목을 적시고 있었다.

나는 그 눈물을 그대로 내버려둔 채, 여전히 순진한, 티 없이 맑은 아기의 웃음 속으로 빨려들어 가고 있었다.

이윽고 장 여사가 진심의 전부를 털어 내듯 무겁게 입을 열었다.

"이 애만은 무슨 일이 있더라도 행복하게 키워야겠어요. 내가 낳은 아이보다 더 행복하게 해줘야겠어요."

그러더니 장 여사는 먼저 영아실을 나갔다.

나는 잠시 허리를 굽혀 아기를 들여다보다가, 가만히 한손을 들이밀어 고사리 같은 아기의 손을 만져보았다. 따스한 체온이 느껴졌고, 엄마의 젖을 잃어버린 우유 냄새가 갑자기 슬픔처럼 뭉클하게 나의 콧구멍을 스며들었다.

이윽고 나는 영아실을 물러나왔다. 여전히 쏟아지는 눈물 때문에 나는 장 여사에게 인사도 하지 않고, 도둑놈처럼 살그머니 영아원을 빠져나왔다.

어느새 날이 저물어 사방은 어두웠고, 성급한 별들이 여기저기서 빤짝이고 있었다. 그제야 나는 손수건으로 눈물을 훔쳐내었다.

그러다가 나는 문득 나의 울음도, 무덤 앞에서 무릎을 꿇고 용서를 빌

며 흐느꼈던 성희라는 처녀의 울음과 마찬가지라는 생각이 들었다. 그
러한 나의 생각은 옳았다.

그녀의 죽음을 외면해선 안 된다고, 나는 중얼거리며 어둠 속을 망연
히 걸었다.

〈끝〉